U0939533

世界文学名著名译典藏

全译插图本

父与子

〔俄罗斯〕伊凡·屠格涅夫◎著　郑文东◎译

ОТЦЫ И ДЕТИ

長江出版傳媒 | 长江文艺出版社

图书在版编目（C I P）数据

父与子 / （俄罗斯）伊凡·屠格涅夫著；郑文东译
. -- 武汉 : 长江文艺出版社， 2018.5（2019.4 重印）
（世界文学名著名译典藏）
ISBN 978-7-5702-0311-6

Ⅰ. ①父… Ⅱ. ①伊… ②郑… Ⅲ. ①长篇小说－俄罗斯－近代 Ⅳ. ①I512.44

中国版本图书馆 CIP 数据核字(2018)第 062081 号

责任编辑：钱梦洁　　责任校对：陈　琪
封面设计：格林图书　　责任印制：邱　莉　王光兴

出版：长江出版传媒｜长江文艺出版社
地址：武汉市雄楚大街 268 号　　邮编：430070
发行：长江文艺出版社
电话：027—87679360
http://www.cjlap.com
印刷：湖北恒泰印务有限公司

开本：880 毫米×1230 毫米　1/32　　印张：10　　插页：4 页
版次：2018 年 5 月第 1 版　　2019 年 4 月第 2 次印刷
字数：260 千字

定价：32.00 元

导读

美国著名作家亨利·詹姆斯曾说屠格涅夫“是一位天生的小说家”。的确，在小说这片艺术天地里，屠格涅夫孜孜不倦地工作了40年，写下了数十大卷的作品，其中包括长篇小说、中篇小说、短篇小说、自传体小说、日记体小说、书信体小说、笔记体小说等等。可以说，小说创作是他一生最主要的成就。

西方传统小说的样式，在普希金之前就已基本定型了，俄国的文学发展是较晚的。屠格涅夫从小受到良好的教育，精通西方几种主要语言，并熟悉西方文学，承袭了西方小说艺术的优秀传统；同时，作为一个俄国人，他也继承了从卡拉姆辛开始经过普希金、莱蒙托夫，到果戈里的俄国小说的成就，而这两股遗产在他身上融合并加以发展，形成了一种比较稳定的格局。这种格局长期以来，在19世纪一大部分俄国小说作家的作品中，在苏联现当代小说中，甚至在中国和某些西方现当代小说中都一定程度地表现了出来。屠格涅夫作为一个现实主义小说家，是有世界性地位和贡献的。在屠格涅夫为现实主义传统小说所制定的格局中，作者大体上是以一个幕后主持者的身份在操纵全局，由他把各个人物在作品中定位，加以描述，给以议论；情节在作品中起重要的作用，而又往往是遵循着“起、承、转、合”的规律发展的，不排斥使用倒叙、插叙等手法；人物肖像的刻画，环境气氛的烘托，自然风景的描绘，尤其是人物内在心理状况的交代，是小说中主要的表现手段。他这种现实主义小说的类型与18、19世纪俄国和西方的其他流派作品有着明显的区别：同浪漫主义作品不同，它力求符合现实社会本来的面貌；同古典主义作品不同，人物有其复杂的多方面的性格、关系和内心世界；同自然主义作品不同，它能够通过概括化和典型化，深刻地反映现实的某些规律性。总之，它好像一面忠实、洁净、明亮、透彻的镜子，力求把生活本身从里到外地呈现在读者面前。

真挚、诚实是屠格涅夫小说创作态度上的一个重要特点。他在《文学回忆录》中说："准确地、强有力地再现生活的真实和现实，对于文学家来说，是莫大的幸福，即使这种真实与作家自己的同情并不相符。"这可以说是他一生艺术创作的原则。而屠格涅夫一生的作家生涯和艺术实践证明他的确办到了。屠格涅夫为人真挚、诚实，怎样想就怎样说，只要他认为对的，他便去做。他跟别林斯基、车尔尼雪夫斯基、杜勃罗留波夫和赫尔岑等人的关系便是这样。尽管他不能接受他们的革命立场，但对他们追求革命事业的精神满怀尊敬。他终生把别林斯基奉为良师，并把他致果戈里的那封著名的公开信称为自己的"宗教"。他跟车尔尼雪夫斯基和杜勃罗留波夫曾为《前夜》有过激烈的争论，这主要因为他的自由主义政治立场，然而他自始至终高度评价车尔尼雪夫斯基的《俄国文学的果戈里时期概况》，对杜勃罗留波夫的才能和一些论文的观点与文采一直很是欣赏。他曾经与赫尔岑一度绝交，跟冈察洛夫法庭相见，并且还曾经要跟托尔斯泰和陀思妥耶夫斯基决斗，然而他在艺术上不但承认他们，而且尊重他们。在个人生活方面，他终身不娶，钟情的对象是一位异国的歌女，只因相见恨晚，结识时对方已不可能成为他的妻子。也许他这些表现会被今天的人们认为是有些荒诞，而在当时世路坎坷、黑白颠倒、真伪难辨的俄国社会里，似乎也是可以理解的。而他这种诚实的为人态度，表现在文学创作上，便成为一种极其可贵的现实主义的品质。早在40年代末，他便敢于出来正面歌颂农奴人物，把他们一个个描写得远比当时文学中那些贵族主人公高大可爱，还把他在本阶级内，甚至自己亲人身上看见的丑恶，也毫不留情地如实写出。《猎人笔记》中一个残暴的老地主写的是他的外祖父，而《木木》中那个专横的地主婆写的是他自己的母亲。在他的许多中篇爱情小说中，他坦率地把自己青年时代的身影表现在书中男主人公身上，而又无情地对之加以批判。《阿霞》中的恩先生和《春潮》中的萨宁，都是这样的形象。从他一生的创作活动中，我们看见，他所选取的正面男女主人公，也都是些灵魂纯洁，敢于对邪恶进行斗争和维护社会利益的真诚的人。他的真挚诚实的艺术态度，也说明为什么作为一个站在自由主义立场上的“西方派”，能够写出带有强烈进步政治倾向性的《前夜》和《父与子》这种作品。托尔斯泰和屠格涅夫之间，虽然矛盾不少，但托尔斯泰对屠格涅夫作为一个艺术家的真挚诚实这一特点，是认识很深的。他在1884年1月写给亚·尼·培平的一封信中说：“屠格涅夫对我们文学的影响是最好的，最富有成果的。他生活、寻找，并且在自己的作品中说出他所找到的东西。他不把自己的天才……用来掩盖自己的灵魂，像其他人一向所做的那样，而是用它来暴露自己整个的灵魂。他无所畏惧。”这种评语加在艺术家屠格涅夫的身上，是很中肯的。

敏感是小说家屠格涅夫艺术眼光上的又一重要特点。唯真挚才能敏感。因为不为私利所蔽，勇于追求真理的人，才会留意去发现真理。所以说，屠格涅夫艺术眼光上的敏感，是和他真挚诚实的态度分不开的。关于这一点，我们在他整个创作过程的每一阶段上都可以见到。早在19世纪40年代便能从农奴身上看见俄罗斯民族优秀品质的是他；继普希金和莱蒙托夫之后，写出俄国新一代多余人的新特征的是他；看出农奴制必然崩溃，首先出来为贵族阶级唱出一曲哀怨动人的挽歌的是他；当50年代到60年代俄国生活中刚刚出现平民革命者的身影时，又是他第一个及时把他们真实的典型形象描写出来，即使到了他已是暮年的60年代末到70年代，那时他已经长久地侨居国外，仍然力图把握俄国现实生活的脉搏，并尽量迅速忠实地把它反映在自己最后的两部长篇小说中。所以文学史上几乎一致认为屠格涅夫的六部长篇小说是俄国19世纪40年代到70年代的“社会编年史”。如果说，文学的使命是推动生活向前进，那么，正是屠格涅夫艺术上的敏感这一突出特点使他的作品具有了良好的社会影响和浓烈的政治色彩，起了推动生活前进的作用。

屠格涅夫是一个善于从大处着眼的人，他所敏锐地发现并及时反映在作品中的往往是整个社会的动态和方向，是关系到国家前途和命运的重大问题。他的敏感是一种可贵的政治敏感。然而，他又不仅是一个能见“舆薪”的有大目光的人，而且也能“明察秋毫之末”，敏锐地注意到事物的细小之处，并且能从小处入手去描写。屠格涅夫是一个身材魁梧健壮的男子，然而他的描绘却往往细致入微，如女性般细腻。他在艺术上的这种细腻，其实也是他高度的敏感性和锐利的观察力的表现。他能见人之所未见，把握瞬间即逝的变化和一些细小的但是本质的特征。由于观察力的敏锐，他不仅能描写得细腻，而且描写得非常准确。即使有时故作夸张，也令人觉得恰如其分，真实可信。比如，在《草原上的李尔王》这篇他晚期创作的中篇小说中，他在刻画主人公的那幅肖像时，说“他的脊背有两个阿尔申宽，足有四尺多”，说他说话的声音也“叫人联想到装了铁条的运货马车经过崎岖不平的道路时所发出的叮当声”。那段数百字的描绘不仅写出了这个怪人的每一处外部特征，而且也令人透彻地了解了这个“一头公牛一样”的人的内在品质。如果没有高度锐利的观察力，是无法做出这样入木三分的、细腻的、虽然夸张但又非常准确的描绘。我们知道，这种描绘细节的手法，在很大程度上决定着现实主义典型形象的价值和艺术力量。

屠格涅夫文笔的简练，体现了他作为一位天才小说家的一个杰出的艺术本领。亨利·詹姆斯说，这一特点是“他的伟大的外在标志”。屠格涅夫的作品结构严谨，情节紧凑，没有多余的枝蔓，不复杂烦琐，也不故弄玄虚。他具有出色的长话短说的本领，善于用最少的篇幅来表达最多的内容。他的长篇小说，是世界文学史上最浓缩、最紧凑的长篇作品。托尔斯泰说屠格涅夫和19世纪俄国另一位作家列斯科夫的不同是：他永远也不过分，能处处做到恰如其分，正因为这样，所以才能叫作简练。屠格涅夫的这一特点，也是来自俄国文学的传统。车尔尼雪夫斯基曾经说："俄罗斯诗歌从一开始就带有一种不喜欢机械地描写细节和拖拉情节的特点。"我们在普希金和莱蒙托夫的散文中所领略到的那种简洁精练的风格，在屠格涅夫笔下，带着这位新一代伟大作家本身的全部独特性，又重新显现了出来。在他的小说中，往往都是只有一两个中心人物，其他人物都是围绕着这一两个人物而安排的，并且为表现这些中心人物而服务。他的作品一般不采用多条情节线索的描写方法，他不追求广大宏伟的历史背景的描述，也不喜欢太多地正面谈国家大事。他只是描写一个人或几个人，写他（她）们的生活、思想、爱情、痛苦、欢乐，而通过描写这些，来反映时代的气息和生活的脉搏，并且往往可以写得相当辽阔、相当长远；写得深刻而概括，而这可以从他那六部不朽的长篇小说中见到。我们还可以举一个中篇小说的例子，他在70年代初期所写的一部中篇小说《普宁与巴布林》，从思想水平上看，虽然算不上上乘之作，然而在情节和布局上很有他的特点。在一篇短短70来页的小说中，写了前后30年间的事，让人隐隐看见了农奴改革时俄国社会数十年中的许多变化，从农村写到城市，从知识分子写到农民和地主，从浪漫主义者写到地下的革命小组。屠格涅夫小说的每一篇情节都是发展迅速的。比如《父与子》，开始不过五六页，巴扎罗夫已经和帕维尔吵架了。整个这部小说以人物间的交锋作为情节发展的契机，主次分明，条理清晰，情节发展迅速、出人意料而又毫无忸怩之感。又比如，罗亭这个言语的巨人、行动的侏儒的主要性格特征，在作品一开头，他刚一出现在拉松斯卡娅家的客厅时，就立即生动地显现了。但是屠格涅夫的小说又绝不是靠异常的情节取胜的。一部《基督山伯爵》情节离奇，变幻无穷，但是经不住人们用生活逻辑对它进行推敲。而屠格涅夫作品的情节尽管简练却有其内在的合理性，所以他反映生活更真实，更能吸引人和说服人。

屠格涅夫还非常善于选取一个场景，通过不同人物在同一事件上不同的反应、态度和关系，深刻揭示出各种人物的本质。这种手法可以牵一发而动全身，可以一举数得，而又最省笔墨。《父与子》中有一个不大为人注意的场面，即巴扎罗夫与费涅奇卡在凉亭中相遇并且接吻的那个场面，可以作为一个通过场景、一个事件的刻画来描写许多人物，并且展开情节、深入揭示矛盾的好例子。当时，除了巴扎罗夫和费涅奇卡两人之外，凉亭旁的花丛中还躲着一个帕维尔。这部作品的主要矛盾存在于巴扎罗夫和帕维尔之间，而费涅奇卡在某些方面发挥了两人矛盾交接点的作用。屠格涅夫让巴扎罗夫和费涅奇卡两人在凉亭相会，让巴扎罗夫在刚刚失去奥金佐娃的爱情的情况下，既是出于爱怜又多少有些唐突地吻了费涅奇卡一下，而同时费涅奇卡这个寄人篱下的可怜女人，她从巴扎罗夫这个乡村医生的儿子身上感觉到一种自然的亲和力。她实际上已经在爱着他，只不过在这以前，她出于自己淳朴的天性只把这种爱当作一种信任的感情来解释而已。于是，她这时便也半推半就地让他吻了自己，并且让他紧紧拥抱自己，一吻再吻。而那个躲在花丛后的帕维尔又是一个用贵族阶级的骄傲与堂堂的仪表和绅士派头掩盖住他内心不能见人的东西的人，他手边正缺少一个把柄让他来打垮他的对手巴扎罗夫，他也一向在寻找一个机会让自己以英雄的姿态出现在费涅奇卡面前，今天他总算抓住了一个可以一举两得的机会。于是这一吻便使作品情节得到了一种别开生面的新发展，使人与人之间的各个矛盾得到了一个突然间冲突的机会。表面看来，这仅仅是一个从来不曾真实尝过爱情滋味的可怜少女和一个鲁莽然而又怀有真情的乡村医生的儿子之间一次感情撞击的火花，然而通过它却激化了作品中革命民主主义者和资产阶级自由主义者两个对垒阵营之间的冲突和斗争，并且也显示了与此相关的各方面人物的感情、思想、情操和处境。这种写法真可谓天衣无缝。有人认为巴扎罗夫吻费涅奇卡是一种“调戏”，是作者通过费涅奇卡责备巴扎罗夫；还有人认为这一吻仅仅是巴扎罗夫的一时冲动，是巴扎罗夫辜负了费涅奇卡对他的尊重和信任，并且认为若不是这一吻，便不会带来巴扎罗夫和帕维尔决斗的后果等等。这些分析也许是把这些人物和他们之间的关系了解得过于简单了，并且没有看出这一场描写在艺术处理上的别具匠心。实际上，巴扎罗夫与费涅奇卡的这一吻是有深刻的社会基础、感情基础和心理基础的。即使没有这一吻，巴扎罗夫与帕维尔的决斗也不可避免。这一吻正是屠格涅夫的写作妙处，是他非常善于抓住一点、带动全局的简洁精练的高明表现。

屠格涅夫还是一位心理描写大师。出色的心理描写技巧和他敏锐细腻的艺术观察和描写能力结合起来，使他笔下的人物获得不朽的生命，并为他赢得世界声誉。他从不为哗众取宠或故弄玄虚的目的而描写人物心理。在他的笔下，心理活动不是偶然一时的喜怒哀乐，而是人物稳定的性格特征的表现，而且往往有着深刻的社会背景。他的那些表面看来是儿女情长的故事，却往往都能有重大的社会政治意义，其秘诀之一在于他善于在描写人物心理时，把带有广泛社会意义的东西表现出来。我们常见有人引用他致列昂节耶夫的信中的一句话：“诗人必须是一位心理学家，但却是一位隐蔽的心理学家，他必须知道并且感觉到现象的根源，但是又只能描写这些现象本身。”描写具体生动的心理状态，通过形象去显示“根源”，这样的心理叙述才是艺术，才是文学。比如，《阿霞》中所塑造的恩先生和阿霞的哥哥哈金这两个多余人形象，作家对他们一举百动所反映出来的内心活动的描写，即使在细小处，都往往能耐人寻味地和俄国这一代青年人的共同特征联系起来。

屠格涅夫的心理描写和他简洁凝练的艺术本领相结合，使他所描写的人物心理一针见血，具有深刻的典型意义，同时也使我们从这种心理描写中见到这位作家炉火纯青的艺术修养和功底。如他的中篇小说《初恋》，在这部诱人的小说中，女主人公济娜伊达一次脱口而出地把深深依恋她的那个少年唤作“小孩子”，但是话音未落，她又马上改了口叫他“年轻人”。这一改口，表示了多少复杂的人物内心活动！她已经21岁，过惯了与男性厮混的风流生活，而他才16岁，对她的依恋是他这一生中第一次品尝到女性的滋味，她出于习惯把他当作一个跟别人（甚至跟他父亲）一样的男性来和他调情，但内心里又的确感到他还是一个天真的孩子。她愿意把他吸引在身边，使自己多一个追求者，以满足自己的虚荣，而同时又深切地感到他和她周围的其他追求者是多么的不同，他的淳朴、诚实和天真给她那可悲的轻浮生活带来多少亲切的暖意和甜美。她喜欢他，然而从年龄、从社会地位、从他可能为她的家庭带来的经济利益这些角度上，她又觉得他还够不上做她的情人，但是她又珍惜他对她的这份真挚的恋情，并且在内心里对他暗暗产生一种尊重和爱怜，不愿意伤害他的感情。而就是在这样一些极其复杂的思想和心理活动下，她才会在叫了他一声“小孩子”以后，又立即改口叫他“年轻人”的。济娜伊达的所有这些心理活动，我们从整个作品的生活逻辑中都可以客观地分析出来，而作家却只用了这样一个小小的细节便把这些复杂的东西表露无遗。这的确是一种极其出色的本领。

风景描写是俄罗斯文学史上许多作家的共同特长，而屠格涅夫尤其擅长于描写风景。在他的笔下，俄罗斯美丽的山川、草原、树林、河流都展现出了它们丰姿多采的面貌。比如，在短短的一篇《树林与草原》中，我们不仅可以看到从清晨到傍晚的景色变化，从晴天到阴天的景色变化，而且可以看到一年四季春夏秋冬的景色变化。那俄罗斯大地上的春天的欢悦、夏天的沉闷、秋天的肃杀、冬天的洁白，读过之后我们闭上眼睛仿佛已经看到了这些景色。屠格涅夫当然不是为风景而写风景，他很懂得文学是“人学”的道理，他笔下的风景描写，都是为写人而服务的。即使是像《树林与草原》这样的完全描写大自然的作品，他实际上也是在写人，写人心目中的大自然，写大自然和人的关系。并且他的风景描写是严格服从作品的主题和情节的需要的。比如《父与子》中的巴扎罗夫这个人不爱自然风景，作品中就很少提到大自然在他眼中的反映。屠格涅夫的风景描写又和作品主人公的心理描写紧密结合，因此充满了感情色彩。比如《贵族之家》中拉夫列茨基在丽莎家的花园里静坐的那个夜晚；《罗亭》中罗亭和娜塔莉娅去幽会的那个黎明；《父与子》中巴扎罗夫和费涅奇卡在凉亭中接吻的那个7月的清晨；《幽静的田园》中玛丽亚朗读普希金诗歌时的夜景等。屠格涅夫的风景描写之所以受读者重视，根本原因在于这些描写从来都不是冷漠的、纯客观的，其中浸透了作家本人对所描写事物的观点感情。

屠格涅夫喜欢并且擅长描写风景，自然风景的描写在他的作品中起着重要的作用。从历史渊源上看，卢梭的“回返自然”的口号，对于屠格涅夫有很大的影响，屠格涅夫的思想中有着某种类似卢梭的自然神论以及宿命论的东西。在屠格涅夫笔下，大自然中的花草树木、飞禽走兽都好像有与人类相似的生命和命运。在描写一棵树时，他会这样写道：“新近砍倒的白杨树悲哀地横卧在地上。”描写一匹马时，他会这样说：“人家在卖它，仿佛事情与它无关似的，……其实，谁来打它，在它还不是一个样!”所有这些好似人一般的自然物，在屠格涅夫作品中还往往会表现为一种客观存在的力量和对象。比如，白净草原上那香甜的俄罗斯夏夜的气息，那清晨升起的鲜红的，后来是大红的，再后来是金黄的一轮朝阳，那大滴大滴的辉煌闪耀的露珠，那迎面传来的清彻明朗的晨钟，以及日落时那一幅大自然昏昏入睡前的画面，都好似有它们自己的容貌和心情、形体的变化，好似一个个独立存在的实体，并且拥有一种人所没有甚至能左右人的威力。《猎人笔记》中富有哲学家风度的农民卡西央，白净草原上那群可爱的农家孩子，他们的气质，性格和思想，都好像是大自然成功塑造的。屠格涅夫对于大自然的观念，已经接近于一种神秘的超社会力量的观念。在他后期的爱情中篇小说如《爱的凯歌》中，这种对于自然力量的描写表现得尤其明显。

屠格涅夫还善于塑造女性形象。他的作品好似一个女性形象的画廊，一个接一个把自己美丽的身影和灵魂展现在我们面前。《罗亭》中的娜塔莉娅，那种纯洁、忠实、勇于自我牺牲而又多少带些狭隘和幼稚的特征，令人觉得她好像是一块小小的翠绿的碧玉；《贵族之家》中的丽莎，她柔美、和蔼、深沉、雅丽、宛如一块温润的琥珀；《烟》中的依琳娜是个轻浮的、风骚的、聪明的、妖艳的女子，她花枝招展，引诱人、玩弄人而自己又供人玩弄，她心里也饱含着泪水，不妨把她比作一枝婀娜多姿的珊瑚。《前夜》中的叶琳娜是屠格涅夫笔下最崇高的女性形象，她坚贞、美丽、开朗、亭亭玉立，体现了19世纪中叶俄国青年一代思想品质的高度和深度，体现了俄国广大人民向往自由的精神和民族意识的觉醒，在她身上充满了纯洁和高贵，她晶莹而坚贞，好像是一块剔透的水晶。《父与子》中的奥金佐娃是另外一种类型的女性，她也很美丽，很明亮，但她不会是晶莹和透明的，也绝不会像石头一样顽强，她的光亮是靠她身上的一层釉子发出的，她的美更多的是来自人工的修饰和描画。她虽然表面上是坚硬的，然而绝对经不起考验，一落地便会摔得粉碎，因此我们说她就像是一件瓷器。屠格涅夫笔下还有许多各具特色的女性形象，比如：《猎人笔记》中那个吉卜赛女郎玛霞，像一只贝壳不失其天真而又伤痕累累、饱经风霜；《阿霞》中的阿霞，好似一粒玲珑的珍珠。就连他作品中的一些次要人物，如《幽静的田园》中梅列霍娃的风流和爽朗；《初恋》中济娜伊达的包藏着率真和辛酸的风骚；《春潮》中吉玛的异国情调的美、忠诚和真实。凡此种种，无不生动鲜明，使人铭记在心。

值得注意的是，屠格涅夫非常善于在一种富有诗意的感情的紧要关头上来描写他的女性。比如：娜塔莉娅的真诚，是在那天她和罗亭在阿夫杜馨池边相会时最深刻地感觉到的；阿霞的纯洁、好幻想和任性，是在她突然提出要和恩先生幽会时最深刻地感觉到的；叶琳娜的忠贞和高贵，是在她决心冒雨去找英沙罗夫、不顾一切守在他的病床前，并且终于嫁给他时最深刻地感觉到的。而奥金佐娃的浅薄也恰恰在巴扎罗夫向她表示爱情时她的反应中看得最清楚，她虽然很需要这个野性人的爱，好像一个吃惯了山珍海味的人很需要吃点蔬菜吸取维生素一样；但是，当巴扎罗夫突然说出自己对她的恋情时，她害怕了。毕竟还是躺在软和的床上，看微风怎样轻轻掀动丝织的窗帘，对她更合适也更安全些。据说后来她嫁给一个有钱有势的人物，一辈子过着舒适安逸，却毫无爱情的生活。即使对男主人公，屠格涅夫也往往是用他对女性的爱情做试金石来加以考虑的。罗亭的软弱和徒尚空谈正是在娜塔莉娅决心离开家庭跟他私奔而他不敢接受的时候暴露出来的；《阿霞》中的恩先生，他的“多余人”的全部本质恰恰暴露在阿霞面前而没有暴露在其他人面前；巴扎罗夫这个硬汉子居然会拜倒在奥金佐娃的石榴裙下，原来这个硬汉子也有他不硬的一面。当然这里边有屠格涅夫对新人的偏见。对于舒宾、柏尔森涅夫和英沙罗夫，叶琳娜是他们三人共同的从思想到行动，从灵魂到外表的一个试金石。在屠格涅夫的时代，生活中各方面的主动权一般都是掌握在男人手中，爱情也是一样，而在屠格涅夫描写爱情的作品中（不妨说，屠格涅夫的全部作品都是在描写爱情。当然他是通过描写爱情而描写社会，并不是为写爱情而写爱情）。读者往往是通过男主人公对待女主人公的态度，更深刻地看见这些作为“当代英雄”的男性的灵魂。比如，雅可夫·巴辛可夫这个屠格涅夫对他偏爱有余批判不足的多余人的内心世界，我们是通过华尔华娜、索菲雅和玛莎这三个女性的不同性格、不同观点、不同教养、跟他不同的关系才看得明显的。似乎在人类的男女两性中，屠格涅夫显得更喜欢女性，他认为女性比男性思想更深沉、品质更纯洁、对爱情也更忠贞，认为女性身上有更多的人的本性。

作为一个伟大的现实主义作家，屠格涅夫一再强调他从不凭空创造，而总是写有原型的人物和事件。这一点在他的《关于〈父与子〉》和《六部长篇小说总序》以及《文学回忆录》等文章中都曾明确表示过。别林斯基在《一八四七年俄国文学一瞥》中就极具眼力地肯定了屠格涅夫早期作品中已出现的这一特点。在稳稳扎根于现实土壤这一创作原则下，屠格涅夫所使用的现实主义典型化手法大致可以归纳为三种类型：第一种是《猎人笔记》式的写法；第二种是六部长篇小说式的写法；第三种是那些带有自传性质的中篇爱情小说的写法。

六部长篇小说的典型化手法和前一种很不相同。作者在生活中接触到一个素材，便以此为出发点和核心，把生活中所感受、所观察、所理解到的东西集中到这个事实上来，对这一原始素材进行补充、改造，使它最终成为完整的艺术作品。这类实例最明显不过的是《前夜》和《父与子》。根据作家在《六部长篇小说总序》中和《屠格涅夫全集》的编者在附录和注释中所提供的材料，《前夜》的素材本来是他的一个名叫卡拉节耶夫的邻居所提供的自身恋爱故事，其中仅讲到他过去的一位女友因为爱上了另一位更值得她爱的革命家，便抛弃了他。这本是生活中常见的事情，然而作家根据他对现实生活的深刻理解和对生活动向的敏锐把握，大大地拔高了这位女主人公的思想境界和灵魂，并且给她周围另外安排了好几个代表着现实生活中不同的阶层和方面的典型人物。他使这位女主人公积极地对待生活，主动去寻找理想的爱人。而同时把英沙罗夫描写成一个被她找到的英雄，而不是一个把她从庸俗生活中引导出来的拯救者。这样叶琳娜的形象便具有了更深刻的历史概括性。《父与子》也是如此，从作家最初在火车上碰见的乡村医生开始，到作品写成后的那个巴扎罗夫为止，中间经过的加工制作并不比《前夜》更少。

至于第三类的典型化手法，可以说是前两类的结合。大都运用在他的一些中篇恋爱故事中。《阿霞》《浮士德》《初恋》《春潮》等中篇小说都和屠格涅夫自己早年的恋爱生活有所联系。从选材的角度看，这些作品有类似于《猎人笔记》的写法，但又绝不是作家本人的传记，作家把他在生活中观察到的知识分子尤其是“多余人”的性格特点也添加进去，达到深刻反映现实本质的目的。如《阿霞》一篇，它虽然是从屠格涅夫早年恋爱经历中的一个片断发展而来的，但是它又是采用了类似六部长篇小说那种广泛吸收在生活中观察和理解到的事实来进行加工改造的方法。

总之，屠格涅夫是一位罕有的文学的天才，一位有杰出成就和世界声誉的小说家，是一位“小说家之中的小说家”。他为人类做出了不朽的贡献。后世人应该永远记住他，并向他学习，继承他的遗产。

华东师范大学外国文学教授
王智量

目录

Contents

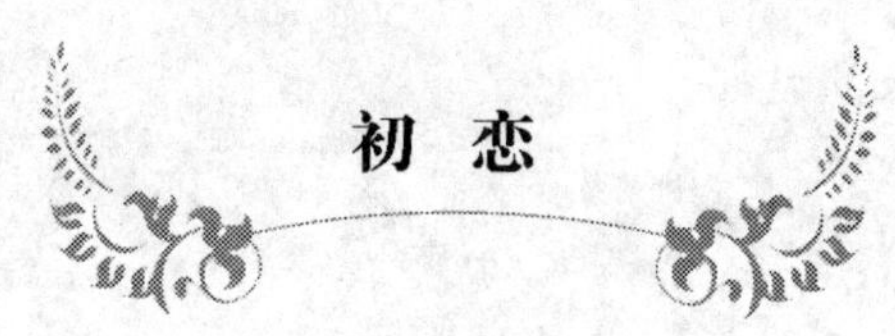

初恋

献给 B · 安年科夫

根据科学出版社（莫斯科——彼得格勒）1965 年版《屠格涅夫作品与书信全集 · 二十八卷集》（第九卷）译出

客人早已散去。钟已敲过十二点半。屋子里只剩下主人、谢尔盖·尼古拉耶维奇和弗拉基米尔·彼得罗维奇。

主人按铃，吩咐仆人收拾餐桌。

“那么，就这么说定了，”他说，点上雪茄抽起来，把身子更深地陷入扶手椅内，“我们每个人都要讲讲自己的初恋经历。您先讲，谢尔盖·尼古拉耶维奇。”

谢尔盖·尼古拉耶维奇长得胖胖的，一张圆脸，浅色头发，他先瞅一眼主人，然后抬眼仰望天花板。

“我没有初恋，”他末了说，“我直接从第二次恋爱开始。”

“怎么会这样?”

“是这样的。我第一次追求一位非常可爱的小姐时，才 18 岁；可我在向她大献殷勤时，觉得这事并不新鲜：和我后来追别的女人时的感觉一样。老实说，我的初恋和最后一次恋爱是六岁左右爱上了自己的保姆；可这是很久以前的事了。我们之间的细节我早已遗忘，即使我还记得，谁又会感兴趣呢?”

“那怎么办?”主人开口道，“我的初恋也没什么趣儿；在认识我现在的妻子——安娜·伊万诺夫娜之前，我谁也没爱过，——我们之间一切都很顺利；双方父亲保的媒，我们很快便爱上了对方，不久就结婚了。我的故事三言两语就可说完。我得承认，先生们，我提出‘初恋’的话题，是希望听听你们这些中年单身汉们的高见。

您难道不能给我们说说您的趣闻，弗拉基米尔·彼得罗维奇？”

“我的初恋确实有点不寻常，”弗拉基米尔·彼得罗维奇稍稍有点结巴地说，他40岁左右，一头黑发中依稀可见零星的白发。

“噢!”主人和谢尔盖·尼古拉耶维奇同声道，“那更好……请讲吧。”

“让我想想……哦不！我不打算讲；我不是讲故事的高手：要么讲得简短枯燥，要么冗长虚假；如果你们许可，我把我记得的一切都写在小笔记本上，然后念给你们听。”

朋友们起初不答应，而弗拉基米尔·彼得罗维奇固执己见。两周后他们又聚到一起，弗拉基米尔·彼得罗维奇亦如约而至。

下面就是他笔记本里所记载的：

一

那是在1833年的夏天。我那年16岁。

我住在莫斯科，和父母在一起。他们在涅斯库奇内公园对面的卡卢日卡门附近租了栋别墅。我在准备升大学，可很懒散，也不怎么忙。

没人限制我的自由。我随心所欲，尤其是和我最后一个法国家庭教师分手以后，他一想到自己像个“炮弹”似的掉到俄国，就不舒服，整天脸色凶凶地在床上闲躺着。父亲待我和气又淡漠；母亲几乎不注意我，尽管我是她的独生子：其他的烦心事把她给吞没了。我父亲还很年轻英俊，和母亲结婚是有财可图；母亲比父亲大10岁。我母亲的日子过得比较惨：她总是激动不安，猜忌生气——可又不在父亲面前流露出来；她非常怕他，而他总是那么严峻、冷淡、疏远……我没见过比他更镇定、自信和独断专行的人。

我永远忘不了在别墅过的头几个礼拜，天气非常美妙。我们是5月9号从城里搬到别墅的，那天正是圣·尼古拉日。我有时在别墅的花园里散步，有时在涅斯库奇内公园，有时到城门外去走走；随身揣着本书——如凯达诺夫编著的教材，可我很少翻它，而是常大声朗诵脑海里记得的诗，我能背出不少；血在沸腾，心隐隐作痛——那么甜蜜而又可笑：我总在期待着什么，担心着什么，而又对什么都诧异，全身心地准备迎接着什么；我想象着，这种幻想总是快速地萦绕着一些同样的东西，就像雨燕在晨曦中绕着钟楼飞翔；我深思，忧郁，甚至哭起来；可即使透过由吟唱的诗句，透过由日暮之美所引起的泪水和忧伤，青春及沸腾的生命亦如春草一样疯长起来。

我有一匹骑用的小马，我常常自己给它备鞍，骑着它独自向远处飞驰，幻想中自己成了中世纪比武中的骑士——风在我耳边多么愉快地歌唱！我抑或抬头望望天空，把那灿烂的阳光和一片蔚蓝映入我敞开的心扉。

我还记得，那时女人的形象，女人爱的幻影在我的脑海中还只是模模糊糊的；可我所思所感受到的一切中，已隐隐约约透着一种从未体验过的，莫名甜蜜的女性形象的预感，一种半朦胧、羞涩的预感。

这预感、这期盼浸透了我的全身：我呼吸着它，它存在于每一滴血里，流遍了我的每一根血管……它注定很快要实现。

我们的别墅是一栋带圆柱、木制的豪华宅子，有两个低矮的厢房。左厢房是个做廉价糊墙纸的小小作坊……我多次到那儿去过，看那十多个瘦瘦的小男孩，他们头发乱蓬蓬的，穿着油腻腻的长袍，小脸枯瘦，不时地在压着印刷机矩形架的木杠杆上跳来跳去，借自己瘦弱身体的重量，压印出糊墙纸的五彩花纹。右厢房还闲置着，待租。一天——5月9日过了三周多吧，这间厢房的护窗板开了，露出了女人的脸——有家人搬进来了。我记得那天午饭时，母亲问管家我们的新邻居是谁，听到是扎谢金娜公爵夫人，她起初还不无敬意地说："啊！公爵夫人……"可后来又补充道，"肯定是位穷的。"

"他们租了三辆马车来的，太太，"管家恭敬地上菜，说道，"他们自己连马车都没有，太太，家具也是最简朴的。"

"哦，"母亲道，"那还好些。"

父亲冷冷地扫了她一眼，她便沉默不语了。

扎谢金娜公爵夫人确实不富裕：她租的那间矮小的厢房看上去

那么破旧，稍微殷实点的人家也不会住在那儿。不过当时我听了只当耳旁风。我并不在意公爵的封号，我刚读过席勒的《强盗》。

二

我有个习惯，每天傍晚拿着枪在花园里徘徊，专待乌鸦。我早就恨上这种谨慎、贪婪而又滑头的鸟。就在我提到的那一天，我依旧去了花园——不过在所有小径白走了一遭（乌鸦已认识我了，只是远远地不时地叫上几声），我偶然走近了那道把我们的花园同右厢房后的一块窄带似的园子（那是属于这间房的）分隔开的栅栏。我低头走着，突然听到了人声，隔着栅栏望去——我怔住了……我见到一种奇异的景致。

离我几步远的地方——草地上，绿色马林果丛中，有位姑娘，亭亭玉立，她身穿条纹的玫瑰红衣衫，头上包着块白帕子；她被四个小伙子簇拥着，用一些我叫不上名，但孩子们很熟悉的灰色小花轮番敲着他们的额头：这些花的形状宛如小口袋，当敲在硬东西上时，它们就会喀嚓一声爆裂开来。小伙子们那么惬意地伸出额头——而在姑娘的动作中（我从侧面见着她），有些许迷人的、颐指气使的、爱抚的嘲弄及可爱的意味，我几乎要惊喜交加地叫起来了，我觉得只要这美妙的手指敲一下我的额头，我会马上把世上的一切都抛弃。我的枪滑到了草地上，我忘掉了一切，贪婪地凝视着那挺秀的身材、颈项、纤纤玉手、白帕子下略微散乱的金发，那半闭的慧眸，那睫毛，还有睫毛下柔柔的脸颊……

“小伙子，哎，小伙子，”突然我身边响起了一个声音，“难道能这么望着陌生的小姐吗？”

我全身一抖，怔住了……我身边栅栏的另一面，站着一个短短黑发的男人，正嘲弄地瞅着我。这一瞬那个姑娘也向我转过脸……那张活泼灵动的脸上镶嵌着一双灰色的大眼睛——这张脸突然微微颤动了一下，她笑了起来，一口皓齿在闪亮，眉毛有趣地往上一抬……我面红耳赤，从地上抓起枪，身后传来一阵善意的哄然大笑，我跑回自己的房间，扑到床上，用双手把脸捂起来。心怦怦地跳着，我既羞涩又很快乐，我感到从未经历过的激动。

我休息了会儿，然后梳洗好，下楼去喝茶。那少女的身影又萦绕着我，我的心跳得不再那么快了，可又那么令人愉快地紧缩着。

“你怎么了?”父亲突然问我，“乌鸦打着了?”

我本想全告诉他，可还是忍住了，只是暗自笑笑。就寝时，自己也不知为何，金鸡独立旋转了三四次，把头发抹上油，然后倒下，整夜睡得很香。清晨前我醒了一会儿，抬头欣喜地环顾一下周围，又睡着了。

三

“怎么和他们认识呢?”我早晨一醒，第一个念头便是这个。早茶前我去了花园，可并没十分靠近那道栅栏，谁也没看见。早茶后，我又在别墅前的街上绕了几圈——远远望着那扇窗……我好像觉得她的脸就在窗帘后面，便立刻惊慌失措地逃开了。“我非得认识她不可，”我想着，在涅斯库奇内公园前的沙地上踯躅着，“可怎么才能认识呢?这倒是个问题。”我搜索起昨日相遇的种种细节：尤其清晰地记着她对我的嫣然一笑……不过就在我激动地设想着各种办法时，命运已来眷顾我了。

在我出门后，母亲收到了一封我们新邻居用棕色火漆封口的信，内有一张灰色信笺，那火漆只有在邮局通知单及廉价葡萄酒瓶塞上才常用到。在那封文理不通、字迹潦草的信里，公爵夫人希望得到我母亲的保护：我母亲——据公爵夫人说，和一班要人很熟，而她和孩子们的命运都由这班人决定着，因为她有些非常重大的诉讼案件。“我以一个，”她写道，“我以一个贵妇人的身份向另一位贵妇人寻求帮助，并且很高欣（兴）能有这个机会。”信的末尾，她请母亲允许她来拜访。我回家正遇上母亲心里不痛快：父亲不在家，她无人可商量。不答复“贵妇人”，况且还是位公爵夫人的信，就太失礼了，可怎么答复——母亲又犯愁了。写法文信不妥，俄文拼法她又不太在行——她心里很清楚，不愿损坏自己的名声。见到我回来，她很高兴，马上让我到公爵夫人家走一趟，口头转告她，说我母亲随时准备竭力为公爵夫人效劳，邀请她下午一点到我们家来。我秘而不宣的愿望这么快就要实现，真叫我又喜又惧；不过我一点也没显出内心的惊慌不安——就先回到自己房间，系上新领结，穿上新礼服：我在家还穿短上衣和小翻领衬衫，尽管觉得它们太累赘。

四

走进那所厢房既拥挤又不整洁的前厅时，我不由得浑身颤栗起来，迎面碰上一个头发灰白的老仆，长着一张古铜色的黑脸膛，一双阴郁的猪眼睛，额头和两鬓刻着那么深的皱纹，我从未见过。他端着盘啃光肉的鲱鱼脊骨，边用脚掩上通往另一个房间的门，边生硬地问：

“您有啥事？”

“扎谢金娜公爵夫人在家吗？”我问。

“沃尼法季！”一个刺耳颤抖的女声在门里叫起来。

仆人一言不发转过身来，露出制服已磨得很旧的后背，制服上只有一颗已褪成红褐色、带纹章的扣子，他把盘子往地上一搁，进屋了。

“警察局去了吗？”那个女声又问。仆人含糊地说了点啥。“啊？……来客人了？……”又传来那个女声，“邻居家的少爷？嗯，快请进。”

“请到客厅去，少爷。”仆人出来对我说道，边从地上拾起盘子。

我整了整衣服，进了那间“客厅”。

“客厅”并不大，也不太清洁，摆着几件好像匆忙撂在那儿的家具，家具也挺寒碜。窗边掉了一把扶手的椅子上坐着位五十岁上下的老太太，她并不漂亮，没戴帽子，穿件绿色旧衣衫，脖子里围着条粗毛线的五彩三角围巾。一双小而黑的眼睛死死地朝我盯着。

我走上前去向她行了个礼。

“我能荣幸地跟扎谢金娜公爵夫人说几句话吗？”

“我就是，您想必就是弗先生的少爷？”

“正是，太太。我来是受母亲之托。”

“请坐。沃尼法季！我的钥匙在哪儿，你见到了吗？”

我向扎谢金娜公爵夫人转告了母亲的答复。她边听边用胖胖的红手指敲着窗棂，我说完后，她又目不转睛地望着我。

“很好，我一定来，”她末了说，“您真年轻！可以问问吗，您多大了？”

“16 岁。”我不由自主地结巴起来。

公爵夫人从衣兜里掏出几张写满字、油乎乎的纸，拿到自己鼻子下，逐一翻阅着。

“多好的年龄，”她突然说道，坐立不安地在椅子上扭来扭去，“噢，请您别客气，我这儿很随意的。”

“太平常了。”我想着，不无厌恶地打量着她难看的体形。

这时客厅的另一扇门蓦地开了，门槛上站着昨晚在花园见到的那位姑娘。她举起一只手，脸上掠过一丝讥笑。

“是我女儿，”公爵夫人用肘指着她道，“济娜伊达，这是隔壁弗先生家的少爷，请教您的大名？”

“弗拉基米尔。”我站起来答道，激动得有些吐字不清。

“那您的父称呢？”

“彼得罗维奇。”

“啊！我认识的一位警察局长也和您同名同姓。沃尼法季！别找钥匙了，在我兜里。”

少女依然那么笑着看着我，稍稍眯着眼，头也略微一偏。

“我已见过麦歇沃利代马尔①，”她开口道（她银铃般的嗓音，如一股蜜意凉凉地掠过我的全身），“您允许我这么称呼您吗？”

“当然呐，小姐。”我小声含糊道。

“在哪儿见到的？”公爵夫人问。

小姐没答她母亲的话。

“您现在忙吗？”她盯着我道。

---

① 法语：弗拉基米尔先生。——译注

“一点事都没有，小姐。”

“那您帮我缠缠毛线可以吗？来我房间吧。”

她朝我一点头，出了客厅。我跟在她身后走了出去。

我们进的那房间，家具强一点，摆得也有品位多了。不过这时我几乎对这一切都浑然不觉，像在梦中飘浮，全身有种傻乎乎的、紧张的愉悦感。

公爵小姐落了座，拿出一绞红毛线，指着对面椅子示意我坐下，她用心地解开那股毛线，把它放在我手上。她一语不发地做着这些，带着点可笑的慢条斯理，微启的双唇露出一抹开朗狡猾的笑容。她把毛线缠在一张折起来的扑克牌上，突然她双眸生辉，那么清澈迅疾地扫了我一眼，使我不由自主地垂下眼帘。她平时常半眯的双眼睁得大大的，——使她的容颜也完全变了：满脸容光焕发。

“您昨天对我什么印象，麦歇沃利代马尔？”过了会儿她问，“您可能责备我了吧？”

“我……公爵小姐……我什么也没想……我怎么能……”我发窘地说。

“哎，”她道，“您还不了解我，我很古怪，我希望别人永远对我说实话。听说您16了，而我已21岁，瞧，我比您大多了，因此您该永远对我说实话……而且听从我，”她补充道，“看着我——为什么不看我？”

我更窘了，不过还是抬头瞅着她的眼睛。她微笑起来，不过不是刚才的那种笑容，这微笑包含着一种鼓励。

“望着我，”她温柔地压低嗓门说，“我心里不会不舒服……我喜欢您的脸；我们会交上朋友的，我有这个预感。可您喜欢我吗？”她狡黠地又加了一句。

“公爵小姐……”我开口道。

“第一，叫我济娜伊达·亚历山德罗夫娜；第二，这是小孩子的，”（她自己马上又纠正）“年轻人的啥习惯呢——自己的感受不直说？成年人才好这样。您喜欢我吗？”

虽然我很高兴她那么坦诚地跟我交谈，可我也感到有些尴尬。

她把毛线缠在一张折起来的扑克牌上，突然她双眸生辉，那么清澈迅疾地扫了我一眼，使我不由自主地垂下眼帘。

我想让她明白，她并不是和个小孩子在打交道，我便尽量显出从容自如、郑重其事的样子说：

“当然，我很喜欢您，济娜伊达·亚历山德罗夫娜，我不想掩饰这一点。”

她慢慢摇摇头。

“您有家庭教师吗?”她冷不丁问道。

“没有，我早就没家庭教师了。”

我说了句谎话，我和那个法国教师分开还不足一个月。

“噢！我看得出——您完全是大人了。”

她轻轻敲敲我的手指。

“请把手伸直!”说完便专注地缠起线团来。

借她低头的机会，我细细打量着她，起先是偷偷地，而后胆子越来越大。我觉得她的容颜比昨晚更迷人：她脸上一切都那么清秀、聪慧、俊俏。她背窗坐着，那儿挂了幅白色的窗帘，阳光透过窗帘射进来，光线柔柔地洒在她蓬松的金发、洁白无瑕的脖子、那对削肩及柔嫩、宁静的胸脯上。我凝视着她——她和我有多么亲密、接近！我仿佛和她相识已久，而在这之前我好像对一切都懵懵懂懂，什么也没经历过……她身着一件暗色旧衣衫，围了条围裙，我多想爱抚那衣衫和围裙的每一道皱褶。从她的衣衫下露出了鞋尖，我多想拜倒在这双鞋下……“现在我和她相对而坐，”我想，“我已和她相识了……上帝啊，真幸福！”我欣喜地几乎要从椅子上蹦起来，不过只微微晃了晃脚，宛若个孩子得到了好吃的东西一般。

我高兴得如鱼得水，我愿永远不走出这间房，守着这个地方。

她的眼睑缓缓抬起，那双明眸又在我面前温柔地闪亮——笑意又写在了她脸上。

“您别这么看我。”她慢吞吞地说着，用手指吓唬了我一下。

我的双颊腾地红了起来……“她一切都明白，全都看到了，”我脑海里浮出这个想法，“她怎会不明就里，视而不见!”

突然隔壁房间什么东西碰撞了一下——是马刀的响声。

“济娜!”公爵夫人在客厅叫着，“别洛夫佐罗夫给你带了只小猫来。”

“小猫！”济娜伊达叫着，呼地从椅子上站起身，将线团朝我膝盖上一扔，冲了出去。

我也站起来，把那绞毛线和线团搁到窗台上，走进客厅，便犹疑地停下了脚步。一只花条纹的小猫四爪朝天地躺在房间中央，济娜伊达跪在小猫前，小心翼翼地托起它的小脸。公爵夫人旁立着位淡黄鬈发的年轻骠骑兵，他面色红润，一双凸出的蛤蟆眼，一个人就恨不得将两扇窗户间的间壁全遮住。

“真逗！”济娜伊达一再说，“它长着双绿眼珠，而不是灰色的，耳朵这么大。谢谢您，维克托·叶戈雷奇！您真可爱。”

我认出来了，那个骠骑兵就是昨晚那群小伙子中的一个，他微笑着行了个礼，同时踢马刺“喀嚓”一响，马刀吊环也“叮”的一声。

“昨天您随便一提，想要只大耳朵的、带花条纹的小猫……瞧，我搞来了，小姐。您的话就是——法律。”说罢他又行了个礼。

猫咪软软地尖叫着，开始嗅起地板来。

“它准是饿了！”济娜伊达叫道，“沃尼法季！索尼娅！端点牛奶来。”

一个身着黄色旧衣裙的女佣端着一小盆牛奶进来了，她脖子上还围着条褪了色的帕子，她把那盆牛奶搁在猫咪面前。猫咪哆嗦了一下，眯缝着双眼舔了起来。

“它粉红色的小舌头好可爱呀。”济娜伊达说，她的头几乎俯到了地板上，从猫咪一侧查看着它的鼻子下面。

小猫填饱肚皮，喵喵地叫着，装模作样地动着爪子。济娜伊达站起来，转向女佣淡淡说道：

“拿走吧。”

“为这猫——请伸给我您的小手。”骠骑兵咧嘴笑着道，他那严严实实裹在新制服里的强健身躯动了一动。

“两只。”济娜伊达说着把两只手伸给他。他俯吻着这双手时，她越过他的肩头瞅着我。

我在原地一动不动站着，不知该笑笑呢，说点什么呢，还是就这么保持缄默。突然透过前厅大敞的门，我们家仆人费奥多尔的身影扑入眼帘。他朝我做了做手势。我无意识地走出来到他的身边。

“怎么了?”我问。

“您母亲派我来找您，”他低声细语道，“她在发脾气，您还没把口信带回去。”

“莫非我在这儿待了挺长时间?”

“一个多小时了。”

“一个多小时!”我不由自主地重复道，回到客厅，“喀”的一碰脚跟向主人行礼告别。

“您去哪儿?”公爵小姐从骠骑兵身后望着我说。

“我得回家了，小姐。那么我就和家母说，”我转向老太太又道，“您下午两时光临寒舍。”

“行，就这么说吧，少爷。”

公爵夫人急急忙忙拿出鼻烟壶，那么大声地嗅了一下，使我不由得一抖。

“就这么说吧。”她又说了一遍，含泪眨巴眨巴眼睛，呻吟了几声。

我又鞠了一个躬，转身走出了房间，后背如刺针芒，那是非常年轻的人，当他知道后面有人望着他时的感觉。

“以后再到我们这儿来吧，麦歇沃利代马尔。”济娜伊达嚷着，又笑了起来。

“她怎么总在笑?”我想着，在费奥多尔的陪伴下回家，他一言不发，只是不满意地跟着我。母亲把我数落了一通，而且她还感到惊讶：我有什么事要在公爵夫人那儿待那么久？我根本没搭腔，返回自己的房间。我突然觉得非常忧伤……我尽力忍住不掉眼泪……我嫉妒那个骠骑兵。

五

公爵夫人如约前来造访我母亲，可母亲并不喜欢她。她们见面时我不在家，不过在餐桌上母亲对父亲说，她觉得这个扎谢金娜公爵夫人是个 une femme très vulgaire①，她一个劲地请求母亲在谢尔盖公爵面前说说情，使得母亲都厌烦了，这人还总有些官司要打——des vilaines affaires d´ argent②——那么她一定是个非常爱诉讼不休的人。不过母亲又加上几句，说她已请她和女儿明天来吃午饭（听到“和女儿”，我便埋头吃饭），因为她好歹是我们的邻居，是个贵族。这时父亲对母亲说，他现在想起这个公爵夫人是谁了。他年轻时认识已过世的扎谢金公爵，此人受过良好的教育，但又头脑空空，又荒唐，又爱抬杠，由于他在巴黎生活了很久，社交界便称之为“1eparisien”③；他原本很富，可把财产输了个精光——不知为何，也许仅为金钱的缘故吧，“不过，他本可以选个更好的，”父亲加上一句，冷冷一笑，“仅为了金钱吧，他娶了个小官吏的女儿，而婚后他又搞投机生意，最终彻底破产了。”

“但愿她别来借钱。”母亲说道。

“这很可能，”父亲静静地说，“她会说法语吗?”

“非常糟。”

“哼。不过这倒无所谓。你好像说也请了她的女儿。我听说，这姑娘倒很讨人喜欢，又有教养。”

“啊！那么说，她并不像母亲。”

“也不像父亲，”父亲说道，“那个也很有教养，却很愚蠢。”

母亲叹了口气，陷入沉思。父亲也缄默了。这场谈话过程中，我一直觉得很不自在。

午饭后，我没拿枪便到花园去了。我暗自发誓不再靠近“扎谢金娜家的花园”，可一种无法抵御的力量还是把我吸引到那儿去了——我没白来。我还没走近栅栏呢，就已看见济娜伊达。这次她独自一人。手里捧着本书，沿着小路缓缓走着。她没发现我。

---

① 法语：非常粗俗的女人。——原注

② 法语：讨厌的金钱上的事。——原注

③ 法语：巴黎人。——原注

我差点和她错过了；不过我突然醒悟过来，咳嗽了一声。

她转过头并未停下，只是用手把圆草帽上的天蓝色宽带子撩开瞥了我一眼，淡然一笑便又埋头于书本了。

我揭下帽子，在原地踌躇了一会儿，便心里沉沉地走开了。“Que suis-je pour elle?①”我用法语（上帝知道为什么）想着。

我身后传来熟悉的脚步声：扭头一望——父亲迈着轻快的脚步走向我。

“这便是公爵小姐？”他问。

“是。”

“你莫非认识她?”

“我今儿早上在公爵夫人家和她见过一面。”

父亲停下脚步，鞋跟很快一转，往回走去。和济娜伊达走齐的时候，他礼貌地鞠了个躬。她也这么还了个礼，不无惊奇地垂下书。我看见她一直目送着父亲。父亲穿着一向非常雅致，有自己独特的风度及简约；可我从未感到他的体态像今天这么挺拔，从未感到那顶灰帽和他稀稀疏疏的鬈发那么般配。

我刚向济娜伊达走去，可她甚至没瞧我一眼，便举起书本走开了。

六

整晚和第二天早上我都郁郁寡欢，无知无觉。我想着还要学习，便拿起凯达诺夫的那本著名教科书——可书上大字印刷的行行、页页在我面前白白掠过。我连读了十次这句“尤利·恺撒以作战英勇无畏著称”——可什么也没弄懂，便把书一扔。午餐前我又往头上擦了油，穿上常礼服，系上领结。

“这是干吗？”母亲问，“你还不是大学生，天知道你能不能考上。况且你的短上衣做了很久吗？可别把它扔了!”

---

① 法语：对她而言我算个什么呢？——原注

“要来客人。”我几乎绝望地嘟囔道。

“瞎扯！这是什么客人！”

只好屈服。我换下常礼服，穿上短上衣，不过没摘领结。午餐前半小时公爵夫人和女儿到了；公爵夫人在我熟识的那件绿衣裙外披了条黄披肩，戴了顶有火红丝带的老式包发帽。她马上就说起自己的“期票”，不断地长吁短叹，哭穷诉苦，可她一点也不讲礼节：还是那么大声嗅鼻烟，那么随意地在椅子上转来转去，坐不安稳。她好像都没意识到，自己是个公爵夫人。可济娜伊达的举止却非常矜持，几乎可以说是高傲，真正的公爵小姐风度。她的脸上显出冷冷的娴静和高傲——我都认不出她了，认不出她的目光，她的微笑，虽然她这种新样子，我也觉得非常标致。她身着由轻柔的巴勒吉纱罗做成的带浅蓝花纹的连衣裙；头发照英式梳成一绺一绺的鬈发，长长地垂在脸颊两边，这种发式很符合她冷淡的表情。午餐时，父亲和她相邻而坐，以他特有的优雅和从容，彬彬有礼地照顾着自己的邻座。他偶尔看看她——她也偶尔看看他，那么奇怪、几乎是敌意地瞅着他，他们之间用法语谈话。我还记得，济娜伊达发音的纯正令我惊讶。在餐桌旁，公爵夫人还是那么不讲究，吃得很多，夸菜做得好。看得出母亲对她腻味透了，带着种愁闷的轻慢应酬着她，父亲偶尔微微皱皱眉。母亲也不喜欢济娜伊达。

“这真是个傲慢的女人，”第二天母亲道，“想想吧——她有什么值得骄傲的——avec sa mine de grisette！①”

“你显然没见过‘格里泽特卡’。”父亲道。

“感谢上帝！”

“当然，感谢上帝……只是你怎么能这么指责她们呢？”

济娜伊达一点也没注意我。午餐后公爵夫人很快便告辞了。

“我就指望您二位的保护了，玛丽亚·尼古拉耶夫娜，彼得·瓦

---

① 法语：凭她那副“格里泽特卡”的外貌。——原注

（格里泽特卡是指轻佻的姑娘，法国小说、喜剧里常见的角色，多为女裁缝、歌女之类人物。——译注）

西里伊奇，”她拖长腔调道，“怎么办呢！有过好日子，可现在都已过去。我现在虽然有爵位，”她带着令人不快的笑声说，“可要食不果腹，虚名又有何用。”

父亲谦恭地向她行了个礼，送她到前厅的门口。我穿着那件太短的上衣站在那儿，望着地板，就像被判死刑的囚犯。济娜伊达的态度把我彻底击溃了。因此当她走过我身旁，双眼依然那么温柔，快速低声对我说话时，我有多么诧异。她说：

“八点上我们家，听见了？一定……”

我刚两手一摊——她已把白围巾披到头上走了。

七

我身着礼服，把头发梳得高高的，整八点走进了公爵夫人的前厅。老仆阴郁地瞅着我，不乐意地从长凳上立起身。客厅里传来欢声笑语。我推开门，惊讶地后退了一步。房间中央椅子上站着公爵小姐，手里拿着顶男式礼帽；椅子四周围了五位男子。他们都尽力把手放到帽子里，可小姐高高地举着帽子，使劲摇着它。看到我，她叫道：

“等等，暂停！新客人来了，该给他一张签，”她轻巧地从椅子上跳下，抓住我礼服的袖口，“来吧，”她道，“您干吗站着？Messieurs①，让我介绍一下：这位是麦歇沃利代马尔，邻家少爷。而这位呢，”她转向我依次指着客人道，“马列夫斯基伯爵，卢申医生，诗人迈达诺夫，这位是退伍大尉尼尔马茨基，这位是骠骑兵别洛夫佐罗夫，他您已见过了。希望你们彼此欣赏。”

我很窘迫，甚至忘了跟别人行礼，我认出那个皮肤最黑的先生便是卢申医生，他那晚在花园里无情地奚落过我；其他人我不认识。

“伯爵！”济娜伊达接着说，“请给麦歇沃利代马尔写张签。”

“这不公道。”伯爵带着波兰口音反驳道，这是个穿着考究的黑

① 法语：先生们。——原注

发英俊男子，一双含情的褐色眼睛，窄小的白鼻子，小嘴上精致的小胡子。“他还没和我们玩过摸彩游戏呢。”

“不公道。”别洛夫佐罗夫和那据称是退伍的大尉也重复道，大尉40岁左右，满脸麻子，一头鬈发像个黑人，背有点驼，罗圈腿，敞着穿件不带肩章的军装。

“跟你们说，还是给他写张签吧，”公爵小姐重复道，“干吗要反对呢？麦歇沃利代马尔是头一回和我们玩，今天他可以不守规则。别唠叨了，写吧，我想这样。”

伯爵耸耸肩，顺从地低下头，用白皙的戴满嵌宝石戒指的手拿出笔，撕下一小片纸，写了起来。

“至少请允许我向麦歇沃利代马尔先生解释一下，我们在干什么，”卢申嘲讽地说，“否则他完全不知所措了。看见了吧，小伙子，我们在玩摸彩游戏。公爵小姐是发奖人，谁拿到好运签，就有权吻她的玉手。清楚了吧？”

我瞥了他一眼，依然迷迷糊糊地站在原地，公爵小姐又跳上椅子，开始晃动帽子。所有的人都挤向她——我也紧随其后。

“迈达诺夫，”公爵小姐对一个高个年轻人说——那人面容消瘦，有一双暗淡的小眼睛及一头特别长的黑发，“您作为诗人，该大度点，把您的签让给麦歇沃利代马尔，这样他就有两次机遇了。”

可迈达诺夫摇摇头，连头发也在起伏。我在最后把手放进帽子，拿出并打开签……上帝啊！当我看到纸上写着“亲吻”，我如在云里雾里。

“亲吻！”我不由大声叫道。

“好！他中彩了，”公爵小姐接过话头，“我真高兴！”她从椅子上下来，那么明澈、柔柔地望着我，我的心狂跳不止。“那您快活吗？”她问。

“我？……”我嗫嚅着。

“请把您的签卖给我，”别洛夫佐罗夫突然在我耳边贸然道，“我付您一百卢布。”

我怒冲冲地扫了骠骑兵一眼，使得济娜伊达击掌称快，而卢申叫道："好样的！"

"不过，"他接着说，"我是司仪，有责任监督所有规则的执行情况。麦歇沃利代马尔，请单腿跪下。我们的规矩就是这样。"

济娜伊达站在我面前，仿佛为了更好地看清我，头微斜着，庄重地向我伸出手。我的眼前一片模糊；我想单腿跪立，却把两条都跪下了——我难为情地把嘴唇轻轻碰碰她的手指，甚至让她的指甲把我的鼻尖轻轻擦了一下。

"好啊！"卢申嚷着，扶我站起来。

摸彩游戏继续进行。济娜伊达让我坐在她旁边。她想出了多少"中彩"的方式啊！其中一次她扮"雕像"——选丑男人尼尔马茨基当基座，叫他伏着，甚至把头要扎到胸前。笑声一直不断。我这个在孤独严厉的管教中长大的孩子，又生活在一个有身份的贵族家庭里，这种喧哗和吵闹，这种不拘礼节甚至纵情欢乐，这种从未经历过的和陌生人的交往，都让我兴奋得头晕目眩。我如饮甘醴般的醉了。我哈哈大笑，吵得比别人声音还大，甚至连坐在隔壁房间的老公爵夫人也出来瞧我，她原本在跟一个从伊韦尔斯基门请来的小官员谈事的。可我感到那么有福气，以至于对别人的嘲笑和不满的目光，像俗话所言"满不在乎"了。济娜伊达继续对我表现出偏爱，不让我离开她。有一次"中彩"，我和她坐在一起，蒙着一块绸布，我应当对她说出自己的秘密。我还记得，我们两个的头忽然在一种窒闷、朦胧、馨香的幽暗中，她的双眼亲近、柔媚地闪亮，双唇启开，兰气微吐，露出一口皓齿，她的发梢使我发痒，燃烧着我。我沉默不语。她隐秘狡猾地微笑着，末了低声问："嗯，是什么呢？"我满脸通红，笑着转过头，几乎喘不上气来。我们厌倦了摸彩——又开始玩小绳游戏。天哪！当我看得出神时，她猛击了一下我的手指，我感到多么狂喜！后来我又故意尽量装出发呆的样子，她都只是戏弄我，再也不碰一下我伸出的手了！

我们这晚什么没玩过啊！我们弹钢琴，唱歌，跳舞，模仿流浪的茨冈人群。尼尔马茨基被打扮成一只熊，被迫喝盐水，马列夫斯基伯爵给我们表演了各种纸牌魔术，最后一个是"惠斯特"，自己把所有主牌从被洗乱的牌中拿出来，这样卢申便有“祝贺他的荣幸”了。迈达诺夫给我们朗诵了他的长诗《凶手》的片断（当时正是浪漫主义的顶峰时期），他准备把这本书印成黑色封面，书名用血红的大字出版；我们把帽子从伊韦尔斯基门请来的小官员的膝上偷走，然后让他跳哥萨克舞来赎回帽子；我们给老沃尼法季戴了顶女人的便帽，而公爵小姐自己则戴了顶男人的帽子……玩的花样都数不过来了。只有别洛夫佐罗夫常皱着眉，生气地待在角落里……有时他双眼充血，面红耳赤，好像马上就要向我们猛扑过来，把我们撕成木屑，四处乱扔，可公爵小姐望着他，用手指威吓着指着他，他便又隐回自己的角落了。

我们最后都精疲力竭了。公爵夫人说她对这些也很在行，她不怕任何吵闹，不过她也觉得累了，想休息。夜里十二点开了晚饭，一块有点陈的干奶酪，几个碎肉馅的冷馅饼，可我却觉得比任何酥皮大馅饼都美味；只有一瓶有些古怪的葡萄酒：大口黑瓶，酒泛玫瑰红，不过谁也没动它。我疲惫不堪，幸福得一塌糊涂地走出了这所小宅，和我告别时，济娜伊达紧紧地握着我的手，又谜一般地微笑了。

闷湿的夜气拂过我热热的脸，好像要下雷雨。乌云涌来，在天空飘荡，明显地变幻着自己如烟的身姿。微风不安地抖动着黑黑的树林，仿佛在远远的天边响起几声闷闷的令人胆战的炸雷。

我从后面台阶进自己的房间。可我的老仆在地板上睡着了，我不得不跨过他：把他给惊醒了。他见到我便禀报，说母亲又对我很生气，又要派人去找我，可让父亲挡住了。（我睡觉前，都要和母亲道晚安并请求她的祈福。）这次可无计可施了！

我对老仆说，我自己脱衣上床——然后吹熄了蜡烛。可我既没脱衣，也没上床。

我久久地坐在椅子上，着迷了一般。我所感受到的一切是那么新鲜而甜蜜……我一动不动地坐着，对什么都视而不见，缓缓地呼吸着，当回忆起什么时，才静静地笑笑，我有时想我恋爱了，意中人便是她，这就是爱。这想法叫我内心激动得发冷。幽暗中济娜伊达的脸在我面前萦绕——飘来飘去便飘不走了；她的双唇依然浮现出谜一般的微笑，眼睛稍稍斜望着我，询问地、如梦地、柔媚地……就像我和她道别时一个模样。我终于站起身来，踮着脚来到自己的床前，没脱外衣，小心翼翼地把头放到枕头上，仿佛生怕大动作会惊扰了我内心洋溢的感受……

我只是躺着，眼睛都没合上。很快我发现我的屋子不断洒进微弱的反光。我微欠起身，望着窗外。窗棂和神秘莫测、模糊发白的窗玻璃清晰分开。“雷雨。”我想，的确下过雷雨，可它是在很远的地方，雷声都听不见；天空只是不断闪烁不晦暗的、长长的、宛如分成一绺绺的电光：它们不像在闪烁，更像垂死小鸟的翅膀一样抖动痉挛。我起身走到窗前，在那儿一直站到黎明……闪电一直没住，那是民间所谓的“雀夜”①。我盯着静寂的沙地，瞅着涅斯库奇内公园里黑黢黢的一大片，眺望远处建筑物发黄的门面，它也仿佛在每一次闪烁的微光中颤栗……我盯着——目不转睛地盯着；这些无声的闪电，这些瞬间的闪耀，仿佛呼应着我内心同样沉默、隐秘的情感闪电。黎明降临，出现了点点火红的朝霞。随着旭日冉冉升起，闪电渐渐变白稀少，终于在明媚的霞光中消遁……

我内心的闪电也已逝去。我感到非常疲倦和静寂……可济娜伊达的影子依然在我心里得意洋洋地飘来飘去。只是这个影子本身也显得很娴静：如同一只飞出沼泽水草的天鹅，与周围的龌龊有天壤之别，我快入眠时，最后一次以惜别、信任的心情跪拜在它的面前……

啊，这份温馨的感觉，这种软绵绵的话语，美丽恬淡下一颗悸动的心，初恋那令人陶醉的欢乐——你们在哪儿？在哪儿？

八

第二天早上当我喝茶时，母亲数落了我——不过比我想象的要

① 最短的夏夜。——译注

轻些，她要我说出昨晚我是怎么度过的。我轻描淡写地说了几句，略过了许多细节，尽量说得一切正常。

“不管怎么说，他们不是comme il faut①，”妈妈说道，“你别去他们那儿溜达了，该好好准备入学考试，学习学习才是了。”

因为我知道，妈妈对我学习上的关心也只限于口头上说说而已，便没反驳她。可早茶后，父亲却挽着我的手一起去了花园，让我把在扎谢金娜家的所见所闻统统说出来。

父亲对我有种很奇特的影响力——而且我们之间的关系也很奇异。他简直不管我的教育，可从来也没伤害过我的自尊心；他尊重我的自由——甚至可以说，他待我彬彬有礼……只是他不允许我亲近他。我爱他，欣赏他，认为他是个男人中的典范——而且，天啊，如果不是时时感到他那推开我的手，我会多么热烈地恋着他！而且他愿意的话，只需用一句话，一个动作，便马上唤起我对他无边的信任。我的心扉对他敞开——我对他喋喋不休，像对智友，对宽厚的导师一般……然后他又突然抛下了我——他的手又把我推开，虽说是温柔地、轻轻地，可还是推开了。

他有时快活，那时就如孩童般和我嬉戏淘气（他喜欢各种重体力运动）。有一次——仅此一回！他那么温存地爱抚着我，让我几乎落下泪来……可他的快乐和温存一下子消失得无影无踪——而我们之间所发生的一切，并未使我对未来抱任何希望，我宛若梦中经历了这一切。有时我端详着他那睿智、英俊开朗的面容……我的心颤抖着，我全身心地想扑向他……他仿佛觉出了我的想法，顺手在我脸上抚爱地拍了拍……然后或者走开，或者着手干点什么，或者突然变得冷漠，这是他独有的态度，我也就马上缩成一团，冷了下来。他对我寥寥数次的抚爱从来都不是因为我不言而喻的恳求引起的：它们都是意料之外的。后来我想想父亲的性格，断定他顾不上我，也顾不上家庭生活；他喜欢别的，并且从中得到完全的享受。“你自

---

① 法语：规矩人。——译注

己去拿能够着的，别让别人控制你；做自己的主人——生活的实质就在于此。”他有次对我这么说。另一次我以一个年轻的民主主义者的身份和他谈论自由的问题（那天他正是所谓“和蔼的”，那么可以和他随便谈什么）。

“自由，”他重复道，“那你知道吗，什么可以给人自由？”

“什么？”

“意志，个人意志，它给人比自由更好的权力。你意志坚定——就得到自由，可以对别人发号施令。”

我父亲首先超乎一切地想活着——也经历了一切……可能他预感到不能长久地享受生活的实质：他四十二岁就去世了。

我详细地跟父亲说了在扎谢金娜家里的所见所闻。他坐在板凳上，用手杖尖在砂地上画着，似注意似漫不经心地在听我说，偶尔露出一丝笑容，眼睛微微发亮地、有趣地瞅着我，用短短的问句和反驳逗我说下去。我开始连济娜伊达的名字都说不出口，可终于忍不住，开始对她大加溢美之词，父亲依然微微笑着，然后陷入沉思，又伸个懒腰，站起身来。

我想起来，我们走出家门时，父亲吩咐过给他的马备鞍。他是个出类拔萃的骑手——比列里先生更厉害，能驯服最野的马。

“我和您一起骑马去，行吗，爸？”我问。

“不，”他答，脸上又恢复了往日的冷淡和温和，“如果想去，就自己去吧，跟马夫说说，我不去了。”

他转身很快走了。我目送着他——他很快便消失在门外了。我看见他的礼帽沿着栅栏在移动：他到扎谢金娜家去了。

他在那儿待了不到一个小时，然后马上进城去了，直到傍晚才返家。

午饭后我独自一人进了扎谢金娜家。在客厅里我只碰到了公爵夫人。看到我，她用编织针尖挠着包发帽下的头发，突然提出，我能不能替她抄一禀帖。

“非常乐意为您效劳。”我答道，在椅子边坐了下来。

“就是请把字体写大点，”公爵夫人把那张油乎乎的纸递给我时，说道，“今天行吗，少爷？”

“今天就抄，夫人。”

隔壁房门开了条缝，那里现出济娜伊达苍白、沉思的面容，头发随意披在脑后：她那双大眼睛冷冷地扫了我一眼，轻轻把门合上了。

“济娜，哎，济娜！”老太太叫道。

济娜伊达没搭腔。我拿走老太太的禀帖，抄了整整一晚。

九

我的“狂热”始于那一天。我记得，我当时的感觉就和新工作的人的感觉一样：我已不再是个孩子了，我在恋爱。我说过，我的狂热始于那一天；我还得加上，我的痛苦也始于那一天。没有济娜伊达的时候，我痛苦不堪：脑子里一片空白，什么事也干不了，整天只念着她……我郁郁寡欢……可在她面前我也不轻松。我嫉妒，承认自己的渺小，我愚蠢地生气，傻傻地卑躬屈膝——可还是有一种不可抵御的力量把我吸引到她身边，当我跨进她的门槛时，不由自主幸福地颤栗着。济娜伊达马上猜出，我爱上了她，况且我也并不想掩饰这一点；她拿我的狂热开心，愚弄我，宠爱我，又折磨我。由于专制和不负责任，成为别人最大快乐和最深痛苦的唯一源泉，对她而言是很甜美的——我成了济娜伊达手中的一块柔和温顺的软蜡。然而，并不只是我一个人爱上了她：所有去她家的男人，都被她迷住——一个个拜倒在她的脚下。她一会儿逗起他们的冀盼，一会儿又使他们担忧，任意把他们玩弄于股掌之中（她谓之让他们互相碰头）——可他们想都没想过违抗她，都乐滋滋地服从她。她活泼而漂亮，集狡黠与无忧无虑、矫情与朴实单纯、娴静与爱玩爱闹于一体，显得格外迷人；她一切的所作所为，她的一举一动，都散发出一种柔柔的、轻盈的魅力，处处都显示出她独有的勃勃生机。她的脸时时变幻，时时散发着神采：嘲讽、冥想与激情交织在一起。各种大相径庭的感受，像有风的晴日里云彩的阴影，轻快地在她的双眸及唇际时时掠过。

她需要每一个崇拜者。她有时称别洛夫佐罗夫为“我的野兽”，有时又仅称“我的”，——为了她，他可以赴汤蹈火，他对自己的才智及其他优点不甚自信，因而总在向她求婚，暗示其他人不过是在说空话。迈达诺夫符合她诗意的心弦：他非常沉着，和所有的作家一样，他竭力使她深信不疑，可能也是使自己信服，他把她奉若神明，他不断写长诗颂扬她，用一种有点矫情、又真诚的欣喜给她朗诵。她同情他，又有点拿他取乐；她并不相信他，听完他倾诉衷肠后，她让他读普希金的诗，说是要清洁一下空气。卢申这位爱嘲讽人、说话厚颜无耻的医生，比谁都了解她——也比谁都爱她，虽然常在背后或当面责骂她。她尊重他，可也不放过他——有时以一种特别幸灾乐祸的快感让他觉得，他在她掌心握着呢。“我卖俏，我没有心，我天生是个戏子，”她有次当我在场时对他说，“啊，好！把您的手给我，我用别针刺它，当着这个小伙子您会觉得羞愧，您会感到疼，可您，这位老实的好好先生，还是得笑笑。”卢申脸红了，掉头咬着双唇，末了还是把手给了她。她用别针刺它。他也真的笑了……她也启唇微笑，把针刺得很深，盯着他那双徒然想逃避的眼睛……

我最不明白的是济娜伊达和马列夫斯基伯爵之间的关系。他英俊、机灵、睿智，可有一种令人起疑的、伪善的东西，连我这个十六岁的孩子都感觉到了，因此我很惊奇，济娜伊达居然没有觉察。也可能她已觉察到这种虚伪，只是并不厌恶它。她所受的非正规的教育，奇怪的交际和习惯，母亲一直在身边、贫寒及家里没有秩序——所有这一切，自从少女时代享受自由起，就使她意识到自己比别人优越，从而发展成一种瞧不起人的刻薄和大大咧咧的习惯。不管发生什么事——或是沃尼法季来禀报，说糖没了，或是什么难听的流言蜚语传开了，或是客人们吵起来了——她只是摇摇鬈发，道：“小事一桩！”她也一点不为此伤神。

但每次当马列夫斯基伯爵狐狸般狡猾地轻轻晃到她身边，优雅地倚着她的椅背，带着洋洋自得而又阿谀谄媚的微笑在她耳边窃窃私语——而她双手交叉放在胸前，认真地凝视着他，摇摇头微笑着，这时我就气得血往上涌。

“您为什么这么乐意接待马列夫斯基先生呢?”有次我提出这个问题。

“他有那么美妙的小胡子,”她答,“这您可管不着。”

“您别认为，我爱他,”另一次她对我道,“不，我不会爱上一个我要居高临下俯视的人。我要一个能征服我的人……感谢上帝，我可不要碰上这种人！我不要落入别人的掌中，不要!”

“那么，您永远不爱了?”

“可您呢？难道我不爱您吗?”她说着，用手套的指尖在我鼻子上打了一下。

是的，济娜伊达真是拿我在取乐。三周里我天天见到她——她什么没和我玩过啊！她极少上我家来，我也并不想让她来；在我们家她又变成了矜持的公爵小姐——因此这时我见着她就躲。我害怕在母亲面前暴露自己；她一点也不赏识济娜伊达，常不友好地观察着我们。我并不那么怕父亲：他好像并不理会我，和她说得也很少，可说得又那么智慧而有韵味。我不再用功，不再读书——甚至也不到四周漫步，也不再骑马了。就像一只被捆住脚的甲虫，我不断地在这所心爱的厢房周围徘徊着：仿佛永远待在那儿就好……可这是办不到的；母亲埋怨我，济娜伊达有时也撵我回家。那时我便锁在自己的房间里，或走到花园尽头，爬上高高的石制暖房完整的废址，让腿从临街的墙上垂下来，在那儿一坐就是几个小时，我目光呆滞，一片茫然。我身边落满灰尘的荨麻上，懒懒地飞舞着白蝴蝶；离我不远处半坏的红砖上，一只胆大的麻雀愤愤地鼓噪着，不断转动着小身子，展开小尾巴；依然疑心重重的乌鸦，立在高高的桦树顶上，不时地呱呱叫着；阳光静静洒在稀疏的桦树枝条上，微风轻轻拂过；顿河修道院的钟声时时传来，悠扬又凄凉——而我坐着，望着，听着，心中涌起一种莫名的感受，它包含了一切：忧愁、喜悦，对未来的憧憬，期望及对生的恐惧。可我当时一点也不明白，一点也说不清我心中掠过的这一切，我倒不如把这一切用一个名字来称呼——济娜伊达。

而济娜伊达一直在戏弄我，就像猫玩耗子一样。她有时对我卖弄风情——让我陶醉得心潮澎湃，有时又突然把我推开——我不敢靠近她，不敢看她一眼。

我记得，她连着几天都对我冷冰冰的，我完全羞怯起来，瑟缩地走到她们的厢房，不管老公爵夫人正在大骂着谁还是在叫嚷，我都尽量待在她身边：她"期票"的事很不顺利，已和警察分局局长解释过两回了。

有次我顺着花园那条熟悉的栅栏漫步——见着济娜伊达：她两只胳膊支着，静静地坐在草地上。我本想悄无声息地离去，可她突然抬起头，做个命令手势让我过去。我原地怔住了：没马上弄懂她的意思。她又向我重复了手势。我马上跳过栅栏，兴奋地朝她跑去，可她用目光止住我，指指离她两步远的小路。我窘迫得不知如何是好，便跪在小路旁。她的脸色苍白如雪，显得那么痛苦、悲哀，那么疲惫不堪，我的心缩紧了，不觉低声问：

"您怎么了？"

济娜伊达顺手扯了一片草，嚼了一下又扔得远远的。

"您非常爱我？"她末了问，"是不是？"

我没开口——而且我为什么要答？

"是，"她又说，像以前一样看着我，"是这样的。也是这样一双眼睛，"她补充道，思忖着，用两手捂住脸，"我厌倦了一切，"她低语，"我不如到世界的尽头，我顶不住了，招架不了……我有什么奔头！……哎呀，苦恼透了……天哪，我真痛苦！"

"究竟怎么了？"我怯怯地问。

济娜伊达只是耸耸肩，并没搭腔。我依然跪着，怀着深深的苦闷瞅着她。她的每一句话都使我心如刀绞。这一刻我恨不得献出自己的生命，只要她不再难过。我瞅着她——依然不明白，她为何如此痛苦，不过能清楚地想象出，她突然遇上了难以忍受的悲哀，便走到花园，颓然倒在草地上。四周一片亮汪汪的绿色，风儿摇动着树叶，发出沙沙声，偶尔晃动着济娜伊达头顶上那长长的马林果枝条。鸽子不知在何处咕咕叫着——蜜蜂在稀疏的草地上嗡嗡低飞。

天空蓝得那么醉人——我却那样忧愁……

“给我念点诗吧，”济娜伊达喃喃道，用胳膊肘支着身子，“我喜欢听您吟诗。朗诵起来像唱歌，不过没事儿，这是年轻的缘故。给我念《格鲁吉亚的山上》吧。还是先请坐下来。”

我坐下来，吟起这首诗。

“‘它要不爱也办不到’，”济娜伊达重复了一遍，“这就是诗歌的美妙之处：它能告诉我们生活中不存在的事，甚至它不仅比现有的事更美，而且更像真理……‘它要不爱也办不到’——它想不爱，可又办不到！”她又沉默了，突然身子一抖，然后站起身。“走吧，迈达诺夫在妈妈那儿，他给我带来了自己的诗，可我把他一个人扔那儿了。他现在也很难过……有什么法子！您总会明白的……只是别生我的气！”

济娜伊达急急地握了一下我的手，向前跑去。我们返回厢房。迈达诺夫开始给我们朗诵自己刚出版的《凶手》，可我并没听他朗诵。他大声拖长腔念着自己那个四韵脚抑扬格的诗，韵律像小铃铛空洞、大声地交换响着，我一直盯着济娜伊达，总想弄清她最后几句话的含义。

或许，一个秘密的情敌
出乎意料地征服了你？——

迈达诺夫的鼻子里忽然冒出这样的诗句——我的眼神和济娜伊达的正好对上了。她垂下眼帘，脸上飞起一抹红霞。那红霞使我怕得浑身发冷。我老早就嫉妒了，可直到这一瞬间，脑海里才掠过“她喜欢谁”这个念头。“上帝啊！她究竟爱上谁了！”

十

真正折磨我的痛苦就始于那一瞬。我绞尽脑汁思忖着，前思后想——而且纠缠不休地、尽量隐秘地观察着济娜伊达。她身上起了变化——这是显而易见的。她常独自出门溜达，而且一走就是好半天。有时她不见客，坐在自己的房间里几个钟头一动不动。以前她可不这样。我突然变得——或者我自己觉得变得——特别敏锐了。“是他吗？莫非是他？”我自问，忐忑不安地把她的崇拜者一个个猜了个遍。我暗自认为马列夫斯基伯爵（虽然我替济娜伊达羞于承认这一点）的危险性更大一些。

我只留意于鼻子尖底下的事，心中的秘密大概谁也没瞒过，起码卢申医生很快把我看得一清二楚。而且，最近他也起了变化：人消瘦起来，还是经常笑，只是笑得好像更低沉，更恶毒，也更短促——一种情不自禁的、神经质的易怒代替了往日轻快的揶揄及装出的厚颜无耻。

“您怎么总上这儿来呀，小伙子？”有次当扎谢金娜家客厅里只剩下我们二人时，他对我说。（此时公爵小姐散步还没回来，顶楼上传来公爵夫人的尖叫：她在大骂女仆。）“您应当用功读书——趁着还年轻——可您干了些什么？”

“您怎么知道我在家用不用功？”我有点傲气，又有些局促不安地反驳道。

“您用的什么功！您脑子里可不是这么想的。好吧，我不和您争……在您这个年龄这是很正常的。可您的选择完全错了。您就看不出这是个什么人家？”

“我不明白您的话。”我说。

“不明白？对您而言就更糟。我自认为有义务提醒您。我们这些老单身汉可以来这儿：我们会碰上什么事呢！我们曾经饱经沧桑，任何事情也无所畏惧，可您的皮肤还嫩呢，这儿的空气对您有害——相信我，您会被传染的。”

“怎么会这样？”

“就是这回事。您自以为现在健康吗？您的状态正常吗？难道您感受到的对您有益吗？”

“可我感受什么了？”我嘴上虽不服，可内心也不得不承认医生可谓一语中的。

“哎，小伙子，小伙子，”医生接着说，看他的表情，好像对我感到极大的遗憾，“您干吗强词夺理？谢天谢地，您的心思都在脸上写着呢。可是，我说这些干吗？我自己也不该到这儿来，如果我（医生咬紧牙关）……如果我不是这么个怪人的话。不过让我吃惊的是：您这么个聪明人，还没看出，您周围发生了啥事吗？”

“什么事啊？”我异常警觉地接过话头。

医生嘲讽、遗憾地望着我。

“唉，我到底是个好人，”他仿佛自语道，“我得跟他说说。一句话，”他提高嗓门又道，“我再跟您重复一遍：这儿的气氛对您不适宜。您在这儿觉得惬意，可有什么用呢？暖房虽然气味芬芳——可不能住人。唉！听劝吧，还是读您的凯达诺夫去吧！”

公爵夫人进来，跟医生说自己牙疼。然后济娜伊达露面了。

“哎，”公爵夫人又说，“大夫先生，您数落数落她吧。她整天喝冰水，这对她虚弱的胸部好吗？”

“您为什么这样？”卢申问。

“这又怎么啦？”

“怎么啦？您会因着凉而死去。”

“真的？是吗？那有什么——再好不过了！”

“原来是这样！”医生嘟囔道。

公爵夫人走了出去。

“原来是这样，”济娜伊达重复道，“难道这么活着快乐吗？瞧瞧四周吧……怎么——好吗？抑或您以为我不明白，感受不到这个？喝冰水给我带来愉快、满足，您真的能说服我，要珍视生活，不值得为瞬间的满足而冒险吗？——我已不谈幸福了。”

“噢，是，”卢申道，“任性和特立独行……这两个词概括了您：它概括了您性格的全部。”

济娜伊达神经质地笑了。

“您已落伍，我亲爱的医生。您观察得不对，您落后了。戴上眼镜吧。我现在哪里任性；我拿你们开心，也愚弄自己……这有什么快乐！——至于特立独行呢……麦歇沃利代马尔，”济娜伊达蓦地跺起脚说，“别做出一副郁郁寡欢的模样。我可受用不起别人的同情。”

她很快便离开了。

“这里的气氛对您没好处，没好处呀，小伙子！”卢申又对我说。

十一

那晚在扎谢金娜家集会的依然是平日的那些客人，我也忝列其中。

我们聊起迈达诺夫的长诗，济娜伊达诚心诚意地赞美它。

“您知道吗？”她对他道，“如果我是个诗人的话，我就会选择别的情节。可能这些都是无稽之谈，可当我天亮黎明前睡不着，天空变成玫红及灰色时，我的脑子里便会转着一些奇怪的想法。我会，比如说……你们不会嘲笑我吧？”

“不，不会！”我们异口同声嚷道。

“我会想象出，”她双手交叉抱在胸前，眼睛转向一旁，接着说，“月夜静静的河面上，一大群少女坐在一条大船上。月光洒在河面，她们身着白衣，头戴白色花冠，唱着歌，你们知道，就是颂歌之类的。”

“知道，知道，您接着讲。”迈达诺夫饶有意味而又梦幻般地说。

“突然——岸上传来喧闹声，笑声，铃鼓声，燃起了火把……原来是酒神的女祭司们唱着、叫着跑过来了。描写场景可是您的事了，诗人先生……只是我希望，火把很红，烟雾腾腾，酒神的女祭司们的双眼在花冠下熠熠生辉，而花冠应该是深色的。还别忘了那些虎皮及酒杯——还有金子，许多的金子。”

“这些金子该在哪儿呢？”迈达诺夫把长长的直发甩到脑后，张张鼻孔问。

“在哪儿？她们的肩头、手上、脚踝，到处都有。据说古代妇女脚踝上还戴金环呢。女祭司们把船中少女叫过来。少女们不唱自己的颂歌了——她们无法再唱下去——可她们纹丝不动：河水把她们送到岸边。突然有一个少女静静站起身……这儿要好好描述描述：她如何在月光中静静站起来，她的朋友们又是如何被吓坏了……她跨过船舷，女祭司们围住她，拉着她急急地跑进了夜色，跑进了一片幽暗之中……这儿您描写一下一团团的烟雾和这一片混乱。只听到她们的尖叫声，还有那个少女的花冠遗留在岸上。”

济娜伊达又沉默了。（“噢！她爱上谁了！”我又如此想道。）

“就这些？”迈达诺夫问。

“就这些。”她答。

“这还不能作为一首长诗的情节，”他摆着架子说，“不过我会用您的想法写一首抒情诗。”

“浪漫主义风格的？”马列夫斯基问。

“当然了，是浪漫主义风格，拜伦式的。”

“可依我看，雨果比拜伦强，”这位年轻的伯爵漫不经心地说，“比他有趣一些。”

“雨果是一流的，”迈达诺夫道，“我的朋友通科舍耶夫在他的西班牙小说《埃利·特罗瓦多尔》中……”

“哎，就是那本凡是问号都翻过来写的吗？”济娜伊达插嘴道。

“是，西班牙人习惯这样。我想说，通科舍耶夫……”

“好了，你们又要争论古典主义和浪漫主义了，”济娜伊达再次截断了他的话头，“还是来玩……”

“摸彩？”卢申接着说。

“不，‘摸彩’我都厌倦了，玩‘比喻’吧。”（这个游戏是济娜伊达想出来的：说出一个物品，每个人都尽量把它比作什么，那个比喻最恰当的便是胜者，有奖。）

她来到窗前。太阳刚刚落山：天边高悬着大片火红的晚霞。

“这些晚霞像什么？”济娜伊达问，不等我们搭腔，便说，“我认为它们像克列奥帕特拉①去接安东尼②时乘的金船上的紫帆。您记得吗，迈达诺夫，您不久前跟我讲过这个典故？”

---

① 克列奥帕特拉（Cleopatra，公元前60—前30年）：古埃及末代女皇。——译注

② 安东尼（公元前83—前30年）：古罗马执政者之一，著名军事家。——译注

我们所有的人都像《哈姆雷特》里的波隆纽，认为这些晚霞的确很像紫红船帆，我们再也想不出比这更恰当的比喻了。

“那时安东尼多大?”济娜伊达问。

“好像还是个小伙子。”马列夫斯基说。

“是，是很年轻。”迈达诺夫不容置疑地说。

“很遗憾，”卢申大声道，“那时他已40开外了。”

“40开外。”济娜伊达重复着，迅疾瞥了他一眼。

我很快就回家了。“她恋爱了，”我情不自禁地低声道，“可爱上的是谁呢?”

十二

日子一天天流逝。济娜伊达越来越奇怪，越来越不可理喻。有次我去她那儿，她坐在藤椅上，头紧紧靠着桌角。她坐直……一脸泪痕。

“啊，是您!”她狞笑着说，“到这儿来。”

我走近她，她把手放到我的头上，突然抓住我的头发拉扯着。

“疼……”我终于说道。

“啊！疼！可我不疼吗？不疼吗?”她说了好几遍。

“哎呀!”见揪下了我一小绺头发，她便叫道，“我干了什么呀!可怜的麦歇沃利代马尔!”

她细心地把那小绺头发捋平，绕着指头缠成个指环。

“我要把这个放在项链的圆盒子里，然后挂上它，”她说，双眼又泪光盈盈了，“这可能给您带来些许安慰吧……不过现在我们还是告别吧。”

我回到家正碰上不痛快的事。母亲和父亲在解释着什么：她指责他，而他依然和平日一样，冷淡、谦恭地保持缄默——而且很快便走了。我没听清母亲说的是什么，我也顾不上听；我只记得，事后她把我叫到她屋里，十分不满地数落我，为何常去公爵夫人家，照她的话说，公爵夫人是个 une femme capa-ble de tout①。我走近吻她的手（每当我想中断谈话时就这么做），回自己的房间了。济娜伊达的眼泪完全把我搞糊涂了，我自己也不知该怎么办，只想掉泪：尽管我已 16 岁了，可还是个孩子。我已不再去想马列夫斯基伯爵，虽然别洛夫佐罗夫变得越来越可怕，虎视眈眈地盯着狡猾的伯爵，我谁也不想，什么也不考虑了。我沉湎于想象中，总是找个偏僻的地方待着。我尤其喜欢暖房的遗址。爬上高墙坐下来，感到自己是个不幸、孤单又忧伤的少年，不禁顾影自怜起来——这种伤感对我是多大的乐趣，又使我多么陶醉！……

有次我就这么坐在墙头上，极目远眺，听着钟声……突然什么东西从我身边擦过——似微风，似颤栗，更像是什么气息轻轻袭来，像有人走近……我向下俯视。路上，济娜伊达身着一袭轻盈的灰衣，撑一把玫红阳伞，急急地走着。她见到我便停下脚步，把草帽檐一推，抬起丝绒般温柔的眼睛瞅着我。

“您坐这么高干吗？”她怪怪地笑着说。“瞧，”她接着说，“您总信誓旦旦说爱我——那就跳到路上我这儿来吧，如果真爱我的话。”

济娜伊达的话音未落，我便纵身跳了下去，像有人在背后推了我一把似的。这墙约二俄丈高。我脚先着地，可震动太强烈了，我站都站不稳：倒在地上，瞬间便不省人事。当我恢复知觉时，还没睁开双眼，就感到济娜伊达还在我身旁。

“我亲爱的孩子，”她俯下身子说，声音里透出惊惶的柔情，“你②怎么能这么干呢？你怎么能听我的呢？……要知道我爱你……起来吧。”

她的胸部在我身边起伏，手轻轻摩挲着我的头，突然——我当时的感觉都说不清了！——她柔软的红唇吻遍了我的脸……它们滑过了我的双唇……虽然我双眼还没睁开，济娜伊达已从我脸上的表

---

① 法语：什么都干得出的女人。——原注

② 此处用“你”表示亲密。——译注

情猜出，我已清醒过来，她急忙欠起身，说：

“好了，起来吧，您这小顽皮，还躺在土里干什么？”

我站起身。

“把我的伞给我，”济娜伊达说，“瞧，我把它扔哪儿了。别这么瞧着我……多傻！您没碰伤吧？大概，给荨麻扎伤了？给您说了，别这么瞧我……可他什么也不明白，也不回答我，”她好像在讲给自己听，“快回家吧，麦歇沃利代马尔，回家洗洗，可别跟着我——否则我生气了。我再也不……”

她话音未落便匆匆离去，我在路旁坐下……我双脚无力，站不起来。手被荨麻扎伤了，后背也隐隐作痛，脑袋昏昏沉沉；我这时体验到的极端幸福，在我的一生中是绝无仅有的，我的全身都沉湎于这种甜蜜的苦痛中，最后转为欣喜的欢蹦乱跳和大喊大叫。毕竟我还小。

十三

这一整天我都是那么高兴和自豪，济娜伊达的吻依然那么鲜活地保留在我的脸颊，我欣喜若狂地颤栗着回忆起她的每一个字，我是如此珍视这突如其来的幸福，甚至有些害怕，不想见到她，这个给我新感受的人。我觉得我对命运没有其他奢求了，现在该“好好呼吸最后一次，然后就死”。然而第二天当我又走进那厢房时，感到非常窘迫，我竭力把自己装扮得从容自如、文质彬彬一些，装扮成看上去能够守住秘密的那种人，可这一切都是白费。济娜伊达非常平静自如地接待了我。只是用手指吓唬了我一下，问我身上有没有受伤的青斑？我的无拘无束和神秘感顿时消失殆尽，我的窘迫也随之顷刻瓦解。当然，我本来并没什么特别的冀盼，可济娜伊达的安详给我迎头一盆冷水。我终于意识到，我在她眼中还是个孩子——我非常伤心！济娜伊达在房间里徘徊着，目光一触到我，她便很快笑笑；可心不在焉，我看得很明白……“要不要和她谈谈昨天的事，”我想，“得问问她，昨天急急忙忙去了哪里？方能打听出来……”可我只是挥了挥手，坐到房间的一隅。

别洛夫佐罗夫走了进来，见到他我十分惬意。

“我还没给您找好一匹温顺的马，”他声音低沉严肃地说，“弗赖塔格保证给我找一匹——可我不信。我怕。”

“怕什么?”济娜伊达道，“请问。”

“怕什么？要知道您还不会骑马。上帝保佑，可别出什么乱子！您怎么突然想入非非的?”

“嗯，这是我自己的事，我的野兽先生。要不我还是去求彼得·瓦西里耶维奇……”（我父亲叫彼得·瓦西里耶维奇。我很吃惊，她那么随意、轻松地提起他的名字，好像她确信他一定为她效劳似的。）

“噢，原来如此，”别洛夫佐罗夫道，“您打算跟他一块去骑马了?”

“跟他或跟别人——和您无涉。只是不会跟您。”

“不跟我，”别洛夫佐罗夫重复道，“您爱怎样就怎样吧。好了！我给您把马送来。”

“还得注意，我要的可不是母牛。我提醒您，我要纵马驰骋。”

“驰骋吧……谁和您做伴，马列夫斯基吗?”

“有什么不妥吗，我的武士？嗯，放心吧，”她又说，“别瞪着我。也带上您。您知道吗，马列夫斯基现在对我而言算什么东西——呸!”她把头一摆。

“您这么说，只是想宽慰宽慰我。”别洛夫佐罗夫埋怨道。

济娜伊达眯缝起双眼。

“宽慰您？噢……噢……噢……武士!”她末了说，好像找不出其他字眼了。“您呢，麦歇沃利代马尔，跟我们同去吗?”

“我不喜欢……很多人在一起……”我垂下眼帘喃喃道。

“您更喜欢 tête-à-tête?① ……好吧，那就各得其所……”她叹口气道，“赶紧地，别洛夫佐罗夫，帮着张罗张罗吧。我明天就要一

---

① 法语：两个单独一起。——原注

匹马。”

“嗯；可钱从哪儿出?”公爵夫人插了句嘴。

济娜伊达蹙起眉头。

“我不找您要，别洛夫佐罗夫相信我。”

“相信，相信……”公爵夫人唠叨着，突然大声叫道：“杜尼娅什卡!”

“妈，我送过您一个铃铛。”公爵小姐道。

“杜尼娅什卡!”老太太又叫道。

别洛夫佐罗夫行礼道别，我也和他一同出来。济娜伊达并没挽留我。

十四

第二天一大早我便起床了，给自己削了根手杖，便到城外去了。我说是去解闷散愁。天气绝佳，晴朗又不太热，欢乐清新的微风拂过大地，恰到好处地喧哗着，翩翩起舞，吹拂了一切却又丝毫不乱。我久久徜徉在山冈林间；离家时，我就有意让自己沉湎于一种苦闷之中，然而青春的活力，美妙的天气，清新的空气，漫步的乐趣，独自躺在繁茂草地上的怡然自得——带来了一切美好回忆：那些难忘的话语，那些接吻的场景又涌上心头。我惬意地想起，济娜伊达总不能漠视我的果敢和勇气吧……“她可能觉得别人都比我强，”我想，“让他们去吧！其他人只是光说不干，而我做了！还有什么我不能为她做呢！……”我又开始想象了。我幻想如何把她从敌人手中夺回，如何浑身是血地把她从监狱劫出，如何死在她的脚下。我记起挂在家中客厅里的一幅画：马列克·阿杰利带走马蒂尔达①——这时一只五彩斑斓的大啄木鸟引起了我的注意，它正沿着细细的桦树干急急往上爬，同时还不安地从树后探头张望——左顾右盼，就像音乐家从大提琴颈部探头张望一般。

---

① 马列克·阿杰利和马蒂尔达是一部法国小说中的两个人物，该小说在当时的俄国贵族中十分流行。——译注

随后我唱起歌来，唱了《不是白雪》，还有流行情歌《我等你，在西风吹起时》；后来我高声吟诵霍米亚科夫悲剧中叶尔马克面对星星提出愿望的片段；我还想尝试写一首哀怨的抒情诗，甚至已想好全诗的结尾：“啊，济娜伊达！济娜伊达！”可诗却没构思好。将近午餐时分，我走下山谷，一条窄窄的砂石小径绕着山谷，曲折蜿蜒通向城里。我沿着小径走着……身后传来低沉的马蹄声。我转头望去，不觉停下脚步，摘下帽子：是父亲和济娜伊达并排策马过来。父亲用手撑着马脖子，整个身子侧向她，和她说着什么，父亲微笑着。济娜伊达一语不发地听着，矜持地垂下眼帘，双唇紧闭。我先只看见他们两个；可过了一会儿，在山谷拐弯处出现了别洛夫佐罗夫，他身着配着披肩的骠骑兵制服，骑一匹热汗腾腾的乌骓。这匹好马晃着脑袋，鼻子喷着气，像在跳慢步舞：骑手勒住它，用马刺踢它驱它向前。我闪到一旁隐蔽起来。父亲勒勒缰绳，离开济娜伊达，她缓缓抬眼瞅着他——两人又向前疾驰……别洛夫佐罗夫跟着他们飞奔，马刀铮钬作响。“他脸红得像只大虾，”我想，“可她呢……她脸怎么那么惨白？骑了一早上——脸色居然那么苍白？”

我加快步伐，到家正赶上开饭。父亲已换好衣服，梳洗完毕，精神焕发，他坐在母亲的扶手椅旁，用平静、洪亮的声音给她读《Journal des Débats》① 上的小品文，母亲漫不经心地听着，见到我便盘问这一整天我的行踪，又说她不喜欢我常去些乱七八糟的地方，跟些不三不四的人来往。“就我独自在散步。”我本想这么回答，可望望父亲，自己也不知为何沉默了。

十五

接下来的五六天我几乎没见着济娜伊达：她说她病了。但这并不妨碍那些常客来，照他们说的来值班——所有的人都来了，单缺迈达诺夫，他只要没场合乐呵乐呵，马上便会垂头丧气，觉得百无

① 法语：《评论报》。——译注

聊赖。别洛夫佐罗夫沉着脸坐在角落，衣服扣得紧紧的，面红耳赤；马列夫斯基伯爵清秀的脸上不时掠过一丝恶意的微笑，他确实在济娜伊达那儿失宠了，因而格外起劲地向公爵夫人大献殷勤，陪她乘出租马车去将军省长那儿。不过这次出行并不成功，马列夫斯基甚至遇上不顺心的事：省长问起他和几个工兵军官闹的什么乱子，他只好解释说那时年轻、没经验。卢申每日来两次，都待得不长。我们那次交谈过后，我一直有点怕他，又打心眼里喜欢他。他有次和我一起在涅斯库奇内公园漫步，当时非常和蔼可亲，跟我解释各种草和花的名称和特性，突然像俗话所言“风马牛不相及”地拍打着额头嚷道：“哎呀，我是个傻瓜，以为她是个卖弄风情的女人！看来，对于另一些人来说——自我牺牲是件甜蜜的事。”

“您这话怎么讲?”我问。

“我并不打算跟您说什么。”卢申生硬地说。

济娜伊达在躲着我：我的出现——我不可能看不出来——令她不快。她下意识地回避我……下意识地，这真令我悲伤，叫我心碎！无奈中——我只得尽量不出现在她眼前，远远地瞅着她，这也不是总能办到的。她又依旧发生了不可理喻的变化，她的脸成了另外一副模样，和从前判若两人。一次在一个和煦静寂的黄昏，她的那种改变使我大吃一惊。当时我坐在接骨木繁茂的树丛下一张低矮的长凳上；我喜欢这个角落：从这儿望得见济娜伊达房间的窗子。我坐着，头顶上一只小鸟在开始发黑的枝叶丛中蹦来蹦去；一只灰猫伸个懒腰，悄悄地溜到花园里，新生的甲虫在朦胧透亮的空气中浅唱低吟。我坐着，盯着那扇窗，等待着，看窗子是否会打开：果然开了，济娜伊达出现在那儿。她身着一袭白衣——她自己，她的脸，肩和双手都惨白如雪。她静静地在那儿站了很久，皱着的眉头下的一双秀目凝神望着。我从未见过她那种目光。后来她双手紧握，把它们送到唇边、前额——一下子又松开指头，把头发从耳边撩开，晃晃头发，毅然决然地将头使劲一点，把窗砰的一声关上。

三天后我们在花园相遇。我想躲到一边去，可她叫住了我。

“把您的手给我，”她依然温柔地说，“我们好久没聊聊了。”

我望着她：她的双眼静静地闪亮，脸上带着朦胧的笑意。

“您的身体还没好吗？”我问。

“不，现在全好了，”她说着，采了一朵不大的红玫瑰。“我有点累，不过这很快就会过去。”

“那么，您又像以前一样了？”我问。

济娜伊达把玫瑰举到脸上——我感到，仿佛是鲜艳的花瓣落到她脸上发出反光一般。

“莫非我有什么变化？”她问我。

“是，变了。”我小声答道。

“我对您冷淡过——我知道，”济娜伊达启口道，“可您不应该介意……我只能这样……唉，说这些干什么！”

“您不希望我爱您，就是这么回事！”我情不自禁冲动起来，忧郁地大声道。

“不，可以爱我——可别像以前那样。”

“那怎么样呢？”

“让我们成为朋友吧——就这样！”济娜伊达把玫瑰给我闻，“听着，要知道我比您大多了——可以做您的阿姨，真的；嗯，不是阿姨，也是大姐。可您……”

“您把我当小毛孩。”我打断了她。

“嗯，是的，不过是个讨人喜欢又聪明的好孩子，我很喜欢他。您知道吗？我从今天起封您为我的‘侍童’，而您可得记住，‘侍童’得和他的女主人寸步不离。这是您新称号的标志，”她说着便把玫瑰别到我上衣的扣眼里，“我宠信您的标志。”

“我以前还从您那儿得到过别的宠爱。”我低声含糊道。

“啊！”济娜伊达说着睨了我一眼，“他的记性真好！好吧，我现在就……”

她俯向我，在我的额头印下一个纯洁安宁的吻。

我瞅着她，她转身道：“跟我走吧，侍童。”便往自己家走去。我跟在她后面——依然困惑不解。“难道，”我想，“这个温柔、深明事理的姑娘还是我认识的济娜伊达吗？”我觉得她的步态更徐缓——

她的整个体态显得更端庄、婀娜了……

啊！天哪！我的内心，爱情又以多么新的力量燃烧起来！

十六

午饭后，小宅里又聚集了客人——公爵小姐也露面了。客人一个不缺，和我永世难忘的第一晚一样，甚至尼尔马茨基也蹒跚地走来了，这次迈达诺夫比大家都来得早——他带来了新的诗作。我们又玩起“摸彩”游戏，可再也没有以前那些五花八门的恶作剧，再也没有那种胡闹和喧哗——那种茨冈人的气氛荡然无存。济娜伊达给我们的聚会带来新的意趣。我以“侍童”的身份坐在她身旁。其中一次，她提议胜者谈谈自己的梦，可这并没取得什么效果。梦要么无趣（别洛夫佐罗夫梦见用鲫鱼喂自己的马，马却长了个木头脑袋），要么不真实，像编的。迈达诺夫给我们讲起整部中篇小说：那里有坟墓，有弹竖琴的安琪儿，有会说话的花儿，还有远处飘来的声音。济娜伊达不容他说完，便道：

“既然是虚构，那么我们就每人都讲一个完全杜撰出来的故事吧。”

头一个轮到别洛夫佐罗夫。

年轻的骠骑兵一脸窘态。

“我什么也编不出来！”他大叫。

“别扯淡！”济娜伊达说，“那么，想象一下，比如说您结婚了，跟我们说说，您和夫人怎么过日子。您把她锁在家里吗？”

“我倒想这样。”

“您自己和她待在一起？”

“一定。”

“好极了。嗯，如果她厌倦了，她背叛了您？”

“我就干掉她。”

“那如果她逃走了呢？”

“我就去追，还是要干掉她。”

“是这样，嗯，假设一下，如果我是您夫人，您会怎么办？”

别洛夫佐罗夫片刻不语。

“那我就自杀……”

济娜伊达笑了。

“看得出来，您的作品长不了。”

第二个是济娜伊达中彩。她抬眼望着天花板，沉思了片刻。

“嗯，你们听着，”她末了开口道，“我是这样编的……想象一下，有一座富丽堂皇的宫殿，夏夜那儿举行一个非常盛大的舞会。是年轻的女王举办的。到处是金子、大理石、水晶、丝绸、灯光、钻石、鲜花、熏香，要多奢华有多奢华。”

“您喜欢奢华？”卢申打断了她。

“奢华很美，”她道，“我喜欢一切美的事物。”

“奢华与美妙相比，您更爱前者了？”他又问。

“这问得有点滑头，我不明白。别打岔。这是个非常盛大的舞会。来了许多客人，他们都年轻，潇洒倜傥，英勇，所有人都爱上了女王，为她神魂颠倒。”

“客人中没有女性？”马列夫斯基问。

“没有——等等——有。”

“都不漂亮吗？”

“不，都很可爱迷人。可所有的男人只爱女王。她亭亭玉立，黑黑的头发上戴一顶小小的金王冠。”

我瞧了瞧济娜伊达——这一瞬，我觉得她比我们大家都高贵多了，从她白皙的前额和宁静的眉宇之间，可以看出她有多么清晰的头脑，显得多么威严，我不由自主地想到：“你就是那个女王！”

“所有人都聚集在她身旁，”济娜伊达接着说，“全都用最谄媚的话来极力赞美她。”

“那她喜欢阿谀奉承啰？”卢申问。

“您真讨厌！总打断我……谁不喜欢听好话呢？”

“还有最后一个问题，”马列夫斯基问，“女王有丈夫吗？”

“我倒没想到这一点。不，为什么要有丈夫？”

“当然了，”马列夫斯基说，“为什么要有丈夫？”

"Silence①!"迈达诺夫用法语叫道，他法语说得很蹩脚。

"Merci②!"济娜伊达对他道，"这么着，女王听着这些奉承话，听着音乐，可她对哪个客人都不屑一顾，六扇窗户从顶开到下，从天花板一直到地板，窗外黑漆漆的夜空嵌着许多大的星星，黑黢黢的花园里长着许多大树。女王望着花园。那儿的大树旁有一个喷泉，暮色中它闪着白光——长长的，长长的如幽灵一般。透过谈话及音乐声，女王听到泉水轻轻的飞珠溅玉声。她瞅着，想道：你们这些先生都是气度不凡，都很聪明，富有，你们围绕着我，珍视我的每一个字，你们都准备死在我的脚下，我控制着你们……可在那个喷泉旁，在那涓涓的泉水边，立着一个等我的人，那是我爱的人，支配我的人。他没有华美的衣衫，没有贵重的宝石，没人知道他，可他在等我并且坚信，我会去——我会去的，没有一种力量能够挡住我，当我想去他身边，和他待在一起，和他一起消逝在花园的暮色里，消逝在树叶的沙沙声和泉水的涓涓声中的时候……"

济娜伊达沉默了。

"这是虚构的吗?"马列夫斯基狡猾地问。

济娜伊达甚至都没扫他一眼。

"先生们，"卢申突然说，"如果我们也位列于那些客人之中，我们也认识喷泉旁那个幸运的人儿，我们会怎么办呢?"

"等等，等等，"济娜伊达打断他的话，"我来告诉你们，你们每个人会怎么干。您，别洛夫佐罗夫，会向他提出决斗；您，迈达诺夫，会写首短诗讽刺他……不过——您不会写讽刺短诗；您还是给他写一首抑扬格巴尔比耶体的长诗吧，可以在《电信》上发表；您，尼尔马茨基，会跟他借钱……不，您还是借高利贷给他；您，医生……"她住了口，"我不知您会怎么办。"

"我作为御医，"卢申答道，"会劝告女王，如果她没心思接待客人，就别举行舞会……"

---

① 法语：安静！——原注

② 法语：谢谢！——译注

“可能，您是对的。而您呢，伯爵……”

“我吗?”马列夫斯基不怀好意地笑着，重复了一遍……

“您会给他端来下过毒的糖果。”

马列夫斯基的脸稍微有点抽搐，马上又换上犹太人的表情，然后哈哈大笑。

“说到您呢，麦歇沃利代马尔……”济娜伊达接着说，“不过，也说够了，还是玩别的游戏吧。”

“麦歇沃利代马尔作为女王的侍童，当女王跑到花园里时，应该手提她衣服的曳地长后襟。”马列夫斯基刻毒地说。

我勃然大怒，可济娜伊达急忙把手放在我的肩头，欠起身，声音略微颤抖地说：

“我从没给阁下这种无礼粗鲁的权利，因此请您离开这儿。”她指着门。

“对不起，公爵小姐。”马列夫斯基含糊嘟囔道，脸变得煞白。

“公爵小姐说得对。”别洛夫佐罗夫大声叫着，也站了起来。

“我发誓没料到会这样，”马列夫斯基接着说，“我的话里好像并没什么……什么要侮辱您的意思……请原谅。”

济娜伊达向他投去冷冷的一瞥，冷笑一声。

“好吧，您待这儿吧，”她漫不经心地摆摆手道，“我和麦歇沃利代马尔也是白生气。您乐意刺痛我们……就请吧。”

“请原谅，”马列夫斯基重复道，而我回味起济娜伊达的举动，不由自主又想道，即使真正的女王也不会比她更威严地指着门，让无礼放肆的人出去。

这个小插曲过后，我们又玩了一小会儿“摸彩”游戏。所有的人都有些尴尬，这种尴尬与其说是由刚才那件事引起的，倒不如说是由另外一种模糊而沉重的感觉引起的。谁也没说起这个，可每个人都意识到它在自己及别人身上的存在。迈达诺夫给我们读起他的诗来——马列夫斯基过分热烈地对这些诗大肆吹捧。“他现在多想显示自己是好人哪!”卢申对我耳语道。我们很快便四散回家。济娜伊达突然又沉湎于冥想中；公爵夫人派人来说她头痛；尼尔马茨基也开始说起他的风湿症……

我很久不能入眠，被济娜伊达的故事迷住了。

“难道这里有什么暗示吗？”我自问道，“暗示谁呢，她又暗示什么呢？如果真在暗示什么的话……我又该怎么办？不，不，不可能。”我喃喃地说，翻了个身，从一边滚烫的脸颊转到另一边……我又回味起济娜伊达讲故事时的神情……回忆起卢申在涅斯库奇内公园脱口而出的惊叹，想起她对我突然改变的态度——这些都使我揣摩不透。“他是谁？”这几个字仿佛写在黑暗之中，立在我眼前，好像有一片不祥的低云压在我头顶——我感到了它的压迫，等待着，它马上就要变成倾盆大雨。最近这段时间我已习惯了许多事，在扎谢金娜家见到了许多。她们家的无秩序，脂油制的蜡烛头，折了的刀叉，沉着脸的沃尼法季，破衣烂衫的女佣，公爵夫人的举止——凡此种种稀奇古怪的生活已不叫我吃惊……可是我现在在济娜伊达身上朦胧觉察到的——我还不能习惯……“女冒险家。”有次母亲这么对我称呼她。女冒险家——她，我崇拜的偶像，我的上帝！这个称呼灼痛了我，我竭力不去想它，把头埋在枕上，我很生气——可同时又琢磨，假如我能成为喷泉边那个幸运儿，我什么不能答应，什么不能牺牲啊！……

我满腔热血燃烧着，喷涌着。“花园……喷泉……”我想着。“现在就去花园。”我匆匆忙忙穿上衣服，溜出家门。四处黑漆漆的，树木偶尔窃窃私语着，凉意袭人，从菜园里飘来莳萝的清香。我将所有的小径踏了个遍，轻轻的脚步声使自己都感到不安，又令自己精神大振；我停下脚步，等待着，倾听着，心怦怦地狂跳不已。末了，我走近那道栅栏，倚在细细的栏杆上。突然——抑或是我的幻觉？——离我几步远闪过一个女人的身影……我凝神向黑暗中望去——大气不敢出一口。这是什么？是我听见了脚步声——还是我的心跳声？“谁在这儿？”我以勉强能听清的声音问道。这又是什么？一种抑住的笑声？……抑或树叶的簌簌声……还是谁在我耳边的叹息声？我觉得恐怖……“谁在这儿？”我声音更轻了。

瞬间便起了轻风，空中划过一道火光：流星飞逝。“济娜伊达？”

我想问，可声音被锁在我的双唇之间。突然四周一片静谧，如午夜时分一般……树丛中的螽斯甚至都停止了鸣叫——只有某处的窗户嗒地响了一声。我站着站着，过了一阵子才回到自己的房间，回到自己已冷的床上。我感到一种奇怪的激动：就像我去约会——可独自一人待在那儿，从别人的幸福边擦过！

十七

第二天我对济娜伊达只是匆匆一瞥：她和公爵夫人坐出租马车到某处去了。不过我见到了卢申，他勉强和我打了个招呼，我还见到马列夫斯基。年轻的伯爵咧嘴笑着，和我友善地攀谈起来。厢房的客人中只有他能钻进我们家，而且母亲还很喜欢他。父亲瞧不起他，对他冷冰冰的，近乎侮辱。

“Ah，monsieur le page①!”马列夫斯基开口道，“很高兴见到您。您那位美妙迷人的女王在干什么?”

他那容光焕发、英俊的面孔这一刻在我眼里是那么讨厌——他带着揶揄的鄙夷眼光望着我，以致我根本没搭理他。

“您还生气?”他接着说，“生气也是枉然。要知道并不是我叫您侍童的，可女王一般都有侍童。不过让我提醒您一句，您的职责可没完成好。”

“怎么了?”

“侍童应该和他的女王形影不离，女王干什么，他们都应该知道，他们甚至应该监视女王，”他压低嗓门，加了一句，“不管白天还是夜晚。”

“您到底想说什么?”

“我想说什么?我好像说得很清楚了。不管是白天，还是晚上。白天还凑合，亮堂堂的，人又多；可晚上——那就等着灾祸降临吧。我建议您晚上别睡觉，观察，竭尽全力好好监视。请记住——晚上，

---

① 法语：啊，侍童先生！——原注

花园里，喷泉旁——那是需要警戒的地方，您应对我说声谢谢呢！”

马列夫斯基笑着，转身背对我。他，可能并没把给我说的话赋予什么特殊含义。他素来以特别会故作玄虚、愚弄他人而著称，并且在化装舞会戏弄别人是出了名的，他全身浸透着的那种几乎是无意识的虚伪，更使他的诈术炉火纯青……他不过想戏弄戏弄我，可他说的每一个字都如毒药般沿着血管流遍我全身。血直往上涌。“啊！原来是这样！”我跟自己说，“好！那么，我昨天的预感是正确的！那么，我并不是毫无缘由地被引到花园里去的！怎么能这样！”我大声嚷着，一拳打在自己的胸口，虽然我自己也不知——什么不能这样。“是不是马列夫斯基自己去了花园呢？”我想（他可能不假思索地暴露了自己：他是有这种恬不知耻的劲头的），“还是别人呢（我们的花园围墙很低，翻进来很容易），只是谁要落入我手里，一定不会有好下场的！谁也别碰上我！我要向全世界和那个负心女人（我居然叫她作‘负心女人’）证明，我是要复仇的！”

我回到自己的卧室，从书桌里抽出一把新买的英式小刀，试了试它锐利的刀刃，蹙眉冷静果断地把它塞进了自己的口袋，仿佛我干这种事并不奇怪，也并非头一回。我满腹仇恨，心硬如铁，直到夜里，我也没有舒展过眉头，双唇一直紧闭，常常在房间里走来走去，用手握紧口袋里已发热的刀，早早地准备着应付什么可怕的事。这些新的、从未有过的体验攫住了我，甚至使我感到愉快，以至都很少想到济娜伊达这个人了。我仿佛一直看到这样的景象：阿乐哥和年轻的茨冈人——“去哪儿？你这英俊的年轻人——躺下来……”然后：“你被溅上一身血！……啊，你干了些什么？……”“没干什么！”我面带多么无情的微笑，重复了一遍：“没干什么！”父亲不在家；最近总在生闷气的母亲，注意到我那副听天由命的模样，晚饭时对我说：“你怎么气鼓鼓的？像掉进米堆里的老鼠？”我只是故作大度地笑笑，心里想：“如果他们知道的话！”十一点敲过了，我回到卧室，没有解衣宽带，等候午夜的降临，终于敲了十二点。“是时候了！”我低声从牙缝里挤出这句话，把衣服扣得严严实实的，卷起袖口，往花园走去。

我事先已选好看守的位置：在花园尽头，把我们家花园同扎谢金娜家花园隔开的栅栏边，两边的一段公墙旁孤单地生长着一棵云杉。站在它低低茂密的枝条下，我可以在朦胧的夜色里看清四周，这儿有一条我始终觉得神秘的小径：它蛇般曲曲折折地穿过栅栏底下，伸向前方，这一段栅栏上留下了人爬过的脚印，小径还伸向一座由一片密密匝匝的金合欢编成的圆形凉亭。我走到云杉边，倚着树干，便开始警戒。

夜依然那么静谧，如昨天一样，不过天上的乌云少了些——因此灌木的形状，甚至高高的花朵都看得更清晰些。刚开始等待的那一会儿很难熬，甚至是可怕的。我把所有的都想到了，只是想象着："怎么动手呢?"要不要大吼一声："哪里走？站住！招出来——不然死路一条!"还是就这么致命一刺……每一个声响，每一下沙沙簌簌声对我而言都有其含义，都非同一般……我准备好了……我俯身向前……可半个小时过去了，一个小时过去了；我的血已静下来，冷下来；我觉得，我冤枉做了这一切，甚至有些滑稽，马列夫斯基不过在戏弄我——这些念头不知不觉涌上心头。我离开了我的隐藏地绕着花园走了一趟。好像有意作对似的，四周一片寂静，什么声音都听不到，一切都休憩了；甚至我们家的狗也蜷作一团，在小门边睡着了。我爬上暖房的遗址，望着眼前辽远的田野，回想起那次和济娜伊达的不期而遇，不由得深思起来……

我浑身一抖……仿佛听到门打开的吱吱声，然后是树枝折断时轻微的喀嚓声。我两步跳下遗址——在那儿待住了。花园里清晰地传来一阵急急的、轻轻的，而又谨慎的脚步声。这脚步声离我越来越近了。"准是他……准是他，终于来了!"这个念头在我心里一闪而过。我猛然从口袋里掏出小刀，颤抖着把它扳开——我眼冒金星，又怕又恨，头发都竖立起来了……脚步直冲我走来——我俯下身，探头迎向他……一个人出现了……上帝啊！是我父亲！

我马上认出了他，尽管深色斗篷将他全身裹得严严实实，帽子一直拉到了脸上。他踮起脚尖从我身边走过。虽然没什么东西遮住我，他还是没发现我，我拼命瑟缩着，把身子缩成一团恨不得贴在地皮上了。忌妒、准备血刃的奥赛罗突然变成了小学生……父亲的意外出现，使我大惊失色，以至起初都没注意他打哪儿来，又要去何处。当四周又归于静谧时，我才直起身子，想道："父亲干吗晚上到花园里来？"由于害怕，我把刀掉在了草地上，可我连找都没找：我觉得非常羞愧。我一下子清醒过来。返家途中，我还走到接骨木下那条长凳前，瞅了瞅济娜伊达卧室的窗户。朦胧夜色中，那些小小的、稍稍凸起的窗玻璃闪着幽幽的蓝色。突然——它们的颜色变了……窗后——我看得很清楚——小心地、轻轻垂下了白色窗帘，一直垂到窗台上——才静止不动了。

"这是怎么了？"当我又回到自己的房间，情不自禁出声道，"是梦，是巧合，还是……"各种推断突然都涌入脑海，那些推断那么新奇、古怪，以至于我都不敢多想它们了。

十八

早晨起来，我头痛欲裂。昨天的激动消失殆尽。它变成了一种沉沉的疑团和破天荒的忧愁——仿佛我身体里什么部分死去了。

"您怎么瞧上去像被掏了半只脑子的兔子？"卢申碰到我时说。

早餐时，我偷偷地一会儿瞧瞧父亲，一会儿瞅瞅母亲：父亲依旧平静自如，母亲照例暗自恼怒。我等待着，看父亲会不会像有时那样跟我和善地说说话……可他连素日那种冷淡的爱抚都没敷衍一下。"要不跟济娜伊达倒出一切？……"我想，"要知道反正无所谓——我们之间已完全结束了。"我去了她那儿，可不仅什么也没跟她说——甚至真要跟她谈也办不到。公爵夫人十二岁的儿子从彼得堡来此度假，他是中等军官学校的学员，济娜伊达马上把弟弟委托给我。

"喏，现在，"她说，"我亲爱的沃洛佳（她头一回这么叫我），您有伙伴了。他也叫沃洛佳。我想您会喜欢他的，他还很腼腆，但很善良。带他去看看涅斯库奇内公园吧，和他一起散散步，照顾照顾他。您会这么做，是不是？您也是多么善良！"

她温柔地把双手按在我肩头——我完全张皇失措了。这个小男孩的到来把我也变回了孩子。我默不作声地瞧着这个中等军官学校的学员，他也一言不发地凝视我。济娜伊达哈哈笑了起来，把我俩推到一起。

“孩子们，你们拥抱啊！”

我们彼此搂了一下。

“我带您去花园，好吗？”我问这个军校学员。

“好，先生。”他声音嘎哑地答道，一种真正中等军校学员的声音。

济娜伊达又笑了起来……这时我才发现，她脸上泛起多么美妙迷人的桃云，是前所未有的。我跟这个军校学员一起出了门。我们花园里竖着一座旧秋千。我让他坐在窄窄的薄板上，摇起来。他身着镶有宽金绦带的厚呢新制服，坐在那儿一动不动，紧紧地抓住绳子。

“您还是解开领口吧。”我说。

“没事，先生，我们习惯了。”他说着，清了清嗓子。

他长得像他姐姐，特别是眼睛。为他效劳我深感惬意，同时那种恼人的忧伤静静地咬啮着我的心。“现在我确实是个小孩子了，”我想，“可昨天……”我想起昨天是在哪儿丢掉小刀的，便找了回来。中等军校学员朝我借刀，扯了根圆叶当归的粗茎，把它削成一支笛子，吹了起来。奥赛罗也吹起笛子来。

可当日暮时分，济娜伊达在花园的角落找到他，问他为何如此忧伤时，他——这位奥赛罗在济娜伊达的双手中哭了起来，我泪如泉涌，把她吓了一跳。

“您怎么了？怎么回事，沃洛佳？”她反复问道，见我不回答，还在落泪，便想起来吻我湿湿的脸颊。

可我扭过脸，抽抽搭搭地低语道：

“我都知道，您为何要我？……您要我的爱情干什么？”

“对不起您，沃洛佳……”济娜伊达道，“哎呀，我实在抱歉……”她攥紧双手又说，“我身上有许多坏的、阴暗的、罪过的东西……可我现在并不是在要您，我爱您——您也别怀疑，为什么，怎么这样……不过您知道了什么呢?”

我能对她说什么?她立在我眼前,凝视着我——只要她望我一眼,我便从头到脚都属于她了……一刻钟后,我便和济娜伊达姐弟俩你追我赶起来;我不哭了,笑了起来,尽管笑的时候红肿的眼皮还常落下泪来;我把济娜伊达的缎带当作领结系在自己的脖子上,当我成功地搂住她的腰时,兴奋得大嚷大叫。她和我打打闹闹,无所顾忌。

十九

如果让我详谈一下那次不成功的午夜探险后一周内我心底的感受,我会觉得困难重重。那是个奇怪、狂热的时期,是一种杂乱无章,其中包含着完全矛盾的各种感觉、想法、猜疑、希望、高兴及苦楚,它们如旋风飞舞着;我害怕探测自己的内心(如果一个16岁的孩子能够探测自己的内心的话),无论什么事情我都害怕前思后想,唯愿白昼快点结束;夜晚我就上床入睡……少年的轻率救了我。我不想弄明白,有没有人爱我,自己也不愿承认没人爱我;我回避着父亲——可躲开济娜伊达却办不到……在她面前,我如同火燎……可我何苦弄清,什么火在燃烧我,熔化我——既然我觉得熔得甜蜜,烧得甜蜜。我完全陷入这种种感受里,欺骗自己,避开回忆,闭起双眼不去想预料之中的事……这种疲惫与烦恼大概不会持续很久……一声霹雳响过,一切都告结束,我被抛向一条新的轨道。

有天我散步很久才回家吃午饭,我惊奇地发现,只有我独自一人吃饭,父亲走了,母亲身体不适,没有食欲,把自己关在卧室里。从仆人的脸色我猜到,出了什么非同小可的事……我不敢仔细打听,不过我有个朋友——饭厅里伺候吃饭的仆人菲利普。他非常迷恋诗歌,还是个吉他高手,我便问他。从他那儿得知我父母大吵了一架(在女仆的房间听得很清楚,他们多是讲法语,可女仆玛莎在一个巴黎来的女裁缝家待过五年,她都听明白了)。我母亲指责父亲不忠,和邻家小姐交好,父亲起初还替自己申辩表白,然后勃然大怒,说了些“好像关于他们的年龄”之类的残酷的话,以致母亲哭了起来,母亲也说起期票，好像是给了公爵夫人，她把公爵夫人母女大大地批评了一通，这时父亲便威吓她。

“这整个灾祸的源头，”菲利普接着说，“来自于一封匿名信，这信是谁写的——不清楚，否则，这些事是不会公开的。”

“莫非真有这回事？”我艰难地说着，同时手脚冰凉，心底也涌起一股寒意。

菲利普意味深长地眨眨眼睛。

“有的。这些事是藏不住的。您父亲这次虽然很小心，可要知道，他总得……比如租马车，或别的什么……没别人可不成。”

我支走了菲利普，便一头扎到床上。我并没抽泣，也没绝望，也没自问事出何时。我并不吃惊，怎么我以前早没料到，——我甚至不抱怨父亲……我所了解的，我已无力承受：这件事的突然公开把我彻底击溃……一切都完结了。我的心灵之花被人一下子拔去，四处乱扔，任人践踏，倒在我身边。

二十

第二天母亲声明要回城住。早上父亲进了她的卧室，和她单独待了很久。没人听见他对她说了些什么，可母亲已不再落泪，她心境平和些了，叫人送饭进去——可她并没出来，也不改主意。我记得，这一整天我四处游逛，就没进花园，也没朝那厢房望上一眼。晚上我见证了一桩怪事：父亲扯着马列夫斯基伯爵的胳膊，从大厅走到前厅，当着仆人的面，对他冷冷地说：“几天前某家人对阁下下过逐客令，现在我不想多解释，可我要荣幸地禀报您，若您再来舍下，我就把您扔出这窗户。我不欣赏您的字体。”伯爵低着头，紧咬牙关，瑟缩着溜了出去。

我们开始准备搬回城，阿尔巴特街有我们的宅子。父亲大概也不想再留在别墅了，不过显然，他已恳求了母亲别把这事张扬出去。一切都从容不迫、静悄悄地进行着，母亲甚至差人去问候了公爵夫人，向她致歉，说她因身体小恙，恕不前来亲自辞行。我像个傻子似的四处乱窜——只希望这一切快点结束。我脑子里始终盘旋着这样一种想法：她，一个年轻姑娘——公爵小姐——明知我父亲是个有妇之夫，她本人还有，比如说，跟别洛夫佐罗夫结婚的可能，却依然要走这一步呢？她希望得到什么？她难道不怕自毁前途吗？我想，是，这就是爱情，这就是热烈的爱慕，这就是忠贞不渝……我又想起卢申的话：对某些人来说，自我牺牲是很甜蜜的。有次我偶见小宅的一个窗口露出白色的一小片……“这是不是济娜伊达的脸呢？”我想……的确是她的面庞。我忍不住了。我不能没有跟她辞行便离去。我找个恰当的时间，去了那厢房。

公爵夫人在客厅里，依然用平常不讲究的散漫迎接了我。

“怎么，少爷，你们这么早就慌着搬回去？”她边说边把鼻烟塞进两只鼻孔。

我瞧着她，心里轻松许多。菲利普所说的“期票”这个字眼折磨着我。她什么也没怀疑……至少我当时这么认为。济娜伊达从邻屋出现了，她身着黑衣裙，脸色惨白，头发披散着。她不言不语拉着我的手，领我走了出去。

“我听见您的嗓门，”她开口道，“便立刻出来了。您居然能这么轻易地离开我们，您这坏孩子？”

“我是来和您告别的，公爵小姐，”我答，“可能，是永别。您大概也听说了——我们要搬走了。”

济娜伊达凝视着我。

“是，听说了。谢谢您来辞行。我还以为，再也见不到您了。请别记着我的坏处。我有时使您痛苦，可我并不是您所想象的那种人。”

她转身倚着窗子。

“真的，我不是那种人。我知道，您对我的看法很不好。”

“我？”

“是的，您……您。”

“我？”我伤感地重复了一遍。我的心又像以前一样在她那无法抵御、难以描绘的魅力下荡漾着。“我？请相信，济娜伊达·亚历山德罗夫娜，不管您做过什么，不管您怎么使我痛苦过，我依然爱您，崇拜您，到生命的最后一息。”

她飞快地向我转过身，张开双臂，搂住我的头，紧紧地、热烈地吻着我。天晓得这个诀别的长吻是为谁，可我贪婪地享受着它的甜蜜。我清楚它一去不回。

“别了，再见。”我再三地说着……

她脱身走了。我也离开了。我无法表达离开时的感觉。我不希望它再出现，不过如果我从未体验过这种感觉，就会觉得自己很不幸。

我们回了城。过了一阵我才摆脱掉往事，用起功来。我的伤口慢慢愈合了，可确实，我对父亲没有任何恶感。相反，他在我眼中仿佛更伟岸了……让心理学家竭其所能来解释这种矛盾吧。有一次我沿着林荫道漫步时遇到卢申，令我喜出望外。我喜欢他那直率、真挚的秉性，由于他唤起了我的许多回忆，使我觉得弥足珍贵，我奔向他。

“啊哈!”他说着，皱起眉头，“是您啊，小伙子！让我瞧瞧。您还是脸色发黄，不过好歹眼睛里已没有以前的那种乱七八糟的东西了。看上去像个大人，而不是只宠物狗了。这就好，嗯，怎么样？在用功吗?”

我叹了口气。我不想扯谎，可又羞于说出真话。

“嗯，没关系，”卢申接着说，“别胆怯。主要是要过正常的生活，别陷入激情及风流韵事中。否则有什么好处？不管浪头把您打到哪儿——还不是很糟糕，一个人就是站在一块石头上，也会立得稳的。啊，我得咳嗽一下……别洛夫佐罗夫——您听说他的事吗?”

“什么事？没听说。”

“他杳无音信了，听说，去了高加索。这是给您的教训，小伙子。这都是因为不会及时摆脱，扯破罗网。您好像成功地脱身了。只是要注意，别再陷进去。再见。”

“不会再陷进去了……”我想，“我不会再见到她了。”可命中注定我还会再次见到济娜伊达。

二十一

父亲每日出去骑马。他有一匹灰色的英国好马，有着棕红斑点，长长的细脖子，长长的腿，不知疲惫，勇猛异常。它名叫“蓝灰”。除了父亲谁也不敢骑它。有一次，父亲兴致勃勃地（这好久都不曾有过了）到我跟前，他正打算骑马去，连马刺也戴上了。我便求他带我同去。

“那我们还是玩跳背游戏吧，”父亲答道，“否则你骑自己那匹短脚德国马，怎么也赶不上我。”

“赶得上！我也戴上踢马刺。”

“那好吧。”

我们出发了。我骑一匹鬃毛长长的乌骓，脚力很健，跑得很快。确实，当“蓝灰”飞驰的时候，我的马就得全力奔跑，可我好歹没落下。我没见过像父亲那么棒的骑手，他骑在马上姿势那么优美，那么随意而敏捷，他胯下的马仿佛也感到了这点，以他为荣了。我们驰过所有的林荫道，到了处女地①，跃过了几座围墙（起先我怕跳，可父亲鄙视懦夫——我也就不再怕了），两次跃过了莫斯科河——我已在想，我们该回家了，何况父亲也说我的马累了，可他突然绕开我，拐到克里米亚浅滩边，沿着河岸驰骋起来。我紧跟其后。他跑到一堆堆得高高的旧圆木堆旁，麻利地从“蓝灰”背上跳下，吩咐我也下马来，把自己那匹马的缰绳交给我，让我在木堆边等他，然后自己便拐进一条小巷不见了。我便牵着这两匹马沿岸走来走去，呵斥着“蓝灰”，它边走边不时地晃晃脑袋，抖抖身子，鼻子喷气，嘶鸣；而每当我停下来，它便用蹄子刨地，尖叫嘶鸣着咬我那匹小马的脖子，一句话，它的举止显示出是一匹被宠坏的pur sang②。父亲还未回来。河面飘来一股讨厌的湿气，绵绵细雨静静地落下，在那堆难看的灰木料上溅出了许多小小黑点，我已在那堆木

① 莫斯科郊外的大平原。——译注

② 法语：纯种马。——原注

料边徘徊许久了，它们让我都看得厌透了。寂寥攫住了我，可父亲依然没有回来。一个全身灰色装束的芬兰族巡警走近我，他头戴一顶大大的、瓦罐形高筒旧军帽，手持一杆斧钺（我纳闷，怎么莫斯科河畔有这样的巡警！），他把那张皱得像老太婆似的脸转向我，说：

“您在这儿牵着马干吗，少爷？让我来牵吧。”

我没搭腔，他又找我要烟。为了摆脱他（而且我等得也不耐烦了），便朝着父亲离去的方向走了几步；然后我走到了小巷的尽头，拐了个弯，停下脚步。离我四十步远有座临街小木宅，敞开的窗前父亲背对我站着；他胸部倚在窗台上，宅内坐着一个黑衣女人，她半个身子被窗帘拦住了，正在和父亲交谈；她便是济娜伊达。

我呆若木鸡。要承认，这是我做梦也没料到的。我的第一个动作便是逃走。“父亲一回头，”我想，“我就完了……”可一种奇怪的感觉，比好奇、忌妒、恐惧更强烈的感觉，止住了我的脚步。我张望着，竖起双耳倾听着。大概父亲在坚持什么。济娜伊达不赞成。我现在仿佛还看见那张脸——悲哀、庄重、俊俏，一种说不出的忠贞不渝、忧郁、爱慕及绝望——我找不出其他合适的字眼了。她说的是单音字词，垂着眼帘，微笑着——温顺而固执。仅凭这个微笑我便认出了我从前的济娜伊达。父亲耸耸肩，整整礼帽，这往往是他不耐烦的标志……后来我听到以下这句话：“Vous devez vous separer de cette……①”济娜伊达直起腰，伸出手来……忽然我眼前发生一件不可思议的事：父亲蓦地举起那根正在拍打礼服下摆灰尘的马鞭——我听到马鞭打在她那裸露到肘的手臂上刺耳的声音。我几乎克制不住要大声叫起来，可济娜伊达只是哆嗦了一下，悄无声息地望着父亲，慢慢把胳膊举到唇边，吻着那发红的伤痕。父亲把鞭掷到一边，急忙跑上门廊的台阶，闯进宅子……济娜伊达转过身，伸出双手，将头往后一仰，也离开了窗口。

我吓得屏住气息，心中充满莫名的恐惧，便往回跑——跑出了

① 法语：您得离开这个……——原注

小巷，返回河边，还差点让“蓝灰”跑丢了。我什么也弄不清。我了解，我那冷静而克制的父亲有时也会暴怒，可我看到的，我怎么也搞不清楚……不过那时就感到，我今生永远不会忘记济娜伊达的动作、眼神和微笑，而且她的形象，这个突然在我面前出现的新形象永远铭刻在我的记忆中。我呆呆地望着河水，不觉眼泪直淌。“她挨了打……”我想，“她挨了打……挨了打……”

“哎，你怎么了——把马给我！”身后传来父亲的声音。

我机械地把马缰给他。他跳上“蓝灰”……冻坏了的马儿立起后腿，向前跃出一俄丈半……可父亲很快驯服了它；他用马刺刺它肚皮，又用拳头击它的脖子……“唉，马鞭没了。”他低声含糊道。

我回忆起刚才那马鞭的呼啸和落下的声音，抖了一下。

“您把它搁哪儿了？”过了会儿我问。

父亲没搭腔，纵马驰骋。我追上去，一定要看看他的脸。

“我不在，你都等烦了吧？”他从牙缝挤出这句话。

“有点。您把马鞭丢哪儿了？”我又问。

父亲飞快扫我一眼。

“没弄丢，”他道，“是我把它扔了。”

他低头陷入冥想……这一瞬我第一次也许是最后一次，看见他那端正的面容流露出多少温存和懊悔。

他又向前飞奔，可我再也追不上了，比他到家晚一刻钟。

“这便是爱情，”晚上我坐在已放上书本的书桌前，又自言自语道，“这是激情！……否则怎会不愤怒，怎能承受任何人的打击……从最亲爱的手落下的！啊，显然如果你在恋爱，便能够这样……可我呢……我还以为……”

这一个月来我长大了许多——可是那种载着我所有激动与痛苦的爱情，在另外一种我不知、几乎猜不出的东西面前，在如一张漂亮而威严的陌生面容（我竭力想在一片昏暗中看清，却无法看清）般令我恐惧的东西面前，显得多么渺小，多么幼稚，多么贫乏……

这晚我做了一个奇怪而又恐怖的梦。梦见我走进一间矮矮的、黑黑的小房间……父亲手拿马鞭站着，气愤地跺着脚，济娜伊达紧紧地缩在一角，她的额头，而不是手臂上有一条红红的鞭痕……在他俩身后，浑身是血的别洛夫佐罗夫站起来，张开毫无血色的双唇，愤怒地威胁着父亲。

两个月后我进了大学，过了半年我父亲在彼得堡过世了（由于中风），那时我们一家刚搬去不久。去世几天前他收到一封来自莫斯科的信，这使他分外激动……他去向我母亲请求了什么，听说，甚至还哭了，他，我的父亲！中风的那天黎明，他提笔给我写一封法文信。“我的儿子，”他写道，“小心女人的爱情吧，小心这种幸福，这种毒物……”母亲在他过世后往莫斯科寄了一笔不菲的款子。

二十二

光阴荏苒，四年过去了。我刚告别大学校园，还不太清楚我该如何开始，该去敲开哪一扇大门：我暂时无事闲逛。一个美妙的黄昏，我在剧院碰上了迈达诺夫。他都结了婚工作了，可我在他身上并未找到什么变化。他依然是莫名地高兴一阵，又突然地垂头丧气。

“您知道吗？”他对我说，“顺便提一句，多利斯卡娅太太在这儿。”

“哪位多利斯卡娅太太？”

“您莫非忘了？就是以前的扎谢金娜公爵小姐，我们都爱过她，您也如此。记得吧，在涅斯库奇内公园附近的别墅里。”

“她嫁给了多利斯基？”

“是。”

“她也在这儿，在剧院里？”

“不，在彼得堡，她这几天才来的，准备上国外去。”

“她丈夫是个什么人？”我问。

“非常好的人，有一笔财产。我在莫斯科时的同事。您知道，那件事后……您应该了解得一清二楚（迈达诺夫颇有深意地笑笑）……她要找个合适的丈夫也不容易了；凡事都有后果……不过凭她的智慧一切都不成问题。去去她那儿吧：她一定很高兴见到您。她更美丽动人了。”

迈达诺夫把济娜伊达的地址给了我。她住在德穆特旅馆。旧日的回忆在我心头翻腾……我拿定主意第二天去看看我的昔日“情人”。可碰上了一些事，过了一周，又过了一周，当我最终到德穆特旅馆问起多利斯卡娅太太时——才得知，她四天前因难产突然去世了。

仿佛什么东西在我心头撞了一下。我本可以见到她，却没有见到，我再也见不到她了——这个苦涩的念头无法辩驳地谴责着我，强烈地噬咬着我的心。“她死了!”我重复着，木呆呆地望着守门人，慢慢挪到街上，漫无目的地走着。昔日的一切，一下子涌到我面前。这就是那个年轻、热情、辉煌灿烂的生命的所谓归宿，所努力激动追求的最终目标吗?我想着，揣摩着那迷人的容颜，那眼睛，那鬈发——如今都在那狭小的棺木里，在地底下潮湿的黑暗中——离现在活着的我不远，也许离我父亲只有几步路……我想着这一切，极力发挥想象力，而同时：

从淡漠的双唇我得到她的死讯，
我也淡漠地聆听着这音讯——①

在我心底回旋。啊，青春!青春!你什么也不在乎，你好像拥有全宇宙的宝藏，连哀愁也赋予你安慰，连忧郁也和你相宜，你自信而桀骜不驯，你说：“唯我一人才是活着——瞧吧!”可你的时光也在飞逝，消逝得无影无踪，什么也没留下，你身上的一切也如同日头下的蜡和雪一样，融化得干干净净……也许，你所有可爱之处的秘密就在于，你并不能够做到任何事情，但你可以认为自己能做任何事情；在于你费尽了自己也不会用到别处去的力量；在于我们每个人都真心以为自己是挥霍者。真以为他有权说：“噢，如果我不白白浪费时间，能干出多少事来呀!”

---

① 见普希金诗《在她的祖国》(一八二六年)。——译注

我亦如此……当我勉强以一声叹息，一种忧郁的感觉告别我那转瞬即逝的初恋的幻影时，我冀盼过什么，期待过什么，又预见了什么璀璨的前景呢？

而我冀盼的，又有什么实现了呢？现在当日暮的阴影已侵入我的生命之时，还有什么比对转瞬即逝的朝日春雷的回忆更不可磨灭，更弥足珍贵呢？

可我是白白诋毁自己了。虽然在那个轻率的年轻时代，对那些向我发出的凄凉的声音，从坟墓里传出、飞到我耳边的激昂的声音，我也并未置若罔闻。我记得，当我得知济娜伊达的死讯之后过了几天，由于我自身强烈的冲动，在一个贫困老妇人弥留之际，我去看了她，她和我们住同一栋宅子。她身上盖着破衣烂衫，躺在硬木板上，枕着布袋子，死得很痛苦，令人难以忍受。她的一生都是在苦苦地为果腹而挣扎着，没有体验过欢乐，没享受过幸福的甜蜜——好像，她不该不为死亡——她的解脱和长眠而感到高兴吧？可当她那衰弱不堪的身体还能支持时，当她那放着冰冷的手的胸口还在痛苦地起伏时，当最后一丝力量还未离开她时——老妇人还一直画着十字，喃喃低语道：“主啊，饶恕我的罪过。”——她眼里流露出的濒死的恐怖和畏惧是和她意识的最后一星火花一同消逝的。我记得，在那老妇人的床前，我为济娜伊达感到可怖，我想为她，为我父亲——也为自己祈祷祈祷。

阿霞

根据科学出版社（莫斯科——彼得格勒）1964 年版《屠格涅夫作品与书信全集·二十八卷集》（第七卷）译出

一

我那时25岁左右——恩·恩开始叙述，——确实这事已过去很久远了。我刚能自我做主，便出了国，并不像常言说的去“留学”，而只是想看看这上帝创造的世界。那时的我身体棒，人年轻，又快活，钱也不缺，麻烦事从未上过身——活得无忧无虑，随心所欲，总之，蛮阔绰。那时我脑子里从未闪过这个念头，即人非植物，不可能花季永存。年轻人吃着金黄的蜜饼，就以为这便是每日起码的食物；可讨块面包的时候也会来的。唉，说这没用。

我漫无目的，毫无计划地各处游玩着；在任何喜欢的地方停留下来，只要想瞧瞧新的面孔（我是指面孔），便马上又出发了。只有人才会引起我的兴趣；我讨厌那些有趣新奇的古迹和出色的收藏，向导的千篇一律只能引起我的烦闷和厌恶；在德累斯顿的绿色拱廊里我几乎烦得要疯了。我深受大自然的感染，可我并不欣赏它那些所谓的美景、奇山、悬崖和瀑布；我不喜欢它强加于我的东西，不喜欢它来打搅我。可是那些面孔，生动的面孔——人们的谈吐、举止和笑声——是我生活中须臾不可缺少的。在人丛中我总是感到特别轻松和兴奋；我喜欢到人多的地方，别人喧哗，我也跟着叫喊，同时还喜欢观察别人是如何叫喊的。这使我很开心……我甚至并不只是观察，我还高兴地、好奇而贪心地仔细端详他们。看我又扯远了。

20年前，我住在德国的一座小城——兹城，它位于莱茵河左岸。我寻求孤独：一个年轻寡妇最近刚伤了我的心，我们是在泉边相识的，她很漂亮又很聪慧，对所有人卖弄风骚——和我这个罪人也是如此。起初她鼓励过我，可后来，残忍地伤害我，抛下我，跟了一个双颊白里透红的巴伐利亚中尉。我得承认，我心中的伤痕其实不算深；可我认为应该度过一段忧郁和孤单的时光——有什么不能使年轻人开心解闷呢！——我便在兹城住了下来。

我很喜欢小城所处的位置，在两座高岗脚下，我喜欢它那颓败的城墙和塔楼，古老的椴树，横跨在清清河水上的陡桥——这小河流入莱茵河，最主要的是我喜欢那儿美味的葡萄酒。太阳刚一下山(这是在六月里)，傍晚时分那些漂亮的德国金发女郎便沿着狭窄的小街漫步，碰到外国人时，她们便声音悦耳地说声："Guten Abend!①"——当月儿爬上那古老房屋的尖顶，路面的小石子被静静的月光勾勒得清清楚楚时，她们中的一些人还不愿意回家。我喜欢这时候在城里漫步；月儿仿佛从明净的天空凝视着小城；小城也似乎感到了这种眼神，在月光中敏感而宁静地矗立着，这宁静的月光在人们心中激起阵阵涟漪。那高高的哥特式钟楼上的定风针淡淡地闪着金光；黑亮的小河也泛起道道淡淡的金波；石屋顶下狭窄的窗里，细细的小烛（德国人十分节俭!）微微地摇曳；葡萄藤从石头围墙内神秘地舒展出它那卷曲的枝蔓；什么东西从三角广场古井旁阴影里跑了过去，守夜人那慵懒的口哨声突然响了起来，一条温良的狗低声吠着，空气轻拂着你的脸，椴树散发出甜蜜的芬芳，沁人心脾，"葛莱卿②"这个字眼不禁又似惊叹、又似疑问地浮上了你的嘴边。

兹城离莱茵河两俄里。我常常走近那条庄严雄伟的河，在那棵孤单的大梣树下有一条石凳，我长久地坐在那儿，思忖着那口蜜腹

① 德语：晚上好！——原注

② 歌德的巨著《浮士德》中的女主人公。——译注

剑的寡妇。一座小小的圣母雕像透过树枝悒悒望着远方，她有着孩童般的面容，胸口上一把剑刺穿了红心。对岸是勒城，比我住的这座小城大一点。一天黄昏时分我坐在喜爱的长凳上，忽而俯视河水，忽而仰望星空，忽而望望葡萄园。面前有一群淡黄头发的男孩子，他们攀着船舷爬上那条拖上岸的小船，船翻放着，上了油的船底朝天。几只小帆船悄无声息地驶过，那帆被风吹得微微鼓起；绿波窃窃私语着，泛起微微涟漪，从船边流过。突然飘来音乐声；我侧耳倾听着。勒城正在演奏着华尔兹；大提琴时断时续地低吟，小提琴婉转地唱着，声音不大清晰，只有长笛流畅而响亮。

“这是啥?”我问一个朝我迎面而来的老人，他身着绒背心，脚穿蓝袜子，皮鞋上系着搭扣。

“这个嘛，”他先把烟斗从嘴角移到另一边，答道，“是从布城来的大学生举行他们的宴会呢。”

“我得去瞧瞧，”我想，“况且我还没去过勒城呢。”便找了个船夫，划到对岸去了。

二

可能并非人人皆知，“大学生宴会”是怎么回事。这是一种特殊的庆祝盛宴，来自一地的大学生或同乡会（Landsman-nschaft①）的成员聚集一堂。几乎所有参加宴会的人都身着很久以前流传下来的德国大学生服装：匈牙利骠骑兵式短上衣，大皮靴，小帽子——带着某种颜色的帽圈。学生们通常午餐前聚到一起。由会长主持，这盛宴一直持续到天亮，学生们喝酒、唱歌（唱的是landesvater②和Gaudeamus③）、抽烟、责骂那些庸人市侩；有时他们还租个乐队。

在勒城举行的正是这种宴会，它在挂着“太阳”招牌的小旅店

---

① 德语：大学里的同乡会。——译注

② 德语：德国大学生在这种盛宴时所唱的歌，一支古老的德国歌。——译注

③ 德语：旧时大学生爱唱的拉丁文歌。——译注

前的花园里举行，花园临街。旅店和花园的上空旗帜飞扬，修剪过的椴树下的桌旁围坐着大学生们，一只大虎头狗躺在桌下；旁边常春藤编成的凉亭里，乐手们在卖力地演奏，时而喝点啤酒提神。矮矮的花园围墙外，聚集了一大群人：善良的勒城人不肯错过这种看热闹的机会。我也钻进这群看客里。很快活地看着这些大学生的面孔，看他们的拥抱，听他们的惊叹，看他们青春期天真的矫揉造作，那热烈的眼神，那毫无缘由的笑——这是世界上最好的笑声——这种年轻鲜活生命喜悦的悸动，这股子勇往直前的劲头——不管冲向哪儿，只要向前——这种毫无羁绊的放纵使我感动，令我燃烧。“要不要到他们那儿去呢？”我自问……

“阿霞，看够了吧？”突然我身后响起了一个说俄语的男声。

“再待会儿。”另一个女声也用俄语答道。

我迅疾转过身……我的目光落在一个英俊的年轻人身上，他头戴制帽，身着宽松的短上衣；手挽着位个子不高的少女，她头戴一顶半遮面的草帽。

“你们是俄国人？”我不由自主地脱口而出。

年轻人笑着道：

“是，是俄国人。”

“真没料到……在这种偏僻的地方。”我说。

“我们也没想到，”他接过话头，“那又怎样？不更好嘛。请让我介绍一下：我叫哈金，这位是……”他顿了一下，“我的妹妹。请教您的尊姓大名？”

我报了自己的名字，我们便聊起来。我得知，哈金和我一样借旅游休闲娱乐，一周前到了勒城，在这儿留了下来。说实在的，我不喜欢在国外结识俄国人。我老远就能从他们走路的姿势，衣服的式样，尤其是面部表情认出他们来。那种自高自大、鄙视、轻蔑常常还颐指气使的神情一下子变成了小心、胆怯……他们突然整个人都戒备起来，双眼不安地滴溜溜乱转……“我的老天，我是不是在瞎扯？他们是不是在嘲笑我？”这种警觉的眼神仿佛道出了这一点……过不一会儿——又恢复了肃穆的面容，偶尔又变得愚钝地不知所措。是的，我总躲着自己的同胞。可我立即就喜欢上了哈金，世上有这样一些幸福的脸庞：任何人都爱看它，就好像它能温暖你，爱抚你。哈金就长着这样一张脸，可爱而温存，柔和的大眼睛，软软的鬈发。你甚至不看他的脸，仅凭他说话时的声音，便能感受到他的微笑。

那个被他称为妹妹的少女，第一眼给我的印象是长得非常可爱。有着一张微黑的圆脸，挺秀的小鼻子，带着稚气的双颊，亮晶晶的黑眸，那张脸上散发出一种独特的气质。她婀娜多姿，不过好像还未完全发育。和她哥哥相貌迥异。

"到我们家去做客?"哈金对我说，"好像我们已看够了这些德国人了。要是我们的大学生啊，真的，会把玻璃砸碎，把椅子折断的，这些人太放不开了。好了，阿霞，咱们回家吧?"

少女点点头。

"我们住郊外，"哈金接着道，"在葡萄园的高处，一栋孤零零的小宅院里。我们那儿挺好的，您瞧瞧就知道了。房东太太答应给我们准备些酸牛奶。现在天快黑了。您在月色下渡过莱茵河感觉会更爽。"

我们出发了。经过矮矮的城门（鹅卵石砌的古墙从四周围着这座城，墙上的哨口还没被完全毁掉），我们步入田野，沿着围墙走了约一百步，在一扇窄窄的篱笆门前停下了。哈金打开门，领着我们顺着一条崎岖的小径上山。山坡的两边阶地上生长着葡萄；太阳刚刚落山，朦胧的霞光洒在葡萄绿色的藤蔓和高高的花蕊上，洒在布满大大小小砂石的干地上，洒在那所小宅院的白墙上，宅子有着斜斜的黑梁和四扇明亮的小窗，位于我们正在爬的山顶上。

"我们就住这儿!"当我们一走近那所小宅院，哈金便嚷道，"啊，房东太太端来了牛奶。Guten Abend，Madame!① ……我们现在就吃饭，不过首先，"他加了一句，"请欣赏一下四周……景色

---

① 德语：晚上好，太太！——原注

如何?”

景色确实美妙非凡。两岸一片郁郁葱葱，银色的莱茵河躺在我们的脚底；落日余晖映红了河水，泛起点点碎金。位于岸边的小城袒露出它所有的房屋和街道；大片的丘陵和田野绵延不断。脚下的风景很美，天上的景色更美：明净、深邃的天空，透明闪亮的空气，令我心旷神怡。清凉、轻盈的空气徐徐吹拂着，波浪般荡漾着，仿佛在高空它更飘逸自在。

“您真是选了座非常好的住所。”我说。

“阿霞寻的，”哈金答，“嗳，阿霞，”他接着说，“张罗张罗，叫把东西都端这儿来。咱们在户外吃饭。这儿音乐听得更清楚些。您觉察到没，”他转向我又道，“近处听华尔兹毫无趣味——俗气、声响粗糙，——可远远听来，就太美妙了！你所有浪漫的心弦都被拨响了。”

阿霞（她本名叫安娜，可哈金叫她阿霞，你们也得允许我这么叫她）——阿霞进了宅子，很快又和房东太太一起出来了。她俩捧着个大托盘，上有一罐酸牛奶，还有几个碟子、匙子、糖、浆果和面包。我们一一就座，进入晚餐。阿霞摘了帽子，她梳了个男式发型，浓密黑亮的鬈发落在脖子和耳边。起先阿霞在我面前怯生生的，哈金对她说：

“阿霞，别缩头缩脑的！他又不咬人！”

她微笑着，过了会儿便和我交谈起来。我没见过比她更好动的。她一刻都不肯歇，忽而起身，跑进房间，忽而又跑回来，低声吟唱，还常常古怪地笑着：好像她并不是因为听到什么，而是因为各种纷乱的想法而发笑。她的一双星眸大大的，直率、大胆地盯着你，有时又微微眯着，这时她的眼神一下子变得深邃而柔和。

我们闲聊了约两个小时。白昼已逝，暮色起初是一片红彤彤，然后变得明亮绯红，后来又转为淡而朦胧，这时已静静地融入了黑夜，我们依然絮絮地聊着，和睦而安宁，一如我们四周的空气。哈金吩咐拿瓶莱茵葡萄酒来，我们一口口地品着，音乐声依然飘到我们耳际，声音好像更温柔甜蜜了；城里已到了掌灯时分，河上也一片灯火。阿霞蓦地低下头，鬈发便挡住了她的双眼，她沉默着，叹了几声，而后对我们说她想睡了，便回房去了，不过我看她并未燃起蜡烛，只是久久地站在紧闭的窗前。末了月亮爬上来，莱茵河在月色下闪着粼粼波光，周围的一切明明暗暗，变幻不定，甚至我们棱面玻璃杯里的葡萄酒也闪着神秘的光泽。风住了，仿佛收起了翅膀，归于沉寂，从地里升腾起一股夜的温馨。

“该回去了！”我叫道，“否则连摆渡人都找不到了。”

“该回去了。”哈金重复道。

我们顺着小径下山。倏地身后石子纷纷滚落，阿霞赶上了我们。

“你还没去睡？”哥哥问她，可她并没回答，从我们身边跑了过去。

小旅店花园里大学生们点的最后几盏灯似灭非灭地闪烁，映着树叶，给叶儿平添一种节日的欢乐和奇妙。我们在岸边找到了阿霞：她正和摆渡人聊着，我跳上小船，和新结识的朋友道别。哈金许诺明天来看我，我和他握握手，然后又把手伸给阿霞，可她只是看着我，摇摇头。船儿离岸了，向急流飘去。矍铄的老船工用力划着桨，桨浸在黑黑的河水里。

“您钻进月光柱里了，您把它打碎了。”阿霞对我叫着。

我垂下双眼，黑黑的波涛在船舷边荡漾着。

“再见！”她的声音又响了起来。

“明天见。”哈金接着道。

船儿靠了岸。我跳上岸回头望去，对岸一个人影也瞧不见了。月光给河面架起一座金桥。好像是为了道别，响起了兰纳的一支华尔兹老舞曲。哈金是对的，我觉得，我的心弦和着那甜腻腻的乐曲在颤动。我穿过黑黑的原野回家，慢慢呼吸着那沁人心脾的气息，我回到了自己的小屋，整个人变得慵懒，有一种空洞的、无尽期待的、甜甜的寂寞。我觉得自己很幸福……可又为什么呢？我什么也不希望，什么也不想……我是幸福的。

内心充盈着兴奋和快乐，我几乎要笑出声来，我倒在床上，合上双眼，可忽然想起今天一整晚我一点也没忆起我那心狠的美人……“这表示什么?”我自问,“难道我恋爱了?”可给自己提过这个问题后,我马上就入了梦乡,宛如孩子在摇篮里一般。

三

第二天清晨(我已醒了,还没下床)便听到窗下手杖的敲击声,有人在吟唱,我马上辨出是哈金:

你还在梦乡?我要用七弦琴
把你唤醒……

我忙去开了门。

“您好,”哈金一进来便说,“一大早就来打搅您了,可您瞅瞅,多美的清晨。清新,露珠,云雀在歌唱……”

他那一头卷曲的亮发,露出的脖子,白里透红的双颊,处处使他亦如清晨般清新。

我穿好衣服,一道去了花园,坐在长凳上,吩咐人送咖啡来,我们便扯起来。哈金对我谈起他对未来的计划:有笔颇为丰厚的财产,也不用依赖谁,他想全心投入绘画,只是后悔这么迟才想到这点,虚度了许多光阴,我也跟他提起了我的设想,顺口说了我的秘密——那桩不幸的爱情。他宽厚地听我说着,但我发现我的激情并未引起他多大的共鸣。出于礼貌他陪我叹息了两三声,而后哈金便建议一起去他家,看看他的画稿。我马上应了下来。

我们没碰上阿霞。房东太太说阿霞去“遗址”了。离勒城约两俄里处有一座封建时代古堡的遗迹。哈金给我打开了他所有的画稿,他的画里有许多生活真实的写照,有种奔放和辽阔,可没有一幅杀青,我还觉得那些画有些漫不经心、不准确。我坦诚地讲了自己的意见。

“对,对,”他叹息道,“您说对了,所有这些都不行,不成熟,怎么办呢!我没正经学过,而且这种斯拉夫人可恶的不羁性格总是显露出来。当你幻想工作时,如鹰般翱翔,你仿佛能震天撼地;可一旦着手工作，马上就松弛疲惫了。”

我开始给他鼓劲儿，可他把手一挥，把所有的画稿收成一堆，扔到了沙发上。

“要是我足够耐心的话，会成点气候，”他从牙缝里挤出这几句话，“如果耐心不足，就只是个附庸风雅的纨绔子弟。咱们不如去找找阿霞吧。”

我们便出去了。

四

通往遗址的路在斜坡上蜿蜒着，指向细长、丛林密布的山谷；谷底的一条小溪从石间淙淙流过，仿佛急不可待地要归入大河，几座小山峰仿佛被劈开一样陡峭，黑黑的山影后，那条河静静地闪着粼粼波光。哈金让我注意几处流光溢彩的地方，从他的话里我们可以看出，他即使不是个画家，至少也算个艺术家。很快遗址便展现在我们面前，光秃秃的峭壁顶上矗立着一座四角塔楼，已呈黑色，但还很坚固，不过好像一条纵向裂纹把塔楼劈成了两半。长满青苔的墙毗连着塔楼，塔楼上爬着些常春藤，弯弯的小树从灰白的城垛和已倒塌的拱门上俯下身来。石子小径通向那座尚完整的大门。我们已临近大门，蓦地我们前面闪过一个女子的身影，她飞快地跃过一堆瓦砾，爬上了墙头，那儿正临深渊。

“是阿霞!”哈金叫道，“真是个疯丫头!”

我们进了大门，来到一个小院子。那儿给野苹果树和荨麻占了半壁江山。阿霞真的坐在墙头。她扭过脸冲我们笑着，可并没动窝儿。哈金伸出手指威吓她，我大声责备她不当心。

“够了，”哈金对我耳语道，“别招惹她。您不了解：她会爬到塔尖上去。您最好还是惊叹一下本地居民的机灵吧。”

我环顾四周。小木售货棚的一隅，老太太在织袜子，她透过眼镜睨视着我们。她向游客卖啤酒、蜜饼和矿泉水。我们在长凳上落座，喝着笨重锡杯里的冰啤酒。阿霞依然纹丝不动地坐在那儿，双腿盘在身下，脑袋上包着薄纱头巾；她那婷婷的身姿在晴朗的天空的映衬下，显得分外鲜明、美丽，我没好气地望着她。昨晚我就注意到她的一些矫揉造作的姿态……“她想让我们惊叹，”我想，“为了啥？多幼稚的举动！”仿佛猜到我的心思，她忽然向我投来快速而又犀利的一瞥，又笑了起来，两下从墙上蹿下来，走近老太太，向她要了杯水。

“你以为我口渴吗？”她转向哥哥说，“不，墙上有些花儿，必须得滋润滋润。”

哈金没搭腔。她拿着水杯，又爬上那废墟，不时停下脚步，弯腰洒几滴水，那神态是既淘气又郑重，水珠在阳光下熠熠生辉。她动作十分优美，可我依然对她感到不快，虽然我也不由得欣赏她的轻盈、灵巧。在一个危险的地方她故意大声叫喊，而后哈哈大笑……我更恼了。

“她像只山羊似的攀来攀去。”老太太把目光从袜子上移向她，嘟哝道。

末了阿霞把一杯水都倒光了，淘气地摇摇摆摆回到我们这儿。一种奇异的笑容洋溢在她的眉宇、鼻子和双唇之间、黑黑的眸子半放肆半快活地眯缝着。

“您认为我的举止不得体，”她的表情仿佛在说，“无所谓，我知道您欣赏我。”

“娴熟，阿霞，灵巧。”哈金低声道。

她突然好像羞涩起来，低眉顺眼怯生生地坐到我们身边，好像很惭愧似的。我第一次仔细端详她的脸，我从未见过这么善变的脸。过了会儿，她的脸渐渐失去血色，换上一种专心、几乎是悒郁的表情。我觉得她的容颜变得成熟些、端庄些、朴实些了。她完全静了下来。我们环遗址走了一圈（阿霞跟在后面），欣赏着风景。这时快到午餐时间了，哈金和老太太结账，又要了杯啤酒，转向我扮了个狡黠的鬼脸，嚷道：

“祝您的意中人身体健康！”

“他难道有——您难道有这么位女士吗？”阿霞突然发问。

“谁能没有？”哈金道。

阿霞真的坐在墙头。她扭过脸冲我们笑着，可并没动窝儿。哈金伸出手指威吓她，我大声责备她不当心。

阿霞思忖了会儿，她的脸又换了个模样，显出一种挑衅的、几乎是不羁的笑容。

返家途中她笑得、闹得更欢了。她扯下一根长长的枝条，把它当枪扛在肩上，在脑袋上束上头巾。我还记得，我们碰上了一家古板的英国人，他们人数众多，全是一头金发；仿佛听到一声令下似的，他们全转过玻璃般呆滞的双眼，冷冷地，惊讶地望着阿霞，她也仿佛成心要跟他们作对，大声唱起歌来。回家后，她马上便回了房间，直到午餐时才出现，穿了自己最漂亮的连衫裙，仔细地梳理过头发，还戴了副紧紧的手套。在餐桌旁她表现得非常彬彬有礼，甚至是拘泥刻板，她几乎不吃东西，只从高脚玻璃杯里抿口水。她显然想在我面前扮饰一个新的角色——一个淑娴礼貌、有着良好教养的小姐的形象。哈金并不去管她，看来他在各方面都对她宠惯了，他时而温厚地看着我，微微耸耸肩，仿佛想说："她还是个孩子呢，就别苛求她吧。"一吃完，阿霞便起身而立，向我行了个屈膝礼，戴上帽子，问哈金：她能不能去路易泽夫人那儿。

"你以前也这么问我的吗？"他脸上一直挂着笑，但此时有点窘迫，"你莫非和我们在一起很寂寞？"

"不，可我昨天许诺过路易泽太太要去她那儿的，而且我想你们两人一起更好些。恩先生（她指指我）又会给你说些什么。"

她出去了。

"路易泽太太，"哈金开口道，他竭力躲避我的视线，"是本地前市长的寡妇，一个和善，不过有点无聊的老太太。她很喜爱阿霞。阿霞酷爱结识地位低的人，我发现，是骄傲的缘故。您瞧，被我惯坏了，"他不响了，过会儿又说，"您说该怎么办？我对任何人都不会求全责备的，更不用说对她了。我必须宽容她。"

我沉默着。哈金说起别的来。我越了解他，就越被他迷住。很快我就懂得他了。他有着典型的俄罗斯灵魂，正直、公正、朴实，遗憾的是，有点萎靡不振，干事无常性，内心缺乏火一般的热情。在他身上青春并未如泉般喷涌，而是如静静的光笼罩着他。他很讨人喜欢，又很有智慧，我想象不出，当他完全成熟后，会是个什么样的人。会成为艺术家？……不经过长期艰苦卓绝的工作，是成不了艺术家的……看着他那柔柔的面容，听着他那不徐不疾的言谈，我想，“不，您是不会埋头工作的，您聚不拢自己的力量。”可您不能不喜欢上他：您的心被他勾住了。我们两个一起待了约四个小时，时而在沙发上坐坐，时而在宅子前慢慢踱来踱去。在这四个小时里，我们最终成了铁哥们。

夕阳西下，我也该回家了。阿霞还没回来。

“她真是个不听话的淘气孩子！”哈金道，“想不想我送送您？咱们顺路去一下路易泽太太那儿，我打听一下，她在不在那儿？不会走多少冤枉路的。”

我们下山进城，拐进一条曲曲弯弯的窄巷，在一座两扇窗宽、四层楼高的宅子前停下了脚步。宅子第二层比第一层更凸向街面，三四层楼比第二层更凸出。整个宅子都刻满了古旧的花纹，楼下有两根粗柱子，那尖尖的瓦屋顶，阁楼上鸟喙般凸出部分，都使这栋屋子看上去像只弓背的大鸟。

“阿霞！”哈金大声嚷道，“你在吗？”

三楼灯光摇曳的小窗响了一下，打开露出了阿霞黑黑的脑袋，身后是一张没有牙、视力很弱的德国老太太的脸。

“在这儿，”阿霞娇媚地把双肘支在窗台上说，“我在这儿好着呢。拿着，给你的，”她说着，扔给哈金一支天竺葵，“想象一下，我是你的心上人。”

路易泽太太笑起来。

“恩先生要走了，”哈金道，“他来和你告辞。”

“真的？”阿霞说，“那就把那枝花给他吧，我马上回家。”

她一下子关上窗，好像吻了吻路易泽太太。哈金缄默不语地把花递给我，我也悄然把它放进口袋，走到渡口，到了河对岸。

我记得，在回家的路上脑子里空空如也，奇怪的是心中却沉甸甸的。突然一股浓烈、熟悉的香味使我大吃一惊，这香味在德国罕有。我停下脚步，看见路边有一小畦大麻。这种草原上的香味立刻使我忆起我的祖国，在我心底唤起刻骨的乡愁。我想呼吸俄罗斯祖国的气息，想在她的大地上漫步。“我在这儿干吗？我为何要待在这异国他乡和陌生人中间？”我大声叫喊着，我心中那毫无生气的沉重感忽然转为苦涩、灼热的冲动。我怀着和昨晚完全不同的心境回到家。我有些生气，久久不能平静。一种自己也不明白的沮丧笼罩着我。后来我坐下，回忆起那位滑头的寡妇（我的每一天都以想想这个女人为结束），拿出她的一张短简。可我甚至都没打开，思绪马上飞走了。我开始想……想着阿霞。脑子闪过这样一个念头，哈金暗示过，有些难处使他不能回到俄国去……“她的的确确是他妹妹吗？”我大声问。

我脱去外衣，爬上床，尽量想入眠。可一个小时后，我又从床上坐起，胳膊撑在枕头上，又想起那个“顽皮任性、带着做作笑容的小姑娘……”“她就像法涅济纳宫①里拉斐尔画的小加拉捷娅②，”我喃喃低语，“是的，她不会是他的妹妹……”

那位寡妇的短简落在地板上，在月色中静静地闪着白光。

五

第二天一大早，我又向勒城出发了。我自我安慰道，我是去看哈金的，可我内心却非常想看看阿霞会有什么举动，会不会像昨夜那样“闹出些古怪的事”来。他们俩都在客厅，而且真奇妙！——不知是否因我昨晚至今刻骨铭心地思念俄罗斯——我觉得阿霞完全是个地地道道的俄国少女，质朴得一如女仆。她身着一件旧连衣裙，头发拢到耳后，安详地坐在窗前，拿着绣花绷子绣着，既谦和又娴静，仿佛她这辈子除此之外没干过别的事。她几乎一语不发，静静地望着自己的绣品，脸上的表情平平常常，使我情不自禁地想起家乡的卡佳、玛莎们。仿佛为了完全印证这种相似，她开始低声哼起《亲爱的老妈妈》。她低眉敛容，小脸黄黄的，我望着她，回想起昨晚的种种猜测，有些遗憾。天气绝佳。哈金跟我们说，今天要外出

---

① 位于罗马，拉斐尔的壁画《加拉捷娅》就在那里。——译注

② 希腊神话中女海神。——译注

写生，我问能不能与他同行，会不会影响他。

“恰恰相反，”他说，“您可以给我提些好建议。”

他戴上一顶望·代克式的圆帽，身着短上衣，腋下挟着画板便出发了，我慢吞吞地跟在他身后。阿霞待在家中。走前哈金让她留意一下，汤别煮得太稀了，阿霞答应去厨房看看。哈金到了我相识已久的山谷，坐在石头上，画起一棵树身满是窟窿的老橡树，它的枝枝蔓蔓伸出很远。我躺在草地上，掏出本书，可还没看上两页，他也刚刚胡乱抹了两笔。我们的话便越来越多，我认为，我们相当睿智、深入地讨论了——应当怎么工作，要避免什么，遵循什么，当代艺术家的自身价值是什么等。哈金末了觉得他今天“兴致不高”，便在我身边躺下，这么着，我们这种青春的闲聊便漫无边际，一泻千里，忽而炽热，忽而沉静，忽而欣喜万分，可我们说的几乎都是俄国人爱用的模糊语言。我们谈得心满意足，仿佛干了什么，干成了什么似的，便回家了。阿霞依然像我离开时那样，不管我怎么观察她——依然找不出一丝卖弄风情和做作的样子，这回可不能指责她不自然了。

“啊哈！”哈金说，“她在持斋忏悔呢。”

日暮时她毫不掩饰地打了几个呵欠，早早便回房了。我也马上和哈金道别回家，我什么也没想，这一天是在冷静的感觉中度过的。不过还记得，当我躺下时，情不自禁出声说：

“这姑娘真是个变色龙！”想了想，我又说，“可她到底不是他的妹妹。”

六

就这样过了整整两个礼拜。我每天去探望哈金他们。阿霞仿佛在躲开我，再也不像我们初识的那两天那么淘气了。她好像暗自伤心、不安，笑得也不多，我好奇地观察着她。

她的法语和德语说得都很好，可处处都显出，她打小时候起就没得过女性的眷顾，受到的也是一种不寻常、奇怪的教育，和哈金所受的教育完全两样。别看哈金戴着望·代克式的帽子，穿着短上衣，可他身上散发着大俄罗斯贵族的和善和一种文弱。而她一点不像贵族小姐，她的一切举止中都带着一种不安分，宛若刚嫁接的小果树，或者依然在发酵的葡萄酒。她生来害羞又胆小，可又懊恼自己的拘谨，因此强迫自己表现得舒展大胆，而又往往做不到这一点。几次我想和她聊聊在俄国时的生活和她的经历，她总是不乐意地回答我的问询。不过我了解到，出国之前她很长时间是在乡下度过的。我有次遇上她独自在看书，她两手支着脑袋，手指深深地叉进头发里，贪婪地读着书。

“好极了！”我道，走近她，“您多努力啊！”

她微微抬起头，一脸的端庄严肃。

“您以为我就只会笑。”她说着，便想离开。

我扫了一眼书名，是本法国小说。

“不过我不能夸您选的书。”我说。

“有什么别的可看的！”她叫着，把书往桌上一扔，又添了句，“还不如去开心闹闹。”便跑进花园了。

这天傍晚，我给哈金吟诵《格尔曼和多罗泰》①。阿霞开始只是在我们旁边乱窜，后来忽然停下脚步，竖起耳朵听着，悄悄坐到我身旁，一直听我读完。第二天我又认不出她了，一下子还没猜出，她是想学多罗泰的淑娴、端庄。总之，我觉得她是个谜。自尊、好面子到了极点，甚至当我跟她生气时，她依然吸引着我。只有一点我越来越确信——她不是哈金的妹妹，他待她并不像个哥哥，他对她太宠爱、太宽容，同时又有点无可奈何。

一桩怪事看来印证了我的猜测。

一个傍晚，我走近哈金住的葡萄园，发现篱笆门锁着。我以前就见到围墙有一处倒塌了，便没多想，从那儿跳了进去。离那儿不远处的小径一边，有一个金合欢编就的小凉亭，我到了那儿，刚要走过呢……突然阿霞的声音叫我吃了一惊，她边哭边热烈地吐出下

① 德国大诗人歌德的长篇叙事诗。——译注

面这段话：

“不，我谁也不想爱，除了你，不，不，我只想爱你一人——直到永远。”

“够了，阿霞，静一静！”哈金道，“你知道，我相信你。”

他们的声音从凉亭传来。透过不很茂密的枝叶亭栅，我瞅见他们两人。他们看不见我。

“你，就你一个人！”她再三地说着，扑上去搂着他的脖子，抽抽搭搭地哭着，紧偎在他的胸口。

“好了，好了。”他再三说着，轻轻抚着她的头发。

我呆呆地站了好一会儿……猛地一震。“去他们那儿吗？……绝不！”这想法在我脑海里一掠而过。我疾步走到围墙旁，跳回路上，几乎跑着回到家。我笑笑，搓搓手，这个突然使我的猜想变为确凿的事件还是让我大吃一惊（我从未怀疑过我的猜想），我心里很苦涩。“可是，”我想，“他们真会装佯啊！为了什么呢？他们干吗这么想愚弄我呢？我真没料到他会这样……这动人的解释又是为了啥？”

七

我睡得不安稳，第二天一大早便起来，对房东太太说晚上不必等我，便背了个小旅行背囊，步行进山了，我沿着流经兹城的那条河的上游走着。那些山是一座名为“狗背”山脉的支脉，地质学上认为它们是很有意思的，这里尤其以玄武岩岩层的规则和纯正而著称，可我没心思进行那些地质学上的探测。我自己也解释不清，到底在想什么，只有一种感觉很明晰：不想再见到哈金他们。我说服自己，突然对他们产生恶感的唯一原因就是对他们滑头虚伪的恼怒。是谁迫使他们装成亲属？不过我尽量不想他们，不慌不忙地在群山和谷地闲逛，在乡村小酒馆一坐就是好半天，和酒馆的主人、客人们融洽地闲聊，或躺在晒热的平石上望着天空，望着云儿如何飘过，好在天气出奇地妙。这么着，我尽情地过了三天——虽然心里时而隐痛。我的心境和这个小地方宁静的大自然正好很谐调。

我完全陷入到这种静静的游戏里，从中时而捕捉到各种印象，它们缓缓地变化着，从我心底淌过，最后留下一个总的感受，它蕴含了我这三天来所见所闻、所感受到的一切：森林中树脂的清香，啄木鸟的叫声和啄击声，清清的小溪絮絮私语，潺潺流过，斑斓的河鳟在铺满砂石的溪底嬉戏，群山的轮廓朦胧可辨，幽暗的峭壁，清洁的小村，非常古老的教堂和树木，草地上的鹳，安适的磨坊里急速飞旋的轮子，村民殷勤好客的笑容，他们穿的蓝坎肩和灰袜子，由肥马（偶尔是母牛）驾辕的大车吱吱作响，缓慢行进，长头发的青年徒步旅行者，沿着栽满苹果树和梨树的干净大道走着……

甚至至今每当我回想起那时的感受，依然惬意。向你致意，德国土地上那个朴素的角落，你有着质朴的富足，勤劳的双手无处不在，人们耐心从容地工作着，处处留下了这样的痕迹……我向你致意，祝你平安！

第三天夜晚我才回到家中。我忘说了，出于恼恨哈金他们，我试图唤回那个狠心肠寡妇的形象，可我只是枉然。我记得，当我又开始想起她时，我看见面前有一位五岁的农村小丫头，一张好奇的小圆脸，一双纯真瞪着的眼睛。她那么稚气，无邪地望着我……在她那纯洁的眼神面前我无地自容，我不想在她面前留下谎言，于是立即和我过去的恋人永别了。

家里我看到哈金留下的短简。他很惊诧于我那突如其来的决定，埋怨为什么没带他一同去，又让我一回来便上他们那儿。我不满意地读完这张便条，可第二天还是动身去了勒城。

八

哈金老友般迎接我。把我善意地大大责备了一番；可阿霞，仿佛是有意，一见到我便毫无缘由地哈哈大笑，和平日一样马上便跑走了。哈金露出一点窘态，冲着她的背影嘟哝说她简直疯了，请我别和她一般见识。我不得不承认，阿霞使我很不快。我本来就有点不高兴，这做作的笑声和古怪的忸怩作态则更令我扫兴。可我还得装出什么也没发现的样子，和哈金详细地谈起了这次短途旅行的见闻。他也跟我说起我不在时他干了些啥。可我们的谈话并不太顺，阿霞在这小屋进进出出，最后我说我有些急事要办，该回家了。哈金起初挽留我，后来凝神望望我，提出要送我。在前厅，阿霞突然走近我，向我伸出手，我轻轻握了一下她的手指，微微行了个礼道别。我和哈金渡过了莱茵河，经过我喜爱的地方——大梣树下的圣母小雕像时，我们在长凳上坐下来，欣赏这美景。在这儿，我们进行了一番特殊的交谈。

开始我们随便聊了几句，然后望着明净清澈的河水，都缄默不语了。

“请问，”哈金脸上依然挂着平日的微笑，突然问，“您认为阿霞怎么样？她给您的感觉一定有些古怪啰？”

“是。”我有点莫名其妙地答道，我没料到，他谈起她来。

“必须好好了解她后，才能评价她，”他说，“她心地非常善良，可又任性。难以和她和睦相处。不过，如果您了解了她的身世，就不会责怪她了……”

“她的身世？”……我急急打断他，“她难道不是您的……”

哈金瞥了我一眼。

“您以为她不是我妹吗？……不，”他并没注意到我的张皇失措，又接着说，“她确实是我妹妹，我父亲的女儿。请听我说。我信任您，把一切都跟您说了吧。

“我父亲心眼很好，有头脑，很有教养——可又不幸。命运待他并不算薄，可他连命运的首次打击都忍受不了。因为爱情的缘故，他很早就结了婚，他的妻子——我母亲不久便去世了，那时我还只有六个月大。父亲把我带到乡下，一住便是十二年，哪儿也没去过。他亲自对我进行教育，如果不是他的哥哥——我大伯到乡下我们这儿来，我父亲永远都不会和我分离。我这大伯一直住在彼得堡，担任要职。他说服我父亲，把我交给他，因为父亲说什么也不同意离开乡下。大伯对我父亲说，我这样年龄的男孩在一个完全孤单的环境里有害，只和父亲这样一位总是沮丧悒郁、沉默寡言的老师待在一起，我一定会落后于那些同龄孩子，而且性格也会扭曲。父亲一直听不进大伯的规劝，直到最后才让步。我哭着和父亲分别，我爱他，虽然我从未在他脸上见过一丝笑容……可我一到彼得堡，便马上忘了那晦暗、郁闷的家。我进了士官学校，后来又编入近卫军联队。每年我都回到乡下待几周，每次都发现父亲更愁闷、更自闭、思虑到了畏葸的地步。他天天去教堂，几乎连话都不会说了。有一次我回家时（那时我二十出头），头一回在家中见到一个瘦瘦的小姑娘——阿霞，她约十岁，乌溜溜的眼睛。父亲说她是个孤儿，便领来抚养了——他是这么说的。我并未特别留心她。她像小动物似的腼腆羞怯、敏捷麻利，还不爱说话，当我一走进父亲最喜欢的那个幽暗的大房间时——我母亲就在那儿去世的，那儿甚至白天也得燃起蜡烛，阿霞便马上躲到父亲那把伏尔泰式的椅子后，或者书柜后。后来有那么三四年，因为工作我没回乡下。每月收到父亲的一封短信，他很少提到阿霞，即使提也是捎带一笔。他已经五十开外了，可看上去依然很年轻。所以你可以想象得出我当时是多么惊骇：突然在我毫无心理准备的情况下，收到管家的一封信，上面禀告我父亲病危，说如果我还想见他一面的话就要赶紧回去。我拼命赶回家，父亲还活着，可已是奄奄一息了。见到我他格外高兴，用枯瘦的双臂拥抱着我，久久凝望着我的眼睛，那眼神既似审视，又似祈求，在我答应一定完成他最后的请求时，他吩咐老仆带阿霞进来。老人把她带了进来：她全身颤抖着，几乎站不住了。

“‘这儿，’父亲使出最后一点劲说，‘我把我女儿——你妹妹交付给你。你可以从雅科夫那儿了解到一切。’他指指老仆，补充道。

“阿霞号啕痛哭着，扑倒在床上……半个钟头后父亲故去了。

“以下就是我打听到的事：阿霞是我父亲和母亲从前的女仆塔季扬娜生的女儿。塔季扬娜的影子还历历在目，我记得她亭亭玉立的身姿，漂亮、端庄、聪慧的面容，还有那双黑黑的大眼睛。她被公认为高傲、难以接近。我从雅科夫那恭恭敬敬、吞吞吐吐的话中了解到，我父亲和塔季扬娜是在我母亲过世几年后才好上的。那时塔季扬娜已不住在老爷的宅子里了，而是和出嫁的姐姐——一个饲养员住在小木屋里。我父亲非常钦慕她，在我离开家后，甚至想娶她，可她不管父亲如何请求，也不同意正式嫁给他。

“‘逝去的塔季扬娜·瓦西里耶夫娜，’雅科夫站在门旁，双手背在后面，向我报告道，‘她是个审慎理智的人，一点儿不想拖累令尊。她说，‘相对您我是个什么妻子？是个什么样的太太呢？’她就是这么说的，当时我也在场，少爷。’

“塔季扬娜甚至不想搬到我们家，她还是带着阿霞住在自己姐姐那儿。儿时每逢节日，我在教堂才看得到塔季扬娜。她系着条黑头巾，披着一条黄色披肩，总是站在窗边的人群中——她那庄重的侧影清清楚楚地映在透明的玻璃窗上——她温顺、庄重地祷告着，照老规矩深深鞠躬。我大伯带走我时，阿霞不过两岁，9岁时她就失去了母亲。

“塔季扬娜一过世，父亲便把阿霞带回家。以前他就表示想把她领回家，可塔季扬娜就是不同意。您可以想象，阿霞被带回老爷家的心情。她至今也忘不了第一次穿上丝绸衣裙，手给人吻的情景。母亲在世时，对她管教非常严格；而在父亲这儿她享有彻底的自由。他是她的老师，除他之外，别的男人她一个也没见过。他并不娇纵她，也就是说并不溺爱她，他强烈地爱着她。从不禁止她干任何事，他从心底里对她有种负疚感。阿霞很快便明白，她是家里的头号人物，主人是她父亲。可她很快也知道了作为私生女的尴尬处境，自尊和怀疑在她内心膨胀着，滋生了不良习惯，也失去了质朴。她想（有次她自己向我承认这点）让全世界都忘掉她的出身，她既为母亲感到羞愧，又因此而自卑，同时又为母亲骄傲。您瞧，她知道许多，同时现在还在了解不该在她这个年龄知道的事情……可难道这是她的错吗？青春的力量在她内心澎湃，血在沸腾，而旁边又没有一个人指点纠正她。她在一切方面都完全自己做主！可难道这是很容易承受的吗？她不想落后于其他贵族小姐，于是便扑向书本。可这些毫不中用！始于错误的生命，其形成便是一个错误，但她的心灵并未扭曲，也依然那么聪明。

“这样，我这个二十多岁的小伙子，便得抚养这个十三岁的小丫头了！父亲刚过世的那几天，一听到我的声音，她就发抖，我的怜爱反而引起她的愁思，她渐渐地习惯我了。确实，后来当她确信，我的确承认她是我的妹妹，像对妹妹般地爱她时，她便热烈地仰慕我，她的任何感情都是全身心投入的。

“我把她带到彼得堡。和她分离使我心疼——可我无法和她住在一起，便把她送到一所最好的寄宿中学去。阿霞明白我们必须分开，却生起病来，几乎死去。后来她习惯了，在寄宿学校一待就是四年。可我的期待落了空，她几乎和以前一样。校长经常在我面前抱怨，‘不能处罚她，’她说，‘可爱抚她也不成。’阿霞有很强的领悟力，学习很出色，比谁都强，可她怎么也不肯和一般人一样，脾气犟，又孤僻……我不能太责怪她，处于她那个地位，她要么巴结，以讨欢心；要么害羞，怕见生人。在同学中，她只和一个不漂亮、怯懦、贫穷的姑娘要好。其他一起上学的姑娘，大部分是名门闺秀，她们不喜欢她，尽可能地嘲弄她，挖苦她，阿霞丝毫也不让步。一次神学课上，老师说起恶德。‘阿谀奉承和胆怯懦弱——是最大的恶德。’阿霞大声说。总之，她继续走自己的路，只是她的举止好一些了，尽管在这方面她的进步也不大。

“后来她到了十七岁，再待在寄宿学校是不可能的了。这时我才发现我遇上了好大的麻烦。我突然想出个上策：退职，带阿霞出国，待上一两年。想好了——便这么办，就这么着，我们两个来到了莱茵河畔，我想在这儿搞搞绘画，可她……依然像以前一样胡闹，举止古怪。现在我希望，您对她不要太苛刻了，虽然她佯装什么也不在乎——其实她珍视每个人的意见，特别是您的意见。”

哈金又静静地微笑着。我紧紧握住他的手。

“就是这么回事，”哈金又说，“和她一起我也真是倒霉。她是个真正的火药桶。至今她还没爱上过谁，可如果爱上谁了，可算是糟糕呢！我有时也迷惘，不知该怎么待她才好！近两天她想起个花样：突然对我说，我待她比以前冷淡了，她只爱我一个，永远只爱我一个……同时哭得很厉害……”

“原来是这样……”我刚说一句，便突然停下了。

“那请告诉我，”我问哈金（我们彼此之间已很坦诚了），“难道真的至今她还没喜欢上过谁？在彼得堡她可见过不少小伙子吧？”

“她一点也不喜欢那些人。不，阿霞需要一个英雄，一个不平凡的人——或是画上才有的山谷中的牧人。不过，我跟您聊得时间太长了，耽搁您了。”他边说边站了起来。

“这么着吧，”我开口道，“我们去您那儿，我不想回家了。”

“那您要办的事呢？”

我没搭腔，哈金会心地笑了，我们又返回勒城。见到熟悉的葡萄园和山顶白白的小屋，我感到一种甜蜜——心底的甜蜜，蜜确实悄悄地流进了我的心田。听了哈金的述说，我感到一块石头落了地。

九

阿霞在门口迎接我们。我又等着她笑呢，可她朝我们走来时，脸上毫无血色，默默无语，低垂着眼帘。

“他又回来了，”哈金道，“值得一提的是他是自己想来的。”

阿霞用一种探询的神情望着我。我先伸出手，这一次紧紧地握着她那冰凉的小手指。我非常怜惜她。以前她那些把我弄得糊里糊涂的事，到现在我才恍然大悟：她内心的躁动，不会把握自己，希望显示自己——这些我都明白了。我看透了这颗灵魂：一种隐藏的压抑一直是她的负担，那个毫无经验的自尊心惶恐不安地挣扎着，乱作一团，但她整个人都追求着真实和正义。我明白为什么这个古怪的少女吸引了我，并不仅仅因为她那纤弱身躯里散发出的近乎野性的美，我还喜欢她那颗心。

哈金开始翻着自己的画稿。我向阿霞提议，一起去葡萄园散散步。她马上高兴而温顺地答应了。我们走到半山腰，坐在一块大石板上。

“没我们您不觉得寂寞吗？”阿霞开口道。

“没我你们寂不寂寞？”我问。

阿霞瞥了我一眼。

“寂寞，”她答道，“山上很好吧？”她马上又说下去，“那些山高吗？比云彩还高？跟我说说您的见闻。您对哥哥说了，可我什么也没听见。”

“谁让您故意走开呢？”我说。

“我走开……是因为……我现在不会走了，”她声音里透着信任和娇媚，又添一句，“您今天生气了。”

“我？”

“是您。”

“为什么您这么以为，哪能呢……”

“不知道，可您是生气了，气鼓鼓地走了。我很遗憾，您就这么走了。也很高兴，您又回来了。”

“我也很高兴，又回来了。”我说。

阿霞耸耸肩，孩子们快活时，常这么做。

“啊，我会猜！”她接着说，“以前，爸爸在隔壁房间咳嗽一声，我就知道，他对我满不满意。”

这天以前，阿霞从未对我提起过父亲。这让我很吃了一惊。

“您爱父亲吗？”我问，可令我异常懊恼的是，我的脸蓦地红了。

她没搭腔，脸上也泛起红霞。我们两个都沉默不语。远处莱茵河上，一艘轮船飞驶而过，冒出腾腾烟雾。我们望着它。

“您怎么不说了？”阿霞低语道。

“为什么您今天一见到我，就大笑起来？”我问。

“我自己也不知道。有时我本想哭，可却笑起来。您不能根据……我的举动来推断我。啊，顺便问问，洛列莱是个什么童话？那看得见的，便是她的悬崖吗？据说，她使所有见到她的人都沉入水底，可一旦她爱上了谁，便自己投入了水中。我喜欢这个传说。路易泽太太给我讲各种神话和故事。路易泽太太有只黄眼的黑猫……”

阿霞抬起头，晃晃那一头鬈发。

“啊，我觉得真好。”她说。

这时，一种单调的、时断时续的声音飘到我们的耳际了。千百个声音带着抑扬的节奏反复齐唱着赞美诗：一群朝圣者拿着十字架和神幡，沿我们下面的那条路鱼贯而行……

“真想和他们一起去。”阿霞侧耳倾听逐渐弱去的歌声，说道。

“难道您这么笃信上帝吗?”

“真想去某个远方祈祷，建立些很难完成的功勋，”她接着说，“否则日子一天天溜走，生命一天天逝去，可我们做了些什么?”

“您对荣誉看得很重，”我说，“您不想白白地活着，您要在身后留下足迹……”

“难道这是不可能的吗?”

“不可能。”我几乎脱口而出……可我望着她那双明亮的黑眸，只是说:

“您试试吧。”

“请您告诉我，”阿霞沉默了一会儿，那时她脸上掠过一丝阴影，使她的脸显得更加苍白，“您很喜欢那位太太吧……还记得吧，就是我们相识的第二天，我哥哥在遗址为她的健康举杯祝福的那位。”

我笑了起来。

“您哥哥是开玩笑，我哪位太太也没喜欢过，至少现在没有一位叫我喜欢的。”

“那您喜欢女人身上的什么优点呢?”阿霞把头往后一仰，天真好奇地问。

“好古怪的问题!”我大声叫着。

阿霞略略有点发窘。

“我不该向您提这种问题，对不对？对不起，我习惯想什么就说什么。正因如此，我也怕说话。”

“看在上帝的分上，说吧，别怕，”我道，“我很高兴，您终于不怕我了。”

阿霞垂下眼帘，轻轻柔柔地笑起来。我从未听她这么笑过。

“好吧，请您说点什么吧，”她说着，抚平连衣裙的下摆，使它垂到脚边，仿佛要坐上很久似的，“请说点什么，或读点什么吧。您记得，就像那次您给我们朗诵了一段《奥涅金》……”

她忽然默默地思索起来……

如今哪儿有座十字架和一片绿荫，

覆盖在我可怜的母亲的墓上！

她低声朗诵着。

“普希金的诗里可不是这样写的。”我说。

“我多想当塔季扬娜呀，”她依然深思地说，“请说点什么吧。”突然她又活跃起来。

可我顾不上讲故事。我望着她，她全身笼罩着明媚的阳光，娴静而温柔。周围的一切——包括脚下和头顶上的——天空，土地和水都快乐地熠熠生辉，甚至空气也似乎充满了光泽。

“看，多美！”我情不自禁压低了嗓门。

“是的，太美了！”她并没看我，同样轻轻地答道，“如果我们是鸟儿——我们会如何冲入云霄，展翅高翔啊……我们会如何融入这片蔚蓝里啊！……可惜我们不是鸟。”

“不过我们会长出翅膀来的。”我反驳道。

“怎么会？”

“您再长大一些——就会明白。有一些感情把我们从地面托起。别担心，您会长出翅膀的。”

“您已有过了？”

“怎么跟您说呢……好像，我至今还没飞翔过。”

阿霞又陷入了冥想。我微微向她俯过身去。

“您会跳华尔兹吗？”她突然发问。

“会。”我有点迷惑地答道。

“那走吧，走吧……我请哥哥给我们奏一曲华尔兹……我们可以想象一下，我们在飞翔，我们已经长出翅膀了。”

她朝宅子跑去。我跟在她后面跑——过了一会儿，我们便在甜美的兰纳舞曲的伴奏下，在那窄窄的房间里飞旋起来。阿霞的华尔兹跳得非常棒，而且很陶醉。一种温柔的女性神采突然透过那少女端庄的仪容显露出来。很久以后，我的手臂仿佛还留有她那娇嫩的身躯的余温；很久以后，我仿佛还听到她那近在咫尺的急促呼吸，很久以后，我依稀还见到她那张没有血色但又精神饱满的脸，鬈发活泼地披下来，一双几乎闭上，没有转动的黑眼眸。

十

这一天过得十分惬意。我们如孩童般玩耍着。阿霞非常讨人喜欢，又很质朴。哈金望着她很高兴。这天我回家回得很晚。当船驶到莱茵河中央时，我请船夫让船顺流而下。老船夫收起桨——于是这壮观的河流便载着我们向前奔流。环顾四周，我倾听着，回忆着，突然感到心底有一种隐秘的骚动……我抬眼望星空——那夜空也并不安宁：繁星点点，夜空一直在微微抖动着，旋转着，摇晃着；我俯身望着河水……在那儿——那幽暗又冰凉的深处，星星也在摇曳、颤动；我感到到处都蕴含着不安的兴奋——那种不安在我心底也扎根发芽了。我倚在舷边……风儿的窃窃私语拂过我的耳际，船尾那淙淙水声刺激着我，浪涛清新的气息也没能使我冷静下来，岸边的夜莺唱起来了，那歌声中甜蜜的毒素感染了我。我不禁热泪盈眶，可这并不是盲目欣喜的泪水。不久前我心灵坦荡，灵魂也在歌唱，觉得它什么都了解，什么都爱，那时我感受到的是一种朦胧的，无所不包的渴望，可现在这种感觉已经逝去……不，我心中燃烧着对幸福的热望。我还说不清——可这是幸福，这已是彻底的幸福——这正是我想要的，使我备受折磨的幸福……船儿依然顺水飘着，老船夫坐着，倚着桨打起盹来。

十一

第二天去哈金那儿时，我并未扪心自问，是不是爱上了阿霞，可我很多时间都在想她，关注她的命运，对我们这次出乎意料的亲近感到高兴。我认为，只是从昨天起我才了解了她，那之前她总避开我。而当她最终向我敞开心扉时，她整个人笼罩在一种多么迷人的光环中，她这个形象对我是多么新鲜，她羞答答地散发出一种多么神秘的魅力……

我精神抖擞地走在那熟悉的路上，不停地望着远处那发白的小宅，我不仅不想将来——甚至连明天也不去想，我很快活。

当我走进房间时，阿霞的脸上泛起两朵桃云。我发现，她又是盛装华服，而她的神情和服饰并不和谐：她有些悒悒寡欢。可我是多么愉快！我甚至觉得她又要像往日一样跑开，可又勉为其难地待了下来。哈金处于艺术家那种情绪高涨、狂躁的特别心态中，如那帮艺术的初入门者，当他们认为（如他们自己所述的）成功地“抓住了大自然的尾巴”时，就会有这种心态的爆发。哈金头发乱蓬蓬的，全身沾满了油彩，站在画布前，狂放地挥着画笔，他向我重重地点了点头，退后一点，眯缝着双眼，又扑到了画布上。我便不再打搅他，坐在了阿霞身边。她那双乌黑的眼眸慢慢转向我。

“您今天不像昨天那样了。”我几次想逗她微笑，都是徒劳，便这么说。

“是，不是昨天那样，”她声音低沉，缓缓地说，“这没什么。我睡得不好，想了整整一个晚上。”

“想什么？”

“哦，想了许多。这是我从小的习惯，还是从和妈妈生活在一起时就开始的……”

她很吃力地说出这个字眼——“妈妈”，然后又重复道：

“当我和妈妈生活在一起时开始的……我在想，为什么一个人就不能预先知道他将会发生什么事；而有时你看到了灾祸——却无法避开；为什么总也不能说出一切真话？……后来我又想，我什么也不懂，我必须用功学习。我必须重新再受教育，我受的教育太糟了。我不会弹钢琴，不会画画，甚至连刺绣都绣不好。我一无所长，和我一起一定很枯燥。”

“您对自己太苛求了，”我反驳道，“您书读得很多，有教养，还聪慧……”

“我聪慧吗？”她幼稚好奇地问道，我不由得笑出声来，可她甚至连一丝微笑都不挂。“哥哥，我聪慧吗？”她问哈金。

他什么也没说，高高举起手，继续画着画，不断换着画笔。

“有时我自己也不知道，脑子里在想什么，”阿霞依然那样沉思地说，“我有时都怕自己，老天！啊，我真想……女人真的不该读很多书吗？”

“不需要读太多，不过……”

“请告诉我，我该读什么？请告诉我，我该干什么？您告诉我干什么，我就全都照办。”她带着稚气的神情，信赖地转向我，又说。

我一下子不知如何作答。

“您和我一起，不会觉得枯燥无聊吧？”

“怎么会呢？”我开口道。

“唔，谢谢！”阿霞说，“我还以为，您会觉得无聊呢。”

她那热乎乎的小手紧紧地握着我的手。

“嗯！”这时哈金叫道，“这个背景是不是太暗淡了？”

我走向他。阿霞起身走了。

十二

一小时后她又回来了，站在门边招手叫我过去。

“您听我说，”她道，“如果我死了，您会舍不得我吗？”

“您今天怎么会有这个想法！”我大声叫道。

“我认为我很快就要死了。有时觉得，我四周的一切都在和我道别。这么活着，还不如死了的好……啊！您别这么瞧我。我，确实没装假。否则我又要怕您了。”

“难道您怕过我吗？”

“如果我那么奇怪，确实不是我的错，”她说，“您瞧，我笑都笑不出了……”

一直到晚上她都是那么哀愁伤感，忧心忡忡。我不知道，她心中在想些什么。她常常盯着我，在这谜一般的目光下，我的心微微缩紧了。她好像安定下来——可我望着她，还是想对她说别激动不安了。我用欣赏的眼光看着她，在她那发白的面容上，在她那犹豫不决、迟缓的动作中，我找到了一种令人怦然心动的魅力，她不知为何，觉得我心情不好。

“听我说，”在我告辞前不久，她说，“有个想法折磨着我，就是怕您认为我轻浮……以后我跟您说的您都要相信，只是请您也对我坦诚相待；我向您保证，我永远对您说真话……”

这“保证”二字又让我笑出声来。

“哎呀，您别笑，”她活泼地说，“否则我要把昨天您的问题再推给您了：‘您为什么发笑?’”她沉默了会儿，又说，“还记得您昨天讲的翅膀吗？我的翅膀已经长出来了——只是没地方飞。”

“哪能呢?”我说，“所有的道路都为您敞开……”

阿霞凝神直视着我的双眼。

“您今天对我的看法不好。”她皱着眉头说。

“我？对您？看法不好……”

“你们怎么都像掉进水里的?”哈金截断我的话，“想不想我像昨天一样给你们奏曲华尔兹?”

“不，不想，”阿霞紧紧绞着自己的手说，“今天什么也不想!”

“我并不强迫您，安静点……”

“什么也不想!”她面色发白地重复了一遍。

“莫……非她爱上我了?”我走近莱茵河时想道，那幽暗的波涛汹涌着。

十三

“莫非她爱上我了?”第二天一觉醒来，我便自问道。我不想审视自己。我感到她的形象——“带着勉强笑容的少女”形象已钻进了我的灵魂，我无法和它分离。我去了勒城，在那儿待了一整天，可只匆匆看了一眼阿霞。她不舒服，头疼。她下楼只待了几分钟，前额敷着东西，脸上没有一点血色，人瘦瘦的，眼睛几乎闭着。她虚弱地笑笑，说，“会过去的，没关系，一切都会过去，是不是?”说完便走了。我觉得寂寞无聊，还有点愁闷，心里空空荡荡的；可我依然不想离开，又待了好久，也没再见到她，回到家已很晚了。

第二天早上我宛若还在梦中。我想着手工作——可干不了；我想什么也不做，也不想……这也没法办到。我在城里闲逛，又回家中，然后又出了门。

“您是恩先生吧?”突然我身后响起了孩子的声音。我回头一望，眼前站着个男孩。“这是安内特小姐给您的。”他递给我一张便条，说道。

我打开便条——认出是阿霞不规范、一挥而就的笔迹。“我一定要见见您，”她写道，“今天四点请您到遗址附近路上的小石教堂来。我今天干了一件很冒失的事……请您务必来，看在上帝的分上，您会了解到一切的……对送信人说‘是’就可以。”

“您有回信吗?”小男孩问我。

“就说‘是’吧。”我回答。

男孩跑走了。

十四

我回到自己房间，坐下沉思起来。我的心怦怦跳着。把阿霞的便条读了好几遍。看看表，还不到十二点。

门被推开——哈金进来了。

他脸色阴沉，抓住我的手紧紧地握着。他好像很激动不安。

“您怎么了?”我问。

哈金端过椅子，坐在我的对面。

“三天前，”他勉强一笑，顿了顿又说，“我的故事让您惊讶，今天我会更让您大吃一惊。对其他人，我大概不会下决心说得这么……直截了当……不过您品德高尚，您是我的朋友，对不对?请听我说，我妹妹阿霞爱上了您。”

我浑身一抖，欠起身来……

“您妹妹，您说……”

“是，是，”哈金抢过我的话头，“我跟您说，她疯狂了，引得我也要发疯。好在她不会说谎——而且信任我。啊，这丫头有着怎么一颗灵魂啊……她会害死自己的，一定的!”

“您没搞错吧。”我开口道。

“不，绝对没错，昨天，您知道，她几乎躺了一整天，什么也咽不下去，不过，并没抱怨……她从不抱怨。我并不担心，虽然傍晚前她有点热度。今天夜里两点，房东太太叫醒我：‘您赶紧去看看妹妹吧，她情况不太好。’我直奔阿霞的房间，见她还没脱去外衣，全身像打摆子似的发抖，一脸的泪水。她的头很烫，牙齿上下格格叩击着。‘怎么了？’我问，‘病了吧？’她扑上来抱住我的脖子，哀求我把她带走，越快越好——如果我想让她活下去的话……我什么也不明白，尽力安慰她……她号啕大哭得更厉害了……突然透过这哭声我听出来……嗯，一句话，我听出来她爱上了您。您和我都是很明智的人，我向您保证，我们不可能想象得出，她有着多么深的感情，这些感情以多么不可思议的力量在她身上体现出来，如同电闪雷鸣，在她身上爆发得多么出其不意，多么不可避免。您非常可爱，”哈金接着说，“可为何她如此地爱您——我得承认，我不明白。她说，她对您一见钟情。因此她前几天哭着让我相信，除我之外她谁也不想爱。她以为您轻视她，以为您大概已了解她的身世。她问我是不是把她的身世告诉您了——我，当然说没有，可她敏感得可怕。她只希望一点：离开，马上离开这儿。我一直陪她坐到天明。她要我保证，明天我们就不在这儿——这样她才睡着。我左思右想，还是决定跟您谈谈。我认为，阿霞是对的，上策——就是我们两人离开此地。要不是我突然冒出这么个想法，今天就带她离开了。我想，可能……谁知道呢？——您也许喜欢我妹妹？假设果真如此，我干吗要带她走呢？我于是便决定抛开一切廉耻……而且我自己也发现了……我决定……决定问问您……”可怜的哈金窘迫不安。“请原谅，”他又说，“我是不习惯这种波折的。”

我抓起他的手。

“您想知道，”我毅然回答，“我喜不喜欢您妹妹？是的，我喜欢她……”

哈金望着我。

“不过，”他顿了顿又说，“我想您不会娶她吧？”

“您叫我怎么回答呢？您自己想想，现在我怎么能……”

“我知道，知道，”哈金截断我的话头，“我没有任何权利要求您明确答复，我的问题——已是不成体统……可您说我该怎么办？人是不能玩火的。您不知道阿霞，她会患病，会逃走，会和您幽会……换作另一个姑娘会把这一切隐藏，等待时机——可她不会。这在她是头一次——这才糟糕呢！如果您能看见她今天在我脚下如何痛哭的话，就会明白我的顾虑担忧了。”

我沉思起来。哈金所说“她会和您幽会”刺痛了我的心。我觉得若不用坦诚来回报他的绝对坦诚的话，就太不好意思了。

“是的，”我末了说，“您是对的，一小时前我收到了您妹妹的便条。喏，这就是。”

哈金拿起便条，快速扫了一遍，手垂到了膝上。他脸上那表情惊讶得滑稽，可我没心思笑。

“您，我再说一遍，品德高尚，”哈金说，“可现在该怎么办？怎么办？她自己想离开，又给您写信……又自责不谨慎……她啥时写成的这个条子？她想从您这儿得到什么？”

我使他激动的心情平息下来，我们开始竭力冷静地详谈应对措施。

最终我们商定：为了避免不幸，我应该前去践约，和阿霞坦诚地解释明白；哈金就待在家中，装作对此毫不知情；晚上我们再见面。

“我全指望您了，”哈金紧紧握着我的手说，“请您怜悯怜悯她，还有我吧。不过不管怎样我们明天还是要走，”他立起身又说，“因为我想您是不会和阿霞结婚的。”

“给我点时间，晚上再说吧。”我说。

“好吧，可您是不会和她结婚的。”

他走了，我扑到沙发上，合上双眼。我的头发晕，一下子各种各样的感受蜂拥而至。我抱怨哈金的坦诚，对阿霞也感到不满，她的爱情使我既高兴又窘迫。我不明白，是什么促使她对哥哥和盘托出了这一切。马上，几乎是瞬间就得拿出决定，这事折磨着我……

“娶一个17岁的少女，又有着她那种性格，怎么可能呢！”我立起身说道。

十五

我如约渡过莱茵河，在对岸碰上的第一张面孔，便是早上走近我的那个小男孩，看来他在等我。

“安内特小姐给您的。”他细声说道，给我另一张便条。

阿霞通知我幽会的地点改变了。一个半小时后，我得去路易泽太太家，而不是小教堂，我得敲那所宅子下面的门，然后上三楼。

“又是‘是’?”男孩问。

“是。”我重复了一遍，沿着莱茵河畔走着。

回家是来不及了，我不想在街上闲逛。城墙外有一座小花园，园中有为九柱戏准备的遮阳棚及为啤酒爱好者准备的桌子。我走进园中。几个已逾中年的德国人在玩着九柱戏，木球伴着撞击声滚动着，间或传来喝彩声。一个泪光盈盈的漂亮女招待给我端来一杯啤酒，我望了望她的脸。她掉头很快走开了。

“是的，是的，”坐在一边的红脸膛胖先生说，“我们的汉卿今天很忧伤：她的未婚夫要入伍了。”

我看了看她，她缩在角落里，一手托腮，珠泪涟涟，顺着手指滚落下来。有人要啤酒，她便端给他一杯，然后又回到那个老地方。她的忧伤影响了我。我想起那迫在眉睫的约会，可我的思虑既不安，又不快。我心情有些沉重地去赴约，等待我的并非由于彼此爱慕而引发的幸福的陶醉，而是去完成一个诺言，履行一次艰难的义务。“和她是开不得玩笑的。”——哈金的话利箭一般刺入我的心。三天前在那顺流而下的小船上，对幸福的渴望不是正煎熬着我吗？当幸福降临时——我却动摇了，我疏远它，我必须得疏远它……它突然的降临使我犹豫不决。阿霞，她那火一般的个性，她的身世，她所受的教育，这个迷人而又怪异的姑娘——我得承认，她使我却步。这些感觉在我内心挣扎了好久。约定的时间近了。“我不能娶她，”我最终下了决心，“她不会知道我也爱上了她。”

我站起身，把一块三马克的银币放到可怜的汉卿手中（她甚至都没谢我），便动身去路易泽太太的宅子。已是日暮时分，天已有些朦胧，幽暗街道的上空，那一道狭长的天空被晚霞映得通红。我轻轻地叩门：门马上开了。我迈过门槛。里面伸手不见五指。

“这儿来！”响起一个老太太的声音，“等着您呢。”

我摸索着走了两步，一只瘦骨嶙峋的手领着我的手。

“您是路易泽太太吧？”我问。

“不错，”那个声音答道，“是我，我英俊的小伙子。”

老太太领着我顺着一条陡陡的楼梯走上去，我们在三楼停下脚步。凭借从一扇小窗透进的微弱光线，我看到市长寡妇那皱纹密布的脸。她那塌陷进去的双唇咧开，露出一种肉麻而虚伪的微笑，一双昏花的小眼睛眯缝着。她向我指指小门。我手抖抖地，猛然把门一开，进去后，砰的一声又把门关上了。

十六

我走进的那个小房间非常幽暗，因此并没马上看见阿霞。她裹了个长长的披肩，坐在窗旁的椅子上，她宛若受惊的小鸟，脑袋扭过去，几乎是藏了起来。她呼吸急促，全身都在颤抖。我特别地怜惜她。我走近她，她却把头扭得更远……

“安娜·尼古拉耶夫娜。”我说。

她突然整个身子坐直了，想看看我——却没做到。我抓住她的手，把那冰凉的死人般的手握在我的掌心。

“我希望……”阿霞开口说，她努力想绽开笑容，可惨白的双唇不听使唤，“我希望……不，我不能。”她说着便默然不语了。确实，她说话一字一顿地。

我坐到她旁边。

“安娜·尼古拉耶夫娜。”我重复了一遍，也不知说什么好。

一片寂静。我依然握着她的手，望着她。她依然瑟缩着，喘着粗气，轻轻咬着下唇，以免哭出声来，不让盈盈的泪珠滚落下来……我望着她：她怯生生地静坐在那儿，显出一种楚楚动人的无助模样，仿佛她由于很疲惫，刚挪到椅子前，便颓然倒在上面了。我的心融化了……

“阿霞。”我的声音低得几乎听不见……

她缓缓抬眼望着我……啊，恋爱中的女人的眼神——有谁向你描述过？它们在祈求、在探询，表示出一种信赖，一种顺从……我无法抗拒它们的魅力。一股细细的火苗如炽热的钢针穿透了我全身，我弯下腰吻着她的手……

响起一个颤颤的声音，宛如若断若续的叹息，一只软弱无力，如风中摇曳的树叶般的手轻轻触摸着我的头发。我抬头看着她的脸。她的容貌突然改变得如此厉害！恐惧的表情从她的脸上消失了，她的目光变得悠远朦胧，我也不由得给吸引了过去，她的双唇微启，前额惨白得如大理石，一头鬈发如临风中，向后披散着。我忘记了一切，把她拉向自己——她的手温顺地服从着，整个身子也顺势被拉了过去，披肩从肩头滑落，她的头轻轻地贴在我的胸口，贴在我炽热的双唇下……

“您的……”她耳语道，低得几乎听不清。

我的双手已滑过了她的身躯……可我突然想起了哈金，如一道闪电，使我清醒过来。

“我们干了什么呀！……”我叫着，猛然向后一退，“您哥哥……他一切都知道了……他知道我和您见面的事。”

阿霞倒在椅子上。

“是的，”我站起身，走到房间的另一角，说着，“您哥哥全都知道……我只能把一切都告诉他。”

“只能？”她惶惑地问。看来，她还没完全清醒，没全明白我的话。

“是的，是的，”我有些冷酷地再三说，“这是您一人的错，您一个人的。您为什么和盘托出了自己的秘密？是谁迫使您把一切都告诉您哥哥的？他今天亲自到我那儿去了，把您和他的谈话都告诉了我。”我竭力不看阿霞，大步在房间里走着，“现在一切都毁了，一切的一切。”

阿霞想从椅子上站起身。

“别动，”我大声嚷着，“请您别动。您是在和一个诚实的人打交道——是的，和一个诚实的人。可是，上帝啊，是什么使您心潮澎湃？难道您发现我有什么变化？您哥哥今天来找我时，我不能瞒着他。”

“我在说些什么呀？”我暗自想，我成了个毫无道德的骗子，哈金知道我们的约会，所有的都走样了，所有的都暴露无遗——这些想法在我的脑子里轰鸣。

“我没叫哥哥去，”阿霞惶恐地低声道，“是他自己去的。”

“您瞧，您干了些什么，”我往下说，“现在您想离开……”

“是的，我必须离开这里，”她依然那么细声细气，“我请您来这儿，只是为了和您道别。”

“那么您认为，”我说，“和您分开我心里就轻松吗?”

“可您为什么告诉了哥哥?”阿霞疑惑地问。

“我跟您说——我别无选择。如果您不是自己先吐露的话……”

“我把自己锁在房间里，”她天真地说，“我不知道，房东太太那儿还有一把钥匙……”

这天真的道歉，此时出自她的双唇——真叫我快生气了……可现在我一回忆起，就非常感动。这可怜、正直、真诚的孩子!

“现在一切都结束了!”我又开口道，“一切。现在我们只能分离。”我偷偷望了一眼阿霞……她的双颊一下子变得绯红。我感到，她既羞怯又害怕。我自己在房间徘徊着，激昂地说，“您不让刚开始成熟的感觉再发展发展，您自己扯断了我们之间的联系，您不信任我，对我产生怀疑……”

当我说话时，阿霞的身子越来越往前倾——突然跪了下来，把头埋在手心，失声痛哭起来。我走近她，想把她拉起来，可她不肯。我受不了女人的泪水：一见到女人流眼泪，便马上惊慌失措。

“安娜·尼古拉耶夫娜，阿霞，”我再三说，“请……求您了，看在上帝面上，别哭……”我又抓起她的手……

可令我震惊的是，她忽然跳起来——如飞速的闪电，奔到门边消失了……

过了几分钟路易泽太太进了这间小屋——我依然站在房间中央，如受天打雷轰一般。我不明白，我们的约会怎么这么快就结束了，这么傻乎乎地结束了——我想说的话连百分之一还未倾吐，该说的话还未表白，这一切在我自己还不知道如何解决时，它已结束了……

“小姐走了?”路易泽太太问我，她那黄眉抬得高高的，一直抬到假发边。

我傻乎乎地瞪着她——走了出来。

十七

我费力地走出城，直奔田野。懊丧，一种极度的懊丧啮咬着我。我对自己大加数落和责备。我怎会不明白使阿霞不得不改变约会地点的原因呢？我怎会估计不到，她是花了多大的代价来到这个老太太家里的呢？我怎么没挽留她呢！和她单独在那密不透气、几乎没有亮光的房间里，我居然有力量、有心情把她从自己身边推开，甚至责怪她……可现在她的容颜萦绕在我的心头，我请求她的原谅。她那毫无血色的脸，那怯生生、水汪汪的双眸，那低下的脖子上披着的头发，她的头轻轻贴在我的胸口——这些回忆灼烧着我。“您的……”我又听到她那柔声细语。“我是凭着良心的。”我说服着自己……这不是真的！难道这样的结局是我希望的吗？难道我真的能失去她吗？“疯子！疯子！”我恶狠狠地反复念叨……

这时夜幕降临。我大步走向阿霞的宅子。

十八

哈金走出来迎接我。

“您见到我妹妹了吗？”他老远就朝我叫道。

“怎么，她没在家？”我问。

“没在。”

“她还没回来？”

“没有。是我的错，”哈金接着说，“我无法忍耐下去，便违反了我们的约定，去了小教堂。可她不在那儿，可能她没去吧？”

“她不在小教堂。”

“您也没见到她？”

我只能承认见到她了。

“在哪儿？”

“路易泽太太那儿。一小时前我和她分的手，”我又加了一句，“我还以为她回家了。”

“等等吧。”哈金说。

我们进屋坐下。两人都默然无语。我们两个都觉得有些尴尬。不停地回头望门，竖起耳朵听着。末了哈金站起来。

“这太不成样子!”他叫道，“我的心跳得不正常。她折磨死我了，天呐……我们还是出去找找吧。”

我们出了门。外面已是一片昏暗。

“您和她说了些什么?”哈金边把帽子拉下来挡住眼睛，边问我。

“我们见面只待了约五分钟，”我答，“我把我们约定好的跟她说了。”

“我想，”他说，“我们最好分头行动，这样我们能早些碰上她。不管怎样，我们过一小时回这儿。”

十九

我急急地走下葡萄园，进了城。我匆匆走遍了所有的街道，四处张望，甚至还望了望路易泽太太的窗子，我又回到莱茵河畔，沿岸跑着……女人的身影不时落入我眼帘，可依然没看见阿霞。这时已不是懊丧啮咬着我——而是一种隐隐的恐惧在折磨我，我感到的不仅是恐惧……不，还有懊丧，还有万分的后悔，还有爱情——是的！最温柔的爱情。我搓着手，在愈来愈浓的夜色中呼唤阿霞，开始声音很低，后来越来越大；我千百遍重复着说我爱她，发誓和她永不分离；只要能再握着她那冰冰凉的小手，听到她那低柔的嗓音，再看见她，我愿抛开世上的一切……她曾和我那么近，那么坚决地来到我身边，带着一颗那么纯洁天真的心灵和感情，捧给我的是她那纯贞的青春……我却没有把它紧紧贴在胸口，我使自己失去了那无上的幸福——看见她那可爱的脸绽放出既欣喜又宁静的表情……这些想法令我疯狂。

“她能上哪儿呢？她会对自己干些什么?”我在一种无力的绝望和忧郁中大声叫着……河畔上突然闪过一个白色身影。我知道那个地方，在那个约 70 年前淹死的男人的坟墓上，立着一个石制十字架，它一半埋入地下，上面还刻着古老的墓志铭。我的心停止跳动……我奔到十字架旁：那白色身影消失了。我叫道：“阿霞!”那狂野的叫声连自己都吓住了——可无人应声……

我决定回去问问哈金找到她没有。

二十

我急急忙忙地沿着葡萄园的小路走着，看见了阿霞房间的灯光……这使我稍稍放了点心。

我走近宅子，底下的门锁着，敲了敲，一楼没点灯的那扇小窗被小心地打开了，露出了哈金的脑袋。

“找到了？”我问。

“她回来了，”他低声答道，“她在自己的房间换衣裳呢。一切正常。”

“谢天谢地！”我带着莫名的狂喜叫着，“谢天谢地！一切都好了。可我想，我们应该再谈谈。”

“下次吧，”他说着，把玻璃窗轻轻掩上，“下次吧，现在再见吧。”

“明天见，”我说，“明天一切都会解决。”

“再见。”哈金又说，窗子关上了。

我几乎想敲敲那扇窗了。当时就想告诉哈金，我要向他妹妹求婚。可是这么求亲，在这么个时间……“明天吧，”我想，“明天我就幸福了……”

明天我就幸福了！可幸福没有明天，它也没有昨天；它既不记得过去，也不幻想未来；它只有现在——而且也不是一整天，只是一瞬间。

我不记得是如何回到兹城的。仿佛不是靠我的脚，也不是靠小船的运动；而是一双大大的，有力的翅膀托着我。我走过灌木丛，那儿一只夜莺在歌唱，我停下脚步，听了很久，我觉得它在歌唱我的爱情，我的幸福。

二十一

第二天一大早，我便走近了那熟悉的小宅，令我惊讶不已的是：

所有的窗户都大大地敞开着，门也敞着，门槛前乱扔着些纸片，里面走出一个提着扫帚的女仆。

我走近她。

“他们走了!”她贸然冲口而出——我还没来得及问她呢：“哈金在不在家?”

“他们走了? ……”我又说，“怎么走了呢? 去哪儿了?”

“今儿早六点走的，没说去哪儿。等等，我想您是恩先生吧?”

“是，我是恩先生。”

“女主人那儿有封您的信。”女仆上楼拿来一封信，“喏，先生。”

“可这不可能……怎么会这样? ……”我开口道。

女仆愣愣地望了望我，开始扫地。

我打开信。是哈金写的，阿霞一个字也没留。开头他请我别因他的不辞而别而生气。他深信，经过深思熟虑后，我会赞同他的决定。由于处境可能变得棘手而危险，他实在找不到其他更好的办法了。“昨晚，”他写道，“当我们两人沉默不语地等着阿霞时，我就确信我们必须分离了。有些成见我是尊重的，我明白，您不能娶阿霞。她把一切都告诉了我。为了使她平静下来，我只能同意她一再强烈的恳求。”信的末尾他表示很遗憾，因为我们相识不久就只能分离，末了他祝我幸福，友好地握我的手，求我不要费劲寻找他们。

“什么成见哪?”我叫道，仿佛他能听到我说的话，“真是胡扯！谁给的权利把她从我这儿抢走……”我两手捧着自己的脑袋……

女仆开始大声唤女主人：她的张皇使我清醒。只有一个念头在我心中燃烧：寻找他们，无论如何也要找到他们。我不能就这么接受这个打击，顺从这个结局。我从房东太太那儿得知，他们乘早上六点的轮船，沿莱茵河顺流而下了。我赶到售票处，得知他们买的是去科隆的票。我向家走去，想马上收好东西，坐船追他们。正当我路过路易泽太太家……突然听见有人在叫我。我抬起头，就在昨天我见到阿霞的那间房的窗口，出现了那个市长的寡妇。她带着一种令人不快的微笑叫我。我转身想走，她在后面喊着，说有东西转交我。这句话让我停住脚步，走进她的宅子。再见到这个小小的屋子，我真不知该做何感想……

“真的，”老太太说着，递给我一张小纸条，“本想等您自己来我这儿时，再给您，不过您这么好的小伙子，拿去吧。”

我接过来。

在一张小小的纸片上，是用铅笔急急忙忙写下的几句：

> 再见了，我们再也不会重逢了。我不是因为高傲而离开——不，我别无选择。昨天我在您面前痛哭的时候，如果您对我说一个字，哪怕就一个字——我就会留下来。您却没说出这个字。看来这样更好……永别了！

一个字……噢，我真是个疯子！这个字……昨晚我噙着泪重复了多少遍，我临风白白地诵了多少回。在空旷的原野我呼喊过多少次……可我没对她说出这个字，没对她说，我爱她……那时我连这个字的音都发不出来。我在那决定命运的小房间和她相见的时候，还没有明晰地意识到我的爱情；当我和她哥哥茫然难堪地默然相对而坐时，爱情在我心底还未醒来……几分钟后，当我被可能发生的不幸而吓住时，当我开始寻觅她，呼唤她时，爱情才以无法遏止的力量爆发了……可为时晚矣。“可这是不可能的！”有人会对我这样说，我不清楚这是不是可能的——可我知道这是事实。如果阿霞身上有一丝卖弄风情的影子，如果她的处境不是那么尴尬的话，她是不会离开的。她不能忍受任何别的女孩所能承受的，这一点我没明白。在那灯光已灭的窗前我最后一次见到哈金时，我的魔鬼阻止我说出已到唇边的表白，我本可抓住的最后一根稻草便从手中滑脱了。

就在这天，我带着收拾好的行李返回勒城，坐船去科隆。我还记得轮船离岸时，我在心底默然向那些我永世不忘的街道和各个角落道别——我看见汉卿，她坐在岸边的长凳上。面无血色，可并不显得忧郁；一个英俊倜傥的小伙子站在她身旁，笑着和她说着什么；莱茵河的对岸，那老梣树的一片浓浓的绿荫中，我那座小小的圣母像依然那么忧郁地望着远方。

二十二

在科隆我寻觅着哈金他们的足迹，打听到他们已去伦敦，我追到伦敦，可在伦敦，依然一无所获。我很长时间都不愿承认这个结果，一直坚守着，但我最终只得完全放弃要找到他们的念头。

我再也没见到他们——没见到阿霞了。有关她的一些流言传到过我耳中，可对于我她永远地消失了。我甚至不知道她是否还活着。几年之后，有一次我在国外，瞥见车厢里一个女人的面容，她的脸使我鲜活地忆起那不可磨灭的容颜……可我大概是被偶然的相似欺骗了。阿霞在我记忆中依然是个少女，一个在我风华正茂时认识的少女，依然是我最后一次见到的样子，斜靠在低低的木椅椅背上。

不过，我也应当承认，我并不曾为她而伤感好久；我甚至以为，命运没有让我和阿霞结合，是一个好的安排；我安慰自己，可能我和这样一个妻子生活也不见得会美满。那时我还年轻——将来，短暂如流水的将来，对我而言似乎是无限的。“难道过去了的一切就不会再来，不会更好，更美妙吗？……”我想。我认识了其他一些女人——可被阿霞唤起的那些感觉，那炽热、细腻、深沉的感觉已经不复再来了。不！没有一双眼眸可以替代那对曾深情款款望着我的眼睛，没有一颗贴在我胸口的心，使我的心那么快乐，那么甜蜜得发慌！我注定要无家可归，孤苦伶仃，过着无聊寂寞的日子，可我像保存圣物一般，收藏着她那些小纸条和一朵枯萎的天竺葵——就是她那次从窗口扔给我的那朵。这朵花至今仍散发着淡淡的馨香，可那只抛花于我的手，那只我仅此一次紧紧贴在双唇的手呢，也许早就在坟墓里腐烂了吧……我自己呢——我自己又怎么样呢？我留下了什么？那些怡然幸福和忧虑不安的日子，那些自由奔放的理想和追求又留给我什么？那枝小小的草花散发出的淡淡馨香比人的所有喜悦和哀伤存在得更久——也比人本身存在得更久。

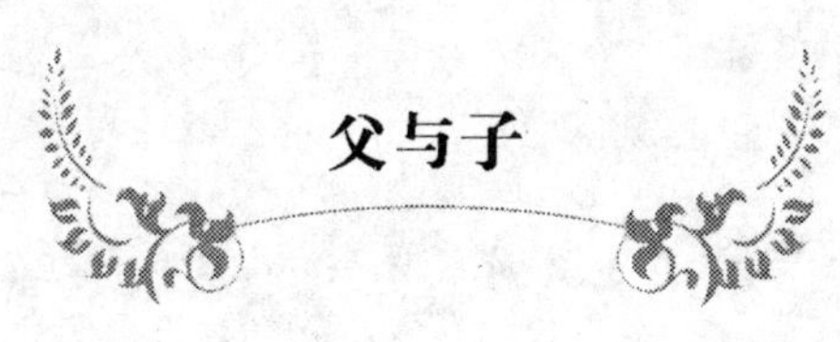

父与子

根据莫斯科国家出版社 1961 年出版的《屠格涅夫选集》第三卷译出。

谨以此书纪念维萨里昂·格里戈里耶维奇·别林斯基

一

“怎么了，彼得，还没看见?”这位年纪不过40开外的贵族老爷朝自己的仆人问道。这是1895年的5月24日，这位老爷没戴帽子，大衣上沾了不少灰尘，下穿一条方格裤。他从公路边的一家客栈走出来，站在低矮的台阶上。他的仆人是个圆脸蛋小眼睛的年轻人，下巴上长了点浅白色的绒毛，双眼无神。

这仆人身上的一切——颜色不均匀的绿松石耳环、油光可鉴的头发和谦恭的举止都无一例外地表明此人受过新式教育。他体谅地朝路上望了望，答道：“没看见，连影儿都没有。”

“还没见着?”老爷又问了一遍。

“没看见。”仆人还是这么回答。

老爷叹了口气，就一屁股坐在一条小凳子上。趁这位老爷屈腿坐在那儿，环顾四周想心事的工夫，我们先向读者们介绍一下他。

他叫尼古拉·彼得罗维奇·基尔萨诺夫。他的庄园离这家小客栈有15俄里①，那是一片上好的田产，共两千俄亩②土地，两百个农奴，照他的说法——他把地分给了农民，建立了所谓的“农场”。

① 1俄里为1.06公里。——译注

② 1俄亩为1.09公顷。——译注

他父亲是参加过1812年战役的将军，粗通文墨，心地不坏，是个粗鲁而地道的俄罗斯人，一辈子泡在军营里，干着单调枯燥的苦差事，起先指挥一个旅，后来又升任师长，常常驻扎在外省，靠他的官衔成为那些地方的要人。尼古拉·彼得罗维奇出生在南俄，同他哥哥帕维尔一样（我们在以后的章节里还要谈帕维尔·彼得罗维奇的事儿），14岁之前，一直在家里受教育，充斥周围的尽是些庸俗的家庭教师、既放肆又善逢迎溜须的副官和其他联队和司令部的军官。他母亲是科利亚津家族的小姐，闺名叫Agathe，嫁给将军后，更名为阿加福克列娅·库兹米尼什娜·基尔萨诺娃。她爱发号施令，是个十足的官太太。她戴着华丽的帽子，穿着窸窣作响的绸衣，在教堂做完弥撒后总是头一个走到十字架前。她声音洪亮，话又多，早晨让孩子们吻她的手，晚上为他们向上帝祈福，——总之，她过得称心如意。尽管尼古拉·彼得罗维奇一点儿也不勇敢，甚至还有个“懦夫”的绰号，但作为将门之子，他也只能和哥哥帕维尔一样报名入伍，就在任命消息到达的那一天，他把腿摔断了，在床上躺了两个月，还是落下个终生残疾，走起路来有点儿瘸。他父亲只好无奈地摆摆手，让他去做文官。他父亲把他带到彼得堡，在他一满18岁，就让他上了大学。恰好这时尼古拉的哥哥当上了近卫团军官。哥俩就同住在一所宅子里，他们的表舅偶尔也来照应照应，此人名叫伊利亚·科利亚津，是个显贵。哥俩的父亲又回到师部和他太太那里，间或给儿子们来封信，四开的灰色大信纸上，满是奔放的文书体字迹，信的最后签上了自己的大名“彼得·基尔萨诺夫少将”，还在名字的四周认真地描了些古怪的花样。1835年尼古拉·彼得罗维奇大学毕业，获得了学士学位，就在这年，基尔萨诺夫将军因为阅兵成绩不佳，被解了职，便偕太太来到彼得堡定居下来。他刚在塔夫里奇花园旁租了幢房子，加入了英国俱乐部，就由于突然中风，撒手归西了。阿加福克列娅·库兹米尼什娜不久也去世了，她不习惯在首都的这种沉闷孤居的生活，赋闲的苦闷将她折磨死了。双亲健在时，尼古拉·彼得罗维奇也给他们带来了不小的烦恼：他爱上了他的旧房东普列波洛文斯基（一个官员）的女儿。那是个容貌可爱，一般人所谓思想成熟的女子，她爱读杂志上“科学”专栏里的严肃文章。丧服一满，他马上娶了她，舍弃了父亲生前在皇室领地管理部为他谋得的官职，和夫人玛莎一道享受生活去了，起先他们住在林学院旁的一座别墅里，后来又搬到城里一套精致小巧的住宅里，里面有干净的楼梯和有点儿凉意的客厅，末了小两口迁到乡下定居，不久就得了个儿子——阿尔卡季。这对小夫妻的生活美满而宁静：他们几乎形影不离，一块儿读书，四手联弹钢琴，同唱二重唱；她种花养鸡，他料理农庄，偶尔打猎，阿尔卡季就这么快乐平静地长大了。十年恍若一梦。1847 年基尔萨诺夫的妻子故去，他几乎受不了这个打击，几周内就华发丛生，本打算出国散散心，哪怕稍稍解个闷呢……可 1848 年接着来了。他只得回到乡下，有很长一段时间无所事事，后来才着手田地改革。1855 年他把儿子送进大学，尔后接着三个冬天都在彼得堡陪伴儿子。他几乎不外出，只是一味地和阿尔卡季的年轻朋友们接近。第四年的冬天他没法去，所以我们在 1859 年的 5 月看见他在这儿等候儿子，儿子像他当年那样得了学位回来，而他现在满头白发，有些发胖，背也有些驼了。

出于礼貌，也是因为不想老在主人跟前碍眼，那仆人走到大门口，抽起烟斗来。尼古拉·彼得罗维奇低头望着破旧的小台阶：一只肥胖的花雏鸡迈着黄色的肥腿，神气地向他慢慢踱来；栏杆上，装模作样地伏着只脏猫，不友好地望着他。日头正毒，从小客栈半暗的过道里飘出新烤的黑麦面包的香味。尼古拉·彼得罗维奇陷入幻想。“儿子……大学学士……阿尔卡季……”这些字眼在他脑子里来回打转；他极力去想点别的，但这些字眼又回到脑海里，他想起了亡妻……“可惜她没等到这一天!”他伤感地喃喃自语……一只瓦灰色鸽子飞到路中，匆匆到井边的水洼里喝水。尼古拉·彼得罗维奇正要去看个究竟，耳朵就捕捉到由远而近的车轮声。

“老爷，一定是少爷来了。”仆人从大门口过来禀报。

尼古拉·彼得罗维奇跳了起来，凝神朝大路望去。出现了一辆三匹驿站马拉着的四轮马车，车上一顶大学生制帽的帽檐闪过，露出他爱子那熟悉的面庞……

“阿尔卡季，阿尔卡季！”基尔萨诺夫叫着，挥动着双手，飞奔上去……转眼间，他的嘴唇便贴在一个年轻的大学学士无须的脸颊上了，这是一张沾满尘土的脸，被晒得黑黑的。

二

“爸，让我先拍拍身上的土吧，”阿尔卡季还是一副响亮的少年嗓音，不过由于旅途劳顿，略有点沙哑，他高兴地回抱了父亲，“搞得你也沾上土了。”

“没事儿，没事儿。”尼古拉·彼得罗维奇慈爱地笑着再三说，并伸手把儿子的大衣领子拍了两三下，也掸了掸自己的大衣。“让我看看，让我好好瞧瞧，”他说着后退了几步，但又马上匆匆走向客栈的院子，催促道，“这儿，这儿，快备马。”

尼古拉·彼得罗维奇似乎比儿子还激动得多。他好像有点手足无措，又有点胆怯，阿尔卡季止住了他。

“爸，”他说，“让我给你介绍介绍我的好朋友巴扎罗夫，就是我常在信上提起的那个。他居然赏光答应到咱家做客。”

尼古拉·彼得罗维奇忙转过身来，走到那个穿宽大带穗子长外衣的高个子面前，紧紧握住他没戴手套、红红的手，那个小伙子刚从车上下来，略一停顿才把手伸给尼古拉·彼得罗维奇。

“非常高兴并感谢您光临寒舍，”他说道，“我希望……请教您的大名和父称。”

“叶夫根尼·瓦西里耶夫，”巴扎罗夫懒洋洋地响亮回答，而且他把外衣领子翻了下来，向尼古拉·彼得罗维奇展示他整个面孔。这是一张瘦长脸，前额宽宽的，上平下尖的鼻子，一双略显绿色的大眼睛，沙色的下垂的络腮胡子。安静的微笑使他显得容光焕发，表现出自信和聪明。

“亲爱的叶夫根尼·瓦西里伊奇，但愿您在寒舍别觉得寂寞沉闷。”尼古拉·彼得罗维奇接着说。

巴扎罗夫的薄嘴唇微微动了动，什么也没说，只是举了举帽子。他的头发是深黄色的，又长又密，却仍掩不住大大隆起的颅骨。

尼古拉·彼得罗维奇跳了起来，凝神朝大路望去。出现了一辆三匹驿站马拉着的四轮马车，车上一顶大学生制帽的帽檐闪过，露出他爱子那熟悉的面庞……

“怎样，阿尔卡季，”尼古拉·彼得罗维奇又转向儿子问道，“这就套马呢，还是想歇会儿?”

“我们还是回家歇吧，爸，吩咐他们套马吧。”

“马上，马上，”父亲应着，“喂，彼得，听见没?快去张罗张罗，伙计。”

彼得是个训练有素的仆人，他没去吻少爷的手，只是远远地对他鞠了个躬，便穿过大门消失了。

“我的是轻便马车，另外给你的四轮马车备了三匹马，”尼古拉·彼得罗维奇絮絮叨叨地说，此时阿尔卡季正拿着铁勺子喝水，是客栈女主人送来的，巴扎罗夫点燃烟斗抽起来，一边向正在卸辕的车夫走去，“只是我的车里就两个座位，不知你那位朋友……”

“就让他坐四轮马车吧，”阿尔卡季压低声音打断了父亲的话，“不用跟他客套，他这人好极了，非常质朴——你日后就会明了。”

尼古拉·彼得罗维奇的车夫把马牵来了。

“喂，转过来，大胡子!”巴扎罗夫对车夫说。

“听见没?米秋哈!”另一车夫插嘴道，他两手插在皮袄后的破洞里，“这位老爷咋叫你的?你真是个大胡子。”

米秋哈只是晃了晃帽子，从汗津津的辕马身上卸下缰绳来。

“快，快!伙计们，来帮帮忙，”尼古拉·彼得罗维奇大声叫道，“一会儿都有伏特加!”

只用了几分钟就全齐了，父子俩坐上轻便马车，彼得费力地爬上了车夫的座位。巴扎罗夫跳上四轮马车，一头扎到皮枕上，这么着两辆马车急急驶去。

三

“哎，你终于成了学士，回家了，”尼古拉·彼得罗维奇边说，边拍拍阿尔卡季的肩头和膝盖，“总算回来了!”

“伯父咋样?身体还好吗?”阿尔卡季问，尽管他心里满是真诚的喜悦，像个孩子，可还是尽量抑制内心的激动，和父亲聊聊家常。

“好，好。他本想和我一道来接你，可不知为啥又变了主意。”

“你等了很久吧?”阿尔卡季问道。

“哦，大概五个钟头吧。”

“我的好爸爸!”

阿尔卡季快活地转向父亲，响亮地亲了一下他的面颊。尼古拉·彼得罗维奇轻声笑了起来。

“我给你准备了匹很棒的马，”他说，“你就会看到的。你的房间也重新裱糊过了。”

“有巴扎罗夫的房间吗?”

“给他收拾一间就是了。”

“爸，求你对他亲热点。我简直没法说清我多么看重和他的友谊。”

“你们认识不长吧?”

“不长。”

“怪不得我去年冬天没见过他呢，他是学什么的?”

“主要科目是自然科学。可他样样都懂。明年还要考医生呢。”

“喔，医学系，”尼古拉·彼得罗维奇说罢便沉默了。他手指前方又问道，“怎么，彼得，赶车的都是咱的农民吗?”

彼得顺着老爷指的方向望去。只见几辆大车沿着狭窄的乡间土道飞快驰过，拉车的马全无嚼子。每辆车上都坐着一两个敞开皮袄的农民。

“的确是，老爷。”彼得答道。

“他们这是上哪儿，进城吗?”

“准是进城下酒馆。”彼得轻蔑道，接着向车夫微微探下身去，似乎期待车夫的附和。车夫一动不动，他是个旧派的人，不爱当应声虫。

“今年农民没少给我找麻烦，”尼古拉·彼得罗维奇朝儿子说，“他们不肯缴租，你能怎么办?”

“雇工你还满意吧?”

“还行，”尼古拉·彼得罗维奇慢腾腾地含糊道，“糟的是有人怂恿他们跟我捣乱，干活谁都不卖力。把马具也弄坏了。不过他们耕地还行。好事多磨。怎么，你现在还对田里的事儿感兴趣？”

“家里找不到块阴凉地方，才糟呢。”阿尔卡季没有回答他的问题，打岔道。

“我在阳台北面搭了个遮阳凉棚，”尼古拉·彼得罗维奇说，“现在可以在户外吃饭了。”

“那就太像别墅了……这还不说，这儿的空气真棒！真好闻！真的，我觉得世界上没一个地方有我们这儿味道这么芬芳的！连天空也……”

阿尔卡季突然停住，悄悄朝后面瞥了一眼，就闭嘴了。

“当然咯，”尼古拉·彼得罗维奇说，“你是这儿生的，自然对这儿有种特别的……”

“哎，爸，这和一个人生在哪儿是两码事。”

“可是……”

“不，绝对不沾边。”

尼古拉·彼得罗维奇从旁看了看儿子，车子又走出约半里地，两人再没开口。

“记不得，我在信里提到没有，”尼古拉·彼得罗维奇道，“你的老奶娘叶戈罗夫娜死了。”

“真的？可怜的老人家！普罗科菲伊奇还活着吗？”

“在，一点儿都没变，还是老爱发牢骚。总之你在玛丽伊诺找不出多大变化。”

“管家还是那个吗？”

“那倒换人了。我决定不再留用获自由的家仆，至少不让他们管事，”（阿尔卡季这时用眼神示意了一下彼得）“Ⅱ est li-bre，en effet①，”尼古拉·彼得罗维奇低声道，“他是贴身用人。我现在的管家是个城里人，小伙子看上去很干练。我付他两百五十卢布的年薪。还有，”尼古拉·彼得罗维奇接着往下讲，一边下意识地用手擦着额

---

① 法语：他其实是自由人。——原注

头和眉毛，这是他发窘时的习惯动作，“刚才我说你在玛丽伊诺见不着多少变化，……并不十分准确。我想还是事先给你讲清楚，虽然……”

他打了个奔儿，用法语接着道：

“也许卫道士们会说我的表白不合适，不过，一来这事儿瞒不住，二来你也晓得，对待父子关系，我有自个的原则。当然，你可以责怪我，在我这把年纪……说白了，那个……那姑娘，你可能听说过了……”

“费涅奇卡？”阿尔卡季毫无顾忌地问。

尼古拉·彼得罗维奇的脸泛红了。

“别大声嚷嚷……嗯，的确……她现在就住我这儿。我让她搬到家里……占了两个小房间。但这还可以变动。”

“咳，爸，干吗要变呢？”

“你朋友在咱家做客……不大方便吧……”

“巴扎罗夫？别担心，他从不掺和这种事儿。”

“不过，你也不大方便，”尼古拉·彼得罗维奇又道，“糟糕的是那间小耳房不大好。”

“得了，爸，”阿尔卡季截过话头，“你像在道歉似的，你有什么可难为情的？”

“当然我该感到不好意思。”尼古拉·彼得罗维奇答，脸更红了。

“得了，爸爸，求你别说了！”阿尔卡季温存地笑道，“这难道还值得道歉吗？”他默默思忖着，对温和慈祥的父亲，他心里满是爱意与理解，其中还包含几分自我的优越感。“拜托你别说了！”他重复道，此刻他不由得为自己的开通而陶醉起来。

尼古拉·彼得罗维奇还在擦着额头，从指缝中望了儿子一眼，心像被蜇了一下……顿时他又埋怨自己。

“这就到咱们的地了。”过了好一会儿他说。

“前面就是咱家的林子吧？”阿尔卡季问。

“是的，是咱们的。可我已把它卖了，今年他们就要来砍伐。”

“干吗要卖呢？”

“等着钱用，再说那块地留着也得分给农民。”

“那些不缴租的农民？”

“那是他们的事，不过他们早晚会缴的。”

“这林子真可惜。”阿尔卡季说，又四处望望。

他们经过的路段谈不上多么美。只见一片一片的田野连绵起伏，一直伸到天边，有的地方点缀着些小树林，其中长着稀稀疏疏的灌木丛，峡谷蜿蜒曲折，看上去仿佛有些久远的叶卡捷琳娜时期的平面图。两岸塌落的小河，带窄坝的小池塘不断掠过眼帘，还有一些小村落，村中矮木屋的房顶黑黑的，不少还塌了一半，脱粒用的棚子的篱笆墙是用枯树枝搭成的，已经歪歪倒倒。荒废的打麦场也张开了斑驳陆离的大门。砖砌的教堂，墙上的泥灰剥落了，而木制教堂的十字架歪斜着，墓地也已荒芜。阿尔卡季的心有些缩紧了。像凑热闹似的，路上碰见的农民也都穿得破破烂烂，骑着瘦弱不堪的驽马；路边的柳树被剥去树皮，折断树枝，恰似立着一排衣衫褴褛的乞丐；瘦骨嶙峋、毛蓬蓬的饿母牛正贪婪地嚼着沟边的野草。那模样像是从什么猛兽的利爪下刚刚逃生出来，在这明媚的春天里瞧见这些瘦弱牲口的可怜模样，不由得把人带到了风雪交加的绵绵严冬……“不，”阿尔卡季想着，“这儿并不富庶，也没给人一个富足勤劳的印象。不行，不能再这样下去了，必须改变……可怎么变革呢？从哪儿着手呢？……”

阿尔卡季沉思着……就在他的思索中，春天重又回到人间。周围这一切绿得让人目眩，这些树啊，草啊，灌木丛啊，在微风轻拂下，正温柔地起舞，灿烂地散发着光芒；云雀清脆嘹亮的歌声从四周涌出，不绝于耳；凤头麦鸡或是歌唱着在草地上低低地盘旋，或是掠过草地飞逝而去；白嘴鸦在低矮的麦田里悠闲地漫步，柔嫩的绿色更加衬托出它漂亮乌黑的羽毛；它们时而隐藏在已变白的黑麦地里，时而又从雾蒙蒙的麦浪中钻出来探头探脑。阿尔卡季看着看着，忧思渐渐减淡，消失……他脱下大衣，带着稚气快活地望望父亲，父亲便又和他拥抱了一下。

“就快到了，”尼古拉·彼得罗维奇道，“等爬上这座小山，就能看见咱们的宅子了。咱们在一块儿，肯定会过得很好，阿尔卡季，你要不嫌烦的话，还能帮我管管田产。咱们该贴得更近，彼此好好了解，不是吗？”

“那当然，”阿尔卡季说，“今天天气真好！”

“为了迎接你嘛，我的好孩子。是的，这是春天里流金溢彩的日子。我很欣赏普希金——还记得吗？他在《叶甫盖尼·奥涅金》里写道：

你来了，带给我多少烦恼，
春天，春天，恋爱的时光，
多么……

“阿尔卡季！”巴扎罗夫在车里叫了起来，“递我根火柴，我没东西点烟斗。”

尼古拉·彼得罗维奇停止了吟诵，阿尔卡季正带着几分惊奇（其中也不乏共鸣）地听着，此刻连忙从衣袋中掏出个银制火柴盒，叫彼得给巴扎罗夫递过去。

“想来支雪茄吗？”巴扎罗夫又嚷。

“好的。”阿尔卡季答。

彼得回到车里，递给他火柴盒和一支又黑又粗的雪茄，阿尔卡季立即点上火，四周散发出一股劣等烟的浓烈刺鼻的气味，从不吸烟的尼古拉·彼得罗维奇不由自主地背过脸去，他尽量不让阿尔卡季察觉，以免儿子见怪。

一刻钟后，两辆马车停在一所新的木结构宅子的台阶前，这宅子有红铁皮的屋顶和灰色墙壁。这就是玛丽伊诺，又称“新村”，当地老乡则给它起了个绰号——“穷庄”。

四

台阶前没有出现一大群仆人蜂拥而至迎接主人的场景，只见一个12岁左右的小姑娘走出来，身后跟了个小伙子，这个年轻人颇似彼得，穿了件灰色的仆人制服，制服上饰有带纹章的白纽扣，这便是帕维尔·彼得罗维奇·基尔萨诺夫的听差。他默不作声地打开轻便马车的门，又摘下敞篷马车的挡帘。尼古拉·彼得罗维奇一干人下了车，穿过幽暗、空荡荡的大厅（从那儿的门后闪过一张年轻女人的脸），走进一间陈设最时髦的客厅。

“到家了，”尼古拉·彼得罗维奇脱下帽子，晃晃头发，“赶紧吃饭吧，好早点休息。”

“这主意不错，”巴扎罗夫说着伸了个懒腰，一屁股倒在沙发上。

“好的，马上开饭，”尼古拉·彼得罗维奇不经意地跺跺脚说。“啊，普罗科菲伊奇，来得正好。”

进来的是个老人，大约60岁左右，头发斑白，面庞黝黑，穿了件缀有铜纽扣的褐色燕尾服，脖子上围了条玫瑰红的领巾。他咧嘴笑着上前吻了吻阿尔卡季的手，又对客人鞠了个躬，便退到门边将手反背着。

“普罗科菲伊奇，他回来了，”尼古拉·彼得罗维奇道，“终于回家了……怎么样，你看他咋样？”

“气色太好了，老爷，”老人回答，又咧开嘴笑着，不过马上就敛住了，他皱起浓眉一本正经地请示道，“您吩咐这就开饭吗？”

“是，是的，开饭吧。您想不想先瞧瞧您的房间，叶夫根尼·瓦西里伊奇？”

“谢谢，那倒不必。要不请人把我的手提箱拿过去，还有这件衣服。”巴扎罗夫说着并从身上脱下了外套。

“很好，普罗科菲伊奇，还不赶快接过先生的衣服。（普罗科菲伊奇不知所措地双手去接，把它举过头顶，踮着步子退出了房间）你呢，阿尔卡季，想要去你房间吗？”

“是的，我得去洗洗，”阿尔卡季答道，便向房门走去。正在这时，又一个人走进了客厅，他身材中等，脚蹬一双漆皮短腰靴，一身笔挺的深色英式套装，还打了个新潮的低领结，这就是帕维尔·彼得罗维奇·基尔萨诺夫，他花白的头发理得很短，闪闪发亮；面色虽不好，但脸上却没有一丝皱纹，五官端正得就像一件精心雕刻出来的艺术品，岁月的沧桑依然遮盖不住它主人早年惊人的英俊：那双黑亮的眼睛尤其漂亮。阿尔卡季伯父的外表既有贵族的高雅，又有年轻人的挺拔，还透出一种成年人少有的潇洒飘逸的神情。

帕维尔·彼得罗维奇从裤兜里抽出了他那标致的手，留着长长的粉红色指甲，在缀着一颗大蛋白石纽扣的雪白袖口的映衬下，越发显得标致，他将手伸向侄儿。先行了个欧式的“shake hand①”，接着又照俄式礼节吻了侄子三下，也就是说用他洒了香水的小胡子在侄儿脸颊上挨了三回，并道：“欢迎。”

尼古拉·彼得罗维奇把他介绍给巴扎罗夫，帕维尔·彼得罗维奇稍稍躬了躬灵巧的身子，淡淡一笑，这回他并没有伸出手，反而插回裤袋。

“我还道你今天不会回来了，”他声音轻快地说道，露出一口白净的牙齿，同时还晃了晃身子，耸耸肩。“一路上没事吧？”

“没事儿，”阿尔卡季答，“只是稍微耽搁了一下。噢，我们现在饿得跟狼似的。爸，你催催普罗科菲伊奇开饭，我这就回来。”

“等等，我和你一起去。”巴扎罗夫从沙发立起来说。两个年轻人一同离开了。

“那是谁？”帕维尔·彼得罗维奇问。

“阿尔卡季的朋友，据说人很聪明。”

“来这儿做客？”

“是的。”

“那个头发浓密的家伙？”

“是。”

帕维尔·彼得罗维奇用指甲敲着桌面。

“我发现阿尔卡季 S’ést dégourdi②，”他说，“真高兴他回来。”

晚饭时，大家很少言语。尤其是巴扎罗夫，几乎一言不发，不过饭量却很大。尼古拉·彼得罗维奇聊了聊农庄里的生活琐事，还

---

① 英语：握手。——原注

② 法语：不太拘谨了。——原注

谈到了一些时髦话题，像政府即将出台的新法令啦，使用机器的必要性啦，还有各式的委员会，代表啦什么的等。帕维尔·彼得罗维奇在饭厅里慢腾腾地踱来踱去（他从不吃晚饭），间或端起酒杯呷一口红酒，不时还发出“哎！啊哈！嗯”之类的感叹。阿尔卡季谈了些彼得堡的新闻，不过他觉得有些难为情（这是一个刚进入青年的人，又回到成长的地方所常有的那种拘束感）。他说话故意拖腔拖调，避开“爸爸”这个字眼，再不然就含混地叫一声“父亲”，声音像从牙缝里挤出来似的。他大大咧咧地往自己的杯里添着葡萄酒，尽管超出他的酒量，还是一饮而尽。普罗科菲伊奇目不转睛地盯着他，嘴里不停地嚅动着。饭后，大伙很快便散了。

“你那个伯父真是个怪人，”巴扎罗夫说，他身穿睡衣，叼了支短烟斗坐在阿尔卡季的床边。“想不出在乡下还有这么考究的装束！指甲，他的指甲真该送去展览！”

“你不知道，”阿尔卡季回答，“当年他可是社交界的风流人物。什么时候我给你讲讲他的往事。他那时可是个美男子，女人被他迷得神魂颠倒。”

“喔，是这样！就是说他还在迷恋过去啰。只可惜呀，这儿可无人迷。我仔细瞧了瞧：他那漂亮的衣领跟大理石似的，下巴也剃得真干净。阿尔卡季，这是不是很好笑？”

“也许吧，可他是个好人。”

“一个古董！令尊倒不错。白费功夫读诗，不擅管理田产，不过真是好人啊。”

“我父亲是个难得的好人。”

“你注意没有，他有点儿羞怯？”

阿尔卡季摇摇头，就像要表明自己不羞怯似的。

“那些上了年纪的浪漫派真是奇怪！”巴扎罗夫接着道，“他们拼命发展神经系统……哎，平衡都被破坏了。就聊到这儿吧！我房间里还有个英国脸盆哩，门却关不上。还算不错——英国脸盆，这就是进步呢！”

巴扎罗夫走了，阿尔卡季沉浸在快乐之中。在自己家中，躺在熟悉的床上，多甜蜜啊，身上的被子也许就是那位慈爱的老奶妈亲手做的，她亲切、温柔，干起活来从不知疲倦。阿尔卡季又想起叶戈罗夫娜，不由得叹了口气，祈祷她在天国平安……他倒没有为自己祷告。

阿尔卡季和巴扎罗夫很快便入了梦乡，而家里的其他人好久都没睡着。儿子的归来令尼古拉·彼得罗维奇兴奋不已。他没吹灭蜡烛，躺在床上用手支着头，浮想联翩。他哥哥凌晨时分还待在书房里，坐在壁炉前面的一张高大的扶手椅上，壁炉里的煤微微地燃着。帕维尔·彼得罗维奇没换衣服，只把脚上的半腰漆皮靴换成了红色平底的中国拖鞋。手里拿着最新一期的Galignani①，他并没看，凝神盯着壁炉，里面一股蓝色的火苗在颤栗着，忽明忽暗……他脸上的表情既专注又悒郁，一望而知，这绝非单单在回忆往事，天知道他在想些什么。在后面的小屋里，一个年轻女子坐在大箱子上，她肩披浅蓝色棉坎肩，用白头巾裹住一头黑发，这就是费涅奇卡，她一阵像在倾听着什么，一阵又在打盹儿，过一会又望望开着的房门，从这里看得见一张童床，还能听见婴儿熟睡时发出的均匀呼吸声。

五

第二天，巴扎罗夫起了个大早，起床后便到外面溜达。“嘿!”他望望四周，心想，“这个小地方实在很平常。”尼古拉·彼得罗维奇把地划分给农民后，在一块四亩大小的平坦荒地上盖了自己的新庄园，有住宅、偏房和办公用房，打了两口井，挖了水池，还修了花园；可小树长得不好，井水略带咸味，池子里的水也不多，只有用丁香和金合欢编成的凉棚倒是花繁叶茂，他们有时就在凉棚里喝茶，用餐。巴扎罗夫几分钟工夫就走遍了花园里的每条小径，又顺便看了看牲口棚和马厩，碰到两个用人的小孩，马上和他们混熟了，于是三人一起到离庄园一里远的小泥潭去捉青蛙。

---

① 指《加里聂安尼报》，原名“The Gailignani’s Messager”，意大利人于1814年在巴黎创办。——译注

“老爷，捉青蛙干啥用？”一个孩子问。

“我来告诉你，”巴扎罗夫回答，他天生就善于使那些身份比他低的人很快服他，他对下人向来随便，但也从不迁就他们，“我要把青蛙剖开，瞧瞧里面究竟是啥。因为我们人和青蛙是一样的，只不过用脚走路，这样我就能知道我们的身体里面是咋回事了。”

“你要知道这个干吗？”

“如果你得了病来找我治，我就不会搞错呀。”

“难道你是个大夫？”

“对。”

“瓦西卡，听见了吧？老爷说你我跟青蛙一样，真怪！”

“我怕青蛙，”瓦西卡说，他约莫七岁，白亚麻色的头发，赤着脚，穿一件后身打褶的高领上衣。

“怕啥？他们还能咬人不成？”

“行了，跳到水里去吧，小哲学家们。”巴扎罗夫低声道。

这时候尼古拉·彼得罗维奇也起床了，去看阿尔卡季，儿子已穿好衣服。爷俩走到搭有遮阳布棚的露台，只见栏杆边的桌子上，茶炊放在几束丁香花中间，水已经沸腾了。昨晚第一个在台阶上迎候他们的那个小姑娘走上前来，细声细气地问道：

“费多西娅·尼古拉耶夫娜不大舒服，来不了了；她打发我来问您，是您自己斟茶，还是让杜尼亚莎来？”

“我自己斟吧，”尼古拉·彼得罗维奇连忙应道，“阿尔卡季，你茶里加奶油还是柠檬？”

“奶油吧，”阿尔卡季答完便是一阵沉默，他又问道，“爸？”

尼古拉·彼得罗维奇不安地望着儿子。

“什么事？”他说。

阿尔卡季垂下眼皮。

“是这样，爸，如果我问得不合适，请原谅，”他开口道，“你昨天对我很坦率，所以我如果直说……你该不会生我气吧？……”

“说吧。”

“你壮了我的胆量……是不是就因为有我在这儿，费涅……她才不过来?”

尼古拉·彼得罗维奇稍稍转过脸。

“也许吧,”他末了答,“她……有些害羞……”

阿尔卡季飞快地瞥了父亲一眼。

“她完全不必不好意思,第一,你了解我的想法(话说到这儿,阿尔卡季心中一阵畅快),其次,我对你的生活、习惯有过丝毫的干预吗?且不说我相信你的选择没错,既然让她留在这儿,她就肯定和你般配:不管怎样,做儿子的不该评判自己的父亲——尤其对你这样的爸爸更是如此,你从来就没限制过我的自由。”

阿尔卡季的话音开初还有些发颤:讲这番话时,他觉得自己心胸宽阔,又多少有些像对父亲说教。一个人有时也被自己的声音强烈地感染,越往后阿尔卡季的声调渐渐坚决,到最后简直是绘声绘色。

“谢谢你,阿尔卡季,”尼古拉·彼得罗维奇含混道,他的手又习惯性地擦额头和眉毛,“你猜得不错。当然咯,如果这姑娘配不上我……这可不是一时的冲动。我不大好开口给你说这些。不过你得理解,她的确不好出来相见,特别是你到家的第一天。”

“那还是我去看她吧,”阿尔卡季又觉得自己宽宏大量,他从椅子上跳了起来,一边嚷道,“我去给她讲清楚,完全不必羞于见我。”

尼古拉·彼得罗维奇也站了起来。

“阿尔卡季,”他说,“求你了……你怎么能……听我说……”

阿尔卡季没听,已经径直跑出露台。尼古拉·彼得罗维奇只好无奈地望着儿子的背影,坐下来发窘。他的心跳得很猛……此时此刻,他是否想到了再往后他们的父子关系会变得奇特?假如绝口不提这事,儿子就会更尊敬他吗?他是否在为自己的弱点而懊恼?——这些感觉在他心中交织在一起,理不出个头绪。他脸上的红云尚未退却,心也跳得更激烈了。

随着一阵急急的脚步声,阿尔卡季回到了露台。

“我们已经认识了,爸爸!”他带着一脸得意亲热地嚷道,“费多西娅·尼古拉耶夫娜今天的确不舒服,她晚点来。可是你怎么没说,我又添了个小弟弟呢?昨晚我就该去亲亲他,而不会拖到现在。”

尼古拉·彼得罗维奇想说点什么，想要站起来，张开双臂拥抱儿子……阿尔卡季已扑上前来，搂住了父亲的脖子。

“这是怎么啦，又在亲热了？”从他们身后传来帕维尔·彼得罗维奇的声音。

他的出现，使爷俩都高兴得松了口气，因为有些场面，尽管令人感动，可还是早点结束为好。

“有什么好奇怪的？”尼古拉·彼得罗维奇高兴地说，“我等阿尔卡季这么些年……从昨天起还没来得及好好瞧瞧他呢。”

“我毫不奇怪，”帕维尔·彼得罗维奇答，“我也想拥抱他呢。”

阿尔卡季走上前去，感到脸颊又给伯父香喷喷的小胡子“扎”了一下。帕维尔·彼得罗维奇坐到桌边。他身穿质地考究的英式晨服，头上戴了顶小小的非斯卡帽。尖顶小帽和随意打的小领结体现出乡村生活的恬淡自在，为了和晨服相配，穿了件带条纹的衬衣，衬衣领子扣得很紧，一如平常地支撑着剃得干干净净的下巴。

“你那新朋友呢？”他问阿尔卡季。

“不在家，他一向起得很早便出门。咱们别去管他，他这人从不拘礼。”

“不错，我看得出来。”帕维尔·彼得罗维奇不慌不忙地往面包上抹着黄油，“他在咱们这儿要待很久吗？”

“看情况吧。他是去看他父亲，从咱们这儿正好顺路。”

“他父亲在什么地方？”

“也在我们省，离这儿大约八十里。他在那儿有个小庄园，从前他是个军医。”

“喔……难怪我纳闷：从什么地方听过巴扎罗夫这个姓呢？……尼古拉，还记得吗？父亲的那个师里有个军医叫巴扎罗夫？”

“好像是的。”

“是的，这就对了。那个军医一定是他父亲。嗯！”帕维尔·彼得罗维奇捋了一下小胡子，“那么，这位巴扎罗夫先生究竟人咋样？”他一字一顿地问。

“咋样？”阿尔卡季笑道，“伯伯，您是想让我告诉您，他是个什么样的人？”

“请讲吧，好侄儿。”

“他是个虚无主义者。”

“你说什么？”尼古拉·彼得罗维奇问，此时帕维尔·彼得罗维奇举着刀子的手也定住了，刀尖上还挑着一小块黄油。

“他是个虚无主义者。”阿尔卡季重复道。

“虚无主义者，”尼古拉·彼得罗维奇说，“照我看呐，这个词是从拉丁文 nihil（无）来的。这么说来……就意味着这个人不承认一切啰？”

“倒不如说对什么都不尊敬。”帕维尔边抹着黄油，插嘴道。

“应该说是用批判的眼光看待一切。”阿尔卡季说。

“这还不是一回事？”帕维尔·彼得罗维奇接茬道。

“不，不一样。虚无主义者蔑视一切权威，也不信仰任何原则，哪怕这个原则在周围人看来应该得到尊重。”

“这样就好吗？”帕维尔打断了他的话。

“伯伯，那要看是对什么人了，它对一些人合适，而用在另一些人身上就很蠢了。”

“原来如此，我看这和我们格格不入。我们是很传统的人，照你的说法，不信仰一种‘原则’（帕维尔按法语的发音，把重音放在后面，还发成软音，而阿尔卡季正相反，是把重音放在第一个音节），在我们看来，他就寸步难行，甚至无法呼吸。Vous avez changé tout cela①，愿上帝保佑你们健康，赐予你们高官厚禄吧，往后我们可得好好欣赏欣赏你们这些先生们……那是怎么说来着？”

“虚无主义者。”阿尔卡季清晰地回答。

“是的。从前是黑格尔主义者，如今又是虚无主义者。我们倒要瞧瞧往后你们在真空中如何生存。尼古拉弟弟，请你按下铃，我该喝可可茶了。”

---

① 法语：你们把一切都改变了。——原注

尼古拉·彼得罗维奇按了铃，又大声叫道：“杜尼亚莎！”应声而来的并不是杜尼亚莎，而正是费涅奇卡本人。这是个约23岁的少妇，她肌肤白皙，秀发浓黑，长着乌亮的眼睛和柔嫩的纤纤玉手，红润的嘴唇孩子气地略略上翘。她身穿整洁的花布连衣裙，圆润的肩头披了条浅蓝色的新三角头巾。她端来一大杯可可茶，摆放在帕维尔·彼得罗维奇面前，由于羞怯，她细嫩的靓脸上浮现一团红云。她低垂着眼帘立在桌边，双手的指尖稍稍触着桌面，那神情似乎告诉人们她很不好意思，不该到场，同时又像是在申明：她有权来这儿。

帕维尔·彼得罗维奇紧锁眉头，一脸严肃，尼古拉·彼得罗维奇则一脸窘态。

“费涅奇卡，早啊，”这句含糊的话像是从尼古拉·彼得罗维奇的牙缝挤出来的。

“早，老爷，”她的回答调虽不高，却很清朗。她瞥了阿尔卡季一眼，他报以微微的一笑，她便悄然退下了。她走路的时候身体有些摇摇晃晃，但和她的绰约风姿很般配。

露台上安静了几分钟。帕维尔·彼得罗维奇慢条斯理地品着他的可可茶，突然抬起头来，低声说道：

“虚无主义者先生大驾光临了。”

果然是巴扎罗夫，穿过花园正踏着花圃走过来。他的亚麻布的衣裤上满是淤泥，旧帽子顶上粘着根水藻，他右手拎了个不大的袋子，里面还有什么活物在蠕动。他很快走到露台前，朝大伙一点头，说：

“大家好！真对不起，我来晚了。我得先把这些俘虏安顿好，去去就回来。”

“袋子里是些什么？水蛭吗？”帕维尔·彼得罗维奇问。

“不，是青蛙。”

“您是打算吃它们，还是喂养起来？”

“是用来做实验的。”巴扎罗夫淡淡答完便进了屋子。

“那就是说他要解剖它们啰，”帕维尔·彼得罗维奇又说，“他不信原则，却相信青蛙。”

阿尔卡季惋惜地望着伯父，尼古拉·彼得罗维奇悄悄地耸了耸肩。帕维尔·彼得罗维奇自己也察觉到，刚才的俏皮话没起到效果，于是又扯起农事和新来的总管，总管昨晚上他那儿抱怨，告一个叫福马的长工“放荡”得没治了，那总管说：“他就像伊索，四下抗议说自己不是坏蛋，过一阵子，他就会傻乎乎地离开的。”

六

巴扎罗夫回来坐下，匆匆喝茶。哥俩默默地看着他，阿尔卡季悄悄地望了一眼父亲和伯父。

“您走了很远吗？”还是尼古拉·彼得罗维奇打破了沉默。

“是到杨树林旁的小泥潭。我惊起了五六只田鹬。阿尔卡季，你准能打中它们。”

“您不打猎？”

“不。”

“您的专业是物理吧？”帕维尔·彼得罗维奇问。

“是的，物理学，一般的自然科学。”

“听说近年来，日耳曼人在这个领域成就很大。”

“的确不错，德国人目前在这方面是我们的老师。”巴扎罗夫随意应道。

帕维尔为了讽刺才在这里用“日耳曼人”代替“德国人”，然而周围谁都没意识到。

“您就把德国人抬得这么高？”帕维尔·彼得罗维奇用过于彬彬有礼的口吻问道。其实他内心正感到愤愤不平。巴扎罗夫的满不在乎伤害了他的贵族气质。这个医生的儿子毫不怯场，搭腔时一副大大咧咧的神情，口气粗野，甚至有点放肆。

“那儿的科学家确实棒得很。”

“哦，那么在您眼里我们俄罗斯科学家一定不如他们啰？”

“我想是的。”

“真是多么令人钦佩的谦逊啊，”帕维尔·彼得罗维奇直起了腰板将头朝后一仰说，“可阿尔卡季·尼古拉伊奇刚刚才对我们说，您不承认任何权威，不是吗？您信得过那些德国人？”

“我承认他们什么了？我相信啥？只要他们说的有道理，我就同意，就是这样。”

“那么德国人说的都有道理啰？”帕维尔·彼得罗维奇低声说，他神情冷漠，仿佛自己早已置之身外。

“也不尽然。”巴扎罗夫打着哈欠答道，显然他对斗嘴皮子也厌倦了。

帕维尔·彼得罗维奇看了看阿尔卡季，那模样仿佛说：“你这朋友可真有礼貌。”

“至于我嘛，”他说得很勉强，“很遗憾，一向瞧不大起德国人。大家都知道在俄国的德国人是些什么货色，我指的不是这些人，而是他们本国人。以前有几个还算勉强——像席勒啦，还有那个……歌德……我弟弟尤其欣赏他们……可如今的德国人只剩下化学家和唯物主义者……”

“一个优秀的化学家要比任何诗人都强二十倍。”巴扎罗夫打断了他。

“喔，是吗？”帕维尔·彼得罗维奇微微抬了抬眉毛应道，他好像昏昏欲睡，“您，看来是不承认艺术啰？”

“艺术？要么是赚钱，要么是‘包治痔疮’！”巴扎罗夫一脸轻蔑的微笑，说道。

“啊，啊，先生，您可真幽默。这正说明您只信科学，而否认其他的一切了？”

“我已经向您奉告过，我什么都不信。科学是什么——我们说某一类专门的科学是有的，这就像有某一行业、某种职位一样，而泛泛的科学则不存在。”

“真是高见！先生。请问，对那些人人在日常生活中遵循的行为规范，您也要否定吗？”

“这是什么话？您在审问我吗？”巴扎罗夫不满道。

帕维尔·彼得罗维奇的脸色有些发青……尼古拉·彼得罗维奇

觉得自己该插话了。

“咱们往后再就此详谈吧，亲爱的叶夫根尼·瓦西里伊奇，我们希望听听您的意见，同时谈谈自己的看法。我就很高兴得知您在研究自然科学。听说利比希在农田肥料方面有惊人的发现。您可以在农事方面帮我的忙：多加指导。”

“非常乐意效劳，尼古拉·彼得罗维奇。可咱们离利比希远着呢！应当先学会字母，再念书，而现在我们连个字母的影子都没见着呢!”

“真是个虚无主义者，我看。”尼古拉·彼得罗维奇在想。

“请允许我随时向您讨教吧，”尼古拉·彼得罗维奇大声说，“哥哥，咱们现在该去找管家谈谈了。”

帕维尔·彼得罗维奇站了起来。

“好吧，”他谁也不看地说，“远离了博学多识的人们，跑这穷乡僻壤一待五六年，真是大不幸！转眼间就变成了傻瓜。你还竭力不忘以往学过的东西——可突然，有人告诉你：这些东西都是胡诌，有头脑的人早就不接触这些垃圾了，而你呢，则是个老古董。真没法子，年轻人总归比我们聪明得多。”

帕维尔·彼得罗维奇慢慢转身缓步走了出去，尼古拉·彼得罗维奇紧随其后。

“怎么？他一贯如此吗？”当兄弟俩刚把门掩上，巴扎罗夫便冷冷地问道。

“哎，叶夫根尼，你对他也太刻薄了些，”阿尔卡季说，“你让他下不来台。”

“喔，是吗？我还得奉承他，讨这些乡下贵族的好吗？他这脾气不过是公子哥的习气、交际家的做派再加上虚荣心。既然如此，他就该继续待在彼得堡他那圈子里……好了，不说他了！我找着了一种很稀罕的水甲虫，Dytiscus marginatus①，知道吗？快来瞧瞧。”

---

① 是这种昆虫的拉丁文学名。——译注

“我答应过要给你讲讲他的经历。”阿尔卡季说。

“甲虫的经历?”

“够了，叶夫根尼。是我伯伯的经历。你听了就会明白他并不是你所想象的那种人，他应该受到同情，而不是嘲笑。”

“我不和你辩，你怎么老放不下他?”

“你应该待他公平一些，叶夫根尼。”

“这是从哪儿说起?”

“不，你听我说……”

于是，阿尔卡季给他讲了伯父的经历。读者可从下面一章找到。

七

帕维尔·彼得罗维奇·基尔萨诺夫早先和他弟弟尼古拉一样，在家读书，后来又进了贵族士官学校。他从小就漂亮出众，又很有自信心，有点爱嘲弄人，还不时发发不招人嫌的小脾气——因此很招人喜欢。自打当了军官后，到处都有他的影子。人们处处捧着他，他也开始放纵自己，甚至有时胡闹，出洋相，干出一些个蠢事来，这倒也符合他的个性。女人们简直被他迷住了，男人骂他是纨绔子弟，却又暗中嫉妒他。前面提过，他那时和弟弟住在一起，真心爱着弟弟，虽然弟弟和他大相径庭。尼古拉·彼得罗维奇的腿有点跛，面容瘦小，还常常显得有几分忧郁。长了一双又黑又小的眼睛和一头稀疏的软发；他爱念书，也比较懒散，尤其不善交际。而帕维尔·彼得罗维奇却几乎没有一个晚上不外出，他的大胆和聪明在那时是有名儿的（他使体操运动在贵族子弟中风靡一时），可最多只读过五六本法文书。28 岁上，他已升任上尉了，他的前程真可谓锦绣。殊不料，这一切瞬间都变了。

那时的彼得堡，在上流社会中，偶尔能够见到一位 P 公爵夫人，她迄今还叫人难忘。她丈夫修养极好，彬彬有礼，却略有点愚蠢。他们没有小孩。她一阵子去国外，一阵儿又回到俄国，生活方式奇特古怪。在人们眼中，她轻浮、爱卖弄风情，热衷于每一项娱乐，跳舞要跳到精疲力竭才算罢休，喜欢和年轻人尽情笑闹（往往是午饭前，她在那间昏暗的客厅里接待她的年轻客人)，然而每当夜深人静，她便又是哭，又是祷告，片刻不得安宁，往往痛苦地绞着双手，在房间里踱来踱去直到天亮，或者脸色苍白，浑身发颤地坐着念《圣诗选集》。可一到白天，她又变成了那位风度优雅的贵夫人，出门做客，谈笑风生，参与到一切能够带给她一丝消遣的活动中去。她婀娜多姿，发辫像金子般沉甸甸地垂到膝下，不过，她还算不上是个绝代佳人。她的面容中，只有一双眼睛算是出众，那还不是眼睛本身——它们并不大，呈灰色，而是指她的眼神——敏锐而深邃，这目光能够表达肆无忌惮的随意和忧郁的沉思，真是谜一样的眼神。即便她在谈论着最无趣的话题时，眸子里也能闪现异样的光彩。她的穿着也是十分别致。在一次舞会上，帕维尔·彼得罗维奇遇见了她，同她跳了一曲马祖尔卡舞，在跳舞的过程中，她并没正经讲过话，而他却狂热地爱上了她。在爱情方面，他一向是个常胜将军，这回自然也不例外。这轻而易举的成功并未使他的热情稍减。相反，他的心更加紧紧地拴在了这个女人身上，而这个女人呢，甚至在把身子交给他时，还有什么令人琢磨不透的东西珍藏于心，谁也无法洞察这个秘密——只有天知道！她好像受着连她自己也无法理解的神秘力量的支配，它们肆意地玩弄她，她有限的聪明才智尚不足以应付它们刁钻古怪的要求，她的行为里就有了种种荒谬。她丈夫唯一起疑心的是她的几封信，那是她写给一个并不熟谙的男人的，她的爱情，只能用抑郁来解释：当和她的意中人在一起时，她既不笑，也不闹，只是带着疑惑静静地望着他，听他说话。有时候，往往来得很突然，这疑惑变成了冰冷的、死一般的恐惧。她把自己锁在卧室里，女仆将耳朵贴近锁孔，能听见她低低的啜泣声。不止一次，帕维尔·彼得罗维奇在约会后回家时，心里总有一种撕裂般的痛楚和惆怅，这是在彻底失败后才可能涌起的感觉。“这是怎么了，我究竟要得到什么呢？”他拷问自己，心中隐痛。有一回，他赠给她一枚宝石戒指，上面刻着狮面人身像。

“这是什么？”她问，“斯芬克斯吗？”

“不错，”他回答，“这个斯芬克斯——就是您啊！”

“我？”她慢慢抬起那谜一样的眼睛凝视他，“您知道吗？这真是对我太过奖了。”她莞尔一笑，依旧闪动着奇异的目光。

P公爵夫人对他的爱恋，使帕维尔·彼得罗维奇感受到了痛苦，而当她变得冷淡起来时——这来得很快——他几乎发疯了。他嫉妒、痛苦，不让她有片刻的清静，四处追逐她，终于，她厌倦了，去了国外。他听不进朋友们的苦劝和长官的告诫，执意辞去军职，一直追她到国外。他在异国他乡逗留了大约四年，这一个时期里，他时而追她，时而故意避她。他也为自己的意志薄弱生气过、害羞过……可到头来还是毫无办法。她的面容，那个令人难以琢磨而又毫无意义的、动人的面容已经深深地烙进了他的心中。在巴登，他俩又重归于好，而且她对他的爱似乎比以往更加热烈……可仅仅维持了一个月，一切就结束了，就像火焰迸发出最后一朵火花，便归于永寂一样。他预感到分手已无法避免，还幻想起码彼此做朋友，他自以为能够和这个女人保持友谊……她却悄无声息地离开了巴登，永远离开了帕维尔的视野。他又回到俄国，想重回过去的生活轨道，却发现再也找不到往日的位置了。他像掉了魂似的，四处游逛，依然保留着上流社会人物的一切习惯，照旧交际应酬。他炫耀过情场上的两三次新成功，可实际上，对自己和对别人都没抱什么指望，他终日无所事事。就这样渐渐地老了，头发也渐渐地白了。每晚坐在俱乐部里，苦闷地打发光阴，在独身者的圈子里冷冷地争辩，这些就成了他每天的功课——我们知道，这是个十分糟糕的信号。自然，他从不曾想过要去结婚。就这样过了十年，苍白的毫无收获的十年光阴呐，就这么白白流走了，真是岁月如梭啊。你找不出世界上还有什么地方比在俄国的时光溜得更快；也许监狱是个例外。有一天，当帕维尔·彼得罗维奇正在俱乐部里用餐时，听到了P公爵夫人客死巴黎的噩耗，她临死前已有点疯疯癫癫。当时他就从餐桌前站了起来，在俱乐部的屋子里踯躅了很久，要不然就站在牌桌前发呆，这天，他也并不比往常回去得更早。又过了一阵，他收到一个包裹，里面正是他赠给公爵夫人的那枚戒指。她在斯芬克斯像上面划了两条线，像是一根十字架，她托人捎话——斯芬克斯的谜底就是十字架。

这事发生在1848年的年初，恰恰是尼古拉·彼得罗维奇丧偶来到彼得堡的时候。自打弟弟定居乡间后，帕维尔·彼得罗维奇就再也没和他谋过面：弟弟结婚时，他与公爵夫人刚刚相识。帕维尔从国外一回来，就上弟弟家做客。本打算住上两个月，好好分享弟弟的幸福，可是在那儿只勉勉强强待了一周。这哥俩的境遇相差实在是太大了。而到了1848年，兄弟俩的差异正在缩小：尼古拉·彼得罗维奇失去了太太，而帕维尔失去了回忆；自从公爵夫人死后，就竭力不再想她。尼古拉·彼得罗维奇眼瞅着儿子在一天天地长大，就有一种不虚此生的充实感。而帕维尔恰恰相反，仍是孑然一身，正在步入人生旅途中的暗淡黄昏，这是个希望与懊悔交融在一起不分彼此的时期，这个时期老年未现端倪，而青春已消失殆尽。

这个时期，对帕维尔而言尤为难受：他失去了过去，就意味着失去了一切。

“现在我不邀请你去玛丽伊诺了（他用亡妻的名字命名自己的庄园，以示对她的怀念），”尼古拉·彼得罗维奇有回对哥哥说，“我太太活着时，你还嫌那儿闷，现在你在那儿就更待不下去了。”

“以前我很蠢，又好动，”帕维尔·彼得罗维奇答，“打那回后，我即便没有变聪明一点儿，至少也安稳了许多。现在正相反，如果你同意，我还打算上你那里定居哩。”

尼古拉·彼得罗维奇以拥抱作为回答，然而，帕维尔·彼得罗维奇真正下决心实现这一愿望，是一年半之后的事了。不过自从他搬到乡下后，就再也不曾离开，就连那三个冬天尼古拉·彼得罗维奇上彼得堡探望儿子时，也是如此。他开始读书，大部分是英文书，就连他的生活方式也是英式的。他几乎不与左邻右舍来往，只有在选举时才出门。他在会场也很少发言，偶尔发表的自由主义观点却令保守的旧式地主们惊恐不安、气急败坏，但他也不和新派人物接近。新旧两派的人都认为他非常傲慢，但两派又都很尊敬他。因为他有一种优雅的贵族气质，还因为他在情场上的屡屡胜利。因为他衣着讲究，住的总是上等旅馆的豪华间，食也不乏美味佳肴，竟有一回在菲利普①的宫中与惠灵顿②同桌就餐。他无论走到哪儿，总是随身携带一套货真价实的银制餐具和旅行浴缸，身上总是散发出一股“高贵”的香味，他的威斯特打得极好却又老是输钱，此外，他的诚实也是出了名儿的，太太们被他的忧郁迷住了，尽管他并不和她们来往……

“你瞧，叶夫根尼，”阿尔卡季讲完了故事后说，“刚才你对我伯父的指责多不公平！我还没给你提，他不止一次倾囊相助，帮我父亲渡过难关，你也许不知，他们并未分家。无论对谁，他都乐意相助，还常常替农民打抱不平，尽管他在和农民交谈时，往往皱着眉头并嗅香水……”

“明摆着：神经质。”巴扎罗夫打断了他的话。

“也许有点吧，但他心地善良，也绝不愚昧。他给过我许多有益的忠告……尤其……尤其是在对待女人方面。”

“哈哈！这就叫一朝被蛇咬，十年怕井绳，谁都明白！”

“唉，总的来说，”阿尔卡季接着说，“他这一生够不幸的了，相信我；蔑视他简直是一桩罪过。”

“谁蔑视他了？”巴扎罗夫反驳道，“可话得说回来，一个人把自己的一生都押在同女人的‘爱情’这张牌上，一旦输了就一蹶不振，到头来一事无成，这种人就不能算是个男子汉。你说他不幸福，你应该比谁都清楚：那不过是他脑袋里的糊涂东西还没有被完全除掉。我相信，他准以为自己很能干呢，因为他常读《加里聂安尼报》，每月袒护农民一次，让他们少挨一顿鞭子。”

“可你应该考虑他所受到的教育和所处的时代背景。”阿尔卡季说。

“教育？”巴扎罗夫接着说，“任何人都应该自我教育——就拿我来说吧……至于时代——我为什么要适应时代？让时代依靠我好了。不过老弟，这都是些无稽之谈！男女关系又有什么可神秘的？我们

① 路易·菲利普：1803—1848 年的法国国王。——译注

② 惠灵顿（1769—1852）：英军统帅。——译注

学生理学的就知道到底是怎么回事。你去钻研一下眼睛解剖学吧：哪儿有你说的那种谜样的眼神？那都是浪漫主义、胡说八道和无聊的做作。咱们还是去看甲虫吧。”

就这么着两个好友进了巴扎罗夫的房间，那儿顷刻间飘出一股浓烈的外科手术用的药剂和劣质烟草的混合味儿。

八

帕维尔·彼得罗维奇参加了他弟弟和总管的谈话，不过时间并不长。总管又高又瘦，长着一双狡黠的眼睛，讲话时嗓音轻得像个痨病患者，对尼古拉·彼得罗维奇的一切指示，都一概回答：“是，老爷，知道了，老爷。”在他的嘴里农民们不是小偷就是醉鬼。前不久田产的运营采用了新的方法，但实行起来就像没上油的车轱辘，总在嘎吱嘎吱作响，又好比是湿木头制成的家具，不断发出震裂声。尼古拉·彼得罗维奇并不灰心，但也常常叹气、发愁：没有钱就一事无成，对此他深有感触，但他现在又捉襟见肘了。阿尔卡季说得千真万确：帕维尔·彼得罗维奇不止一次地帮助弟弟。以往帕维尔见到弟弟绞尽脑汁不知所措时，就缓缓走到窗前，将手插入口袋，从牙缝里低声道：“Mais je puis vous donner de I'argent①。”于是便掏出钱来接济他。可这天帕维尔自己的口袋也告罄了，他觉得自己还是回避为好。他对田产的经营管理这种杂事感到厌烦，总认为无论尼古拉·彼得罗维奇多么热情勤快，事却总办不好，尽管他说不出尼古拉究竟错在哪儿。他猜想是因为弟弟不够精明能干，所以往往上当受骗。而尼古拉·彼得罗维奇却对哥哥的办事能力期待过高，所以事无巨细都找帕维尔拿主意。“我自己向来优柔寡断，又一直住在穷乡僻壤，”他说道，“你见多识广，和各种人都打过交道，熟谙人心，目光简直像鹰一般的犀利。”帕维尔转过身去，对这话不置可否。

---

① 法语：不过我可以给你一些钱。——原注

这天帕维尔·彼得罗维奇把弟弟留在书房，自己顺着那条把前后院隔开的走廊漫步，到一扇矮矮的小门前停了下来，捋了捋胡子，略一迟疑，便上前叩门。

“谁呀？请进。”里面传来费涅奇卡的声音。

“是我。”帕维尔·彼得罗维奇应声推门而入。

费涅奇卡正抱着孩子坐在椅上，见状马上站了起来，将孩子交给一个姑娘抱了出去，她赶紧理了理三角围巾。

“对不起，如果打搅了的话，”帕维尔·彼得罗维奇说，眼睛并没有瞅她，“我是想请您……今天好像又派人进城……请您吩咐他们给我买点绿茶回来。”

“好的，老爷，您要多少？”费涅奇卡问。

“半磅就足够了。我看，您这儿变样了，”他接着说，一面匆匆环顾了一下四周，目光从费涅奇卡的脸上掠过，“窗帘。”见她一脸懵懂，他又重复了一遍。

“喔，是的，老爷，这窗帘是尼古拉·彼得罗维奇给的，不过已经在这儿挂了好一阵了。”

“哦，我有一段时间没来了，现在您这儿还真不错哩。”

“多亏了尼古拉·彼得罗维奇的关照。”费涅奇卡轻声说。

“这儿比您以前的那间耳房住着舒服吧？”帕维尔·彼得罗维奇礼貌地问，脸上没一丝笑容。

“当然好多了，老爷。”

“现在是谁住那儿？”

“洗衣女工。”

“哦！”

帕维尔·彼得罗维奇又沉默了。“现在他该走了吧。”费涅奇卡心想，而他却并没有要马上离开的意思，她只好不动声色地站在他面前，轻轻掰着手指头。

“您干吗吩咐把孩子抱走？”帕维尔·彼得罗维奇末了问，“我挺喜欢小孩子的，能抱来让我瞧瞧吗？”

听了这话，费涅奇卡既窘迫又欣慰，满脸通红。平时她有些怕帕维尔·彼得罗维奇：他几乎从不和她说话。

"杜尼亚莎，"她唤道，"请您（费涅奇卡对家中的所有人，都客气地用'您'来称呼）把米佳抱来，哦不，请等等，先给他套件外衣吧。"

费涅奇卡说着朝门口走去。

"没关系。"帕维尔·彼得罗维奇说。

"我马上回来。"费涅奇卡说罢，便匆匆而去。

只剩下帕维尔·彼得罗维奇独自一人，他开始仔细地打量四周。这间低矮的小房间被收拾得干净、舒适，散发着一股新漆的地板、甘菊和蜜蜂花混合在一起的味道。沿墙摆放着一排竖琴式的靠背椅，还是那位已辞世的将军当年在征战波兰时买的；房间的一角放着张小床，上面挂了顶薄纱帐子，床边是一个圆盖铁皮箱。与此相对的另一面墙上是一张大的颜色暗淡的奇迹创造者尼古拉的圣像，像前燃着一盏长明灯；一枚小瓷蛋由红带系着，从圣像头顶的光环直垂到他的胸口；窗台上一瓶瓶去年做的果酱，碧油油的，瓶口封得严严实实；瓶盖的封皮纸上有费涅奇卡亲笔写的大字："醋栗"，尼古拉·彼得罗维奇尤其喜爱这种果酱的味道。一根长长的绳子从天花板垂下，它的下端拴着一个鸟笼子，一只短尾黄雀在里面不停地又叫又跳，笼子也不住地来回晃悠，使得里面的大麻籽也轻轻撒落到地上。几张尼古拉·彼得罗维奇的不同姿势的照片摆放在五斗橱上和挂在两扇窗户之间的墙上，这些是一个外来的摄影师拍的，可惜效果不佳；那儿还挂了一张费涅奇卡本人的照片，效果就更别提了：又暗又黑的相框里有张笑脸，没有眼睛，神情也十分拘谨，而其他都很模糊；费涅奇卡的相片上端是叶尔莫洛夫将军的画像，他身披大氅，正板着面孔威严地注视着远处的高加索山脉，一个丝质的小针垫从墙上垂吊在画像上，正好挡住了将军的前额。

过了大约五分钟，邻屋传来窸窸窣窣的衣服声和呢喃细语声。帕维尔·彼得罗维奇顺手从五斗橱上抄起一本油迹斑斑的书，是马萨利斯基的《狙击手们》，已残缺不全，他翻了几页……费涅奇卡抱着米佳进了门。她给孩子穿了件领子镶了金边的红衬衫，把孩子的头发梳得整整齐齐，小脸洗得干干净净：米佳和世上一切健康的孩子没两样，他呼吸较重，身子乱动，就连小手也舞个不停，似乎在表达着对这件漂亮衬衫的满意。费涅奇卡也理了理自己的头发，把围巾拉得更平整些，她不做这些也够迷人的了，的确，世上还有什么比年轻漂亮的母亲怀抱健康可爱的宝宝更美的呢？

“真是个胖小子！”帕维尔·彼得罗维奇和蔼可亲地说，同时用食指的长指甲轻轻地挠米佳胖胖的双下巴。孩子盯着黄雀，笑了。

“这是伯父，”费涅奇卡轻轻摇晃孩子，贴着他的小脸蛋说。这时杜尼亚莎悄悄将一支点燃的香烛放到窗台上，烛底垫了一枚小硬币。

“他有几个月了？”帕维尔·彼得罗维奇问。

“六个月，到十一号就七个月了。”

“快八个月了吧，费多西娅·尼古拉耶夫娜？”杜尼亚莎怯生生地插嘴道。

“怎么会呢？是七个月。”孩子又笑了，他盯着铁皮箱瞅了会儿，蓦地用五个小指头抓住妈妈的嘴和鼻子。“这小淘气。”费涅奇卡说着，并不躲避。

“长得还真像我弟弟。”帕维尔·彼得罗维奇说。

“他还能像谁？”费涅奇卡心想。

“是啊，”帕维尔·彼得罗维奇接着说，又像是在自言自语，“真是像极了。”说这话时，他神色暗淡地盯着费涅奇卡。

“这是伯父。”她又对孩子低声重复了一遍。

“啊，帕维尔！原来你在这儿！”后面突然传出尼古拉·彼得罗维奇的声音。

帕维尔急急转过身，皱着眉头，看到尼古拉一副既高兴又感激的模样，也只好报以微微一笑。

“这孩子真可爱，”他说着，又看看手表，“我拐过来，讲一下买茶叶的事儿……”

帕维尔又恢复了他平时的冷峻，眨眼间离开了房间。

“他自己来的?”尼古拉·彼得罗维奇问费涅奇卡。

“是的，老爷。他敲了敲门就进来了。”

“喔，那阿尔卡季再没来过?”

“没有。尼古拉·彼得罗维奇，你看我是不是需要再搬回到耳房去?”

“为什么?”

“我想，这段时间这样可能会更好些。”

“不……用不着，”尼古拉·彼得罗维奇略一停顿，摸着额头说，“要是早先嘛……你好啊，胖小子。”说着他凑上前活泼地亲了亲孩子的小脸蛋；他又稍稍俯下身吻了吻费涅奇卡的手，这手在米佳的红衬衫的映衬下，显得越发白皙。

“您这是干吗?尼古拉·彼得罗维奇!”费涅奇卡柔声说着便垂下眼帘，尔后又微微启开……每当她皱着眉头，既温柔又带点傻气地微微一笑时，那双秀目实在令人怦然心动。

尼古拉·彼得罗维奇和费涅奇卡是这样相识的。那是约在三年前，他在远方一个小县城的旅店里歇过一宿。他见房间收拾得纤尘不染，被褥也十分干净，感到既惬意又惊奇，心想:“难道女主人是德国人?”可她确实是个地地道道的俄罗斯人，年纪在五十上下，衣着整洁，外表看上去十分精明，谈吐也不俗。他只在喝茶时同她聊了回天，就喜欢上了她。那时，尼古拉·彼得罗维奇刚刚搬到新庄园，又不想把农奴留在院里使唤，正在招揽用人，而女主人向他抱怨客人太少，日子难过。于是他提议聘请她到家里做管家，她应了下来。她丈夫已过世多年，只有一个女儿——费涅奇卡。两周后，阿林娜·莎维什娜(新管家的名字)便带着女儿来到玛丽伊诺。尼古拉·彼得罗维奇的眼光的确不错，很快阿林娜就把家里上上下下管理得井井有条。费涅奇卡那时已十七岁了，没人议论她，他们平时就连她的影子也很少见:她文静娴雅，只有每逢周日，尼古拉·彼得罗维奇才能在教堂的角落里看到她白皙面庞的靓丽侧影。这样的日子很快过去了一年。

一天早晨，阿林娜来到他的书房，照例深鞠一躬，问他能否给女儿治治，原来炉子里的一粒火星迸入了她的眼睛。尼古拉·彼得罗维奇和所有蛰居乡下的人一样，平时爱钻研一点医术，家里也备有常用的药箱。他吩咐阿林娜立刻将他女儿带来。费涅奇卡得知是老爷叫她时，吓得直往后躲，最后总算跟在母亲后面来了。尼古拉·彼得罗维奇把她带到窗前，双手将她的头捧起来。仔细察看了她红肿的眼睛，紧接着亲手配制了眼药水，又撕开一条手帕，给她讲解怎样湿敷。听完她拔腿就想走。“傻丫头，你还没吻老爷的手呢。”母亲止住了她。她垂着头。可能有些难为情，尼古拉·彼得罗维奇并没有把手递给她，却吻了吻她的秀发。费涅奇卡的眼睛很快康复了，可她却留给尼古拉·彼得罗维奇很深的印象。她那纯洁、娇嫩又略带羞涩的面容时常闪现在他的眼前；捧过她柔软的秀发的手一直感到滑腻腻的，那天真的樱唇微微张开，珍珠般的皓齿在阳光下亮晶晶地闪光，这幅图画映入了他的脑海，挥之不去。打那时起，他开始特别留意费涅奇卡，在教堂里参加礼拜时，总是寻找借口和她聊聊。起初她总是尽量躲着他，一天黄昏时分，她在黑麦地里的一条由行人踏出来的小道上和他不期而遇，马上钻进了茂盛的、杂有艾蒿和矢车菊的黑麦丛里，以免和他相见。透过金色的麦浪，他看见了她的脑袋，她像一只小动物在那儿探头探脑，于是他温和地大声嚷：

“你好啊，费涅奇卡！我又不吃人！”

“你好！”她低声应道，可身子并没挪动。

渐渐地他们熟些了，可在他面前她总有点儿腼腆，她母亲因霍乱突然病故了。费涅奇卡能到哪儿去呢？她继承了她母亲爱整洁的生活习惯和审慎、稳重的性格，却又那么年轻，那么孤单；而尼古拉·彼得罗维奇又一向温文尔雅，待人友善……后来的事儿就顺理成章了……

“这么说，是哥哥过来看你的啰？”尼古拉·彼得罗维奇问，“他敲敲门就进来了？”

“是啊，老爷。”

“啊，好吧。让我来摇摇米佳。”

尼古拉·彼得罗维奇把米佳抛得快碰到天花板，孩子乐了，妈妈的心却提了起来，孩子每次被抛起来，她都不由自主地伸手去接他那光溜溜的小腿。

帕维尔·彼得罗维奇又回到了自己那间雅致的书房，四壁上贴满了暗灰色漂亮的壁纸，五彩缤纷的波斯挂毯上悬挂着武器；屋内还有一套胡桃木制成的家具，上面蒙了层深绿的仿天鹅绒的垫子；renaissance① 的书架是用黑橡木做的；华贵的书桌上摆放着小的青铜雕像，壁炉……帕维尔倒在沙发上，双手放在脑后，一动也不动，眼睛绝望地盯着天花板。不知是为了将他这表情隐藏起来，不让四壁摸透，还是别的什么原因，他起身放下了厚厚的窗帷，旋又倒进了沙发。

九

就在这同一天，巴扎罗夫也结识了费涅奇卡。当时他和阿尔卡季在花园里散步，边走边给阿尔卡季讲解为什么有些树，特别是小橡树的根总也长不好。

“这儿应该多种些白杨和枞树，椴树也行，再多施些黑土。凉亭那边的就长得不错，”他说，“那些是洋槐和丁香，它们的生命力很旺盛，不需要特别照料。咿，那儿还有人呢！”

费涅奇卡和杜尼亚莎带着米佳正坐在凉亭里。巴扎罗夫停下脚步，阿尔卡季朝费涅奇卡点点头，就像他们是老熟人似的。

“她是谁？”他们刚走过去，巴扎罗夫便问，“真漂亮啊！”

“你指谁？”

“别装傻，漂亮的只有一个。”

阿尔卡季脸色颇不自然，他简略地向巴扎罗夫介绍了费涅奇卡的来历。

“哈哈！”巴扎罗夫说，“你父亲的眼力真准。我喜欢令尊大人，

---

① 法语：文艺复兴时期风格。——原注

他是好样的。我也很想结识她。”说罢便转身向凉亭走去。

“叶夫根尼！上帝保佑！要留点儿神！”阿尔卡季在后面不安地加了一句。

“放心吧，”巴扎罗夫说，“我又不是乡巴佬，什么场面没见过。”

巴扎罗夫来到费涅奇卡面前，脱帽鞠了个躬：

“请允许我自我介绍一下，我是阿尔卡季·尼古拉伊奇的朋友，是个性情温和的人。”

费涅奇卡只欠了欠身子，默默望着他算是回答。

“这孩子真可爱！”巴扎罗夫接着搭讪，“别紧张，我这眼神可从没给人带来过厄运。他的脸怎么这么红？是在长牙吧？”

“是啊，先生，”费涅奇卡说，“已长出四颗了，现在他的牙床有些发肿。”

“让我瞧瞧……别怕，我是大夫。”

说着他便接过孩子，米佳竟毫不认生，没做反抗，这倒让费涅奇卡和杜尼亚莎有些吃惊。

“哦，是那儿，我瞧见了……没事，一切都正常：他会长出一副好牙！往后有啥事，您就尽管找我好了。您自己身体还好吧？”

“上帝保佑，很好。”

“上帝保佑——这很重要！那么，您呢？”巴扎罗夫又转过来问杜尼亚莎。

杜尼亚莎在老爷的院子里十分拘谨，出了门就爱嘻嘻哈哈，她吃吃地笑着，没有搭腔。

“好吧，把这‘大力士’还您。”

费涅奇卡接过了孩子。

“他在您手里挺乖的。”她低声道。

“小孩儿在我手里都很乖，”巴扎罗夫答，“我知道该怎么逗他们乐。”

“孩子能感觉到谁真爱他们。”杜尼亚莎插话道。

“的的确确，”费涅奇卡赞同地说，“对有些人，无论你怎么哄，米佳都不让他们抱。”

“那他要不要我抱?”阿尔卡季大声问道，他已远远地站了一会儿，正大步向凉亭走来。

他把米佳哄到怀里，可突然婴儿将头朝后一仰，咧开嘴大哭起来。这使得费涅奇卡十分尴尬。

“等下回吧，和他熟了就好了。”阿尔卡季体谅地说，两个朋友便离开了。

“她叫什么来着?”巴扎罗夫问。

“费涅奇卡……费多西娅。”阿尔卡季回答。

“那父称呢？这也应该知道。”

“尼古拉耶夫娜。”

“Bene①。我很欣赏她，因为她落落大方，而不忸怩作态。而有人没准会指责她这一点。真是胡扯！她干吗要扭扭捏捏，她是位母亲——有这个权利。”

“她是没错，”阿尔卡季说，“可我父亲……”

“他也没错呀。”巴扎罗夫打断了他。

“不，我不这样想。”

“哈，你是不愿意添了个遗产继承人吧?”

“你把我看成什么人了?”阿尔卡季生气了，“我不是为这个抱怨父亲，而是认为他应该娶她。”

“嘿嘿!”巴扎罗夫平静地说，“我们多豁达！你还挺注重婚姻的；我以前倒没看出来。”

两人又默默地走了几步。

“你父亲的家产我看遍了，”巴扎罗夫又道，“牲口长得不好，马使唤得过度了。房屋盖得也差，工人们都懒懒散散的。而那个管家嘛，是骗子还是傻瓜，一时难定。”

“今天你可真是锋芒毕露，叶夫根尼·瓦西里耶维奇。”

① 拉丁语：好。——原注

“那些好心肠的农夫绝对在骗你老爷子。你知道不，有句俗话：‘俄罗斯农夫连上帝都敢毁掉。’”

“我开始有点儿赞同伯伯的看法了，”阿尔卡季说，“你对俄国人的看法真糟。”

“那又怎么样！俄国人唯一的好处就是自己糟践自己。重要的是二乘二得四，别的都微不足道。”

“连大自然也微不足道吗？”阿尔卡季问，他若有所思地望着远方五彩缤纷的原野，美丽的落日余晖柔和地洒在大地上。

“你所理解的大自然的确不值一提。大自然不是神庙，而是一个作坊，所有的人都是里面的工人。”

这时，缠绵的大提琴声从院子里传出，飘到他们的耳际。有人正投入地演奏舒伯特的《期待曲》，指法虽不娴熟，曲调却十分悦耳。

“是谁？”巴扎罗夫惊讶地问。

“我父亲。”

“你父亲会拉大提琴？”

“对呀。”

“他多大年纪了？”

“今年44。”

巴扎罗夫突然放声大笑起来。

“你笑什么？”

“老天！一个44岁的人，一个Pater familias①，竟在这么个偏僻的小地方——拉大提琴！”

巴扎罗夫笑个不停，而阿尔卡季却没笑，尽管他一向把他当作自己的老师来崇拜。

十

玛丽伊诺的日子按它自己的方式流逝着。大约又过去了两周，

① 拉丁语：家长。——原注

阿尔卡季成天娱乐，享受着生活，巴扎罗夫则在忙自己的正事。宅子里的男女老少都跟巴扎罗夫熟了，对他那漫不经心的作风和时断时续、寥寥数语的谈话方式已习以为常。打那回之后，费涅奇卡和他尤其熟识，有天晚上，米佳浑身抽搐，她立即让人叫醒巴扎罗夫，他打着哈欠跑来了，还和平时一样开玩笑，在那儿待了两钟头，给孩子治好了病。可帕维尔·彼得罗维奇却十分厌恶巴扎罗夫，认为巴扎罗夫是个无赖、恬不知耻而又傲慢的平民；他怀疑巴扎罗夫不但不尊敬他，甚至还鄙视他——堂堂的帕维尔·彼得罗维奇！尼古拉·彼得罗维奇也有点儿怵这个年轻的“虚无主义者”，还担心阿尔卡季受他的影响，不过很爱听他聊天，喜欢看他做物理、化学实验。巴扎罗夫带来了一部显微镜，他往往趴在那儿一看就是几个钟头。用人们也很愿意亲近他，尽管他经常拿他们开心解闷，他们还是把他当作自己的哥们，而不是一个老爷。杜尼亚莎总是对他笑嘻嘻的，每当她像只小鹌鹑一蹦一跳地跑过他时，总要偷偷地望他一眼，这里面还包含着某种更深的情愫。彼得人很笨，还自以为是，总是愁眉苦脸的样子。他全部的优点便是看上去总是彬彬有礼，念书按一个个音节拼读，并且对自己的礼服刷得很勤——就这么个人，只要巴扎罗夫留意到他，他便马上喜形于色，以为得意。用人们的孩子就更不用说了，他们像群小狗跟在这位“大夫”的屁股后面东跑西颠。普罗科菲伊奇老人却不喜欢巴扎罗夫，每回给他上菜时总是阴沉着脸，老人私下称他是“屠夫”和“骗子”，还因他长着连鬓胡子，说他真是一头灌木丛里的野猪。要说普罗科菲伊奇自己，在贵族脾气上丝毫不输给帕维尔·彼得罗维奇。

六月上旬——一年中最好的时光来临了。气候宜人，当然，远处的一些地方正流行霍乱，但本省的百姓对它已不足为奇。巴扎罗夫起得很早，出门走上两三里路，这并不是单纯的散步——他无法忍受毫无目的的闲逛——而是一路上采集些花草昆虫的标本。有时也带上阿尔卡季。这样归途中就照例会有一番争论，尽管阿尔卡季话语更多，可往往以失败告终。

有一回，他们在外面耽搁时间太长了，尼古拉·彼得罗维奇便出门迎接他们，进了花园，走到凉亭时突然传来匆匆的脚步声和谈话声。他们正在凉亭的另一面，没发现他。

“你对我父亲还不太了解。”这是阿尔卡季的声音。

尼古拉·彼得罗维奇忙找了个藏身之处。

“你父亲是好人，”巴扎罗夫道，“不过，他现在落伍了，他的辉煌已成为明日黄花。”

尼古拉·彼得罗维奇连忙竖起耳朵……阿尔卡季没有搭腔。

他这“落伍者”纹丝不动地立在那儿足足两分钟，最后只好怏怏地回家了。

“前天，我见他捧着普希金的诗，”巴扎罗夫接着说，“你不妨给他讲讲，那是毫无用处的。他又不是孩子，早该扔掉那种没用的废物了。现在是什么年代了，居然还天真地想做浪漫派！还是让他读点儿有用的东西吧！”

“读什么好呢？”阿尔卡季问。

“最初不妨读读比赫纳的《Stoff und Kraft①》吧。”

“我也这么想，”阿尔卡季赞同道，“《Stoff und Kraft》写得很通俗易懂。”

“看来你我，”这天午饭后，尼古拉·彼得罗维奇在书房里对哥哥说，“都落伍了，咱们的好时光已经过去了。唉，也许巴扎罗夫是对的；我承认，有件事真叫我很伤心：我现在一心想和阿尔卡季亲密相处，可他走到了我前面，我落后了，甚至就连彼此沟通都做不到。”

“为何说他走到前面了？究竟在哪方面大大超过我们了？”帕维尔·彼得罗维奇不耐烦地反驳道，“这都怪那个虚无主义者给他灌输的。我讨厌那个医生，我认为他不过是个骗子。我确信他即使捉再多的青蛙，对物理学的理解也多不到哪儿去。”

“不，哥哥，你可别这么说，巴扎罗夫确实聪明透顶又博学

---

① 德语：《物质与力》。——原注

多才。”

“他自大狂妄，令人讨厌。”帕维尔·彼得罗维奇打断话头。

“没错，”尼古拉·彼得罗维奇道，“他是挺自大。不过这也没办法；只是有一点我弄不明白。以前我自以为我是竭尽全力不落后于时代：安顿了农民，建立了农庄，结果全省的人都说我是个赤色分子；我读书，学习，尽力处处与时代同步——可他们还是说我过时了。哥哥，我自己都觉得我还真的过时了。”

“为什么？”

“这就是答案。我今天坐在那儿读普希金……记得是读的《茨冈》……突然阿尔卡季走过来，一言不发，脸上露出同情和惋惜，轻轻地就像是从一个孩子手上，把我的书夺走，塞给我另外一本德文书……他笑笑走开了，也带走了那本普希金。”

“真有这回事！他给你什么书？”

“就这本。”

尼古拉·彼得罗维奇从礼服的后兜中掏出那本第九版的比赫纳的名著。

帕维尔·彼得罗维奇把书拿在手上翻了翻。

“哼！”他哼了一声，“阿尔卡季·尼古拉伊奇还关心你的教育。怎么，你读了吗？”

“我试着读了读。”

“怎么样？”

“要么是我笨，要么这本书——都是无稽之谈。我想可能还是我笨吧。”

“你忘了德文吗？”帕维尔·彼得罗维奇问。

“我懂德文。”

帕维尔·彼得罗维奇又翻了翻书，皱眉看了看他的弟弟。哥俩都默不作声。

“哦，还有，”尼古拉·彼得罗维奇转换话题道，“我收到科利亚津的信了。”

“马特维·伊里奇写来的？”

“是。他是来本省视察的。他现在可是贵人了，信上请我们和阿尔卡季一起进城去和他见见面。”

“你去不去?”帕维尔·彼得罗维奇问。

“不去，你呢?”

“我也不去。跑50里去喝口粥不值得。Mathieu①想在我们面前显显阔，摆摆谱，见他的鬼！没我们也会有人去阿谀奉承他。枢密顾问官有什么大不了的！要是我一直在军界服务，一直干这种又呆又傻的差使，我现在不也该是侍从将军了？我们现在倒成了落后的人了。”

“是的，哥哥，看来我们都行将就木，该两手交叉放在胸前，躺在棺材里了。”尼古拉·彼得罗维奇叹着气说。

“不，我不会轻易认输的，”他哥哥喃喃地说，“我要和那个郎中干上一仗，我有这个预感。”

这天晚茶时果然干起仗来。帕维尔·彼得罗维奇走进客厅时就做好了战斗准备，他早就憋了一肚子火。正伺机寻找借口向敌人进攻；可半天都没找到。每当“基尔萨诺夫家的老头儿们”（他这么称这俩兄弟）在场时，巴扎罗夫就很少发言，加上这天晚上心情又不好，于是坐在那儿一杯一杯地喝着闷茶。帕维尔·彼得罗维奇等得火冒三丈。终于机会来了。

话题是谈论邻近的一个地主时，“坏蛋，下流贵族。”巴扎罗夫淡淡地说，他在彼得堡曾和此人有过接触。

“请问，”帕维尔·彼得罗维奇颤抖着嘴唇问，“照您看来，‘坏蛋’和‘贵族’是一个意思啰?”

“我指的是‘下流贵族’。”巴扎罗夫懒懒地咽了口茶说。

“不错，先生。不过在我听来，您对贵族和所谓下流贵族的看法没什么两样。我有义务告诉您，我反对您的观点。我敢说所有人都认为我是自由派并且拥护进步，正因为如此，我尊敬贵族——真正

① 马特维的法语读法。——译注

的贵族。请您记着，亲爱的先生（听到这儿，巴扎罗夫抬眼望着帕维尔·彼得罗维奇），请您记着，”他咬牙切齿地重复道，“英国贵族，他们对自己的权利丝毫不让，因此他们也尊重别人的权利；他们在要求别人履行义务的同时，也尽到自己应尽的义务。英国的自由是贵族赋予并且维持的。”

“这个论调我早已耳熟能详，”巴扎罗夫反驳道，“可您究竟想证明什么呢？”

“我想用这么个来证明（帕维尔·彼得罗维奇每当生气时，有意在‘这个’中间添加一个音，变成‘这么个’，虽然明知这样构词不合语法，但这是亚历山大朝代遗留下来的怪癖，那时的名流偶尔才讲母语，并且随意拼字，不是说‘这么个’，就是说‘这儿个’，以此来表明：我们是地道的俄国人，但我们毕竟是上等人，因此可以不受语法习惯的限制），亲爱的先生，我是用这么个来证明：如果没有个人尊严的意识，没有自重——这些意识在贵族身上体现得很多——就不会有社会的……bien bublic①……社会结构的基石了。个性，我亲爱的先生——那才是非常重要的。一个人的个性应该坚如磐石，因为其余的东西都建于其上。譬如，我心里很明白，您一定感到我的习惯、装束和整洁都很可笑，可这些都来自一种自尊和责任感，是的，责任感，先生，我住在穷乡僻壤，但我绝不降低自己的身份，我尊重自己的人格。”

“好，帕维尔·彼得罗维奇，”巴扎罗夫说，“您很自尊，可您光是叉着两手闲坐着。请问这对 bien bublic 有什么帮助？如果您不自尊，倒能为社会谋点福利呢。”

帕维尔·彼得罗维奇的脸发白了。

“那完全是另一码事。我看用不着现在给您解释，我为什么叉手坐在这儿，就像您勾画的那样。我只想说明，贵族制度是一种原则，在我们这个时代，只有那些没有道德或心灵空虚的人才不要原则，

---

① 法语：社会福利。——原注

浑浑噩噩地生活。阿尔卡季回来的第二天我就告诫过他，尼古拉，对吧？现在再对您讲一遍。”

尼古拉·彼得罗维奇点了点头。

“听听，贵族制度呀、自由主义呀还有什么进步呀、准则呀，”巴扎罗夫说，“想想看吧，这些满嘴的外来词儿对俄国人没任何价值！”

“嗬嗬，那您看什么才对俄国人有用呢？像您讲的，不要人类法则，莫非要我们不食人间烟火？算了吧，历史的逻辑要求……”

“逻辑又有什么用？没它我们不也一样过。”

“怎么能这样？”

“当然可以，您想啦，当您肚子饿了，总不会用逻辑来帮您往嘴里塞片面包吧。那么，这些抽象的字眼哪用得着！”

帕维尔·彼得罗维奇两手一摇说：

“您这话叫我不懂。您侮辱了俄国人民。我不理解，不相信原则、法则，您凭什么来决定您的行为？”

“我给您说过，伯伯，我们否认任何权威。”阿尔卡季插话道。

“只要我们觉得有用的东西，就据此来行动，”巴扎罗夫说，“现在最有用的如果是否定，那么我们便否定。”

“否定一切？”

“一切。”

“怎么？不仅艺术和诗歌……而且……太可怕了……”

“一切，”巴扎罗夫神清气闲地又说了一遍。

帕维尔·彼得罗维奇死死地盯着他，这话大出他的意外。而阿尔卡季此刻兴奋得脸放红光。

“不过，让我说两句，”尼古拉·彼得罗维奇说，“您否定一切，或者更确切地说，是破坏一切……可同时还需要建设呀。”

“那已不是我们的事儿了……首要的是打扫干净地面。”

“人民目前的状况要求这样，”阿尔卡季高傲地说，“我们应该去完成这一目标，而不是仅仅满足于一己之私。”

后一句话，巴扎罗夫显然不满意；它显得太哲学味儿了，也就是说有浪漫主义的味道；因为在巴扎罗夫看来，哲学和浪漫主义是一回事。不过他觉得不必纠正他这个年轻的弟子。

“不，不，”帕维尔·彼得罗维奇突然冲动起来，“我不信，你们这些先生真正了解俄罗斯人民？能代表他们的要求、他们的渴望？不！俄国人民不是你们所想象的那样。他们在乎传统，视为神圣！他们恪守古风，离开信仰就活不下去……”

“我不打算争辩，”巴扎罗夫打断说，“甚至我同意，在这一点上您是对的。”

“那好，既然我对……”

“可您还是啥也证明不了。”

“正是啥都证明不了。”阿尔卡季重复道，他像个有经验的棋手，信心十足，已算到对手会走这看似凶狠的一着，因此镇定自若。

“怎么叫啥也证明不了？”帕维尔·彼得罗维奇吃了一惊，“说起来，您是要反对自己的人民啰？”

“就算是又咋样？”巴扎罗夫嚷道，“人民以为打雷就是因为先知伊雷亚乘马车从天上驶过，这难道也该同意他们？他们是俄罗斯人，我难道就不是了吗？”

“不，您说了这些话后，就不是个俄罗斯人！我不承认您是。”

“我爷爷种过地，”巴扎罗夫傲然作答，“您可以问问这儿任何一个农夫，看我们——我和您之间，他更愿意承认谁是他的同胞。您甚至还不会跟他们交谈。”

“您和他们交谈的同时又鄙视他们。”

“那有什么，如果他们有该鄙视的方面！您干吗老是指责我的倾向，谁告诉过您它是心血来潮得出的，而不是您所赞成的民族精神的产物？”

“当然啰，虚无主义者居然如此有市场！”

“他们有没有市场不是我们所能决定的。就是您，也会觉得自己不是无用之人吧？”

“先生们，先生们，请不要人身攻击！”尼古拉·彼得罗维奇站起来嚷道。

帕维尔·彼得罗维奇笑了笑，将手按住弟弟的肩头，示意他坐下。

“别担心，”他说，“我不会忘乎所以，正是因为我有这位先生……医生先生大大取笑的自尊心。”他又转过身对巴扎罗夫说，“也许您以为您倡导了一门新学说，那就大错特错了。您所鼓吹的唯物主义，先前也流行过，可总是经不起推敲……”

“又是外国字眼！”巴扎罗夫打断道。他开始动怒了，脸也变成了紫铜色。“第一，我们什么也没鼓吹，这不符我们的习惯……”

“那你们干什么了？”

“我们干这个。前些时候，我们常说官员受贿，我们没有公路、没有贸易、没有公正的法庭……”

“哦，这么说你们是揭露者啰——好像是这么说的。你们揭露的许多我也赞同，不过……”

“后来我们明白了，空发议论对我们的溃疡仍无济于事，只会招来庸俗和教条主义。我们发现我们中的聪明人，那些被称为先进分子或揭露者的人没有用；我们发现我们成天干些无用的事，空谈艺术，什么无意识创作啦、议会制度啦、律师制度啦，还有鬼才知道的什么东西，可此时需要解决的是我们每日糊口的面包；此时愚昧和迷信让我们窒息；此时我们所有的股份公司都垮了台，就因为没那么多老实人；此时政府张罗的解放①，也不见得会有什么效果，因为农民情愿把自己兜里的钱拿去下酒馆，喝他个酩酊大醉。”

“那么，”帕维尔·彼得罗维奇抢白道，“你们认准这些，便打定主意什么正事也不干啰？”

“决定什么正事也不干！”巴扎罗夫沉着脸重复道。

他忽然觉得懊恼起来，干吗和这位乡绅多费口舌。

“只是谩骂？”

---

① 指1861年的农奴解放。——译注

“只是谩骂。”

“这就叫虚无主义？”

“这就叫虚无主义。”巴扎罗夫顶了他一句。

帕维尔·彼得罗维奇略微眯起眼睛。

“是这么回事！”他以少有的平静口气说道，“虚无主义者应当帮助解决一切痛苦，你们是我们的英雄和救星。可那么为什么对别人，甚至对‘揭露者’也要谩骂呢？你们不也和他们一样只会高谈阔论吗？”

“不管我们有什么缺点，却单单没有这个毛病。”巴扎罗夫咬牙切齿地说。

“怎么，你们难道还有行动吗？还是在打算行动呢？”

巴扎罗夫什么也没答。帕维尔·彼得罗维奇身子抖了一下，马上就控制住了。

“哼！……行动，破坏……”他接着说，“可你们怎么破坏，如果还不知为什么？”

“我们破坏，因为我们是力量。”阿尔卡季说。

帕维尔望着侄儿冷冷一笑。

“是的，力量是无意识的。”阿尔卡季腰板一挺说。

“可怜的人！”帕维尔·彼得罗维奇大叫起来，他再也忍不住了，“你好好想想吧，你们的这些庸俗的教条在俄国支持的是些什么！不，就连天使也无法忍受！力量！野蛮的加尔梅克人有力量，野蛮的蒙古人也有力量——而我们要力量干吗？我们所珍惜的是文明，是的，先生，的确，亲爱的先生，文明之果对我们来讲是极其宝贵的。别给我说什么这些果实一文不值，就连最拙劣的画匠，un barbouilleur①，或一晚上只赚五戈比的舞会乐师，也比你们更有价值，因为他们代表了文明而非粗暴的蒙古力量！你们自以为是先进分子，可你们只配待在加尔梅克人的帐篷里！力量！最后请你们记着，你

① 法语：画匠。——译注

们这些有力量的先生，你们统共只有四个半人，而那些——却有千百万人，他们不会由着你们去作践他们最神圣的信仰，他们倒要将你们踏得粉碎！”

“让他们踏死算了，活该如此，”巴扎罗夫说，“不过结果还难预料，我们也不像您想的少得那么可怜。”

“怎么？你们还想与全体人民作对吗？”

“您知道，莫斯科就是被一个戈比的蜡烛烧毁的。”巴扎罗夫答道。

“是，是的。首先是撒旦般的高傲，其次是嘲笑挖苦。就靠这来吸引年轻人，来征服一般不谙世事的毛头小子！现在就有这么一个坐在您边上，您瞧瞧吧，他对您简直要佩服得五体投地了！（阿尔卡季皱起眉头转向一边）这真是蔓延颇广的传染病！我听说，我们的画家在罗马从不去梵蒂冈。把拉斐尔几乎看成个白痴，据说就因为他是个权威；可他们自己又不中用，什么也画不出来。他们的想象总超不出《泉边少女》！就连少女也画得很糟。照您来看，他们就是好样的，对吧？”

“我看哪，”巴扎罗夫反驳道，“拉斐尔一文不值，他们也一样。”

“好！精彩！阿尔卡季，听着……现代年轻人就该有这种口气！想想，他们怎能不跟您跑呢！过去的年轻人不能不念书，他们不能让别人以为他们不学无术，所以不得不好好学习。可现在他们只需道一声：‘世上的一切都是胡扯！’就万事大吉了，年轻人自然乐不可支。事实上，他们原本是蠢货，现在摇身一变就成了虚无主义者了。”

“您如此夸耀的个人尊严已经走样了，”巴扎罗夫不温不火地说，而阿尔卡季却气得直冒火星“咱们的辩论走得太远了……还是打住吧；我认为，”他站起来，又说，“只要您在我们的现实生活——家庭或社会生活中，找出一种无须完全彻底、毫不留情否定的制度来，我就赞同您的看法。”

“我可以举出千百万个，”帕维尔·彼得罗维奇嚷道，“千千万万！比如村社①。”

巴扎罗夫把嘴一撇发出一声冷笑。

“好！说起村社，”他说道，“您最好还是和您弟弟来谈吧，他大概现在弄明白了村社究竟是怎么回事了，还有环保问题、戒酒运动等等诸如此类的事儿。”

“那就拿家庭——我们农民的家庭来说吧！”帕维尔·彼得罗维奇嚷道。

“这事儿，我想您还是也别了解得太细为好。您没听说过爬灰佬吧？听我说，帕维尔·彼得罗维奇，好好想两天吧，一下子您也许啥例子也找不出。您逐一分析一下我们的阶层，好好研究一下吧，我和阿尔卡季还要……”

“还要讽刺挖苦一切。”帕维尔·彼得罗维奇抢着替他回答。

“不！是要去解剖青蛙。走吧，阿尔卡季；再会，先生们。”

两个伙伴走了。留下的这哥俩面面相觑。

“喏，”帕维尔·彼得罗维奇先开了腔，“看见了吧？这就是我们现在的青年！这就是我们的继承人！”

“继承人，”尼古拉·彼得罗维奇说着沮丧地叹了口气。在这个辩论中他一直都如坐针毡，只是痛苦地偷偷望着阿尔卡季，“你知道我想起了啥，哥哥？我想起了有回和咱们过世的老母争了起来，她嚷着，不听我讲……我最后说：‘您当然不能理解我，我们属于不同的两代人。’她很气恼，当时我想：这没办法，她得吞下这苦口良药。可如今轮到咱们了，我们的下一代可以对我们称：您不是我们这一代，去吞这苦药吧！”

“你这真是过于仁厚宽容了，”帕维尔·彼得罗维奇反驳道，“我恰恰相反，相信咱们比这群黄口小子们更正确，虽然说的话可能有些过时，vieillie②，也从来不曾有这么狂妄的自信……现在的青年真牛气！你随便问哪个：‘要喝哪种葡萄酒，红的还是白的？’他一准

① 俄国的一种乡村自治组织，它的基础是土地共有。——译注

② 法语：老了。——译注

会煞有介事粗声答道：‘我向来喝红的！’那神情仿佛那一刹那满世界的人全都在仰望他似的……”

“您还要茶吗?”费涅奇卡在门口探头探脑，客厅里传来的争吵声，使得她正犹豫是否进来。

“不了，让人把茶炊撤了吧，”尼古拉·彼得罗维奇答道，并起身迎上前去。帕维尔·彼得罗维奇突然对他冒出句：abonsoir①，便朝自己的书房走去。

十一

又过了半小时，尼古拉·彼得罗维奇起身去园中自己最喜欢的凉亭。一股愁云正笼罩着他。今天算是头一回意识到和儿子有代沟，进而预料这代沟还会渐渐扩大。冬天他在彼得堡终日苦读的那些最新著作；竖起耳朵聆听年轻人的高谈阔论；有时还能在他们的热烈讨论中插几句嘴，如今看来这些都是做了无用功，弄得他空欢喜了一场。他思忖：“哥哥说我们正确，先把自尊心抛开不论，我感觉我们比他们更加靠近真理，但在他们身上也能感受到某种我们所不具备的东西，在某些地方比我们更有优势……这优势难道是青春吗?不，不单单是。他们的优势是否就在于比我们少些贵族做派呢?”

尼古拉·彼得罗维奇垂下了头，又摸了摸脸。

他又在想：“否定诗歌的价值，而又面对人类艺术和美丽的大自然无动于衷……”

他望望周围，仿佛想找到这个问题的答案。此刻黄昏已降临，落日静悄悄地躺在离花园半里开外的山杨树丛后；树叶的摇影在寂静的原野上绵延，一望无际。一匹白马正载着农夫沿着幽暗的小道碎步而过，在树丛中马蹄时时闪现，农夫的全身依然能透过树叶的摇影，连同他肩头的补丁清晰可见。落日的余晖罩住了山杨树林，透过繁茂的枝叶，给树干涂上了一层暖暖的霞绯，使它们瞧上去更

① 法语：晚安。——原注

像是松树，颤动的树叶闪出阵阵蓝光，酡红的晚霞与这片淡蓝的天空遥相辉映。燕子在高高地飞翔；风儿却仿佛在睡觉；迟到的蜜蜂睁着惺忪的睡眼，伴随着嗡嗡的飞鸣声，慵懒地穿梭在丁香丛中；一群小蚊子聚集成柱状，在一伸出的孤枝上高低盘旋。“我的上帝，多美呀！”尼古拉·彼得罗维奇感叹着，平日喜爱的诗句就到了嘴边；可一想起阿尔卡季和那本《Stoff und Kraft》便缄口不语了，继续沉湎在悲喜交加的冥想之中。他爱幻想，而乡村的生活更使他富有想象力。前不久，当他在客栈里等儿子时，就曾这么幻想过，可短短的时间变化多大呀——那时他们父子间的关系还很模糊，而如今已经相当分明了，结局怎么会是这样呢！他又忆起了亡妻，不是朝夕相处的伴侣模样，也非善于持家的主妇形象，而是那个苗条挺秀的少女。她有双天真无邪的大眼睛，好像总在发问，一条编得紧紧的辫子垂在柔嫩的脖子上。他回忆起他们的第一次邂逅。那时他还是个大学生，在上租的住宅楼梯时碰上她，无意中撞了她一下，转过身来向她道歉，可因紧张只含糊地说了句“Pardon, monsieur”①，她低头笑了笑，忽然像受惊的小鹿飞也似的跑了，在楼梯拐弯处急忙瞥了他一眼，红红的脸蛋带着一副严肃的神情。紧接着他们之间便有了最初的羞怯探访、吞吞吐吐的交谈、矜持的微笑与疑惑不安，再往后便是愁思、冲动，最后是叫人透不过气的兴奋……可这一切转瞬即逝，成了过眼云烟。她做了他妻子，使他享受了世上少有的幸福……“可是，”他想，“那些最初的一个个幸福瞬间，为什么不能永存呢？”

他并不想理清楚这些纷杂的思绪，但他意识到他想用比回忆更有力的东西去挽住那些怡然自得的幸福时光。他多想和玛丽亚鸳梦重温，去感受她那热情的呼吸，他已觉得在他头上仿佛……

“尼古拉·彼得罗维奇，”不远处响起费涅奇卡的声音，“您在哪儿？”

① 法语：对不起，先生。——原注

他不由得打了个颤，他并不觉得痛苦和惭愧……他从来不曾把妻子和费涅奇卡做比较，甚至连这样的念头都不曾有过，但他觉得遗憾，怎么她想起这时来找他来了？她的声音使他马上想起自己丛生的华发、老境和现实……

他已经走入的幻境，从如烟往事中凸现出来的幻境，微微颤动着，消失了。

“我在这儿，”他答，“就来，你先回吧。”他脑海里闪过这样一个念头，“又在怀旧，贵族习气。”费涅奇卡一言不发地伸头往凉亭瞅了他一眼，便走开了。他惊讶地发现，在他梦幻神游的当儿夜幕已悄然降临了。一切景致都变得暗淡，一切喧哗也都沉寂下来，费涅奇卡的脸在他面前滑过，那么苍白小巧。他起身打算回家，可他那颗柔弱的心还不能平静下来，他便在花园中慢步踱着，时而沉思地望着脚下，时而抬眼望着星星点点的夜空。走了很久，都有些疲乏了，可内心的忧思，一种怯怯的、模糊而郁闷的忧思依然挥之不去。如果巴扎罗夫知道他现在的心思，肯定会嘲笑他！就连阿尔卡季也会责备他。他，一个44岁的农业改良者，一家之主，竟莫名地流泪，这比拉大提琴要糟糕上百倍。

尼古拉·彼得罗维奇继续踱着，还在犹豫进不进家门，回不回那个宁静温馨的小巢，它每扇灯光明亮的窗户都在殷勤地凝视着他。他依然无力走出黑暗，走出这花园，摆脱这拂面而来的清风，摆脱这忧郁和愁思……

小路的拐弯处他碰到了帕维尔·彼得罗维奇。

“你怎么了？”帕维尔问，“脸色苍白得像个幽灵似的，不舒服吗？干吗还不去睡？”

尼古拉·彼得罗维奇三言两语对他讲了讲自己的心境，便离开了。帕维尔·彼得罗维奇走到花园的尽头，抬头望着夜空，也陷入沉思。可他那双漂亮的黑眼眸里只空洞地映着星光。他并非生来就是个浪漫主义者，他那颗高傲得近乎冰冷、时而又很热烈的心，加上法国式孤独厌世的情愫，是不善于幻想的……

“你知道吗？”这天晚上巴扎罗夫对阿尔卡季说，“你父亲说他今天收到了一个阔亲戚的邀请，他不想去。我倒有个好主意。我们就上那儿去一趟吧。那位先生还邀请了你，你瞧这儿的天气都变成啥样儿了。我们正好坐车走走，逛逛城里。有个五六天就够了！”

“你还回来吗？”

“不，我要上父亲那儿，你知道，那儿离我们玩的地方只有三十里。我好久没见到父母了，应当宽慰宽慰老人家。他俩都是好人，尤其是父亲：他挺有趣的。我是他们的独子。”

“你在家待得长吗？”

“我想不会。待在那儿会很枯燥的。”

“回来时再到我们这儿来吗？”

“不好说……再看吧。哦，怎么样？去吧。”

“好吧。”阿尔卡季懒洋洋地答道。

其实他对朋友的提议暗自高兴，可又觉得该把这种感觉藏起来。他可没白做个虚无主义者啊！

第二天他和巴扎罗夫就进城了。玛丽伊诺的年轻人都对他们依依不舍，杜尼亚莎甚至还哭过鼻子……可老人们都像是松了一口气，觉得畅快了许多。

十二

我们的朋友要去的那座城市由一个年轻的省长管辖着，这人是个思想激进的专制官僚，这样的人在俄国到处屡见不鲜。他上任还不到一年，就跟本省的首席贵族——一个退伍的近卫军骑兵上尉、养马场主、热情好客的人闹别扭，而且还和自己的属下争吵。后来以至于彼得堡的部里也觉得必须派个人下来调查一下。当局选派了马特维·伊里奇·科里亚津，基尔萨诺夫两兄弟从前在彼得堡时，他父亲曾受托照应过这哥俩。马特维还算是“年轻有为之人”，也就是说他刚过40岁，就想做大政治家了，胸前两边各挂一颗星，其实其中的一颗是拙劣的外国货。和那个被调查的省长一样，他也算是进步人士，虽然他已是个大人物了，却和大多数达官显贵有所区别。他自视甚高，虚荣心大得没边，可从表面看去他举止朴实，总是用一种赞许的目光打量人，以宽容的姿态听着人讲话，而且笑起来那么和蔼可亲，使得初见面的人都会认为他是个“非常好的小伙子”。可是每每在重要场合他也像俗话说的那样吹个天花乱坠。“精力是必不可少的，”他那时常说，“I’ énergie est lapremière qualitè d´un homme d’ état”①；可尽管这样，他还总是被人愚弄，稍有阅历的官员就能把他玩弄于股掌之上，马特维·伊里奇满怀敬意地提起吉佐②。他力图向所有人表明他不是个墨守成规的落后官僚，而且社会生活中的每一重要现象他都很注意……这类话他说得滚瓜烂熟。甚至他还关注现代文学发展，只不过带着一种漫不经心的傲慢，就好比一个成年人在街上碰到一群小孩，有时也会加入其中一样。实际上，马特维·伊里奇和亚历山大时代的政客也差不了多少，那些人在出席斯韦钦娜（当时她住在彼得堡）的晚会之前，一早先念熟一页孔季利亚克的书；不过同他们的手段不同，马特维·伊里奇更现代。他是个圆滑机敏的朝臣，很狡猾，除此之外，别无所长。他对事务既不在行，又缺乏才智，可他能把自己的事儿办得顺顺溜溜，在这一点上无人能出其右，而这恰恰是最主要的。

马特维·伊里奇接待阿尔卡季时，带着开明的高官显贵所特有的和善，更准确地讲，带了点插科打诨。不过当他得知被邀请的两位表兄没来时，有些吃惊。“你爸爸向来很怪，”他说着，一边抖动着他那华贵的天鹅绒睡衣上的流苏，忽然又转向一个穿文官制服扣得严严整整的年轻下属，关心地大声说：“什么?”由于一直没开口，那个年轻人双唇都粘在一起了，他欠起身，疑惑不解地望着长官。马特维·伊里奇把他的下属戏弄了一下以后，就不再理会他了。我们的高官都喜欢叫下属难堪，其方法多种多样。下面这种方法是他们经常用的，照英国人的说法——“is quite a favorite”③：一位高官忽然会变得就连最简单的话都听不明白，他装作耳聋。比如，他会

---

① 法语：精力是政治家的首要素质。——原注

② 1847—1848 年二月革命时的法国内阁总理，历史学家。——译注

③ 英语：最乐意用的。——原注

问："今天礼拜几?"

下属毕恭毕敬地回禀："今天是星期五，大……大……大人。"

"啊？什么？你说什么呀?"高官神情专注地又问。

"今天是星期五，大……大……大人。"

"怎么？什么？星期五是什么？什么星期五?"

"星期五，大……大……大人，一周中的一天。"

"哼，怎么，你想来教训我吗?"

马特维·伊里奇毕竟是位大人物，尽管自诩为自由主义者。

"我建议你去拜访拜访省长，朋友，"他对阿尔卡季说，"你知道，我要你去并非因为我持有要奉承当权者的旧观念，只是因为省长是个正派人；并且你大概也愿意结识结识这儿的社交界吧……我想，你不是只熊吧？他后天要办一个盛大舞会。"

"您也参加吗?"阿尔卡季问。

"那是为我办的，"马特维·伊里奇几乎怜悯地说，"会跳舞吗?"

"会，可跳得不怎么好。"

"那多可惜！这儿有漂亮女人，而且一个年轻人不会跳舞是挺惭愧的。我这么说并不是因为有旧观念；我并不认为一个人的才华必须体现在脚上，不过拜伦主义也有些可笑，il a fait son temps①。"

"可我，舅舅，并不是因为拜伦主义才……"

"我会把你介绍给这儿的名媛淑女的，我会把你藏在自己的羽翼下，"马特维·伊里奇打断话头说道，他洋洋自得地笑了起来，"你会觉得温暖，嗯?"

听差进来禀报说省税务局局长到了，这个老人眼光和煦，嘴边堆满皱纹，他热爱大自然，尤其是夏日的大自然，照他的话说这时"每只小蜜蜂从每朵花蕊里收取一点小小的贿赂"……阿尔卡季便告辞了。

---

① 法语：他已过时了。——原注

他在下榻的小旅馆碰到巴扎罗夫，劝了半天，说服朋友答应同他一块去见省长。“只能这样了！”巴扎罗夫最后道，“既来之则安之，就别打退堂鼓了，我们就是想来见识见识这儿的地主老爷，去就去。”省长很和蔼殷勤地接待了这两位年轻人，只是没请他们落座，自己也站着。他总是忙忙碌碌的，一大早就穿上了又瘦又紧的文官制服，领结系得非常紧，总是一副没工夫吃饱喝足的样子，一直在张罗吩咐个不停。省里都叫他“布尔达卢”，这个绰号并非来自那个著名的法国传教士，而是来自“布尔达”① 这个词。他邀请这两位年轻人来参加舞会，没过两分钟他又邀了一遍，这回把他们误认为是兄弟俩，错称他们为凯萨罗夫。

他们从省长那儿回住处，忽然从身边驶过的轻便马车上跳下一个个子不高的男子，他身着斯拉夫派喜爱的仿匈牙利骠骑兵制服式样的上衣，叫道：“叶夫根尼·瓦西里耶维奇！”便直奔巴扎罗夫。

“啊，原来是您，西特尼科夫先生，”巴扎罗夫说着，顾自沿着人行道向前走，“什么风儿把您吹来了？”

“说来也是偶然，”他答道，转向马车，挥了五六下手，喊道：“跟上，跟着我们！”他跨过一条小沟，对巴扎罗夫接着说：“我父亲在此地有点生意，这么着他要我来……我今天听说您来了，已经去过您那儿了……（果然，当这两个朋友回到旅馆后，看到一张折了角的名片，一面是法文，另一面是斯拉夫花体字，具名西特尼科夫）但愿您不是打省长那儿出来！”

“别但愿了，我们正是从那儿回来的。”

“哦！那么我也要去拜访拜访他……叶夫根尼·瓦西里耶维奇，请把我介绍给您……您这位……”

“西特尼科夫，基尔萨诺夫。”巴扎罗夫含糊地边说，边朝前走。

“不胜荣幸，”西特尼科夫先说道，他大模大样侧着身走着，满脸堆笑，连忙把自己那双过于精致的手套取了下来。“久闻您的大

① 布尔达：浑浊无味的饮料，劣等汤、粥。——译注

名……我是叶夫根尼·瓦西里伊奇的老相识，也可以称得上是他的学生。靠了他我才彻底改观……”

阿尔卡季瞧着巴扎罗夫的这位学生。那张小而可爱的脸刮得干干净净，露出一种惶恐不安而又愚钝的表情。他那双小眼睛好像给压得凹了进去，总是全神贯注而且不安地望着别人，就连笑起来也惴惴不安——笑声短促而木讷。

“您信不信，”他继续说，“当叶夫根尼·瓦西里耶维奇第一次在我面前说起不应该承认权威时，我真是欣喜异常……好像盲人重见光明一般！我想我终于找对人了！顺便说说，叶夫根尼·瓦西里耶维奇，您一定得去见见这儿的一位女士，她完全能理解您，您的拜访对她来说一定像过节一样，我想，您听说过她吧？”

“是谁？”巴扎罗夫问得很勉强。

“库克申娜，Eudoxie，叶夫多克西娅·库克申娜。她可是非同寻常，真正称得上是 émancipée①，一个先进女性。您知道我怎么想的吗？我们现在一块儿上她那儿吧。她住得离这儿就两步远。我们到她那儿吃早点。我想你们还没吃早饭吧？”

“还没。”

“那太好了。您知道吗，她和丈夫分居了，谁也不靠。”

“长得美吗？”巴扎罗夫插了一句。

“嗯……不，还说不上。”

“那您干吗叫我们去？”

“嗯，您真诙谐……她会请我们喝瓶香槟的。”

“原来是这么回事！现在方看出您很实际。哦，令尊还在包税？”

“对，对，”西特尼科夫忙不迭地答道，尖声笑了起来，“怎么样？去吧？”

“我实在拿不定主意。”

“你打算来观察人，还是去吧。”阿尔卡季小声劝说。

---

① 法语：没有偏见的解放女性。——原注

“您呢，基尔萨诺夫先生？”西特尼科夫随即说，“一同去吧，少您可不成。”

“我们三个都突然跑到她那儿算怎么回事呢？”

“没关系啦，库克申娜妙不可言。”

“会有一瓶香槟？”巴扎罗夫问。

“三瓶！”西特尼科夫嚷道，“我保证！”

“凭什么？”

“我的脑袋。”

“还是你爹的钱袋吧，那我们走。”

十三

阿夫多季娅（或叶夫多克西娅）·尼基季什娜·库克申娜住在一栋莫斯科式的公馆里，这栋不大的房子位于该城的一条新近遭火灾的街上，大伙都知道，我们那些省城每五年就遭遇一次火灾。公馆门上歪斜地钉着一张名片，上头有个拉铃的把手，在前厅客人们碰到一位既不像仆人，又不像清客的女人，她头戴一顶包发帽——这些都标志着女主人的进步倾向。西特尼科夫问阿夫多季娅·尼基季什娜是否在家。

“是您吗？Victor①？”一个尖细的声音从隔壁传来，“请进。”

戴帽的女人马上消失了。

“不只是我一个，”西特尼科夫说，他利落地脱下那件短上衣，里面露出件不伦不类的上衣，他还很快地扫了巴扎罗夫和阿尔卡季一眼。

“没关系，”那个声音答道，“Entrez②。”

几个年轻人走了进去，那间房不像客厅，倒更像工作室。文件、书信和大部分页码还没裁过的俄文厚杂志杂乱无章地堆在那些布满灰尘的桌上；到处都是抽剩的白色烟蒂。皮沙发上半躺着一位年轻

① 法语：维克多。西特尼科夫的名字。——译注

② 法语：请进。——原注

的太太，淡黄色的头发乱糟糟的，穿着一件不大整洁的绸连衣裙，短短的胳膊上戴着大手镯，头上围着一条钩花三角头巾。她从沙发上站起身来，随手往肩上披了件旧得泛黄的银鼠皮里子天鹅绒短大衣，懒懒地说，“您好，Victor。”便和西特尼科夫握了握手。

“巴扎罗夫，基尔萨诺夫。”他简短地介绍道，模仿巴扎罗夫。

“欢迎，”库克申娜回答，圆圆的眼睛盯着巴扎罗夫，她两眼之间那孤零零的小翘鼻子红红的，她又添了一句：“我知道您。”也和他握了握手。

巴扎罗夫皱了皱眉。这个具有自由思想、身材瘦小、不漂亮的女人并非很不像样，但她脸上的表情让人感到不舒服。不由自主地想问她：“怎么了，您饿了吗？还是厌倦？抑或害羞？干吗这么用劲儿？”她和西特尼科夫一样，总是魂不守舍，说话、行动都很随便，但不敏捷。她显然自认为是个和善、质朴的人，可是她无论干啥，都会让人觉得做作。她所做的一切，都像孩子说的——是故意做出来的，也就是说既不质朴，也不自然。

“是，是，我知道您，巴扎罗夫，”她又重复了一遍（她也有许多外省和莫斯科的女士们所特有的这个习惯——和男士初次见面就以姓相称），“来支雪茄吗？”

“雪茄就雪茄吧，”西特尼科夫接口道，他已懒懒地瘫坐在圈椅里，脚往上跷着，“给我们弄点早餐吧，我们挺饿的，请再吩咐开一小瓶香槟。”

“真会享受，”叶夫多克西娅说着笑了起来（她笑的时候上牙床都露了出来）。“对吗，巴扎罗夫，他是个贪图安逸的人？”

“我喜欢舒适的生活，”西特尼科夫傲慢地说道，“这并不妨碍我做一个自由主义者。”

“不，这当然妨碍！”叶夫多克西娅大声叫道，不过还是吩咐女仆去准备早饭和香槟。“您怎么看？”她又转而问巴扎罗夫，“我相信您会赞成我的观点。”

“啊，不，”巴扎罗夫反驳道，“就是从化学角度看，一块肉也比一块面包好些。”

“您从事化学吗？这可是我的癖好。我还发明了一种胶粘剂。”

“胶粘剂？您自己？”

“是我自己。您知道干吗用么？可做洋娃娃，它的头就不易折断。我也是个务实的人，但还没完全弄好。还需要读利比希。顺便问问，您读过《莫斯科新闻》上基斯利亚科夫写的论妇女劳动的文章吗？读读吧。您也许对妇女问题感兴趣吧？对学校也感兴趣吧？您的朋友从事什么？他叫什么？”

库克申娜女士故作散漫，不等别人回答就漫不经心地抛出一个一个的问题，就像宠坏了的孩子和奶妈说话似的。

“我叫阿尔卡季·尼古拉伊奇·基尔萨诺夫，”阿尔卡季说，“我什么也不干。”

叶夫多克西娅哈哈笑了起来。

“真是怪事儿！怎么，您不抽烟？维克多，您知道吗？我正生您气呢！”

“为啥？”

“听说您又在吹乔治·桑了。她只不过是个落伍之人。怎能跟爱默生相提并论呢！她没有教育思想，没有生理学观念，什么思想也没有。我相信，她压根儿就没听说过胚胎学，在我们这个时代——没胚胎学怎么行呢？（叶夫多克西娅摊开双手）啊，关于这个问题，叶利谢维奇写了一篇多好的文章啊！这个先生真是天才！（叶夫多克西娅一直用‘先生’来代替‘人’这个字眼）巴扎罗夫，坐到我身旁吧，也许您不知道吧，我可怕您呢。”

“为什么？我倒想知道。”

“您是位可怕的先生，多严厉的批评家！啊，上帝！我多可笑，说话就像个穷乡僻壤的女地主。其实我还真是个女地主。我自己管理田产，我的总管叶罗费属于那种令人奇怪的类型，就和库珀尔的拓荒者一样：他太直率了！我最后迁到这儿来了，真是个令人生厌的城市，对不对？可有什么法子呢？”

“城市毕竟是城市。”巴扎罗夫冷漠地说。

“所有人都鼠目寸光，这才是最可怕的！以前冬天我总是住在莫斯科……可现在我丈夫库克申住在那儿。而且莫斯科现在……我不知该怎么描述——也不是从前的样子了，我想去国外，去年就差点儿成行。”

“不用说是上巴黎吧?”巴扎罗夫问。

“巴黎和海德堡。”

“干吗去海德堡?”

“要知道，本津在那儿!”

这话倒叫巴扎罗夫哑口无言。

“Pierre①，萨波日尼科夫……您知道他吗?”

“不，不知道。”

“哪能呢，Pierre 萨波日尼科夫……他还老在利季娅·霍斯塔托娃家里。”

“这女人我也不认识。”

“哦，就是他打算陪我去，感谢上帝，我是自由的，没孩子拖累……瞧我说了些什么：感谢上帝！不过也无所谓。”

叶夫多克西娅用已熏成褐色的手指卷好一支烟卷，用舌头舔了舔，吮了会儿，点燃抽了起来。女仆端着托盘走了进来。

“啊，早餐来了！一起吃点儿？维克多，启开瓶塞，该您负责。”

“我负责，我负责。”西特尼科夫连声说，又尖声笑了起来。

“这儿有漂亮女人吗?”巴扎罗夫喝完第三杯酒后问道。

“有，”叶夫多克西娅回答，“不过她们头脑空虚。比如 mon amie② 奥金佐娃长得就不错。可惜她的名声有点儿……这倒也没什么，只是她缺乏独立的观点，没有广度……这些什么也没有。整个教育体系必须改变。我已想过这个问题了，我们妇女受的教育太差了。”

“我们对她们也没办法，”西特尼科夫附和道，“她们应该受到蔑视，我就完完全全、彻彻底底地轻视她们！（有机会轻视或表达自己

---

① 法语：彼得。——译注

② 法语：我的女友。——原注

的轻视，对西特尼科夫来说，是最惬意的事。他特别喜欢攻击女人，自己绝没想到，过了几个月他会拜倒在妻子的石榴裙下，仅仅只因为她是杜尔多列奥索夫公爵的小姐）没有一个女人能明白我们的交谈；没有一个值得我们这些正经男人一提！"

"她们完全没必要明白我们的交谈。"巴扎罗夫说。

"您指谁?"叶夫多克西娅插了句嘴。

"貌美的女人。"

"怎么！您是赞同普鲁东的见解啰?"

巴扎罗夫傲慢地挺直身体，"我不赞同任何人，我有自己的看法。"

"打倒权威!"西特尼科夫嚷道，他很高兴能有机会在自己崇拜的人面前强烈地表现自己。

"可马科列伊自己……"库克申娜说。

"打倒马科列伊!"西特尼科夫的呐喊震撼天地，"您要替那些娘儿们鸣不平吗?"

"不是为那些娘儿们，我是为女权辩护，我发誓捍卫女权直到最后一滴血。"

"打倒!"不过西特尼科夫马上又停住了，"不过我不否认女权。"他说。

"不，我知道，您是斯拉夫派!"

"不，我不是斯拉夫派，虽说……"

"不，不，不！您是斯拉夫派。您是《治家格言》① 的信徒。您手里最好拿根鞭子!"

"鞭子很好，"巴扎罗夫说，"只是我们已到最后一滴……"

"最后一滴什么?"叶夫多克西娅打断了他的话。

"最后一滴香槟，最尊敬的阿夫多季娅·尼基季什娜，是最后一滴香槟——不是您的血。"

---

① 《治家格言》：俄国16世纪一部要求家庭生活无条件服从家长的法典，后来泛指守旧家庭的生活习惯。——译注

“当有人攻击女人时，我不能无动于衷，”叶夫多克西娅接着说，“这很可怕，太可怕了。您还是别攻击女人，最好读读米什列的《De l’amour》①。那真是本绝妙好书！先生们，还是让我们来讨论爱情吧。”叶夫多克西娅又说，一只手懒懒地放在皱巴巴的沙发垫上。

忽然大伙都沉默下来。

“不，干吗要讨论爱情呢，”巴扎罗夫开了口，“您刚提到奥金佐娃……您好像是这么称呼她的吧？这位太太是谁呀？”

“她长得很迷人，很妩媚！”西特尼科夫尖声尖气地说，“我来向您介绍，她既睿智又富有，还是寡妇。遗憾的是，她还不够进步，她应该多和我们的叶夫多克西娅接近。为您的健康干杯，Eudoxie！来，碰碰杯！Et toc, et toc, et tin—tin—tin！Et toc, et toc, et tin—tin—tin！②”

“Victor，您真淘气。”

早饭持续了很长时间。香槟一瓶接一瓶，一直开到第四瓶……叶夫多克西娅一直喋喋不休，西特尼科夫和她一唱一和。他们闲谈得最多的是——婚姻到底是什么，是一种虚文浮礼还是罪过，人是否生而平等，以及究竟什么是个性。最后叶夫多克西娅喝得满脸通红，用扁平的指甲敲着音色不准的钢琴键盘，用一副沙哑的喉咙唱起茨冈歌曲，后来又唱赛穆尔——希夫的情歌《昏昏欲睡的格拉纳达在打盹儿》，西特尼科夫头上裹着一条围巾，装扮死去的情人，当她唱到：

你的双唇和我的，
在热吻中融为一体……

阿尔卡季终于忍不住了，“诸位，这儿已像疯人院了。”他高声道。

巴扎罗夫只偶尔插进几句嘲弄，主要在喝香槟。他大声打了个

① 法语：《论爱情》。——原注

② 用法国腔模拟碰杯声。——译注

哈欠，站起来，也没和女主人告别，就拉阿尔卡季一起离开了，西特尼科夫跳起来，赶紧跟上去。

“喂，怎么样，怎么样？”他问，献媚地在他们左右跑来跑去，“我说过：她是个优秀的人物！这样的女人多些就好了！就这一点来说，她是个高尚的道德现象。”

“那你父亲的铺子也是个道德现象？”巴扎罗夫说着用手指指他们正经过的一个小酒馆。

西特尼科夫又尖声笑了起来。他对自己的出身深有自卑感，因此对巴扎罗夫的突然亲热（称他为‘你’而不是‘您’），他不知道该感到荣幸呢，还是气恼。

十四

过了几天省长官邸的舞会如期举行。马特维·伊里奇是这个舞会的真正“主角”。本省的首席贵族逢人就说只是出于对马特维的尊敬才来的，省长在舞会上，甚至一动不动时，也没停止“发号施令”。马特维·伊里奇对人的谦和和傲慢相当。他对所有人都很亲热——只是对有些人带点厌倦，对有些人带点尊敬。在女士面前他en vrai chevalier francais①一样大献殷勤，不断地发出阵阵响亮的笑声，这也和一个大人物的身份相符。他轻轻拍着阿尔卡季的后背，大声叫他“好外甥”，而对身穿旧燕尾服的巴扎罗夫，只是捎带着赐了一个漫不经心、故作宽容的一瞥，从喉咙里吐出一句含混不清的客气话，只能听清“我”和“很”这两个字。他伸给西特尼科夫一根手指，对他微微一笑，可头已经转到另一边，甚至对库克申娜他也说了句“Enchanté②”。库克申娜来参加舞会也没穿硬骨钟式裙，还戴着双脏手套，头发上插了只极乐鸟。来宾多极了，跳舞的男宾也不少。文官多数挤在墙边，而军官们则跳得很带劲，特别是其中一位，曾在巴黎待过六周，在那儿学会了各种大胆豪放的感叹，诸

---

① 法语：像个真正的法国骑士。——原注

② 法语：您真迷人。——原注

如“zut”“Ah tichtrrre”“Pst, Pst, mon bibi”①等。他发音很准，地道的巴黎腔，但同时又用“si j’aurais”代替“si j’avais”,② 把“absolument”③ 的意思当成“一定”，一句话，他讲的是大俄罗斯的法国土语，当法国人没必要恭维我们法语说得像天使一样时，“comme des anges”，他们会大大嘲笑这位仁兄的。

我们知道，阿尔卡季舞跳得不好，巴扎罗夫则完全不会；他俩站在角落里，西特尼科夫也加入到他们的行列。他的脸上流露出蔑视的嘲笑，嘴巴刻毒地评头论足，放肆地四下张望，好像感受了全方位的享受。突然他的脸色变了，转向阿尔卡季，好像有些窘迫不安地说：“奥金佐娃来了。”

阿尔卡季回头望去，只见一个一袭黑衣的高个子女人，站在大厅门口，庄重高雅的举止使他倾倒。她裸露的双臂优雅地垂在亭亭玉立的身躯两旁；几枝轻巧的倒挂金钟顺着她柔亮的秀发漂亮地垂到微削的肩头；稍稍前突的白皙额头下是一双浅色的水汪汪的星眸，宁静而聪慧地（只是宁静，而不是沉思地）望着，嘴角留着几乎察觉不到的一丝微笑，脸上透出一股亲切温柔的力量。

“您认识她?”阿尔卡季问西特尼科夫。

“挺熟的。想让我给您介绍吗?”

“好吧……等这曲卡德里尔舞跳完后吧。”

巴扎罗夫也注意到了奥金佐娃。

“她是谁啊?”他说，“一点不像别的女人。”

卡德里尔舞一完，西特尼科夫就带阿尔卡季走到奥金佐娃面前，可他未必真和她挺熟：他窘得自己语无伦次，她有点惊讶地望着他。不过当她听到阿尔卡季的姓时，脸上露出亲热的神情。她问他是不是尼古拉·彼得罗维奇的儿子。

“正是。”

---

① 法语：“讨厌”“见鬼”“嘘，嘘，我的小乖乖”。——原注

② 把“假如我有”的假定式当作了过去式。——原注

③ 法语：绝对。——原注

“我见过令尊两次，并且常听人提起他，”她继续说，“很高兴认识您。”

这时一个副官跑过来，请她跳卡德里尔舞。她同意了。

“您也跳舞吗?”阿尔卡季恭恭敬敬地问道。

“我跳啊。您为什么认为我不跳舞呢?是不是觉得我太老了?”

“哪里哪里，您怎么会……那么请允许我请您跳一次马祖尔卡舞。”

奥金佐娃宽容地笑了笑。

“好吧，”她说着看了看阿尔卡季。并不是高傲地，而是像一个结了婚的姐姐在看很小的弟弟。

奥金佐娃比阿尔卡季只大几岁，她刚过29岁，可在她面前他觉得自己像个小学生，一个愣头愣脑的小伙子，他们之间的年龄差距显得更大一些。马特维·伊里奇带着一副高傲的样子近前来恭维她。阿尔卡季走到一边，继续观察她，甚至在她跳卡德里尔舞时也目不转睛地望着她。她和舞伴讲话与跟那位大人物一样，神色自然而从容，头和双眼轻轻地动着，还柔声笑了两三回。她的鼻子同所有的俄罗斯人没两样，有点肥大，也称不上肤如凝脂，可阿尔卡季依然觉得他从未见过这么迷人可爱的女人。她的声音总在他耳边萦绕，她衣裙上的褶子也和别人不同，好像更挺更宽，而她的举止也格外轻盈自然。

马祖尔卡舞曲一响起来，阿尔卡季就觉得心里有点胆怯，他在舞伴边坐了下来，准备交谈，可他的手不断挠头，就是找不出一句话。不过他只胆怯激动了一会儿，奥金佐娃的沉寂感染了他：不过一刻钟，他已毫无拘束地和她讲起自己的父亲、伯父；讲起他在彼得堡和乡间的生活。奥金佐娃彬彬有礼地认真听着，扇子轻轻打开又合上；当有男伴来请她跳舞时，他的闲谈就被打断了，西特尼科夫来请过她两次。她回来，又坐了下来，拿起扇子，甚至胸部也并没起伏得更快，阿尔卡季又开始闲谈，在她身边交谈，凝望她的双眼和美妙的额头，凝望她端庄而聪颖的面庞，他感到一股幸福的暖流浸透全身。她话虽不多，可言语之间显示出她的生活阅历。从她的某些见解中，阿尔卡季断定，这个年轻女人有太多的感受，太深的思考……

“西特尼科夫领您到我这儿时，站您旁边的是哪位？”她问。

“您注意上他了？”阿尔卡季反问，“他很帅是吧？那是巴扎罗夫，我朋友。”

阿尔卡季便谈起“他朋友”来。

他说得那么详细，眉飞色舞，以至于奥金佐娃也转向他，关切地望着他。这时马祖尔卡舞已近尾声。和自己的舞伴分开，阿尔卡季觉得很遗憾：和她共同度过了多么美妙的一小时！当然，在这段时间里他总觉得她好像在屈尊俯就他，而他好像该感激她……不过年轻的心是不会因此而苦恼的。

一曲终了。

“Merci①，”奥金佐娃站起来道，“您答应要来看我，请带您朋友一块来吧。我倒很想见见这位有胆量怀疑一切的人。”

省长走近奥金佐娃说已备好晚宴，并心事重重地向她伸出手。她离开时，又朝阿尔卡季回眸一笑，点点头。他深深地鞠了个躬，注视着她的背影（在他看来，那闪动着银灰的黑绸里的身躯是多么婀娜），想道：“现在她已把我抛在了脑后。”心里涌起一种莫名的谦卑……

“怎么？”阿尔卡季一回到那个角落，巴扎罗夫就问，“觉得高兴吧？刚才有个老爷跟我说，那个太太是——哟，哟，哟！不过那个老爷也像个白痴。哎，你觉得，她是不是真的——哟，哟，哟？”

“你这什么意思！”阿尔卡季说。

“得了吧！多么天真无邪啊！”

“那我就不懂您那位绅士了。奥金佐娃很动人——毫无疑问，不过她那么冷峻那么矜持，所以……”

“静止的水里……②你自己知道！”巴扎罗夫打断了他，“你说她

① 法语：谢谢。——译注

② 俄谚：“静止的水里有鬼。”——译注

很冷峻，味道就在于此。我想你喜欢冰淇淋吧？”

“可能，”阿尔卡季喃喃道，“我判断不清。她想认识你，请我带你上她那儿。”

“可想而知，你把我描绘成什么了！不过你做得很好。带我去吧。不管她是什么——外省的交际名媛，或是像库克申娜那样的‘解放女性’，至少她那样的肩头我已久违了。”

巴扎罗夫的粗话叫阿尔卡季厌恶，不过经常如此——他责备巴扎罗夫并不是因为他不喜欢这样……

“你为什么不想让女人有思想自由呢？”他低声说。

“因为，兄弟，我认为女人中只有丑八怪才自由思想。”

谈话到此为止。晚宴后两个年轻人马上就走了。库克申娜在他们的身影后发出一阵神经质的笑声，这是一种不友善和怯懦的笑：她的自尊心深受伤害，今晚这两个人谁也没留意她。她在舞会上待得最久，凌晨三点多还和西特尼科夫跳了巴黎风格的波利卡——马祖尔卡舞。省长的舞会便以这个可资借鉴的表演落下帷幕。

十五

“我们来看看这个女人属于哪一类哺乳动物吧，”第二天当两人登上奥金佐娃下榻的旅馆楼梯时，巴扎罗夫对阿尔卡季说，“我的鼻子闻着这儿有点不对味儿。”

“你叫我吃惊！”阿尔卡季大声叫道，“怎么？你，你，巴扎罗夫，居然还抱着这么狭隘的道德观……”

“你真是个怪物！”巴扎罗夫不客气地打断了他，“你难道不知道，在我们中间，用我们的话来说‘有点不对味’就是‘对味’吗？也就是说有财可图。今天你自己不也说她的婚姻有些蹊跷吗？虽然照我看来，嫁个阔佬——这事毫不奇怪，恰恰相反，倒是很合情合理。我不信城里的闲话。不过我倒愿意认为，就像我们有教养的省长说的，他们是公正的。”

阿尔卡季这回没说话，敲了敲房门。一个穿制服的年轻仆人领着他俩进了一个大房间，这儿的家具陈设很粗俗，和所有俄罗斯的旅馆房间没两样，倒是鲜花摆放了不少。很快奥金佐娃穿着件素雅的晨服出现了。在春日阳光的照耀下她比昨天越发显得年轻。阿尔卡季给她介绍了巴扎罗夫，他暗暗吃惊地发现，巴扎罗夫好像有些难为情，而奥金佐娃一如昨日，非常沉静。巴扎罗夫也觉察到了自己的窘迫不安，感到很懊恼。“糟糕！怕起娘儿们来了！”他想着，也像西特尼科夫一样，懒懒地坐在扶手椅里，过于随便地聊了起来，而奥金佐娃一双清澈明亮的秀目一直没离开他的脸。

安娜·谢尔盖耶夫娜·奥金佐娃是谢尔盖·尼古拉耶维奇·洛克捷夫的女儿，她的父亲是个出了名的美男子、投机家和赌棍，在彼得堡和莫斯科出了十五年的风头，荡尽家产后不得不迁徙到乡下，不久就死在那儿了，给两个女儿——20岁的安娜和12岁的卡捷琳娜留下很少的遗产。她们的母亲出身于家道败落的X公爵家，她在丈夫最得势时在彼得堡去世了。父亲故去后安娜的处境十分艰难。她在彼得堡接受到的出色教育并没有教她料理田产和家务琐事——也不适应乡下的幽居生活。她跟周围谁都不认识，也没人可以商量。她父亲曾竭力避免和邻居交往，他瞧不起他们，他们也同样瞧不起他，各有各的理。不过她并没有张皇失措，马上请来了姨妈阿夫多季娅·斯捷潘诺夫娜·X公爵小姐。这个尖酸刻薄、傲慢自大的老太太一搬到外甥女这儿，就占了最好的几间房，她从早到晚地唠叨抱怨个不停，就连在花园散步时，也必须叫上她唯一的那个农奴侍候，这个成天阴着脸的仆役身着破旧的、豌豆黄的制服，上面还镶着浅蓝色边饰，头戴三角帽。安娜耐心忍受着姨妈的所有怪癖，一步步安排妹妹的教育，好像已做好打算要在这穷乡僻壤过一辈子……可命运注定要她过另一种生活。她偶然被一个46岁的大富翁奥金佐夫先生看上了，那是个怪人，患有忧郁症，长得胖胖的，很不灵活，萎靡不振，不过并不愚蠢也不刻薄。他爱上了她，向她求婚，她答应了——他们共同生活了六年，临死他把全部财产都留给了她。丧夫后安娜·谢尔盖耶夫娜在乡下还住了一年左右，后来带着妹妹去了国外，不过只到了德国，由于寂寞她又返回国内，住在自己喜爱的尼科利斯科耶村，那儿离此城约40里。在那儿她有一所华丽、陈设精美的住宅，还有个带暖房的漂亮花园：奥金佐夫生前是不惜一切来满足自己的。安娜·谢尔盖耶夫娜很少进城，总是有事才去，而且也待不长。省城里的人不喜欢她，大肆批评她和奥金佐夫的婚姻，传播着关于她的各种流言蜚语，人们信誓旦旦，说她帮父亲在赌钱时搞鬼，说她去国外是迫不得已，必须去掩饰不幸的后果……“您这下明白了吧？”那些愤怒的谣言传播者最后如是说。“她可是经过了水火的呢。”有人这样说她。而省城里一个著名的说话俏皮的人常加上一句：“她还经过了铜管——饱经沧桑呢。”所有这些传言都传到了她的耳朵里，她只当耳旁风：因为她在性格上特立独行，而且意志坚决。

奥金佐娃靠在椅背上坐着，一只手搭在另一只上，听着巴扎罗夫说话。他和平时正相反，今天话特别多，显然想吸引她的注意，这又使阿尔卡季大吃一惊。他不能确定巴扎罗夫是否达到了目的。从安娜·谢尔盖耶夫娜的脸上很难看出她的内心感受：她脸上依然保持着和蔼可亲、优雅含蓄的表情；她的秀目因专注而闪亮，可这专注是平静的。巴扎罗夫起初的装腔作势如同难闻的气味或刺耳的声音，使她觉得不舒服，可她马上就明白他只是腼腆，这甚至使她得意。她最不喜欢庸俗，可谁也不能用庸俗来责备巴扎罗夫。今天阿尔卡季连连吃惊。他以为巴扎罗夫会像对一个聪明女人那样，和奥金佐娃谈谈自己的信仰和观点：她自己也讲过想听这个“敢于怀疑一切”的人侃一侃的。可巴扎罗夫并没谈这些，他只谈医学、顺势疗法和植物学。看来奥金佐娃并没在离群索居中虚掷光阴：她读了不少优秀书籍，说得一口正确的俄语。她谈起音乐，可当她发现巴扎罗夫不承认艺术时，又不动声色地把话题转回到植物学，尽管阿尔卡季已开始大侃民歌旋律的意义。奥金佐娃依然像对小弟弟一样待阿尔卡季；她似乎很赞赏他的善良和年轻人的单纯——仅此而已。他们活跃地尽情聊了三个多小时，涉及各种问题。

最后两个朋友起身告别。安娜·谢尔盖耶夫娜亲切地望着他们，伸出那纤纤玉手，嫣然一笑，迟疑地说：

“要是两位先生不嫌寂寞的话，请到我的尼科利斯科耶来玩吧。”

“哪里哪里，安娜·谢尔盖耶夫娜，”阿尔卡季大声叫道，“我会认为这是最大的荣幸……”

“您呢，麦歇①巴扎罗夫？”

巴扎罗夫只是鞠了个躬——阿尔卡季又是大吃一惊：他发现朋友的脸居然红了。

“怎么？”在街上他对巴扎罗夫说，“你是不是还持那个观点，以为她是——哟——哟——哟？”

“谁知道呢！你瞧，她是多么冷艳！”巴扎罗夫答道，略一停顿，又说，“她简直是个大公夫人，一位女王。她只差衣后的曳地长裾和头上的王冠。”

“我们的大公夫人俄语没这么好。”阿尔卡季道。

“她也曾身陷困境，我的兄弟，也吃过我们的面包。”

“不管怎样，她很迷人。”阿尔卡季低声道。

“多完美的身段！”巴扎罗夫接着说，“恨不得马上送解剖室去。”

“别胡扯，看在上帝的分上，叶夫根尼！这太不像话了。”

“哎，别生气，宝贝，我说的是一流的身体。我们该去她那儿。”

“啥时候走？”

“哪怕后天呢。我们在这儿又能干什么？和库克申娜一块喝香槟？听你那位自由主义的大人物亲戚聊天？……还是后天走吧。哦，我父亲的那个小庄子离那儿不远，这个尼科利斯科耶就在那条路上吧？”

“是。”

“Optime②。没什么可磨蹭的，只有傻瓜才那样呢——要么就是聪明人那样。我跟你说：多美的身段！”

三天后两个朋友行驶在去尼科利斯科耶的路上。天气晴朗，也

---

① 法语：先生。——译注

② 拉丁文：好极了。——原注

不太热，几匹饱饱的驿站马步调一致地跑着，轻轻摇着自己被拧紧编成辫子的尾巴。阿尔卡季望着路上，自己也不知为何微笑起来。

“祝贺我吧，”巴扎罗夫突然叫道，“今天6月22日，是我的命名日。看看我的守护天使怎么关怀我吧。今天家里都在等着我，”他又压低声音说，“好吧，让他们等去吧，有什么关系！”

十六

安娜·谢尔盖耶夫娜的庄园在一座平缓而开阔的小山坡上，不远处有一座黄色石头砌成的教堂：绿顶白柱，正门上有一幅意大利风格的《基督复活》al tresco①。这幅壁画上一个戴尖顶头盔皮肤黝黑的战士伏在前面，他丰满的轮廓尤其显眼。教堂后面蜿蜒着两排村舍，茅草屋顶上的烟囱隐约可见。老爷的宅子与教堂的样式相同，也就是我们所称的亚历山大式，这所宅子也漆成了黄色，同样是绿顶白柱，门的三角楣饰上有族徽。建成这两栋房子的省城建筑师，得到了奥金佐夫生前的赞许，照他的话说，他无法忍受那些空洞、臆想的所谓新设施。老式花园里黑压压的树林和宅子毗连，经过修剪的枞树林荫道通向大门。

两个身材高大穿制服的仆人在前厅迎接这两位朋友，其中一个仆人马上跑去通知管家。那个穿黑燕尾服的胖胖管家很快出现了，领着客人沿着铺满地毯的楼梯，走进一间特别的屋子，那里面已摆着两张床和全套的盥洗用具。看得出这宅子里一切井井有条：什么都干干净净，到处散发着馨香，布置得如同各部大臣的会客厅一样。

“安娜·谢尔盖耶夫娜请您两位半小时后和她见面，”管家道，“两位还有什么吩咐？”

“没有，老兄，”巴扎罗夫答道，“要不麻烦您拿杯伏特加来。”

“是，先生。”管家不无惊奇地说，靴子咯吱咯吱响着地退出了。

---

① 意大利语：壁画。——原注

“好大的派头！”巴扎罗夫说，“好像你们就是这么说的吧？她真是个大公夫人。”

“好个大公夫人，”阿尔卡季反驳道，“才见一次面，就把我们这样的两位大贵族请到她这儿来了。”

“特别是我，一个未来的医生，也是医生的儿子，教堂执事①的孙子……大概你知道我是教堂执事的孙子吧？……”

“就像斯佩兰斯基，”沉默了会儿，撇撇嘴，巴扎罗夫又说，“不管怎样，她是把自己宠坏了。哎呀，这位太太多宠着自己呀！我们是不是该穿上燕尾服？”

阿尔卡季耸耸肩……不过他也觉得有点窘迫不安。

半小时后巴扎罗夫和阿尔卡季走进客厅。这是一间高大宽敞的大厅，陈设非常富丽堂皇，却没什么特别的品位。沉重值钱的家具照古板的规矩靠墙一字排开，墙上糊着棕底金色花纹的壁纸。家具是奥金佐夫生前通过一个酒商朋友，也是他的经纪人，从莫斯科订购来的。在当中的沙发上方挂着一幅肖像，是男主人的尊容：面容虚胖、皮肤松弛、浅色头发——他好像不友好地望着客人。“一定是他，”巴扎罗夫对阿尔卡季小声说，他皱皱鼻子，又说，“或者我们溜走？”就在这时女主人走了进来。她身着薄薄的巴勒吉纱连衣裙，头发光溜溜地梳到耳后，给她那纯洁、光鲜的脸平添了少女神韵。

“谢谢你们信守诺言，”她开口道，“请你们来做客：这儿确实不错。我要给你们介绍我妹妹，她钢琴弹得好。对您来说，麦歇巴扎罗夫，这无所谓；而您，麦歇基尔萨诺夫，好像是喜爱音乐的。除妹妹外，还有个老姨妈同住在这儿，此外有个邻居偶尔过来打打牌，这就是我们这帮人。现在请坐吧。”

奥金佐娃口齿非常清楚地致完了这篇短短的欢迎词，像背熟了似的，然后她转向阿尔卡季。原来她母亲认识阿尔卡季的母亲，在

---

① 东正教教会中最低的工作人员，做诵经、打钟等事。——译注

奥金佐娃口齿非常清楚地致完了这篇短短的欢迎词，像背熟了似的。

阿尔卡季的母亲和尼古拉·彼得罗维奇恋爱时，她甚至还帮了忙的。阿尔卡季很热烈地谈起他的亡母来，巴扎罗夫这时就翻着画册。“我变得多温驯。”他暗想。

一条戴浅蓝项圈的漂亮猎狗快步跑进客厅，爪子拍着地板，后面跟着一位十八九岁的少女：一头乌黑的秀发，皮肤被晒成了淡褐色，圆圆而又可爱的脸，一双不大的黑眼睛。她手里提着满满一篮鲜花。

“这就是我的卡佳。”奥金佐娃说，朝她妹妹点了下头，算是介绍。

卡佳微微行了个屈膝礼，就在姐姐旁边坐下动手选花，那条猎狗叫菲菲，它摇着尾巴轮番跑到两位客人跟前，把自己冰冷的鼻子伸到他们的手上。

“都是你自己采的？”奥金佐娃问。

“我自己。”卡佳答。

“姨妈来喝茶吗？”

“来。”

卡佳说着面带微笑，那可爱的笑容羞涩而天真，又似滑稽又似严肃地偷偷望着人。她浑身散发着青春幼稚的气息：声音、脸上的茸毛、玫瑰色的小手，掌心有着白净的小涡，微微瘦削缩紧的双肩……她一直红着脸，急速呼吸着。

奥金佐娃转向巴扎罗夫。

“您是出于礼节才一直翻画片吧，叶夫根尼·瓦西里伊奇，”她说，“您对此并不感兴趣吧。您还是靠我们坐近点，来辩论点什么吧。”

巴扎罗夫挪近了点。

“您想辩论什么呢？”他低声说。

“随您吧。我要警告您，我非常喜欢辩论。”

“您？”

“我。您好像很吃惊。为什么？”

“因为在我看来，您的性格既沉稳又冷静，而辩论是需要激情的。”

“您怎么能这么快就了解我的性格呢？第一，我是个急性子，又固执，您最好问问卡佳；第二，我又很容易激动。”

巴扎罗夫望了安娜·谢尔盖耶夫娜一眼。

“可能，您了解得更清楚。既然您愿辩论——就请便吧。我在您的画册里细细看了萨克森瑞士景致，而您说这不会引起我的兴趣。您这么说是因为，您认为我没有艺术才能——我确实也没有。不过这些风景可以从地质学的角度引起我的兴趣，比如从山脉层系构成的观点来看。”

“请原谅，作为地质学家您最好求助书本和专著，而不是画片。”

“一本书要用整整十页来解释的，一幅画就能直观地向我显示清楚了。”

安娜·谢尔盖耶夫娜沉默了一会儿。

“这么说您一点艺术才能也没有吗？”她说着把肘支在桌子，这使她的脸离巴扎罗夫更近，“您怎能没有呢？”

“请问，要它干吗？”

“哪怕用它学会了解和研究人。”

巴扎罗夫冷冷一笑。

“第一，生活经验就可做到这点；第二，我跟您说，不值得花工夫去研究单个的人。所有的人在身体和灵魂方面都没多大差异，我们每个人的大脑、脾脏、心脏和肺的构造都是一样的，就是所谓的道德素质也是一样的：那些小的变异微不足道。拿一个做标本，就可以判断其他所有人了。人就和森林里的树木一样，没有哪个植物学家会去研究一棵一棵单独的白桦。”

卡佳正不紧不慢地一朵一朵挑选着花，她困惑不解地抬眼看巴扎罗夫——正碰上他那敏捷散漫的目光，她的脸便一直红到了耳根。安娜·谢尔盖耶夫娜摇了摇头。

“好个森林里的树木，”她重复道，“照您看来，蠢人与聪明人，善人与恶人就没区别了？”

“不，有，就像病人和健康者的区别一样。尽管构造一样，而一个害肺痨的人的肺与你我的肺状况不同。我们大概了解肉体上疾患的来由；而精神的疾病则是由于不良教育，由于从小塞满脑子的种种蠢话，总之，由于散乱的社会状况。社会一改变，疾病也会消失。”

巴扎罗夫说话时，神情同时好像在暗自想：“信也罢，不信也罢，对我都一样！”他慢慢用长长的手指摸着络腮胡子，而眼光在几个角落转来转去。

“那么您以为，”安娜·谢尔盖耶夫娜道，“当社会改造后，就没有蠢人和恶人啰?”

“至少在正确的社会体制下，人蠢或聪明，善或恶都完全一样。”

“是的，我明白。所有人的脾脏都是一样的。”

“正是这样，太太。”

奥金佐娃转向阿尔卡季：

“您怎么看，阿尔卡季·尼古拉伊奇?”

“我同意叶夫根尼。”他答。

卡佳皱着眉头瞅了他一眼。

“您二位先生真叫我吃惊，”奥金佐娃说，“不过往后我们再讨论吧。我听见姨妈走过来喝茶了；在她面前我们别扯这些了，还是饶了她的耳朵吧。”

安娜·谢尔盖耶夫娜的姨母X公爵小姐又瘦又小，脸缩得像人的拳头那么大，一双凶巴巴的眼睛在花白的假发下直勾勾地盯着，她进来微微地对客人点点头，就在宽大的天鹅绒扶手椅里坐了下来，除她之外，别人都无权坐这把椅子。卡佳在她脚下放了个凳子，老太太也没言谢，连看都没看她一眼，只是黄色大披肩下的两只手动了动，那披肩几乎裹住了她整个瘦弱的身子。这位老公爵小姐喜欢黄色，她的包发帽上也束着黄色的缎带。

“睡得好吧，姨妈?”奥金佐娃提高嗓门道。

“这狗又在这儿，”老太太抱怨道，她发现菲菲犹豫地向她这边走了两步，就叫道：“去，去!”

卡佳喝住菲菲，给它开了门。

菲菲兴奋地奔了出去，它还满心指望带它去散步呢，可当发现只有自己孤单地留在门外时，就开始挠门，时而尖叫几声。老小姐皱起眉头，卡佳本想出去……

“我想茶备好了吧？”奥金佐娃道，“先生们，请吧。姨妈，您先请。”

老公爵小姐默不吱声地站起来，头一个走出客厅。其他人紧随其后鱼贯进入餐厅。一个穿制服的侍童声音很响地从桌边拖出一把放了好几个垫子的扶手椅，这也是给她专用的，她落了座。卡佳来斟茶，给她端过了第一杯茶，杯子上也文着族徽。老太太往茶杯里加了些蜂蜜（她认为茶里放糖太花费，是种罪过，虽然一戈比也没让她破费过），她忽然声音嘶哑地问：

“伊万公觉①信里写些啥？”

没人搭腔。巴扎罗夫和阿尔卡季一下子就猜出，虽然大家看上去对她毕恭毕敬，可骨子里并不把她太当回事儿。“只是为了拿她的贵族头衔当招牌，”巴扎罗夫想……喝完茶，安娜·谢尔盖耶夫娜提议出去散散步，可淅淅沥沥地下起了小雨，所以除老公爵小姐外的这群人又回到了客厅。那个喜欢玩牌的邻居也来了，他叫波尔菲里·普拉托内奇，他胖胖的，头发斑白，一双短腿如雕似琢一般，他笑呵呵的，很有礼貌。安娜·谢尔盖耶夫娜还是更多地在和巴扎罗夫交谈，问他想不想和他们玩一回老式的朴烈费兰斯牌。巴扎罗夫同意了，他说他也应该为当县城医生提早做些准备。

“您得留点神，”安娜·谢尔盖耶夫娜说，“我们和波尔菲里·普拉托内奇会把您打败的。你呢，卡佳，”她又加了一句，“去弹点什么给阿尔卡季·尼古拉伊奇听，他喜爱音乐，我们也顺便可以欣赏欣赏。”

卡佳不情愿地走到钢琴前。阿尔卡季尽管喜爱音乐，却也不情愿地跟在她后面，他感到奥金佐娃在打发他，而他心里，跟所有同

---

① 公觉：公爵，老太太音发不清楚。——译注

龄的年轻人一样，已经充满了某种对爱情的朦胧憧憬和绵绵柔情。卡佳掀开琴盖，也不看阿尔卡季，低声问：

“给您弹点什么？”

“随您的便吧。”他淡淡地答道。

“您更喜欢哪类音乐？”卡佳又问，并没改变姿势。

“古典的。”阿尔卡季的声调依然那么冷淡。

“莫扎特喜欢吗？”

“喜欢。”

卡佳摆出莫扎特C小调奏鸣曲中的幻想曲乐谱。她弹得很好，尽管有点刻板。她目不转睛地盯着乐谱，双唇紧闭，挺直身体坐在那儿一动不动，只是在奏鸣曲接近尾声时，她的脸才开始泛红，散开的一小绺头发耷拉在黑黑的眉毛上。

奏鸣曲的最后乐章特别让阿尔卡季倾倒，在那无忧无虑、令人心醉的旋律中突然闯进一阵那么悲怆、几乎是悲剧的痛楚……不过莫扎特的旋律在他心中激起的思绪可和卡佳无关。他望着她，心里想的只是：“这小姐弹得不错，长得也漂亮。”

奏鸣曲弹完，卡佳的手依然没离开键盘，问：“够了吗？”阿尔卡季连说不敢再劳驾她，便和她聊起莫扎特。他问她，这首奏鸣曲是她自个选中的，还是别人给推荐的。卡佳的回答只有一两个字：她已将自己隐藏起来，与世隔绝了。当这种时候她是不会轻易出来的；这时她的脸上露出固执、几乎是愣愣的表情。并非由于羞怯，而是不信任人，这是由于被把她从小养大的姐姐唬住了，这个结果当然是做姐姐的未曾料到的。菲菲回来了，阿尔卡季最后只好把菲菲唤过来，他这么做不过是为了做做 contenance①，带着赞许的微笑抚摸着菲菲的脑袋。卡佳又开始整理她的花。

这时巴扎罗夫一输再输。安娜·谢尔盖耶夫娜牌打得很精，波尔菲里·普拉托内奇刚好能保本。巴扎罗夫输得虽还不多，不过心

---

① 法语：样子，姿态。——原注

里总有些不快。晚餐时安娜·谢尔盖耶夫娜又把话题转到了植物学上。

“明早我们一起去散散步吧，”她对巴扎罗夫说，“我想向您请教野花的拉丁文名称和它们的特性。”

“知道这些拉丁文名称对您有什么用处呢？”巴扎罗夫问。

“所有的都需要秩序。”她答。

“安娜·谢尔盖耶夫娜是个多么神奇的女人！”当阿尔卡季回到给他们预备的那间房，屋内只有他俩时叫道。

“是的，”巴扎罗夫答，“这女人有头脑。哦，还见过不少世面。”

“你说这话是什么意思，叶夫根尼·瓦西里伊奇？”

“我是好意，好的意思，我的老兄，阿尔卡季·尼古拉伊奇！我相信，她对自己的田产也一定料理得很好。可神奇的还不是她，而是她妹妹。”

“怎么？那个浅褐肤色的？”

“是，就是她。她有活力，纯真，羞怯，又沉默寡言，所有种种你希望的。她值得去关心。她能成为你所希望的那样，而那一个——已是老油条了。”

阿尔卡季没搭腔。两人各怀心思地上了床。

安娜·谢尔盖耶夫娜这晚也在想着她的客人。她喜欢巴扎罗夫——他不卖弄，看问题目光尖锐。在他身上看到了她以前闻所未闻的新鲜事儿，而她又非常好奇。

安娜·谢尔盖耶夫娜相当古怪。她毫无成见，甚至不笃信宗教，碰到任何事都不退缩，却没有一个固定的目标。她把许多事都看得清清楚楚，对许多事都有兴趣，什么也不能让她完全满足，当然她也没做这样的指望。她好钻研，同时又对一切都无所谓：她的怀疑从未消失到使她忘却的程度，也从不曾发展到令她焦虑不安的地步。假如她不富有又不能自立的话，她也许会投身到斗争中去，会去感受什么是激情……可是她活得很舒适，虽然时而也会感到寂寞，就这样日复一日地过着，悠闲自在也少有激动的时刻。有时她眼前也会闪烁出七彩飞虹，可当它们熄灭时，她可以休息，并不惋惜。她的想象甚至超出了通常道德规范允许的界限，但即便此时她的血依然像平常一样，在她那令人倾倒的亭亭玉立的身体里静静地流淌。有时香浴后，她全身都有一种暖融融、懒洋洋的感觉，她就想到生活的空虚、痛苦、艰难与丑恶……心中便涌起突如其来的勇气，沸腾着高尚的渴望；可当过堂风从半掩的窗扉吹过来时，安娜·谢尔盖耶夫娜就会全身缩成一团，发出抱怨，几乎要发脾气，这时她只希望一点：这讨厌的风儿别吹到她身上。

和所有没真正品过恋爱滋味的女人一样，她向往着什么，连自己也不清楚。其实她什么也没向往过，虽然以为自己有许多憧憬。她几乎忍受不了过世的奥金佐夫（她嫁给他是别有所图，否则即便她把他当个好人，也不见得会同意嫁他），因此便暗暗憎恶所有男人，觉得他们都肮脏，粗笨，萎靡不振，衰弱得让人厌烦。有次她在国外碰到一个年轻英俊的瑞典男子，有骑士般的面容，宽阔的前额下是一双诚挚的蓝眼睛。他在她心中刻下了很深的印迹，可这也没妨碍她回到俄国。

“这医生是个怪人！”她想着，躺在自己华丽的床上，枕着镶花边的枕头，盖着薄薄的丝被……安娜·谢尔盖耶夫娜继承了父亲爱奢华的部分习气。她很爱她那既浪荡又善良的父亲，他也非常宠爱她，慈爱地和她开玩笑，把她当成朋友，他非常信赖她，事事和她商量。她几乎都想不起母亲了。

“这医生是个怪人！”她又自言自语。她伸个懒腰，笑一笑，把手放到脑后，然后眼睛飞快地浏览了一两页无聊的法国小说，便扔下书，进入了梦乡，洁净馨香的睡衣裹着她洁净、冷冷的身躯。

第二天早晨早饭一过，安娜·谢尔盖耶夫娜就和巴扎罗夫一起去采集植物，直到午餐前才往回返。阿尔卡季哪儿也没去，和卡佳一起待了约个把小时。有她在跟前，他并不觉得单调乏味，她主动把昨天的奏鸣曲又弹了一遍。可当奥金佐娃回来后，他终于见到她时——他的心又缩紧了……她步履蹒跚地沿花园走来，脸色通红，圆草帽下的双眼比平时更亮。她用手指转着野花细细的茎，薄薄的短斗篷滑到了她的肘部，草帽上宽宽的灰丝带飘到胸前。巴扎罗夫跟在后面，和平时一样既自信又随意，他一脸的欢喜甚至有几分亲热，可阿尔卡季并不喜欢。巴扎罗夫从牙缝里含糊了声："你好!"就朝自己的房间走去，而奥金佐娃漫不经心地和阿尔卡季握了握手，也从他旁边走开了。

"你好!"阿尔卡季想……"难道我们今儿还没见过面吗?"

十七

众所周知，时间有时快得像鸟一样飞逝，有时又慢得像虫一样蠕动，可当一个人甚至连时间的快慢都体会不到时，他就会觉得特别幸福。阿尔卡季和巴扎罗夫就这么不知不觉地在奥金佐娃家过了十四五天。这多少都亏了她对家中的起居和生活都建立了秩序。她自己严格遵守这秩序，也要求别人必须遵从。每天的事都按一定的时辰做完。早上八点所有的人都来喝茶；茶后早饭前各干各的事，女主人就接见总管（她的田产采取收租的方式管理）、管事和管仓库的女管家，和他们谈事。午饭前全家人又聚拢来聊天或阅读；晚上不是散步、打牌，就是弹奏音乐；十点半安娜·谢尔盖耶夫娜回自己房间，吩咐明天要办的事，然后就寝。巴扎罗夫不喜欢日常生活中这么有条不紊、近乎刻板的规律，"就像沿着轨道滚一样。"他使别人相信：那些穿制服的仆人，那些循规蹈矩的管事使他的民主感觉受到侮辱。他认为，既然这么讲究，那就也按英式午餐的规矩好了，穿上燕尾服，打上白领结。他有次把这个看法清楚地对安娜·谢尔盖耶夫娜谈了。因为她的举止叫每个人在她面前都会毫不踌躇地倒出自己的意见。听完他的话后她说："从您的观点来看，您是正确的，可能是我太贵族气了，可是在乡下过日子就不能没有秩序，否则就会百无聊赖。"她依旧是我行我素。巴扎罗夫尽管嘟嘟囔囔，可他和阿尔卡季在奥金佐娃家里住得那么安逸，正是因为她这儿的一切都"沿着轨道运转"着。尽管如此，两个年轻人从到尼科利斯科耶住下来的一两天起，就发生了些变化。安娜·谢尔盖耶夫娜明显地表现出对巴扎罗夫的赏识，虽然很少赞同他的观点，而他却开始显露出前所未有的焦虑不安：很容易生气激动，沉默寡言，怒气冲冲地望着别人，坐立不安，好像有什么催着他马上去干什么事似的。阿尔卡季最终确信自己爱上了奥金佐娃，渐渐沉湎在一种静静的忧郁之中。不过这忧郁并没妨碍他和卡佳亲近，甚至促使他俩的关系更温馨更友好。“她看不上我！由她去吧！……还有佳人不拒绝我呢。”他这么想着，内心又得到了宽慰，感到了一种甜蜜。卡佳模模糊糊地意识到，在和她的交谈中他总想寻求一种慰藉，她并不拒绝他俩这种半羞涩半信任的友谊中纯洁的快乐。在安娜·谢尔盖耶夫娜面前他们彼此不说话：卡佳在姐姐敏锐的目光下总是很瑟缩，而阿尔卡季和任何恋爱中的人一样，在自己的意中人面前就不能再注意别的，可他和卡佳独处也很快乐。他感到自己无力吸引奥金佐娃，和她独处时，就很害羞，不知所措。她也不知道该和他说些什么：对她来说他太嫩了。和卡佳一起时则正相反，阿尔卡季觉得像在自己家一样自然。他对她很宽容，让她谈出对音乐、小说、诗和其他琐事的感受，他自己没发现或没意识到正是这些琐事使他着迷。卡佳也没妨碍他忧愁。阿尔卡季和卡佳相处甚佳，奥金佐娃和巴扎罗夫亦如此，因此常常这样两对在一起待了一会儿就分开各走各的了，尤其在散步时。卡佳非常热爱大自然，阿尔卡季也是如此，不过他不敢承认；奥金佐娃和巴扎罗夫一样，对大自然很漠然。我们这两个朋友各行其是的结果就是：他们之间的关系开始起变化了。巴扎罗夫不再和阿尔卡季谈奥金佐娃，甚至不再骂她的“贵族做派”了。的确，他依旧称赞卡佳，只是建议抑制一些她那多愁善感的倾向，而他的赞美是草草的，建议也是干巴巴的，总之他和阿尔卡季谈得比以前少多了……他好像在逃避什么，好像在阿尔卡季面前感到惭愧似的……

阿尔卡季意识到这一切，不过他都藏于心中。

这种“新鲜事儿”出现的真正原因就是奥金佐娃在巴扎罗夫心底激起的感情波澜，这感情使他痛楚，为此他十分恼火，如果有谁哪怕稍稍提起在他心中可能发生了变化，他就会立刻带着鄙夷的笑声和讽刺的辱骂来为自己开脱。巴扎罗夫非常喜欢女人，也非常欣赏女性美，可那种理想式，或他所谓浪漫式的爱情，在他眼里成了一派胡言和不可饶恕的愚蠢，他认为骑士感情是一种畸形，一种病态，他不止一次地说很纳闷，为什么不把托根堡和所有（中世纪德国的）骑士抒情诗歌手及（中世纪法国南部的）游吟诗人送进疯人院？“你若喜欢上一个女人，”他常挂在嘴上，“就努力达到你的良好效果；而如果达不到——就算了吧，转过身去——天地大得很。”他喜欢奥金佐娃：那些有关她的传闻，她的自由身与独立的思想，她无疑对他的爱慕——所有这些都对他有利。可他很快明白了，在她那儿他是不会“达到良好的效果的”，可就此罢手吧，他很惊讶地发现，他又无力做到，一想起她他就热血沸腾。他本可以很容易地使自己平静些，可有一种情愫涌上心头，这是他以往一向所禁止、所取笑的东西，他的骄傲也总在与之抗争。在和安娜·谢尔盖耶夫娜交谈中，他比以前更厉害地表达出对一切浪漫事物的漠然和蔑视；当他独自一人时，又很愤愤地发现他也有了这种浪漫情感。这时他便钻进了树林，大步走来走去，把那些碰着他的树枝统统折断，低声责骂着她和自己；或者就溜进干草棚，双目紧闭，迫使自己入眠，当然他并不是总能睡着。突然他仿佛感到一双纯洁的手搂住了他的脖子，那两片高傲的红唇回应着他的吻，那智慧的双眸含情脉脉地——是的，正含情脉脉地凝视着他的眼睛，他昏眩了，那一瞬间忘却了自我，直到愤怒又在他心头迸发。他发现自己在闪过种种“无耻的”念头，就像有魔鬼附体似的。有时他觉得奥金佐娃也有些新变化，她的脸上露出一种异乎寻常的表情，可能……可想到这儿他总是跺跺脚，或把牙咬得咯吱直响，用拳头威胁自己。

不过巴扎罗夫也没全错。他拨动了奥金佐娃的心弦，引起了她的兴趣，她常常想他。他不在时，她并未感到无聊，也没刻意等待，但他的出现能马上使她活泼起来。她很乐意和他独处，喜欢同他聊天，甚至当他惹她生气或诋毁她的品位、她的优雅习气时，她亦如此。她好像想既考验他，又了解自己似的。

有次和她在花园散步时，他突然忧郁地对她说，他打算很快就回他父亲的田庄去……她脸色倏地白了，好像有什么刺痛了她的心，刺得那么痛，以至于她自己都很惊讶，后来她久久思索这究竟意味着什么。巴扎罗夫说这番话并非要试探她，看她如何应对，他从不“撒谎”。那天早上他碰到了父亲的总管，以前照料过他的男仆——季莫费伊奇。这是个样子萎靡不振而动作却敏捷的矮小老头，一头褪了色的黄发，一张饱经风霜的红彤彤的脸膛，一双眯缝着的泪眼，他身着青灰色粗呢短外套，腰系一根断头皮带，穿着焦油漆的靴子，意外地出现在巴扎罗夫面前。

“啊，老爷子，你好！”巴扎罗夫嚷道。

“您好，叶夫根尼·瓦西里伊奇少爷。”老头高兴地开口笑着说，马上堆起一脸皱纹。

“干吗来了？他们派你来叫我，是吧？”

“哪里，少爷，哪能呢！”季莫费伊奇嘟嘟哝哝地说（他记住了出发前老爷严格的指示）。“我进城给老爷办点事，听说少爷您在这儿所以就顺路拐过来，想来看看少爷您……否则怎么敢惊动您！”

“得了，别撒谎了，”巴扎罗夫打断了他，“这难道是进城的路吗？”

季莫费伊奇迟疑了一下，没搭腔。

“我父亲身体还好吧？”

“感谢上帝，少爷。”

“母亲呢？”

“阿林娜·弗拉西耶夫娜也很好，感谢主。”

“想必他们都盼我回去吧？”

老头歪着他那小脑袋。

“唉，叶夫根尼·瓦西里伊奇，他们怎能不盼呢！少爷！上帝作证，一见到您那双亲就觉得心痛啊。”

“行了，行了，别夸张了。跟他们说，我很快就回来。”

“是，少爷。”季莫费伊奇叹了口气说。

出了宅子，他双手把帽子拉得低低的，费力爬上留在大门外那辆简陋的马车，马车悠悠远去，只是并没朝城里的方向。

这晚奥金佐娃和巴扎罗夫坐在她的房间里，阿尔卡季在大厅里漫步，听卡佳弹琴。老公爵小姐上楼回自己的房间了，她向来不能忍受客人，尤其不能忍受这两个她所谓“新式的狂妄者”。在公开场合她只有端起架子；然而在自己房间，在自己的女仆面前，她骂得那么起劲，使得包发帽和假发一起从头上跳起来，这一切奥金佐娃都一清二楚。

“您怎么就打算走呢?”她说，“您许的愿呢?”

巴扎罗夫身子一抖。

“许什么愿，夫人?”

“您忘了?您答应教我点儿化学的。”

“怎么办呢，夫人！父亲望眼欲穿，我实在不能再耽搁了。不过您可以读读 Pelouse et Frémy，Notions générales de Chimie①；那是本好书，写得很明白。您在书里会找到需要的内容的。”

“可您记得吗?您对我说过，书本不能代替……我忘了您怎么说的了，可您知道我想说什么……记得吗?”

“怎么办呢，夫人!”巴扎罗夫又重复道。

“干吗要走呢?”奥金佐娃压低嗓门说。

他盯了她一眼。她的头靠在椅背上，半裸的两只胳膊叉放在胸前。在那盏罩着穿孔纸罩的孤灯发出的微光映照下，她的脸色更苍白了。宽大白衣的柔软褶皱完全盖住了她的全身，只有叉着的双脚趾尖稍稍露在了外面。

“而为什么要留下?”巴扎罗夫答。

奥金佐娃稍微扭了扭头。

“怎么为什么?难道您在这儿过得不愉快?抑或您认为这儿将没人念着您?”

“我相信不会有人想着我。”

奥金佐娃沉默了一会儿。

“您这么想好没道理。而且我不信您的话。您不是当真说的。”

---

① 法语：佩卢兹和弗列米合著的《化学通论》。——原注

巴扎罗夫依然纹丝不动地坐着，“叶夫根尼·瓦西里伊奇，您怎么不吱声了？”

“我能跟您说什么呢？完全不值得去想念的是人，何况我这种人。”

“为什么？”

“我是个正经、乏味的人，不善言谈。”

“您在要人恭维了，叶夫根尼·瓦西里伊奇。”

“我可没这个习惯，您自己难道不清楚？您所珍视的生活中高雅的一面，我是办不到的。”

奥金佐娃咬着手帕角儿。

“不管您怎么想，您走了我会感到寂寞的。”

“阿尔卡季会留下来。”巴扎罗夫道。

奥金佐娃稍稍耸耸肩。

“我会感到寂寞的。”她又重复道。

“真的？不管怎样，这很快就会过去的。”

“您为什么这么认为呢？”

“因为您自己跟我说过，只有当您的秩序被打乱时，您才会感到寂寞无聊。您把生活安排得那么井然有序，绝对正确，压根儿已没有寂寞、烦恼……及任何沉重情感的空间了……”

“那么您认为我绝对正确吗？……也就是说我把生活安排得那么井然有序吗？”

“那还用说！比如：再过几分钟就敲十点了，我已预先知道您会轰我走的。”

“不，我不轰，叶夫根尼·瓦西里伊奇。您可以再多待会儿。请打开窗户……我有点闷。”

巴扎罗夫起身将窗户一推。窗户吱呀一声就开了……他没曾料到这窗户这么容易打开，他的手还有点抖。柔柔的黑夜与屋内相对，窗外伸手不见五指，树木微微摇曳，户外散发着清新空气的芳香。

“请落下窗帘，再坐一会儿吧，”奥金佐娃道，“我想在您走之前跟您聊聊。跟我讲讲您自己吧，您还从没谈过自己的事呢。”

“我尽量想和您谈点儿有益的事，安娜·谢尔盖耶夫娜。”

“您过谦了……我想了解您的事，您的家庭，还有令尊，就是为了他您才离开我们。”

“她说这些是什么意思？”巴扎罗夫思忖着。

“这些都没什么意思，”他大声道，“特别是对您说来，我们是愚昧无知的百姓……”

“那您认为我是个贵妇人啰？”

巴扎罗夫抬眼瞅着奥金佐娃。

“是。”他有些尖刻地说。

她笑了笑。

“我看您对我了解太少，虽然您肯定地说所有人都彼此相像，无须研究。我什么时候跟您谈谈我的生活……不过您还是先跟我讲讲您自己吧。”

“我是对您了解太少，”巴扎罗夫重复道，“也许您说得对，每个人都真的是个谜。就拿您来说吧：您把社交当作累赘，尽力避开它，可您却邀请了两个大学生到家里做客。为什么您这么聪明，这么漂亮，却要住在乡下？”

“什么？您说什么？”奥金佐娃兴奋地插嘴道，“我……这么漂亮？”

巴扎罗夫皱皱眉头。

“这无所谓，”他含糊道，“我是想说，我还不大理解您为何要住乡下？”

“您不明白……可您会自己解释一番吧？”

“是的……我认为，您总待在一个地方，是因为您把自己宠坏了，因为您贪图舒适方便，而对其他方面就看得淡了。”

奥金佐娃又笑了起来。

“您绝对不信我会迷恋什么吗？”

巴扎罗夫皱着眉头朝她一瞥。

“好奇心也许有的，别的就不会了。”

“真的？啊，现在我算明白了，为什么我们谈得来，因为您也和我一样。”

“我们谈得来……”巴扎罗夫含糊道。

“是！……要不怎么我都忘了，您想离开我们了。”

巴扎罗夫立起身。屋中央的那盏灯光影朦胧，照着这幽暗、馨香、孤单的房间；窗帘偶尔轻轻晃动，渗入惹人心醉的夜的清新气息，似乎听得见夜色神秘的私语。奥金佐娃一动不动，一种隐隐的骚动渐渐笼罩着她……也传染给了巴扎罗夫。他突然意识到自己是单独和一个楚楚动人的年轻女子在一起……

“您要上哪儿？”她轻声问。

他没搭腔，又往椅上一坐。

“在您眼里我是个文静、被宠坏了的弱女子，”她依然慢声细语地说，眼睛一直在瞧窗口，“而我的不幸只有自己才知道。”

“您不幸福？为什么？您不会在意那些庸俗的传闻吧？”

奥金佐娃皱了皱眉。他如此领会她的意思，叫她着实懊恼。

“我从不在意那些流言蜚语，叶夫根尼·瓦西里伊奇，我太骄傲了，不会让它们来打搅我。我不幸福是因为……我没有生活的欲望和兴致。您在用怀疑的目光看着我，您想：这是一个坐在天鹅绒椅子上浑身缀满花边的‘贵妇人’说的。我不隐讳：我喜欢您所说的舒适，可同时我又没多少生活的渴望。照您自己的理解去协调这种矛盾吧。在您眼里这可都是浪漫主义。”

巴扎罗夫摇摇头。

“您健康、自立、又富有。您还要什么？还想得到什么呢？”

“我要什么？”奥金佐娃叹了口气，“我很疲惫，老啰，我像活了很久一样。是的，我老了。”她说着轻轻地把短斗篷的边儿拉过来盖住露在外面的胳膊，目光和巴扎罗夫的相遇，脸上浮起一丝红晕。“我身后已有太多的回忆：彼得堡的日子，财富，然后是贫困，再后来是父亲的去世，出嫁，再就是国外旅行，等等等等……回忆很多，但又没什么值得回忆的，我面前是一条长长的路，却没有目标……我不想走下去了。”

“您这么悲观失望？”巴扎罗夫问。

“不，”奥金佐娃慢条斯理地说，“可我不满足。好像，除非我能强烈地醉心于什么的话……”

“您想恋爱，”巴扎罗夫打断了她，“可又无法钟情于谁，这就是您不幸的根源。”

奥金佐娃细细端详着自己短斗篷的袖子。

“我难道就不能恋爱吗？”她说。

“那倒也未必！只是我称之为不幸有点冤枉。相反，一个人碰到这种事那才真是值得懊悔呢！”

“什么事？”

“恋爱。”

“您怎么会知道呢？”

“听说的。”巴扎罗夫生气道。

“你在卖弄风情，”他想，“你感到无聊，无所事事，便戏弄我，可我……”他的心真的破碎了。

“而且您可能也太苛求了。”他说着整个身子俯向前，摆弄着扶手椅上的流苏。

“也许是吧。我觉得这种事不全身心投入还不如没有。彼此将自己的生命交付给对方，能到这样的程度，那就没有懊悔也不会回头。否则宁可不要。”

“噢？”巴扎罗夫说，“这条件倒也公平，我很诧异您至今……还未找到所渴望的。”

“而您以为把自己完全交付给无论什么人是那么容易吗？”

“如果一个人前思后想，一味等待，而且给自己定下价，也就是说太珍视自己，就不容易；而如果不前思后想，交出自己就很容易了。”

“怎能不珍视自己呢？假如我毫无价值，谁会需要我的忠贞呢？”

“这就不是我的事了，我的价值几许，是别人要弄明白的事。关键还在于能够全身心交出自己。”

奥金佐娃从椅背上离开了些。

“您这么说，”她说，“好像您都经历过似的。”

“我不过是顺口道来，安娜·谢尔盖耶夫娜，您知道，这些我并不在行。”

“可您能全身心交出自己吗?”

“不知道。我不爱自吹。”

奥金佐娃什么也没有说，巴扎罗夫也噤声了。钢琴声从客厅飘了过来。

“这么晚卡佳怎么还在弹琴?”奥金佐娃说。

巴扎罗夫立起身来。

“是，真是晚了，您该就寝了。”

“等等，您急着去哪儿? ……我还有句话要说。”

“什么?”

“等等。”奥金佐娃轻声道。

她的眼睛盯着巴扎罗夫，好像在细细地端详他。

他在屋里走了走，然后突然走近她，匆匆道了声“再会”，他把她的手握得那么紧，以至于她几乎要叫出声，他走出了房门。她把粘到一起的手指伸到唇边，吹了吹，突然急遽地从椅子上站起身，快步向门边走去，好像想叫回巴扎罗夫……女仆端着盛有细颈玻璃水瓶的银托盘走了进来。奥金佐娃停下脚步，吩咐女仆出去，又坐了下来，陷入沉思。她的辫子散了，黑蛇般地垂直到肩头，安娜·谢尔盖耶夫娜的房间里的灯久久地亮着，她纹丝不动地坐了好久，偶尔用手指摸摸自己被夜晚寒气刺痛的胳膊。

巴扎罗夫两小时后才回自己的卧室，靴子被露水浸湿了，他头发蓬乱，脸色阴沉，看到阿尔卡季坐在写字台前，手里拿着本书，礼服的纽扣扣得严严实实。

“你还没睡?”他有几分不快地问。

“你今天和安娜·谢尔盖耶夫娜一起待得真久。”阿尔卡季说，并没接他的话茬。

“是，你和卡捷琳娜·谢尔盖耶夫娜一起弹琴时，我都跟她在一起。”

“我没弹……”阿尔卡季开口又沉默了，他感到泪水涌到眼眶里了，可他不想在这个爱嘲弄人的朋友面前落泪。

十八

第二天奥金佐娃来喝茶时，巴扎罗夫良久埋头盯着自己的茶杯，突然他瞅了她一眼……她似乎被推了一下似的转向他，他觉得她的脸色经过这一夜更苍白了。她很快回到了自己的房间，只在早餐时才露面。这天一早阴雨绵绵，无法出去散步。所有的人都聚到客厅里。阿尔卡季拿出最新的杂志，念了起来。老公爵小姐和往常一样，脸上先是做出惊讶的神色，好像他做了什么丢人的事似的，然后恶狠狠地盯着他；可他并没注意她。

“叶夫根尼·瓦西里伊奇，”安娜·谢尔盖耶夫娜说，“请到我屋里来……我想请问您……您昨天提到一本教材……”

她站起来朝门口走去。老公爵小姐环顾四周，脸上的表情仿佛想说，“看看，看看，看我多吃惊!”然后又盯着阿尔卡季，可他跟坐在旁边的卡佳交换了一下眼神，把嗓门提高了些，接着往下念。

奥金佐娃快步走向自己的书房。巴扎罗夫急促地跟在她后面，他依然两眼低垂，只是听到她那绸衣发出的细细的窸窣声和沙沙声。奥金佐娃还是坐在她昨晚坐的那把扶手椅上，巴扎罗夫也在原来的位置上。

“那本书名是什么?”她沉默了一会儿启口道。

“Pelouse et Fréry, Notions générales①……”巴扎罗夫答道，“不过我还可以给您推荐一本 Ganot, Traitéélémentaire de physique expérimentale②。这本书里插图清晰一些，总之这本教材……”

奥金佐娃摆了下手。

“叶夫根尼·瓦西里伊奇，请原谅，我请您来并不是想讨论教科书。我想继续昨日的谈话。您走得那么突然……您不会觉得厌倦吧?”

---

① 法语:佩卢兹和弗列米合著的《化学通论》。——译注

② 法语：加诺著《实验物理学初级教本》。——原注

“愿为您效劳，安娜·谢尔盖耶夫娜。我们昨天谈的是什么？”

奥金佐娃瞟了巴扎罗夫一眼。

“我们好像谈的是幸福。我跟您谈了我自己。哦，我顺便提到‘幸福’这个字眼。请您说说，甚至当我们获得美的享受时，比如说欣赏音乐，感受一个绚丽的黄昏，与可爱的人聊天，为什么所有的这一切更像存在于某处的无穷幸福所暗示出的一点模糊踪影，而不是实实在在的幸福，就是我们自己所拥有的那种幸福呢？怎么会是这样呢？或许您还没有类似的感受吧？”

“您知道俗话说：‘没我们的地方都好’，”巴扎罗夫道，“况且您昨天自己说，您感到不满足。而我脑子里确实不曾有过这样的想法。”

“可能对您来说，这些想法很可笑？”

“不，可它们从未进到我的脑子过。”

“真的？您知道吗？我很想搞清楚您想些什么？”

“什么？我不明白您的意思。”

“请听我说，我早想跟您说明白。不用说——您自己也知道——您很不平凡，您还年轻——前面还有着整个的人生。您打算往后干什么呢？什么样的前程在等着您？我指的是——您想达到什么目的，往何处去？心里想着什么？总之，您是谁，您是什么？”

“您让我惊讶，安娜·谢尔盖耶夫娜。您知道我是从事自然科学的，至于我是谁……”

“对，您是谁？”

“我已告诉过您，我是县里未来的医生。”

安娜·谢尔盖耶夫娜做出一种不耐烦的姿势。

“您怎么这样说？连您自己也不相信。阿尔卡季可以这么回答我，而您不行。”

“为什么阿尔卡季……”

“别说了！您怎么会满足于这种简单的工作呢？您自己不也总说，医学在您看来不存在。您——您那样自尊——去安心做个县城大夫！您这么回答，只想敷衍我，因为您根本不信任我。可您知道吗，叶夫根尼·瓦西里伊奇，我能理解您：我自己也曾贫困，也曾有您那样的自尊；我也许有过您同样的经历。”

“这太好了，安娜·谢尔盖耶夫娜，可请您原谅……我一点也不习惯谈自己，而且您我之间有着这样的距离……”

“什么距离？您又说我是个贵妇人吗？够了，叶夫根尼·瓦西里伊奇，我以为我已向您证明……”

“就算抛开这点，”巴扎罗夫打断她的话，“何必去谈论、思考未来呢？它多半不是我们能左右的。倘若有机会干点什么——好极了，如果没有——至少我们还满意没有事先白费口舌。”

“您把友好的交谈称为白费口舌？……或者，您认为我是个女人，不值得您信任？我知道您瞧不起所有女人。”

“我并没轻视您，安娜·谢尔盖耶夫娜，您知道的。”

“不，我什么也不知道……不过假定说：我明白您为何不愿谈将来的活动；可您现在心里发生着什么……”

“发生！”巴扎罗夫重复道，“好像我是一个国家，一个社会似的！扯这些没一点趣儿；况且每个人难道总能大声说出心中‘发生’的一切吗？”

“可我不明白为何就不能说出内心所想的一切。”

“您能吗？”巴扎罗夫问。

“能。”安娜·谢尔盖耶夫娜略微踌躇了一下答道。

巴扎罗夫埋下头。

“您比我幸福。”

安娜·谢尔盖耶夫娜探询地望着他。

“随您怎么想吧，”她接着说，“可我仍要说，我们没白结识一场，我们会成为好朋友。我相信，您的那种——怎么说好呢，那种紧张、拘谨最终会消失得无影无踪。”

“那么您看出我的拘谨……像您所说的……紧张来啰？”

“是。”

巴扎罗夫起身走到窗前。

“您想了解拘谨的原因，想知道我内心的想法，是吗？”

“是。”奥金佐娃带着一种莫名的恐惧又道。

“您不会生气?”

“不会。”

“不会?”巴扎罗夫背对着她站着，“那么我就告诉您，我傻傻地、疯狂地爱着您……您终于逼我说出来了。”

奥金佐娃双手朝前伸出，而巴扎罗夫额头正贴在窗玻璃上。他大口喘着粗气，全身都战栗着。但这并不是年轻人胆怯的战栗，也不是初次表白爱情的甜蜜惊惶：这是一种强烈的、痛苦的激情抓住了他，这种激情像愤恨，也可能是和愤恨相近的一种情感……奥金佐娃既恐惧，又可怜他。

“叶夫根尼·瓦西里伊奇。”她道，声音里不自觉地带出一种柔情。

他很快转过身，用一种贪婪的目光望着她，突然抓住她的双手，把她搂进怀抱。

她并没有马上挣开他，可过了一会儿，她已站在房间的一隅离他远远的，盯着巴扎罗夫。他奔过来……

“您没明白我。”她低声急急地惶恐道。好像他只要跨前一步，她就会叫起来……巴扎罗夫咬着嘴唇走了出去。

半小时后女仆给了安娜·谢尔盖耶夫娜一张巴扎罗夫的短简，只有一行字：“我是否今天就该离开，还是能待到明天?”“干吗要走?我没理解您——您也没明白我。”安娜·谢尔盖耶夫娜这么答复了他，可自己却想：“我对自己也弄不明白。”

直到午饭前她都没露面，她背着双手，在自己的房间里徘徊着，偶尔在窗前，或镜子前停一会儿，缓缓地用手帕擦脖子，她觉得那儿有一块儿特别烫。她问自己，是什么使她“逼”（巴扎罗夫的说法）他倾吐真情，她是否事先猜到了一点儿呢?……“是我的错，”她出声道，“可我无法预料。”她又陷入沉思，记起巴扎罗夫向她奔过来时脸上带着那种差不多狂野的表情，脸上不由得泛起阵阵红霞……

“或者?”她突然说，又马上住嘴，摇了摇自己的鬈发……她在镜子里看见了自己：那昂着的脑袋，半睁半闭的双眼和唇边神秘的微笑，这时好像在对她说着她自己都羞于启齿的事……

“不，”最终她拿定主意，“上帝知道这会导致什么结局。这是开不得玩笑的，不管怎样，世上最好的还是宁静。”

她的宁静保留了；可她还是感到郁闷甚至还哭了，自己也不知为何——绝不是因为受到欺辱，她也没觉得自己受到侮辱，倒更觉得自己有过错。在各种模糊的感觉——对岁月流逝的感悟和对新鲜事物的渴望——的影响下，她使自己走到某个界线边，并朝着界线外张望——她看到的并不是深渊，而是空虚……或者丑陋。

十九

尽管奥金佐娃很能控制自己，尽管从不理会各种成见，可当她走进饭厅吃午饭时，还是浑身不自在。不过这顿饭还是非常圆满地吃完了。波尔菲里·普拉托内奇来了，讲了各种趣闻，他刚打城里回来。其中有这么个趣事，布尔达卢省长命令担任特别差使的下属都要在靴子上装上马刺，以便当他差他们到各处办事时，能随即骑马出发。阿尔卡季一边和卡佳小声谈论着，一边巧妙地奉承着老公爵小姐。巴扎罗夫阴着脸，固执地不吱一声。奥金佐娃看了他两三次——不是偷偷地，而是正眼瞅着他，他的面容严峻，气鼓鼓的，垂着眼帘，满脸一副蔑视的坚决表情。她想，“不……不……不……”饭后她陪大伙去花园漫步，见巴扎罗夫想跟她说话，便朝旁边走了几步，停了下来。他走了过来，眼都不抬，闷声闷气地说：

“我该向您道歉，安娜·谢尔盖耶夫娜。您一定在生我的气。”

“不，我没有，叶夫根尼·瓦西里伊奇，”奥金佐娃答，“只是心里很难过。”

“这就更糟。无论如何我已经受够了惩罚。我陷入了一个很愚蠢的境地，您一定也同意我的看法。您给我写道：‘干吗要走？’可我不能也不打算再住下去，我明天就动身。”

“叶夫根尼·瓦西里伊奇，为什么您……”

“为什么要离开？”

“不，我不是说这个。”

“覆水难收，安娜·谢尔盖耶夫娜……不过这事迟早会发生的。因此，我必须离开。我想只有一个条件能让我留下来，可这是永远不会存在的。因为，请您原谅我的鲁莽，您不爱我，而且永远也不会爱我吧？”

巴扎罗夫的双眼在他黑黑的浓眉下迅疾一闪。

安娜·谢尔盖耶夫娜没有答话。“我怕这人。”这个念头在她脑海里一掠而过。

“再见，夫人。”巴扎罗夫说，好像猜到了她的心思，便朝屋里走去。

安娜·谢尔盖耶夫娜缓缓地跟在他后面，她把卡佳叫过来，挽着她的胳膊。直到晚上她也没离开过卡佳。她没打牌，只是脸上一直挂着笑，可这和她那苍白、不安的脸色一点也不相称。阿尔卡季很纳闷，像所有年轻人一样地观察她，也就是说不断地自问：“这表示什么？”巴扎罗夫把自己锁在房间里，不过喝茶时还是露面了。安娜·谢尔盖耶夫娜想跟他说几句宽慰的话，却又不知如何谈起……

一个意外事件使她脱离了困境：管事报告说西特尼科夫来了。

这个年轻的进步人士像一只雌鹌鹑似的飞进房间，那姿势难以言表。尽管他很死皮赖脸，决定到乡下拜访一个素昧平生、又未邀请他的女人，只是打听到自己的两个聪明好友在她那儿做客，可他还是怯到骨子里，把事先反复背熟的道歉和问候都忘得一干二净，唠唠叨叨说些废话，转达叶夫多克西娅·库克申娜向安娜·谢尔盖耶夫娜的问候，说阿尔卡季·尼古拉伊奇也总是对她称赞有加……说到这儿他讷讷地不知该讲什么好，竟局促不安地坐到自己的礼帽上。但谁也没赶他走，安娜·谢尔盖耶夫娜还把他介绍给了姨母和妹妹，他也很快镇定下来，开始唧唧呱呱地大侃起来。庸俗的出现在生活中常常是有好处的：它可以松弛绷得过紧的神经，使人们从自信和忘我的情感中清醒过来，提醒着庸俗和这些情感不过是一脉相承的。西特尼科夫的到来使一切都变得迟钝了些，简单了些；就连大家晚饭都吃得更饱些，就寝也比往常提前了半个小时。

“现在我可以重复你以前对我提的问题了，”阿尔卡季躺在床上，对已脱去外衣的巴扎罗夫说，“你怎么这么忧郁？你一定又尽了什么崇高的职责吧？”

不知从何时起，这两个年轻人常假装放肆地相互挖苦取笑，这通常是暗中不满或内心猜疑的征兆。

“明天我就回家看父亲。”巴扎罗夫道。

阿尔卡季抬起身子，用肘支着。他又惊讶又有点莫名的高兴。

“哦！”他道，“你为这事忧郁？”

巴扎罗夫打了个呵欠。

“知道得越多，老得越快。”

“那安娜·谢尔盖耶夫娜怎么办？”阿尔卡季接着问。

“什么怎么办？”

“我是说，她难道放你走吗？”

“我又不是她雇的仆人。”

阿尔卡季想了想，巴扎罗夫脸冲墙躺了下来。

沉默了几分钟。

“叶夫根尼！”阿尔卡季突然叫道。

“嗯？”

“明天我也跟你走。”

巴扎罗夫没搭腔。

“我也回家，”阿尔卡季接着说，“我们一路到霍赫洛夫斯基新村，在那儿你可向费多特雇马。我倒很乐意认识你的父母，可又怕你和他们都不方便。你以后还来我们家的，对吧？”

“我把东西都撂在你家了。”巴扎罗夫应声道，并未扭过头。

“为什么他也不问一问我干吗走，而且像他一样走得突然？”阿尔卡季想，“我为何要走，他又为了什么呢？”他依然思忖着。他无法找到令自己信服的答案，而心里充满了酸楚。他觉得，离开这种习惯的生活，他会痛苦；可一个人留在这儿又显得有些奇怪。“他们之间准是出了什么事，”他自己推测道，“他一走了之，我干吗还令人厌恶地在她眼前晃来晃去呢？这只会更招她烦，这样我就连最后的希望都化为泡影。”他开始想象着安娜·谢尔盖耶夫娜的面容，可另一张面庞渐渐没过了这个年轻寡妇美丽的容颜。

“可惜也见不到卡佳了！”阿尔卡季对着枕头喃喃道，一滴泪水已经洒落在枕头上……忽然他将头发一甩，大声道：

“西特尼科夫这笨蛋何苦跑到这儿来？”

巴扎罗夫在床上先是一动，然后说：

“老弟，我看你还是蠢。我们需要西特尼科夫这种人。你得明白，这种傻瓜派得上用场。不一定只有神仙才会烧瓦罐！……”

“嘿嘿，喝！……”阿尔卡季心想，这瞬间巴扎罗夫深不可测的傲慢劲才露出头来，“你我都是神仙吗？或许——你是神仙，我是傻瓜？”

“对了，”巴扎罗夫沉着脸又说，“你还是蠢。”

第二天当阿尔卡季说他和巴扎罗夫一起离开时，奥金佐娃并没显示出特别吃惊，倒是显得心不在焉，有些疲惫。卡佳庄重地望着他一言不发，老公爵小姐却高兴地在自己披肩下面画十字，这些都瞒不过他的眼睛。不过西特尼科夫可惊慌透了，他刚穿了身漂亮考究的新装（这次不是斯拉夫派服装）来吃早点。昨天派去伺候他的仆人见他带了那么多衬衣，着实吃惊不小，可朋友们却抛下他突然要走了！他像被赶到林边的兔子一样奔来奔去，然后突然惊慌失措地对女主人哀声道，他也打算走。奥金佐娃并没挽留。

“我的马车很舒适，”这个不幸的小伙子转向阿尔卡季道，“我可以带您，叶夫根尼·瓦西里伊奇可坐您的四轮敞篷车走，这样恐怕更方便些。”

“谢谢，可是您并不顺路，而且到我那儿还远着呢。”

“没关系，没关系，我时间很多。况且我往那个方向还有事要办。”

“包税的事？”阿尔卡季以蔑视的口气问。

西特尼科夫已陷入绝望，一反常态地连笑都没笑一下。

“我向您保证，我的马车非常舒适……”他嘟哝着，“都有座位。”

“别拒绝麦歇西特尼科夫叫他不痛快吧。”安娜·谢尔盖耶夫娜说。

阿尔卡季瞥了她一眼，深深地埋下了头。

早饭后客人们该出发了。和巴扎罗夫道别时，奥金佐娃朝他伸出手说：

“我们还会再见的，是吧？”

“听候您的吩咐。”巴扎罗夫答。

“那么我们还要再见面。”

阿尔卡季头一个走下台阶，他爬上西特尼科夫的马车。管事恭恭敬敬地扶着他，可他恨不得揍他一顿或痛哭一场。巴扎罗夫也上了四轮敞篷车。到了霍赫洛夫斯基新村，等旅店掌柜费多特套好马，阿尔卡季带着往日的微笑，走近四轮敞篷车，对巴扎罗夫道：

“叶夫根尼，带上我吧，我想上你家去。”

“坐吧。”巴扎罗夫从牙缝里挤出一句话。

西特尼科夫正围着他的马车轮子踱来踱去，使劲吹着口哨，听到这些话，他只能张开大嘴看着阿尔卡季沉静地从马车上拿下自己的东西，坐到巴扎罗夫旁边，对原来的旅伴彬彬有礼地点点头，叫道，“走吧！”车轮辘辘转着，很快从视线中消失了……西特尼科夫只好窘窘地瞅着自己的车夫发愣，车夫正在用鞭子玩着拉边套马的尾巴。西特尼科夫跳上自己的马车，对两个过路的农夫怒吼一声：“戴上帽子，傻瓜！”便朝城里驶去，到了城里已很晚了，第二天在库克申娜家中他大骂那两个“讨厌、放肆的家伙”。

坐在驶向巴扎罗夫家的敞篷马车上，阿尔卡季紧紧地握着巴扎罗夫的手，久久不说话。巴扎罗夫好像明白了他的握手和沉默，并且十分珍视。昨天他整夜没睡也没抽烟，并且近几天来都几乎没吃什么东西。低低拉到前额的制帽下，他消瘦的侧影显得更阴沉，线条更嶙峋。

“唔，老弟，”他终于启口道，“给我支雪茄……再看看，我舌头大概发黄吧？”

“发黄。”阿尔卡季答。

“唉，雪茄也没味儿了——机器散架了。”

“你最近真变了。”阿尔卡季道。

“没事！会好的。只有一件事烦——我母亲心肠太好，如果你不把肚子撑得圆圆的，一天不吃下十顿，她就要操心伤神。父亲还好，他见多识广。不，不能再抽了。”说着便把雪茄扔到道边尘土中。

“到你家的田庄还有二十五里吧？”阿尔卡季问。

“二十五里。你还是问问这个智者吧。”

他指着坐在车夫位置的农民道，这是费多特雇的人。

可这个智者却回答说，“谁知道呢？——这儿的里又没量过”。接着他小声骂着那匹辕马“脑袋像是在尥蹶子”，也就是指它摇头晃脑。

“是，是，”巴扎罗夫道，“这是给你的教训，我年轻的朋友，这对你是个有启发的例子。鬼才知道，这是什么胡诌！每人都悬在一根线上，他下面每分钟都可能张开一个深渊，可他依然自寻烦恼，搅乱自己的生活。”

“你指的是啥？”阿尔卡季问。

“啥也不指，直说了吧，咱俩表现都很蠢。有什么可说的！我在实习时已发现：谁恼恨自己的疼痛，他就一定能战胜它。”

“我没全弄懂你的话，”阿尔卡季道，“你好像没什么值得抱怨的。”

“既然你没全弄懂，那么我来告诉你：我认为——宁可在马路上敲石头，也比让女人管住哪怕一根小指尖强。这都是……”巴扎罗夫差点又说出自己爱用的词“浪漫主义”，可还是忍住了，说，“胡诌。你现在不信我的，可我要跟你说：我们已落到了女人堆里，觉得很愉快，可要抛开它，就像在热天冲凉水一样。男人是没空搞这些鸡毛蒜皮的小事的，西班牙的俗语说得好，男人应该凶狠。喂，你，”他转向车夫问：“你这个聪明人，有老婆吧？”

那个农夫转脸望着这两个朋友，他的脸扁平，视力很弱。

“老婆？有啊，怎么会没老婆！”

“你打她吗？”

“打老婆？常有的事。我不会毫无缘由地打她。”

“很好。噢，那她也打你吗？”

那农夫拉了拉马缰。

“说什么呀，老爷，您真会开玩笑……”他显然感到自己受了侮辱。

“你听见没，阿尔卡季·尼古拉伊奇！可我们挨揍了……这就是文明人的结果。”

阿尔卡季勉强笑笑，巴扎罗夫侧过脸，一路上再没说话。

对阿尔卡季来讲，这二十五里就像五十里那么长。巴扎罗夫双亲的小村庄终于在一个山丘的缓坡上出现了。村旁幼小的白桦林里，露出一所茅草顶的贵族小宅院。头一座农家茅屋前站着两个戴帽子的农民，两人正在对骂。“你是头大猪，”一个骂道，“还不如小猪崽儿好。”“你老婆是巫婆。”另一个回敬道。

“你瞧这种无拘无束的样子，”巴扎罗夫对阿尔卡季道，“还有这种戏谑的说话方式，可以推定，我父亲的农民并不太受压迫。噢，他自己已走到宅子台阶上了。他们一定听到了车铃声。是他，是他——我认得出他的体态。唉，唉，头发这么斑白，真可怜！”

二十

巴扎罗夫探身车外，阿尔卡季从同伴背后探头望去，见这宅子的小台阶上叉腿站着个人，瘦高个，头发乱蓬蓬的，长着瘦削的鹰钩鼻子，敞怀穿了件旧军服。他正抽着根长烟斗，太阳照得他眯缝着眼睛。

马停了下来。

“你终于回来了，”巴扎罗夫的父亲道，他仍在抽烟，烟袋在他指间抖动。“喂，下来吧，下来，让我来亲亲你。”

他拥抱着儿子……“叶纽沙，叶纽沙！”这是一个女人颤抖的声音。大门洞开，门槛出现了一个矮矮胖胖的老妇人，戴着白色便帽，身着花短衫。她一边惊讶地发出“哎呀，哎呀”的声音，一边踉踉跄跄走过来，要不是巴扎罗夫一把扶住她，都几乎要摔倒。她那胖乎乎的胳膊一把搂住儿子的脖子，头紧紧地贴着他的胸膛，这时一切都沉寂下来，只听见她时断时续的抽噎声。

老巴扎罗夫喘着粗气，眼睛比先前眯缝得更厉害了。

“哎呀，够了，够了，阿里莎！放开吧，”他说，和阿尔卡季对视了一下，阿尔卡季正静静地站在车旁，连那个车夫也背过脸去。“这真是的！劳驾，打住吧。”

“哎呀，瓦西里·伊万诺维奇！”老太太喃喃地说，“我多少年没看见我亲爱的好儿子，叶纽申卡了……”她没把胳膊松开，只是身子稍稍离开了些，抬起那张泪光盈盈、深深感动的皱脸，用一种幸福、可笑的目光端详着儿子，然后再一次伏到他身上。

“唉，是啊，这当然是人之常情，”瓦西里·伊万诺维奇说，“不过还是先进屋吧。还有位客人跟叶夫根尼一起来了。真对不住，”他转向阿尔卡季，脚跟稍稍一碰行了个礼道，“请您原谅女人的弱点，啊，母亲的心呐……”

可他自己的嘴唇和眉毛还在颤动，下巴也在抖着……不过显然他想控制住自己，尽量显出不在乎的样子来。阿尔卡季低头行了个礼。

“进去吧，妈，真的，”巴扎罗夫道，搀着全身无力的老太太进了屋。让她坐在一张舒适的安乐椅上，他又急忙和父亲拥抱一下，给他介绍阿尔卡季。

“认识您很荣幸，”瓦西里·伊万诺维奇说，“还请别见怪，我们这儿一切都从简，像军队里一样。阿林娜·弗拉西耶夫娜，镇静下来吧，拜托了，怎么这么软弱？客人都该怪你了。”

“少爷，”老太太含泪道，“请教您的大名和父称……”

“阿尔卡季·尼古拉伊奇。”瓦西里·伊万诺维奇恭敬地悄悄告诉她。

“请原谅我这傻老太婆。”老太太擤净鼻涕，把头两边一歪，仔细地擦干了一双泪眼，“请您多包涵。要知道我还以为到死也等不到我的心……心肝……宝贝了。”

“咱们这不是等来了嘛，太太，”瓦西里·伊万诺维奇接过话茬，

“塔纽什卡，”他转向一个约13岁、光着脚丫的小姑娘，她穿着件鲜红的印花连衣裙，正胆怯地从门外探着头，“给太太端杯水来——用托盘，听见没？——你们二位先生，”他带点旧式的调侃道，“请到一个退伍老兵的书房里来吧。”

“让我再拥抱你一次，叶纽舍奇卡，”阿林娜·弗拉西耶夫娜呻吟着，巴扎罗夫向她俯下身去。“唉，你真长成个美男子了!”

“噢，是不是美男子先不论，”瓦西里·伊万诺维奇说，“他已是个男子汉了，就是人们说的‘奥木费’①，现在我希望，阿林娜·弗拉西耶夫娜，你当母亲的心也得到了满足，该关心关心如何喂饱咱们的贵客吧，你也知道，夜莺靠寓言是吃不饱肚子的。”

老太太从椅子上立起身。

“马上，瓦西里·伊万诺维奇，饭马上就好，我要亲自下厨房，叫人烧好茶炊，一切都会备好，一切。要知道，我已经三年没有见他，没给他张罗吃喝了，容易吗?”

“得了，快去忙吧，好太太，别丢人了。先生们，跟我来吧。季莫费伊奇来给你请安了，叶夫根尼。这看家狗看来也挺高兴的，老狗，你高兴吧？请跟我来。”

瓦西里·伊万诺维奇在前面急匆匆地走，已走歪的鞋子吧嗒吧嗒地响着。

他的整个小宅院由六个小房间组成。他领着我们的朋友去的那间，就是所谓书房。一张粗腿桌子把两窗之间的空隙填满了，上面堆满了文件，满是灰尘，像被烟熏黑了似的；两面墙上挂了几支土耳其枪，几根皮马鞭，一把马刀，两幅地图，几张解剖图，一张古费兰德的肖像，用头发编成的花字，嵌在黑框里，一张文凭，配着玻璃镜框；两个卡累利阿桦木做成的大柜子之间放了一张皮沙发，有的地方已被压坏扯破；架子上乱七八糟地堆了些书、盒子、鸟标本、罐子及小玻璃瓶；角落里堆着一架已报废的发电机。

---

① 俄国腔的法语：homme fait，“真正成人了”。——原注

“我已跟您说过，亲爱的客人，”瓦西里·伊万诺维奇道，“在我们这儿就是凑合着住吧……”

“得了，别说了，干吗要赔不是？”巴扎罗夫插了句嘴，“基尔萨诺夫很明白，我们不是大财主，你又没有宫殿。我们把他安排在哪儿，这倒是个问题。”

“那不成问题，叶夫根尼，我那厢房里还有间很好的屋子，在那儿他会住得很舒适。”

“那么有厢房了？”

“是啊，少爷，就在澡堂那儿。”季莫费伊奇插了一句。

“就是说，浴室旁边，”瓦西里·伊万诺维奇急忙补充道，“现如今是夏天了……我这就去那儿安排一下。季莫费伊奇，你把他们的东西搬进来。叶夫盖尼，我把书房留给你住。Su-um Cuique①。”

“现在你知道了，他真是个非常有趣的老头儿，心肠极好，”瓦西里·伊万诺维奇前脚刚走，巴扎罗夫就说，“跟你父亲一样是个怪人，不过是另一类型的。他太爱唠叨。”

“你母亲也真是个好人。”阿尔卡季说。

“没错，她是实心眼儿。等着瞧，她给我们弄顿啥样的午饭。”

“没料到您今儿回来，少爷，没买牛肉。”季莫费伊奇道，他正把巴扎罗夫的箱子拖进来。

“没牛肉也行。没有就没有吧。俗语说贫穷不是缺陷。”

“你父亲有多少农奴？”阿尔卡季忽然问。

“田庄不属他，是我母亲的；农奴，记得好像15个吧。”

“共22个。”季莫费伊奇不满地指出。

随着鞋子吧嗒吧嗒的声音，瓦西里·伊万诺维奇又出现了。

“再过几分钟，您的房间就准备好，可以接待您了，”他洋洋得意地叫道，“阿尔卡季……尼古拉伊奇？您的父称是这样的吧？这是给您用的仆人，”他指着同他一起进来的短发男孩道，那孩子穿了件

① 拉丁文：各得其所。——原注

双肘破破烂烂的蓝色长衣，拖着双别人的皮靴。“他叫费季卡。虽然儿子不让说，我还是得再告诉您，请别见怪。不过他会装烟斗。我想您吸烟吧？”

“我多半抽雪茄。”阿尔卡季答。

“您这方法挺明智。我自己也更偏爱雪茄，不过在我们这穷乡僻壤很难搞到。”

“得了，别再哭穷了，”巴扎罗夫截住了他的话，“你还是坐到沙发上，让我瞧瞧你。”

瓦西里·伊万诺维奇笑着坐到沙发上。儿子长得酷似他，只是他的前额更低更窄，嘴稍微大了一点。他不停地动着，时不时抖抖肩膀，好像衣服勒得他腋下痛，一会儿眨巴眨巴眼睛，咳嗽几声，又动动手指，而儿子却一直保持着一种漫不经心的镇静。

“哭穷！”瓦西里·伊万诺维奇重复了一遍，“叶夫根尼，你别以为我想——怎么说呢——想得到客人的同情：说我们住在多么偏僻的地方，正相反，我认为对一个善于独立思考的人来说，不存在穷乡僻壤。至少我尽量不让自己——像人们说的——长满青苔，不让自己落后于生活，落后于时代。”

瓦西里·伊万诺维奇从口袋中掏出一方新的黄绸手绢，这是他跑到阿尔卡季房间时拿着的，他边轻轻挥动着手绢，边接着说：

“我不是指这些：比如我把地给农民种，让他们把一半收成作租子交给我，这对我来说，牺牲不算小。我认为这是我的职责，理智也叫我这么做，虽然别的地主连想都不曾想到这点，我指的是科学，是教育。”

“对，我见你这儿有本1855年的《健康之友》。”巴扎罗夫说。

“是个老友寄来的，”瓦西里·伊万诺维奇急忙道，“不过我们还知道，比如，骨相学，”他转向阿尔卡季说，指着柜子上有编号小方格的小石膏头像模型，“就连申列因的名字我们也晓得，还有拉德马赫尔。”

“这个省的人还信拉德马赫尔吗？”巴扎罗夫问。

瓦西里·伊万诺维奇咳嗽起来。

“这省里……当然，先生们，你们了解得更清楚，我们怎么比得上你们呢？要知道，你们是来接替我们的。当年我们也嘲笑过拥戴体液病理学的戈夫曼和持活力论的布朗，可要知道他们也曾名震四方。你们有新人代替拉德马赫尔了，你们对他顶礼膜拜，可过上二十年他又会成为人们的笑柄。”

“我来安慰安慰你吧，”巴扎罗夫道，“我们现在完全嘲笑医学，对谁也不崇拜。”

“怎么会这样？你不是想当个医生吗？”

“是，可这并不矛盾。”

瓦西里·伊万诺维奇用中指捅了捅烟斗，那儿还有点热灰。

“好吧，可能，可能——不跟你辩论。我是啥？一个退伍的军医，沃拉图①，如今又成了农业改良者。我在您祖父的联队干过，”他又转向阿尔卡季道，“是的，先生，不错，我当年见过许多世面。我什么社交场合没进去过，什么人没结交过！我，就是您面前的这位，给维特根施泰因公爵和茹科夫斯基号过脉！就是那些参加过十四日的南军里的人，您知道吧（这时瓦西里·伊万诺维奇意味深长地抿着双唇），那些人我都认识。噢，当然我的事儿——和那不搭界；了解你的手术刀就行了！您祖父是个非常可敬的人，一个真正的军人。”

“你得承认吧，还是个大老粗。”巴扎罗夫懒懒道。

“哎呀，叶夫根尼，怎么这么说！发发慈悲吧……当然，基尔萨诺夫将军不是个……”

“好了，别提他了，”巴扎罗夫打断道，“我坐车来时，看到你那片小白桦林长高了，长得挺好，我真高兴。”

瓦西里·伊万诺维奇活跃起来。

“你再瞧瞧我的小花园！每棵树都是我自己栽的。有水果、浆果和各种草药。不管你们，我年轻的先生们想出多么巧妙的办法，老

---

① 俄国腔的法语：Voilà tout（如此而已）。——原注

帕拉采利西道出了神圣的真理：in herbis，verbis et la pidibus①……我，你知道，已不行医了，可每周还得干上两三回老本行，他们来讨教——总不能把他们拒之门外。有时穷人跑来请我帮个忙。况且这块儿一个医生也没有。想想，这儿有个邻居是退伍少校，也给人治病。我问过别人：‘他学过医吗?’……人们说，‘不，他没学过，他主要是为了行善……’哈哈！为了行善！啊？怎么样？呵呵呵！”

“费季卡，给我装筒烟！”巴扎罗夫厉声道。

“这儿还有另外一个医生，他去看病人，”瓦西里·伊万诺维奇有点失望地说道，“而病人已 ad patres②；仆人不让医生进来，说：‘现在用不着了。’这人没料到，发窘起来，问：‘嗯，你们老爷临终前打嗝了吗?’‘打了。’‘打得多吗?’‘多。’‘——啊，那么——好’，然后他扭头就走了。哈——哈哈！”

老人独自笑了起来，阿尔卡季赔着笑脸。巴扎罗夫只是深深吸了口烟。就这样，聊天持续了约一个小时，阿尔卡季还来得及去了趟自己的房间，那原是浴室的外间，倒也很洁净舒适。最后塔纽莎进来禀报，午饭已备好。

瓦西里·伊万诺维奇头一个起身。

“走吧，先生们，要是我叫你们厌烦了，请多包涵。我太太或许比我更会让你们满意。”

午饭虽是匆忙预备的，却非常好，甚至称得上丰盛，只是葡萄酒，像俗语说的“差点劲”：这是一种几乎黑色的核列斯酒（烈性白葡萄酒），有点又像青铜、又像松脂的味儿。是季莫费伊奇在城里相熟的商人那儿买的；苍蝇也在边上捣乱。平时有个家仆的孩子拿着一大蓬绿枝在旁边轰；可今天瓦西里·伊万诺维奇怕招来年轻一代的指摘，便把他打发走了。阿林娜·弗拉西耶夫娜已打扮好，戴了顶带绸带的高包发帽，披着浅蓝花披肩。一见自己的叶纽沙，她便又落下泪来，不过还没等到丈夫来劝，很快就自己擦去了泪水，怕

① 拉丁语：在草，言语和石头里。——原注

② 拉丁语：到祖先那儿；去世了。——原注

把披肩滴湿了。只有年轻人在吃，老两口早就用过午餐了。费季卡在一旁伺候，由于没有穿惯那双靴子，显得是个累赘，还有个男子相的独眼女人帮他，她叫安菲苏什卡，做些管家、喂鸡、洗衣的活儿。在整个午饭中间，瓦西里·伊万诺维奇一直在房间里踱步，很幸福、甚至很陶醉地谈论着拿破仑政策及复杂的意大利问题所引起的严重忧虑。阿林娜·弗拉西耶夫娜没有注意阿尔卡季，也没招呼他；她用小拳头支着自己的圆脸，她那樱桃色的厚嘴唇，脸颊和眉毛上的痣使脸显得非常和善温厚，她目不转睛地望着儿子，一直在叹息。她非常想知道，这次回来他要待上多久，可又不敢问他。“唉，他要是说只住两天呢?”她想着，心就缩成一团。烤肉之后瓦西里·伊万诺维奇出去了一会儿，马上拿了半瓶已开塞的香槟来了。“瞧，”他叫道，“虽说是这穷乡僻壤，可碰到盛大喜庆时，也有点东西可乐呵乐呵呢!”他斟满了三个高脚杯和一个小酒杯，提议为“尊贵的客人们”的健康干杯，便照军人的习惯一口把自己那杯干了，他还迫使阿林娜·弗拉西耶夫娜喝干了她那一小杯酒。当上到果酱时，阿尔卡季虽然不能忍受任何甜食，可也觉得自己有责任把那四种刚熬好的果酱各样尝尝，特别是看到巴扎罗夫断然拒绝而抽起雪茄时。然后茶和奶油、黄油及小点心一块端了上来；喝完茶，瓦西里·伊万诺维奇领着所有的人去花园领略落日之美，当路过一条长凳时，他对阿尔卡季细声道：

“我喜欢在这儿望着落日思考些哲学问题：这对一个隐士是很适宜的。在那儿，稍远点的地方，我种了几棵树，是贺拉斯①喜欢的。”

“啥树?”巴扎罗夫听到后问。

“啊……洋槐。”

巴扎罗夫开始打起呵欠。

“我想，是旅行者投入摩尔甫斯②怀抱的时候了。”瓦西里·伊

① 贺拉斯：罗马诗人。——译注

② 摩尔甫斯：希腊神话中的梦神、睡神。——译注

万诺维奇道。

“是该睡觉了！”巴扎罗夫插嘴道，“这个意见很正确。确实到时候了。”

和母亲道晚安时，他吻了她的额头，她却拥抱了他，并在他背后偷偷地画了三次十字，为他祝福。瓦西里·伊万诺维奇送阿尔卡季回他的房间，祝他“休息好，就像我在那个幸福的年纪时一样”。的确，阿尔卡季在那浴室的外间睡得很香：屋里散发着薄荷的清香，两只蛐蛐在炉子后争先恐后地鸣叫，使人昏昏欲睡。瓦西里·伊万诺维奇从阿尔卡季那儿回到了自己的书房，他身子蜷曲着，倚靠在沙发上儿子的脚边，想跟他再聊聊，可巴扎罗夫说，自己非常困，立马把他打发走了，其实巴扎罗夫直到天亮才入眠。他睁大着双眼，恨恨地盯着黑暗：他并非陷入了儿时的回忆，而是没摆脱新近的痛苦感受。阿林娜·弗拉西耶夫娜先祈祷得自己心满意足了，然后和安菲苏什卡聊了很久很久，安菲苏什卡柱子似的立在老太太面前，用那只独眼凝视着她，神神秘秘地小声说着她对叶夫根尼·瓦西里耶维奇的种种观察和看法。老太太已被快乐、葡萄酒和雪茄的烟味冲昏了头；她丈夫本想跟她谈谈，也只好挥挥手作罢。

阿林娜·弗拉西耶夫娜是个地地道道的俄罗斯旧式贵族：她该早生两百年，生活在莫斯科时代。她笃信上帝，十分虔诚，也多愁善感，她相信各种预兆、占卜、咒语和梦幻；也相信疯修士的预言、家神、树精、不吉利的相遇、中邪和民间土方，还信星期四不吃盐及世界末日很快降临；她相信如果复活节通宵烛光不灭，荞麦一定有好收成，如果蘑菇给人看见了，就不会再长；她信鬼爱在有水的地方出没；相信每个犹太人的胸口都有一块血斑；她怕老鼠、蛇、青蛙、麻雀、水蛭，怕雷声、冷水、穿堂风，还怕马、羊、棕红色头发的人及黑猫，认为蛐蛐和狗都是不洁之物；她向来不吃小牛犊肉、鸽子、虾、奶酪、芦笋、洋姜、兔肉，也不吃西瓜，因为切开的西瓜让人想起施洗的约翰的头；一提起牡蛎她就战栗；她爱美食——也严格持斋；一昼夜要睡十个小时，可如果瓦西里·伊万诺维奇头疼的话，她就彻夜不眠；她除了读《阿列克西斯或林中茅舍》

之外，什么书也不念；她一年顶多写一两封信，可对干家务、做干果、干菜、果酱却很在行，虽然她自己从不沾一下手；她不爱动，一待就再不愿挪窝儿。阿林娜·弗拉西耶夫娜心地十分善良，而且一点也不蠢。她知道，世上有主人和平头百姓，主人应当发布命令，百姓就应当服从——因此她并不讨厌卑躬屈膝和跪拜的礼节；可她对手下人却很温柔、和气，从不让一个乞丐空手而归，她也从不责备别人，虽然偶尔也传传闲话。年轻时她容貌俊俏，会弹奏击弦古钢琴，还能说点法语；可不情愿地出嫁了，和丈夫漂泊多年后，体态逐渐臃肿，音乐和法语也丢了。她很爱儿子，也说不出地怕他；她将田产完全交给瓦西里·伊万诺维奇管理——自己不再插手；当老伴一谈起要实施的改良和计划时，她就唉声叹气，挥着手帕，吓得眉毛越抬越高。她很多疑，老觉得大祸临头，一想起什么悲伤的事，就马上哭起来……这样的女人现在快要绝迹了。天知道该不该为此庆贺！

二十一

阿尔卡季清早一起床，打开窗户——头一眼便瞧见瓦西里·伊万诺维奇。老头身穿布哈拉的家常长衫，腰里束着条手绢，正勤快地刨着菜园子。他见到这年轻客人，便靠着小铁锹，大声道：

“祝您健康！睡得怎么样？”

“很好。”阿尔卡季答。

“您瞧我在这儿像新新纳塔斯一样刨土种晚萝卜呢。现如今就是这么个年代——感谢上帝！——每个人都得靠自己的双手谋生，不能寄希望于别人，应当自己劳动。看来让·雅克·卢梭是对的。半小时前，我亲爱的先生，您就会见到我完全是另一副样子。有个农妇来说她闹肚子——这是她的说法，照我们的说法是痢疾，我……怎么说呢……我给她用了点鸦片，又给另外一个女人拔了颗牙。我建议她上些麻药……可她却不同意。这些我都是 gratis①——阿纳马

---

① 拉丁文：免费的。——原注

焦尔①，不过这对我来说，也没什么奇怪的；要知道我是个老百姓，homo novus②——不像我老婆出身世袭贵族……想不想到这树荫下，早茶前呼吸呼吸新鲜空气？”

阿尔卡季走上前去。

“再次欢迎您！”瓦西里·伊万诺维奇说，将手举到油腻的小圆便帽旁，行了个军礼，“我知道，您习惯了安逸舒适，不过当代伟人也不会厌恶住上几天茅舍的。”

“哪儿啊，”阿尔卡季大叫道，“我算什么当代伟人？也不习惯奢华。”

“对不起，对不起，”瓦西里·伊万诺维奇有点做作地答道，“我现在虽说是老古董了，可也在这世上混过一场——从飞行姿势就能看出是只什么鸟儿。我也算是心理学家和相面术士。如果没这个——斗胆说吧——本事，我早该玩完了，像我这种小人物早就被排挤了。不是我当面恭维，我由衷地高兴，您和我儿子间的友情。我刚见到他，通常——大概您也知道——他起得很早，到四周溜达去了。请允许我好奇地问声——您和我的叶夫根尼早就认识吗？”

“去年冬天认识的。”

“哦，是这样，先生。请让我再问一句——咱们还是坐着吧——请允许我以一个父亲的身份坦率地问一句，您对我的叶夫根尼有什么评价？”

“您儿子——是我碰到的最出类拔萃的一个。”阿尔卡季活跃地答道。

瓦西里·伊万诺维奇的双眼突然睁得老大，双颊微红，小铁锹从他手中滑落。

“那么您认为……”他启口道……

“我相信，”阿尔卡季抢过话头，“您儿子前程远大，他会给您增光的。从第一面起我就深信不疑。”

---

① 俄国腔法语：en amateur（业余的）。——原注

② 拉丁文：新人。——原注

“怎么……怎么讲?”瓦西里·伊万诺维奇好容易说出来。陶醉的微笑拉开了他的阔嘴巴，一直没有合上。

“您想知道我们怎么相识的吗?”

“当然……再大致说说……”

阿尔卡季便开始谈起巴扎罗夫来，比那晚跟奥金佐娃跳马祖尔卡舞时还谈得火热，还津津有味。

瓦西里·伊万诺维奇听得入了迷，一会儿擤擤鼻涕，一会儿双手将手帕揉成一团，一会儿咳嗽几声，一会儿又搔得头发蓬松凌乱，——终于他忍耐不住，俯下身吻了一下阿尔卡季的肩头。

“您让我太快活了，”他说，笑意依然写在脸上，“我得告诉您，我……我敬佩儿子；我那老太婆就更不用提了：母亲嘛！可我不敢跟他说出我的感受，因为他不喜欢。他反对任何倾诉衷肠；许多人甚至指责他性子太硬，认为这是骄傲、无情的表现；可像他这种人不能用一般尺度去衡量，对吧?就打个比方说吧：换作别人，会向父母不停地伸手，可他呢，您信吗?他自打生下来起就没多拿过一个戈比，上帝作证!”

“他是个无私、诚实的人。”阿尔卡季说。

“确实无私。而我呢，阿尔卡季·尼古拉伊奇，不仅崇拜他，还以他为骄傲，我所有的虚荣心就在于，有朝一日他的传记里有这么几行：‘一个普通军医的儿子，不过他父亲早就看出他的不凡，便为了培养他而不惜一切……’”老人的声音哽咽了。

阿尔卡季紧紧握住了老人的手。

“您怎么看，”沉默了一会儿瓦西里·伊万诺维奇问，“他是否会在医学领域达到您所预言的声誉呢?”

“当然不是在医学领域，尽管他在这方面也会成为一流学者。”

“那么在哪方面，阿尔卡季·尼古拉伊奇?”

“现在很难说，不过他会声名显赫的。”

“会声名显赫的!”老人重复了一遍，陷入深思。

“阿林娜·弗拉西耶夫娜请你们去喝茶。”安菲苏什卡上前说道，端着一大盘熟透的马林果。

瓦西里·伊万诺维奇猛地一震。

“有没有冷奶油来拌马林果?”

“有，老爷。”

“冷奶油拌的，啊!别客气，阿尔卡季·尼古拉伊奇，多来点儿。叶夫根尼怎么还没来?”

“这儿呢。”从阿尔卡季的房里传出巴扎罗夫的声音。

瓦西里·伊万诺维奇赶快转过身去。

“啊哈!你想探望你的朋友，你可迟到了，amice①，我和他已聊了很久了。现在得去喝茶了，你母亲在招呼我们过去。哦，我还得和你说上几句。”

“说什么?”

“这儿有个农民患了伊克捷尔②……”

“就是说黄疸病?”

“是，慢性黄疸，总好不了。我给他开了百金花和金丝桃，让他吃红萝卜，给他苏打；可这都是临时起缓解作用的办法——‘安慰剂’；需要更有效的药。尽管你嘲笑医学，可我还是相信你会给我提供更有用的建议。以后再谈这个吧。现在我们去喝茶。”

瓦西里·伊万诺维奇敏捷地从长凳上一跃而起，哼起了《罗伯特》里的歌：

> 法则，法则，我们给自己定下法则，
> 就……就……就是为了快乐生活!

“真有干劲!”巴扎罗夫说，从窗口离开了。

正午时分。连绵不断的白云像薄薄的幔子，遮着似火的骄阳。一片寂静，只有村里的公鸡好斗地啼鸣着，每个听见这声音的人，都奇怪地直打盹儿，感到寂寥；在某棵树顶上有只雏鹞鹰不断发出

---

① 拉丁文：朋友。——原注

② 拉丁文：icterus（黄疸）的俄国腔发音。——译注

吱吱哀鸣。阿尔卡季和巴扎罗夫躺在一个小干草垛的荫处，身下铺了两三抱青草，虽然已干得沙沙响，可还散发着清香。

“那棵山杨，”巴扎罗夫道，“令我想起童年。它长在土坑边，那儿有个烧砖的板棚，我在儿时就相信，那个坑和山杨是种特殊的护身符，在它们旁边我从不厌倦。那时我还不明白，我不厌倦只因为还小。唉，现在我是成年人了，护身符也不灵了。”

“你在这儿度过了多长时间？”阿尔卡季问。

“连着住了约两年，然后我们时来时往。我们过的是一种漂泊的生活，主要在各城市间漫游，搬迁。”

“这宅子老早就有了吧？”

“很早了。还是我外公盖的。”

“你外公是干啥的？”

“鬼知道。好像是个准少校吧。在苏沃洛夫手下服过役，总说穿越阿尔卑斯山脉的故事。也没准儿是吹牛呢。”

“难怪你们客厅里挂着苏沃洛夫肖像呢。可我喜欢你们住的这种小宅院，既古老又温暖，还有种特殊的气息。”

“长明灯油和草木樨混合的味儿，”巴扎罗夫打着呵欠说，“可这些可爱小宅院里的苍蝇哪……呸！”

“告诉我，”停了会儿，阿尔卡季又道，“你小时候他们管得严不严？”

“你已见到我父母是什么样的人。他们并不严厉。”

“你爱不爱他们，叶夫根尼？”

“爱，阿尔卡季！”

“他们多爱你！”

巴扎罗夫沉默了。“你知道我在想啥吗？”他将双手往脑后一放，又开口道。

“不知道。想什么？”

“我在想：我父母在世上活得很好！父亲六十岁了，还在四处忙碌张罗，谈着安慰剂，为人治病，对农民慷慨大方——总之，快活得很；我母亲过得也不错：她一天到晚给各种各样的事和唉声叹气填得满满的，压根儿还想不到自己；而我呢……”

“你怎么呢?”

“我在想：我躺在这干草垛下……占着这块小地方，和无我的或者与我不相干的空间相比，是多么的渺小啊；我度过的时光，和我出世之前及去世之后的永恒岁月相比，又是多么短暂……就在这个原子里，这个数学的点上，血液在循环，大脑在工作，在期盼着什么……哎，真是岂有此理！无聊透顶！”

“叫我说，你讲的这些适用于所有的人……”

“说得对，”巴扎罗夫抢过话头，“我想说，他们——我的父母，忙忙碌碌，从不关心自身的微不足道，并没因此而难过……可我……我只觉得寂寞和愤怒。”

“愤怒？为什么?”

“为什么？什么为什么？你难道忘了吗?”

“我一切都记得，可我还是不认为你有愤怒的权利。你不如意，我同意，可……”

“哎！你，我看出来了，阿尔卡季·尼古拉伊奇，对爱情的理解和所有时髦的年轻人没啥两样：你咕咕、咕咕地叫着小母鸡，可小母鸡真的靠近了，你却赶紧溜走！我就不这样。够了，别说这个了。既然没什么帮助，再说就可羞了。”他翻身侧躺着，“嗬！这儿有只蚂蚁真棒，拖着只半死的苍蝇。拖，老弟，使劲拖！不管它怎么抵抗，你这个动物，有权不承认怜悯心，不像我们这些自我毁灭的人。”

“你怎么这么说，叶夫根尼！你什么时候自我毁灭了?”

巴扎罗夫抬起头。

“只有这是值得我自傲的。我自己没有毁掉自己，那么一个女人也毁不掉我。阿门！一切都结束了！这事你绝不会再听到我提一个字。”

两个朋友静静地躺了一阵儿。

“是的，”巴扎罗夫又开口道，“人是奇怪的生物。要是我们从远处、从侧面观察‘父辈们’在这儿过的这种闭塞的生活，会觉得：

还有什么比这更好的？吃吃喝喝，知道自己的举止是最正确、最明智的。可是不然；苦闷、忧郁攫住了你。你想和人交往，哪怕吵吵架，总想和人们打打交道。”

“生活应当这样安排，使它分分秒秒都过得有意义。”阿尔卡季深思着说。

“谁说的！有意义的事即便是假的，也是美满的，而且没意义的事还可以容忍……而那些无谓的口角，那些闲言碎语……这才糟糕呢。”

“如果一个人不想理睬这些无谓的口角，那它也就不存在了。”

“哼……你说的是和老生常谈相悖的。”

“什么？你什么意思？”

“就是这意思：比如，说教育是有益的，这是老生常谈；可要说教育有害，这就是和老生常谈相悖了。它听上去好像更时髦漂亮，其实和原来是一个意思。”

“那么真理在哪儿，在哪一面？”

“在哪儿？我像回声一样把问题抛给你：在哪儿？”

“你今天很忧郁，叶夫根尼。”

“真的？太阳晒得我浑身没劲，而且不该吃那么些马林果。”

“那你不妨小睡一会儿。”阿尔卡季道。

“好吧，只是请你别看我：每个人的睡相都很蠢。”

“别人怎么看你，对你来说不是无所谓吗？”

“不知该怎么对你说，一个真正的人不该关心这个；对一个真正的人，别人是没什么好议论的：要么顺从他，要么恨他。”

“奇怪！谁我都不恨。”阿尔卡季想了想道。

“而我恨的人可多着呢。你心肠软，又优柔寡断，还怎么会恨别人呢？……你畏缩，不大自信……”

“那你呢，”阿尔卡季打断道，“很自信吗？你对自己的评价很高吗？”

巴扎罗夫沉默了。

“等到我遇着一个在我面前不服输的人，”他一字一顿说道，“那时我就会改变对自己的看法。恨！比如，今天经过我们的管理人菲利普那所可爱的小白木屋时，你曾说，当最后一个农民也住上这样的房子时，俄国就达到了完善，我们每一个人都该促使它实现……可我却痛恨这最后一个农民，不管他叫菲利普还是西多尔，我该为了他拼命努力，他却连声‘谢谢’都不说……本来也是，他干吗要谢我？嗯，他将住在小白房里，而我的坟头却要长出牛蒡，而再往后呢？”

“够了，叶夫根尼……今天要是有人听了你的话，会毫不犹豫地同意那些责备我们无原则的人的意见了。”

“你和你伯伯的话一样。根本就没有什么原则——你至今还猜不透这个！——只有感觉，一切都取决于感觉。”

“怎么会这样呢？”

“就是这么回事。比如我：持一种否定的态度——这是出于感觉。我喜欢否定，我的大脑的结构便是如此——这就够了！我为什么喜欢化学？你为什么喜欢苹果——这也是凭感觉。一切无不如此。比这再深奥一点，人们就根本看不透了。不是每个人都会对你说这些，就是我下次也不会跟你再提。”

“怎么？诚实正直——也是一种感觉？”

“当然啰！”

“叶夫根尼！”阿尔卡季悒郁地说。

“啊？咋样？不合你的口味？”巴扎罗夫说，“不，老弟！既然决定割舍一切，那就把自己的腿也砍掉吧！……然而我们也太哲理了。‘大自然送出梦的寂静。’普希金这么说的。”

“他不曾说过这样的话。”阿尔卡季道。

“噢，如果没说过，他作为一个诗人也应该说得出这话。提一句，他在军队里服过役吧。”

“普希金从未当过军人！”

“得了吧，他在每一页都写着：‘战斗去，战斗去，为了俄罗斯的荣誉！’”

“你真是无稽之谈！要知道这已是诬蔑诽谤了。”

“诬蔑诽谤？太严重了吧！你想出这句话来吓唬我！不管你怎么

诽谤一个人，他实际上总比你说的坏上二十倍。”

“还是睡会儿吧。”阿尔卡季懊恼地道。

“非常乐意。”巴扎罗夫答。

可两人都睡不着。一种几乎敌意的感觉绊住了这两个年轻人的心。过了约五分钟，两人睁开眼睛，默默地对视了一下。

“你看，”阿尔卡季突然道，“一片枯萎的槭树叶落向大地，它飘着完全像蝴蝶在翩翩起舞。不奇怪吗？最悲伤和死亡的东西——像最快乐和机灵的东西一样。”

“哎呀，我的朋友，阿尔卡季·尼古拉伊奇！”巴扎罗夫嚷道，“只求你一点：别用花里胡哨的辞藻。”

“我会说什么就说什么……你也太专制了。我脑子里有这想法，干吗不该说出来呢？”

“不错，可为什么我就不该说出自己的想法呢？我觉得美丽的辞藻不成样子。”

“什么成样子？骂人吗？”

“哎，哎！我看你真是想效法你伯父了。如果那个白痴听见这些话，不定会多高兴呢！”

“你怎么称呼帕维尔·彼得罗维奇？”

“我就该叫他——白痴。”

“可这真让人难以忍受！”阿尔卡季叫道。

“嘀嘀！家族情感发挥作用了，”巴扎罗夫静静地说，“我发现这种情感在人们心目中非常顽固。一个人可以拒绝一切，敢于放弃一切的成见，可是比如，要他承认偷别人手帕的自家兄弟是个贼——他就不干了。确实：我的兄弟，我的——不是天才……这可能吗？”

“我心中只有纯粹的正义感，全然不是家族情感，”阿尔卡季激烈地反驳道，“可你既然不理解这种情感，既然你又没有这种感觉，那么你就不该指责它。”

“换句话说，阿尔卡季·基尔萨诺夫实在高深，我是理解不了的——我只好低头不语。”

“够了，叶夫根尼，我们总要吵起来的。”

“啊，阿尔卡季！求你了，就让我们痛痛快快吵它个昏天黑地吧。”

“如果这样，我们会……”

“打架?”巴扎罗夫打断道，“怎么？在这儿，在干草上，在这种田园风光里，远离尘世和人们的视野——没关系。不过你可对付不了我。我一下子就能掐住你的喉咙……”

巴扎罗夫张开他那长长硬硬的手指……阿尔卡季转身，玩笑似的做出准备抵抗的姿势……可朋友却一脸凶相，唇边一抹佯笑，目光炯炯，这一切使阿尔卡季觉出了一种绝非逗着玩的恐吓，他不由得有些害怕……

“啊！你们原来在这儿！”恰在此时响起了瓦西里·伊万诺维奇的声音，老军医随即出现在年轻人的面前，他穿着日常的亚麻布衫子，头戴顶自编的草帽。“我四处找你们……你们可真会选好地方，找了件舒适活来干。背靠‘大地’，仰望‘天空’……知道吗？这句话有种特殊意义？”

“只有想打喷嚏时，我才仰望天空，”巴扎罗夫发着牢骚，他转向阿尔卡季低声说，“可惜他打断了我们。”

“喂，够了，”阿尔卡季低声道，偷偷地握了一下朋友的手，“可见多么牢不可破的友谊都不能长久承受这种冲突。”

“当我看着你们，我的年轻朋友，”瓦西里·伊万诺维奇说，他摇晃着脑袋，两手交叉搭在一根他自制的手杖上，那手杖弯得很精致，柄上没镶头，而是雕了个土耳其人像，“我只要一见到你们，就忍不住要欣赏。你们多有力量啊！有多么辉煌灿烂的青春、多少才能和天赋啊！简直是……卡斯托耳和波鲁克斯①！”

“瞧，进到神话中了！”巴扎罗夫道，“看得出在当年是个了不得的拉丁语学者！我记得以前你的拉丁语作文还获得过银质奖章，对吧？”

---

① 卡斯托耳和波鲁克斯：希腊和罗马神话中宙斯的双生子，也就是下文的德奥司古利兄弟，此处指这一对密友。——译注

“德奥司古利兄弟，德奥司古利兄弟！”瓦西里·伊万诺维奇还一再念叨着。

“够了，父亲，别再含情脉脉了。”

“偶尔也可以破次例，”老头嘟哝道，“不过先生们，我找你们可不是来恭维谁的，一是通知你们马上就开午饭；二呢我想预先告诉你一声，叶夫根尼……你是个聪明人，善解人意，也懂得女人的心事，你应该原谅……由于你回来，你妈妈想做一次弥撒感恩，你别以为我是来叫你去参加的：它已结束了。可阿列克谢神父……”

“教士？”

“啊，是，教士。他要在咱家……吃午饭……我没想到甚至也不曾邀请过他……也不知怎么回事……他没明白我的意思……噢，阿林娜·弗拉西耶夫娜……不过他倒是个通情达理的好人。”

“他该不会把我的那份午餐也吃掉吧？”巴扎罗夫道。

瓦西里·伊万诺维奇笑了起来。

“哎呀，你说什么呀！”

“那我就别无所求了。和谁一桌吃饭都行。”

瓦西里·伊万诺维奇正了正自己的草帽。

“我早就料到，”他说，“你没有任何成见。就拿我来说吧，一个62岁的老头，我也毫无成见。（瓦西里·伊万诺维奇不敢承认，他自己也想做这次弥撒……他对宗教的虔诚并不亚于妻子）而阿列克谢神父很想和你认识。你一定会喜欢上他的。他并不反对玩玩牌，甚至他——这话只在我们之间说说——还抽袋烟呢。”

“那好。饭后我们来一局‘杂牌’，我准赢他。”

“呵，呵，呵！我们等着瞧吧，那可说不定。”

“那又怎么？难道你又像年轻时那样？”巴扎罗夫有意加重语气说。

瓦西里·伊万诺维奇古铜色的双颊微微红了。

“你怎么不难为情啊，叶夫根尼……还提那些陈芝麻烂谷子干嘛。不错，在这位先生面前我承认，年轻时有过这种嗜好——确确实实；也为此付出了昂贵的代价了！哎，天真热！我跟你们坐一会儿。不会碍你们的事吧？"

"一点没有。"阿尔卡季答。

瓦西里·伊万诺维奇哼哧一声坐到了干草上。

"我的先生们，"他又说，"你们眼下的这个卧榻让我回忆起我的部队野营生活，我们包扎所也在这么个干草垛边上，就这还得感谢上帝呢，"他叹了口气，"我一生经历的事很多很多。举个例子吧，让我想想，我就给你们讲讲比萨拉比亚闹鼠疫时的一桩趣事。"

"你就是那回荣获了弗拉基米尔勋章吧？"巴扎罗夫插了句嘴，"知道，知道……你怎么没挂着它？"

"不是说过我没有成见吗？"瓦西里·伊万诺维奇含含糊糊地说（昨天他刚叫人把红绶带从常礼服上拆下来了），接着便说起鼠疫时发生的那桩事来。"哟，他睡着了，"他突然指着巴扎罗夫，对阿尔卡季小声说，还和善地给他使了个眼色，"叶夫根尼！起来吧！"他提高嗓门叫道，"该吃午饭了……"

阿列克谢神父身材魁梧富态，一头浓发油光可鉴，淡紫色绸长袍上束了根绣花腰带，看上去很圆滑，能随机应变。一见面他连忙握住阿尔卡季和巴扎罗夫的手，好像早就知道他们不需要他的祝福，总之，他的举止也是无拘无束的。他既不损害自己的尊严，也不招惹旁人；偶尔还拿神学院里的拉丁文课取笑一番，却又十分注意维护他的主教；两杯葡萄酒下肚，他就不再喝了；他接过阿尔卡季的雪茄，却不吸，说要把它带回去。只有一点令人微感不悦：他不时小心翼翼地抬手去捉自己脸上的苍蝇，有时还真把它们捻死了。他坐在牌桌边，含蓄地显出几分喜悦，最终从巴扎罗夫手里赢了两卢布五十戈比：在阿林娜·弗拉西耶夫娜家里没人会计算这该合多少银币……阿林娜依旧坐在儿子旁（她从不玩牌），依然用小拳头托着腮，只有当吩咐仆人摆上新菜肴时才立起身来。她不敢去爱抚巴扎罗夫，儿子也不希望这么做；况且瓦西里·伊万诺维奇劝过她别过于"打搅"儿子。"年轻人不兴这样。"他跟她反复交代了几次（不消说这顿午餐多么丰盛：季莫费伊奇大清早就亲自驾车去买一种特别的哥萨克上等牛肉；管理人去另一地方买江鳕、鲈鱼和大虾；光蘑菇就给了那些村妇四十二戈比）；阿林娜·弗拉西耶夫娜目不转睛地盯着巴扎罗夫，双眼饱含忠诚和温柔，也掺和着几分好奇与畏惧的忧伤，还有些许温和的责备。

不过巴扎罗夫可无心领会母亲眼中的情感，他很少转向她。只偶尔简短地问上一句。有一次他要借她的手来换换“运气”，她就默默地将自己柔软的小手放在他那粗硬的手掌上。

“怎么样，”她过了会儿，问，“管用吗？”

“更糟了。”他漫不经心地笑着回答。

“他打得太冒险了。”阿列克谢神父摸着自己漂亮的胡子，惋惜似的说。

“拿破仑的策略，好神父，拿破仑的。”瓦西里·伊万诺维奇接过话头，说着打出了张“爱司”。

“可它把拿破仑送到了圣赫勒拿岛。”阿列克谢神父说着，用王牌把爱司盖了。

“想不想喝点醋栗水，叶纽舍奇卡？”阿林娜·弗拉西耶夫娜问。

巴扎罗夫只是耸耸肩。

“不行！”第二天他对阿尔卡季说，“我明天就得走。真寂寞，烦闷，我想工作，可在这儿不成。我还到你们的田庄去，我把所有的实验标本都撂在你那儿了。在你们家至少还可以关起门来。可这儿虽然父亲老反复强调：‘我的书房归你用——谁也不会妨碍你。’可他自己跟我寸步不离。我怎好意思把他关在门外。母亲也这副模样。她在隔壁的叹气我都听得见，可去她那儿吧——又无话可说。”

“她一定很难过，”阿尔卡季道，“他也一样。”

“我还会回来的。”

“啥时候？”

“嗯，去彼得堡时。”

“我特同情你母亲。”

“为什么？是因为她请你吃够了浆果？”

阿尔卡季垂下眼帘。

“你对自己的母亲了解不多，叶夫根尼。她不仅是个出色的女人，还确实很聪慧，今天早晨她和我聊了半个小时，谈得都很中肯有趣。”

“你们肯定一直在聊我的事吧？”

“并没光谈你。”

“可能，你作为旁观者清。假若一个女人能谈上半个小时，那往往是好的标志。可我还是要离开。”

“可你要开口告诉他们也不容易。他们一直在讨论我们待两礼拜后会干什么。”

“是不容易。我今天真是鬼迷心窍了。把父亲挖苦了一番：他前两天吩咐人把他的一个佃农鞭打了一顿，他做得很对；不错，是的，你别这么惊骇地望着我——他打得对，因为那个人是个惯偷、醉鬼；只是父亲没料到我，像一般人所说，‘知道’了这件事。他很尴尬，而现在我又得叫他更难过了……没关系！过不久他会好起来的。”

巴扎罗夫虽说“没关系”——可一天都过完了，他还犹豫着如何把这件事告诉瓦西里·伊万诺维奇。末了，在书房里跟他父亲道过了晚安，他才不自然地打个呵欠，说：

“嗯……差点儿忘了告诉你……明天叫人把我们的马带到费多特那儿去预备着。”

瓦西里·伊万诺维奇大吃一惊。

“基尔萨诺夫先生难道要走吗？”

“是，我和他一起走。”

瓦西里·伊万诺维奇原地转了下身。

“你要走？”

“是……我得走，请安排人把马备好。”

“好……”老人嘟嘟哝哝，“备下马……好……只是……只是……怎么会这样？”

“我要上他那儿稍住一阵，然后再回来。”

“啊！稍住一阵……好。”瓦西里·伊万诺维奇掏出手绢，擤擤鼻涕，腰几乎弯到地上了，“好吧，这……都会给你办好的。我还以为，你会……在家多住一阵的。三天……离别了三年，这太少，太少了呀，叶夫根尼！”

“可我已跟你说了，很快就回来。我必须得去。”

“必须……那能怎么办呢？首先得完成职责……那么就派马吧？好。当然，阿林娜和我都没料到。她还从邻居那儿要了点花，想给你布置布置房间呢。（瓦西里·伊万诺维奇没提自己，每天清晨天蒙蒙亮时他就赤脚拖着双鞋找季莫费伊奇商议，用颤抖的手指掏着一张张破烂的钞票，吩咐季莫费伊奇去采购，特别关照多买食品和红葡萄酒，据他观察，这两个年轻人很爱喝红葡萄酒）主要是——自由。这是我的法则……我不能束缚你……不……”

他突然不说了，朝门走去。

“我们很快会再见面的，父亲，真的。”

可瓦西里·伊万诺维奇并没回头，只是挥挥手，便走了出去。他回到卧室，发现妻子躺在床上进入了梦乡，便开始轻声细语地祈祷，以免惊醒她。可她还是醒了。

“是你，瓦西里·伊万诺维奇？”她问。

“是，妈妈。”

“从叶纽沙那儿来？知道吗，我担心他在沙发上睡得不舒服。我叫安菲苏什卡给他铺上你的行军床垫，放上新枕头。本想把我们的羽绒褥子给他的，可又记得他不喜欢睡得太软。”

“没关系，妈妈，用不着担心。他很好。主啊，宽恕我们这些罪人吧，”他又接着低声祷告了。瓦西里·伊万诺维奇可怜自己的老伴：他不想现在告诉她，有个多大的悲伤等着她呢。

巴扎罗夫和阿尔卡季第二天走了。一大早全家人都垂头丧气，安菲苏什卡手中的碗碟摔碎了，甚至费季卡也变得莫名其妙，把靴子脱了下来。瓦西里·伊万诺维奇从未这么忙乱过：他显然竭力装出勇敢的样子，说话高门大嗓，脚跺得咚咚作响，可他的脸却显得消瘦，目光时不时在儿子身上滑过。阿林娜·弗拉西耶夫娜悄悄哭泣，要不是丈夫一大早劝了她整整两个小时，就会完全惊慌失措，把握不住自己了。巴扎罗夫一再答应一定在一个月内回来，终于从挽留他的拥抱中摆脱出来，马儿扬蹄，铃儿叮当，车轮转动——他们的身影消失在视野中了，直到尘埃落定，季莫费伊奇才弯腰驼背，步履踉跄地回到了自己的小屋。只剩下了这一对老人，这宅子也仿佛突然变得破旧衰败，瓦西里·伊万诺维奇刚才还在台阶上使劲地挥着手帕，现在跌坐在椅子上，头垂到胸前。“抛下我们，抛下我们了，”他嘟囔道，“抛下了，他和我们在一起很烦闷。现在我们就像一根手指那么孤单！”他重复了好几遍，每次都伸出了一只食指。后来阿林娜·弗拉西耶夫娜靠近他，两位白发老人头靠着头，她说：“有什么办法，瓦夏！儿子是离开了家庭，过惯了独立生活。他就像只鹰：想来就飞来，想走就飞走；而我和你就像一只树洞里长出的两朵菌子，紧靠一起，从不挪窝儿。只有我俩彼此永远眷恋。”

瓦西里·伊万诺维奇把手从脸上拿下来，拥抱着自己的老伴，抱得那么紧，比青年时代还要紧，悲伤的时候是她抚慰了他。

二十二

我们的这俩朋友一路沉默，只是偶尔交换几句无关痛痒的话，直到费多特的客店。巴扎罗夫对自己并不太满意。阿尔卡季也对他不满。而且阿尔卡季心中充满了只有年轻人才了解的莫名的忧郁。车夫换好了马，爬上赶车座位，问：“向右还是向左？”

阿尔卡季抖了一下。向右是进城的路，从那儿可以回家；向左是奥金佐娃家的方向。

他瞟了一眼巴扎罗夫。

“叶夫根尼，”他问，“向左？”

巴扎罗夫扭过头去。

“干吗做这傻事？”他嘟囔道。

“我知道这很傻，”阿尔卡季答，“可这又有什么害处呢？难道是头一次吗？”

巴扎罗夫把帽子拉到前额。

“照你的办吧。”他最终说。

“向左！”阿尔卡季叫道。

四轮敞篷车向着尼科利斯科耶驶去。可这两个朋友决定干这件蠢事后，比先前更顽强地沉默了，甚至显得有些生气。

从奥金佐娃的管事在台阶上迎接他们的那副模样，这两个朋友也能猜到，他们仅凭一时冲动的来访是多么不明智。显然人家并没料到他们来。他俩在客厅里傻乎乎地坐了好长时间。奥金佐娃终于来到了他们面前。她带着平日的客气欢迎了他们，可对他们这么快回来感到诧异，从她那迟缓的举止和言语可以看出来，她并不太高兴他们的这次造访。他们赶紧声明只是顺路来这儿，过四个多小时他们就得动身进城去。她只是轻轻地惊叹了一声，请阿尔卡季转达她对他父亲的问候。然后叫人请姨妈来。老公爵小姐睡眼惺忪地出现了，这使她那满是皱纹的老脸显得更凶了。卡佳身体不适，没出卧室。阿尔卡季突然觉得他同样强烈地想见卡佳。在闲聊中四个小时过去了；安娜·谢尔盖耶夫娜听着，说着，一直面无笑容。只有在告别时以前的那种友情才似乎在她心底闪过。

“我最近很忧郁，”她说，“可你们别介意，过段时间请再来，我是对你们两位说的。”

巴扎罗夫和阿尔卡季默不作声地鞠了个躬作答，然后登上马车而去，一路不停地驶向玛丽伊诺，次日傍晚他们顺利到家了，一路上谁也没提奥金佐娃；巴扎罗夫几乎没开过口，只是冷冷地、紧张地一直凝望着路的另一方向。

在玛丽伊诺，所有人都对他们的到来特别高兴。儿子一直没回家，已让尼古拉·彼得罗维奇开始感到有些不安，当费涅奇卡双目炯炯地向他宣布“年轻的先生们”回来了时，他大叫了一声，摇晃着双腿在沙发上蹦了起来；帕维尔·彼得罗维奇也感到有些愉快和激动，和这两个归来的游子握手时露出了宽厚的笑容。接下来便是问长问短和闲谈。阿尔卡季话最多，特别是晚饭时，这顿饭持续到半夜。尼古拉·彼得罗维奇吩咐人把从莫斯科刚捎来的黑啤酒拿出几瓶来，连他本人也喝得满脸通红，不时发出半天真半神经质的笑声。这种皆大欢喜的气氛也感染了仆人们。杜尼亚莎发疯似的跑前跑后，把门开得砰砰直响；彼得在凌晨两点多还拿着吉他弹哥萨克圆舞曲。静寂的空气中琴弦发出如怨如诉的音响，可除了开头的几个装饰音外，这个有教养的贴身仆人就弹不出别的来了：他缺乏音乐天分，就如他也没有别的本事一样。

这时玛丽伊诺的日子并不太妙，可怜的尼古拉·彼得罗维奇处处不顺心。田庄里的麻烦日胜一日——这些事讲不清道不明，叫人发愁。雇工给他带来的操心事简直叫他吃不消。有的要求辞工算账或增加工钱，还有人拿到定金后跑得无影无踪；马也病了；轭具像是在火里烤过一样；活儿干得马马虎虎；从莫斯科订购的脱粒机笨重得没法用；另一台才使一次就坏了；牲口棚被火烧去一半，因为一个瞎老太婆在起风的天里，拿一块炭火块去熏自己的牛……这个老仆信誓旦旦地说，是因老爷想做几种从来没有的奶酪和其他奶制品才引起这灾祸的。总管突然变懒了，还开始发福，凡“衣食无忧”的俄国人都会长胖。当老远看到尼古拉·彼得罗维奇时，他要么丢块小木片去打在旁边跑过的小猪，要么就吓唬赤膊的孩子来表示他正勤勉地工作，其余时候他多半在睡觉。那些货币代役租的佃农不仅不按期交钱，还偷伐林子里的木材；守林人几乎每晚都在田庄的牧地上逮住农民的马，有时要争斗一番才能把马带走。尼古拉·彼得罗维奇本来规定了一笔罚金作为赔偿，可往往是马白白吃了主人一两天草，又让原主领走。除了这些倒霉事之外，农民之间又发生了争吵：兄弟闹着分家，他们的老婆不能住在一个屋檐下，忽然激烈地打起架来，仿佛听到一声令下，全村都惊动了，所有的人都跑到村事务所的台阶前，缠住老爷，有的被打得一脸伤痕，有的醉醺醺的，都要老爷裁决；女人的尖叫哭诉，间杂着男人的斥骂，吵闹不堪。主人这时得把敌对双方分开，自己的嗓子都给喊哑了，虽然早就知道不可能有什么好的解决办法。庄稼收割时缺乏人手：附近的一个独院小地主①，长得仪表堂堂，说能够提供人手割麦子，讲定价钱是两卢布一亩，可他却用最卑鄙的手段欺骗了尼古拉·彼得罗维奇。他自己村里的农妇漫天要价，叫出闻所未闻的高工钱，此时

---

① 俄国旧时的一种农户，他们来源于16—17世纪边防军下级军官子弟，有一个院子，没有农奴。——译注

麦子散落田中，收割的事还未应付完呢，监护院也来逼着尼古拉·彼得罗维奇将借款的利息立即缴清……

“我无能为力了！”尼古拉·彼得罗维奇不止一次绝望地哀鸣，“我自己不能去打架——叫警察来吧——我的原则又不允许，可要是不严加惩处，让他们有个怕惧，简直没法干了！”

“Duc calme，du calme①，”帕维尔·彼得罗维奇就会这么说，他自己也会哼哼几声，皱皱眉头，扯一扯自己的小胡子。

巴扎罗夫远离这些“无谓的争吵”，他只是客人，不好插手主人的事。到玛丽伊诺的第二天，就开始忙着工作，研究青蛙、纤毛虫及化合物。阿尔卡季正相反，他即使帮不了父亲，至少也得做出准备帮父亲忙的样子，他觉得自己有这个义务。他耐着性子地听父亲讲，有次还帮着出了个主意，倒不是让父亲照他的办，而是为了表示他的参与。阿尔卡季并不厌恶管理田庄，甚至很知足地想着将来从事这行当，可这个时候的他，脑子里都装满了其他念头。连自己都奇怪，他脑子里一直转着尼科利斯科耶；要是以前有人跟他说，他和巴扎罗夫在一个屋檐、而且是在他父亲的屋檐下生活，他会感到寂寞无聊的，他一定只会耸耸肩，可现在他确实感到无聊，心神不定。他想散步，直到走不动为止，可这也无济于事。有次他和父亲交谈，得知父亲那儿有几封很有意思的信，是奥金佐娃的母亲写给他母亲的，便缠住父亲，直到尼古拉·彼得罗维奇翻遍了二十个形形色色的箱子、柜子，把信找出来交给他才罢。几张半腐烂的信笺到手后，阿尔卡季才仿佛觉得安心，就好像他看到自己面前的目的地。“我是对你们两位说的，”他低声念叨着，“是她亲口说的。我要去，非要去不可，真见鬼！”可他又回忆起上一次的造访，那冷冰冰的接待和自己的那份尴尬又使他打退堂鼓。年轻人“碰运气”的劲头、暗自对体验幸福的希望和对自己在孤身一人没有任何保护者的情况下力量的检验——这一切最终占了上风。回到玛丽伊诺不到

---

① 法语：安静点，安静点。——原注

十天，他就借口研究星期日业余学校的机制，先进城，从那儿转到尼科利斯科耶。他不停地催着车夫打马飞奔，像年轻的军官奔向战场一样既害怕又快活，心急如焚。“最主要的是——我别去想。”他反复对自己强调。他碰上了个剽悍豪放的车夫，每个酒馆前车夫都要停下问：“来一杯?”或“难道不来一杯?”不过他来上一杯后，就不心疼马了。那熟悉的宅子的高屋顶终于出现了……“我干了什么呀?”阿尔卡季脑子里突然闪过这个念头，“可要知道也不能返回了!”三匹马齐齐飞奔，车夫吆喝着，吹着口哨。一会儿小桥被马蹄和车轮压出很大的响声，一会儿修剪过的枞树林荫道扑面而来……一片浓荫中闪出女人粉红的衣衫，嫩嫩的脸从伞的细穗子流苏下张望着……他认出了是卡佳，她也认出了他。阿尔卡季叫车夫勒住马，他从马车上跳下来，走向她。“是您呀!”她说着，渐渐地红晕袭上了面庞，“到我姐姐那儿去吧，她在花园里；见到您她一定很高兴。”

卡佳领着阿尔卡季进了花园。和卡佳的相遇他觉得是个特别的吉兆；见到她他很兴奋，就像见到了自己的亲妹妹。一切都顺顺溜溜：无须管事和通报。在一条小路拐弯处他见到了安娜·谢尔盖耶夫娜。她背着他站着。听到脚步声，便缓缓地转过身来。

阿尔卡季又开始发窘了，可她一开口就马上让他安下心来。“您好，流亡者!”她平静温柔地说着迎向他，微笑着，风和阳光使她双眼眯了起来：“你在哪儿找到他的，卡佳?”

“我给您带了件东西，安娜·谢尔盖耶夫娜，”他开口道，“您准料想不到……”

“您把自己带来，就是最好的。”

二十三

巴扎罗夫为阿尔卡季送行时一脸的嘲弄和怜悯，他是在暗示他对阿尔卡季这次旅行的目的洞若观火。随后巴扎罗夫将自己完全封闭起来，终日足不出户，陷入工作的狂热中。他已不屑与帕维尔·彼得罗维奇一争高低，哪怕帕维尔·彼得罗维奇在他面前端足贵族架子，常以声音而不是词句来表达自己的意见。只有一回谈起了关于波罗的海贵族的权利（这在当时是十分时髦的话题），帕维尔·彼得罗维奇和这个虚无主义者争了起来，不过他突然自己打住了，冷冷地客气道：

“不过，我们不能彼此理解，至少我没福气理解您。”

“当然啰！”巴扎罗夫嚷道，“一个人能够什么都理解——以太①如何颤动，太阳上发生了什么，而另一个人和他擤鼻涕有什么区别，他就理解不了了。”

“什么，这话俏皮吗？”帕维尔·彼得罗维奇搭讪着走开了。

不过偶尔他也要求巴扎罗夫允许瞧瞧他的实验，有一次甚至把自己那张用高级化妆膏洗净的、洒了浓浓香水的脸贴近显微镜，为了看清一只透明的纤毛虫如何吞下一粒绿色灰尘，又如何用喉咙里那些灵活的小拳头似的东西急急地、反复地咀嚼它。他弟弟尼古拉·彼得罗维奇来巴扎罗夫房间的次数则要多得多。要是田庄上的事不使他太分心，他就会每日必到，用他自己的话说是“来学习”。他并不打搅这位年轻科学家：他只是坐在房间的角落认真观看，偶尔小心翼翼地提个谨慎的问题。在午饭和晚饭时他竭力把话题转到物理、地质及化学上，因为其他话题（甚至包括农业，更不用说政治了），即使不引发冲突，至少也会造成彼此不快。尼古拉·彼得罗维奇猜到哥哥对巴扎罗夫的仇视一点没减弱。从许多事中的一件小事就可以印证他的猜测。周围地区出了霍乱，甚至玛丽伊诺也未能幸免，被它“招去”两人。一天夜晚，帕维尔·彼得罗维奇也发作得十分严重，他宁可自己硬撑整整一宿，也没跑去找巴扎罗夫治一治，第二天他们见面时，巴扎罗夫问他：当时怎么不找他瞧瞧？他脸色仍然十分苍白，却已仔细梳洗过，而且脸也刮得干干净净，他这样回答：“我好像记得您自己曾说过您不相信医学。”日月如梭。巴扎罗夫没日没夜地拼命工作着，但又总是郁郁寡欢……不过尼古

① 以太：十九世纪人们曾认为宇宙空间分布着一种称为“以太”的特殊介质，而把电磁波视为“以太”某种振动的传播形式。后来科学的发展否定了“以太”的存在。——译注

拉·彼得罗维奇家里倒有这么一个人，尽管他不曾对她袒露过心扉，却很乐意跟她聊天……她便是费涅奇卡。

他往往在一大早碰到她，在花园中或院子里；他不会上她的房间拜访，而她也只来过一次他的房门口，问他该不该给米佳洗澡？她不仅信任他，不怕他，而且在他面前表现得比在尼古拉·彼得罗维奇的面前更自由自在、更无拘无束。很难说清这个中原因：可能她无意中觉得巴扎罗夫不摆架子，没有一丁点那种使人既着迷又畏惧的贵族派头。在她眼里，他是个医术高明的大夫，为人朴实无华。在他面前，她可以无所顾忌放心自然地照料自己的小宝宝，有次突然她的头又晕又痛，是从他手里服的一匙药。若有尼古拉·彼得罗维奇在场，她好像刻意回避巴扎罗夫；这倒并非她要掩饰什么，而是出于礼节。她较以前更怕帕维尔·彼得罗维奇；近来他总在观察她，有时像从地下冒出来似的突然出现在她背后，身着一套英式服装，一张呆板又仿佛明察秋毫的脸，手插在口袋里。“对人那么冷淡、傲慢。”费涅奇卡对杜尼亚莎抱怨道，杜尼亚莎则报以一声长叹，心里想着的却是另一个“冷酷无情”的人。巴扎罗夫怎么也不会料到自己竟会成为杜尼亚莎心目中的暴君。

费涅奇卡和巴扎罗夫真可谓是惺惺相惜。当他俩聊天时，他的脸甚至都有了变化：浮现出开朗和善的神情，平日的漫不经心中也掺杂着一种玩笑似的关心。费涅奇卡出落得愈来愈漂亮。年轻女人的生命中总有一段灿烂时光，就像夏日玫瑰一样突然绽放；费涅奇卡的花季来临了。所有的一切，甚至包括七月的暑热，都为她增添了美丽。她穿了件薄薄的白连衫裙，显得更加白皙轻盈。她并没晒黑，无法抗拒的炎热给她的双颊和耳朵上轻轻涂上了一层胭脂红，也使她浑身懒洋洋的，她那一双秀目中也现出娇慵欲睡的神情。她几乎不能干活了，双手就那么滑到了膝盖上。她几乎不走动，总是带着这副滑稽而又无可奈何的样子抱怨叹气。

“你该多洗澡。”尼古拉·彼得罗维奇对她说。

他利用一口尚未干涸的池塘并在上面搭了个大布帐篷，作为浴池。

“哎呀，尼古拉·彼得罗维奇！走到池塘边人就要死了，再走回来——又死一回。花园里没一点阴凉。”

“唔，真是这样。”尼古拉·彼得罗维奇摸着自己的眉毛答道。

一天早上快七点时，巴扎罗夫散完步回来，在丁香凉亭碰到费涅奇卡，丁香已凋谢，可凉亭上仍是绿荫满枝。当时她坐在凳子上，头上依然搭了条白头巾，身旁放了一大堆带着朝露的红白玫瑰。他便上前打了招呼。

“啊！叶夫根尼·瓦西里伊奇！”她说，稍稍扯起头巾的角看着他，那只胳膊一直露到肘部。

“您在干吗？”巴扎罗夫坐在旁边问，“扎个花束吗？”

“是，早饭时桌上要用的。尼古拉·彼得罗维奇喜欢这个。”

“时候还早着呢。这么多花！”

“我现在采了，省得天一热就出不来了。只有现在还能喘得过气。天热得我筋疲力尽的。我怕是不是得病了？”

“您可别胡思乱想！让我来摸一下您的脉。”巴扎罗夫拿过她的手，找到了那跳得很均匀的脉搏，还没数跳动的次数就放下她的手，说，“您能活一百岁！”

“哎哟，您可别瞎说！”她叫道。

“怎么？难道您不想长命百岁？”

“要知道一百岁呀！我们老奶奶活了八十五岁——遭了多少孽，又脏又聋，还驼背，咳个不停；自己都觉得是个累赘。这种日子有什么劲呀！”

“怎么样，还是年轻好吧？”

“那当然！”

“那它到底有什么好处？请告诉我！”

“这不明摆着吗？像我现在这样年纪轻轻的，进进出出，拿这拿那，万事不求人……还有什么比这更宝贵的？”

“可年龄对我却无所谓，不管年老还是年轻。”

“您怎么这么说——无所谓呢？这不可能。”

“您自己想想呀，费多西娅·尼古拉耶夫娜，年轻对我又有什么用呢？还不是孤苦伶仃一个人活着……”

“命运要靠您自己把握。”

“什么都由不得我！哪怕有个人可怜可怜我呢。”

费涅奇卡斜瞥了巴扎罗夫一眼，一言不发。

“您拿的什么书？”过了会儿她问。

“这本吗？这书挺有学术价值的，但不好理解。”

“您总在学习？不觉得闷吧？我觉得您样样都通。”

“显然不是这样。您试着念念。”

“可我一点也不懂。是俄文书吗？”费涅奇卡问，双手接过这本装订得很重的书，“这书多厚啊！”

“俄文的。”

“我还是什么也不懂。”

“我并不是要您读懂它。只是想看您读书的样子。当您读书时，小鼻尖动得可爱极了。”

费涅奇卡随手翻到《木馏油》那一章，刚低声拼读起来，这时她笑了，把书扔到一边……书从凳子上滑落到地上。

“我喜欢您笑的神态。”巴扎罗夫道。

“别说了！”

“我还爱听您说话，像小溪潺潺的流水声。”

费涅奇卡把头扭开。

“您怎么这样呢？”她边说边用手逐个挑选着花，“您能听我谈出什么呢？您是和那些聪明的太太小姐们聊惯了的。”

“啊，费多西娅·尼古拉耶夫娜！请相信我：世上所有聪明的太太小姐加起来也抵不上您那小小的胳膊肘。”

“嗯，您尽瞎编故事！”费涅奇卡喃喃道，将两手合拢来。

巴扎罗夫从地上拾起书。

“这可是医书，您干吗要扔掉它？”

“医书？”费涅奇卡重复着转向他，“知道吗？自从服了您给的那点儿药后，米佳睡得真香！我不知该如何感激您，您真是个大好人。”

“真的，医生是要索取报酬的，”巴扎罗夫说着一笑，“您也听说过医生个个贪财。”

费涅奇卡抬眼瞅着巴扎罗夫，她脸的上半部落下一片白色的反光，映衬得双眼更黑了。她闹不清他是开玩笑还是真话。

“如果您要的话，我们当然十分乐意……这要问问尼古拉·彼得罗维奇……”

“您以为我要钱吗?”巴扎罗夫打断了她，“不，我不是找您要钱。”

“那要什么?”费涅奇卡道。

“要什么?”巴扎罗夫重复道，“您猜猜。”

“我可猜不着!”

“我跟您说吧，我要您的……一朵玫瑰。”

费涅奇卡又笑了起来，甚至惊讶地把两手轻轻一拍，她觉得巴扎罗夫的愿望挺有趣，便自得地笑了起来。巴扎罗夫目不转睛地盯着她。

“好，没问题，”她说着俯下身去开始挑选玫瑰，“您想要红的还是白的?”

“红的，也别太大。”

她直起了腰板。

“就这枝吧。”她说，马上又将伸出的手缩回去，咬着下唇瞧了瞧凉亭的入口处，然后又侧耳听了听。

“怎么?”巴扎罗夫问，“是尼古拉·彼得罗维奇吗?”

“不是……老爷到田上去了……我倒也不怕他……只是帕维尔·彼得罗维奇……我觉得……”

“什么?”

“我觉得大老爷过来了。不……没人。您拿去吧。”费涅奇卡将玫瑰递给巴扎罗夫。

“您为什么要怕帕维尔·彼得罗维奇?”

“我怕见到他。他一声不吭，一个劲地盯着你，而且眼神也是怪怪的。我想您也不会喜欢他。记得以前您总和他争吵。我虽不明白你们吵什么，但看得出来您把他激得坐卧不安……”

费涅奇卡一边说，一边用手照她的想象比画出巴扎罗夫如何激怒帕维尔·彼得罗维奇的样子。

巴扎罗夫淡淡一笑。

“可如果他打赢了我，”他问，“您愿意帮我的忙吗？”

“我怎么帮得了您？不，没人能胜得了您。”

“您也这么想？可我清楚，有只手只要它愿意，仅仅动动一根指头就能将我打翻在地。”

“那会是一只什么手？”

“您真的不明白？来闻闻，您给我的这朵玫瑰真香。”

费涅奇卡伸长脖子，脸凑近那朵花……头巾滑落到肩上，露出一头柔软、乌黑闪亮的秀发，稍稍有点凌乱。

“等等，我想咱们一块儿闻闻。”巴扎罗夫说罢，弯下腰向她微启的双唇用力吻了一下。

她浑身一抖，用双手赶紧推他胸部，可力气毕竟小了点，他还能再次接个长吻。

丁香花丛后传出干咳声。费涅奇卡连忙移到凳子另一头。帕维尔·彼得罗维奇出现了，他的身子略微弯了弯以示致意，阴着脸，用一种恶意的口吻说：“你们在这儿。”说罢便走开了。费涅奇卡马上收拾好所有的玫瑰走出凉亭。“您太不该了，叶夫根尼·瓦西里伊奇。”她临走时低声道，从她的低语中可以听出她确实在责备他。

巴扎罗夫想起不久前的另一场景，他觉得既惭愧又有种受蔑视的懊丧；马上又自嘲地庆幸自己“正式扮演了塞拉东①的角色”，摇头晃脑地回到自己的房间。

帕维尔·彼得罗维奇从花园出来，缓步来到树林边。他在那儿待了很久，当他回来吃早饭时，尼古拉·彼得罗维奇关切地问他是不是不舒服？因为他的脸色有点发黑。

---

① 塞拉东：法国作家 Urfé（1568—1625）一部长篇小说中的男主角，此处泛指“风流少年”。——译注

“你也清楚，有时我的黄疸病会发作。”帕维尔·彼得罗维奇的回答十分平静。

二十四

两个小时后，帕维尔·彼得罗维奇敲开了巴扎罗夫的门。

“很抱歉我打搅了您的研究，”他在靠窗的椅子上坐下来说道，双手撑着一根漂亮的手杖（他一般是不带手杖的），上面还带着精雕细刻过的象牙柄。“可我不得不求您给我五分钟……绝不再多。”

“我所有的时间您都尽管支配。”巴扎罗夫答。帕维尔·彼得罗维奇刚一跨进来，巴扎罗夫脸上就现出一抹阴云。

“只需耽搁您五分钟，我来是向您请教一个问题。”

“愿闻其详！”

“请听我说。当您刚到我弟弟这儿时，我十分乐意和您交谈，也听到了您的许多高见；可我一经仔细回忆，您不管是和我谈话中，还是在我面前都从未提及过斗殴和决斗。我很想了解您如何看待这个问题？”

巴扎罗夫起初站着迎接了帕维尔·彼得罗维奇，现在他双手交叉，坐在桌边。

“我的看法是，”他道，“从理论上说，决斗十分荒唐，可实际上就要另当别论了。”

“也就是说，照我的理解，您认为无论理论上对决斗持何种态度，而实际上您都不会容忍别人白白地侮辱您了？”

“您完全猜透了我的观点。”

“很好，先生。很高兴听到您这番话。它使我疑云顿消……”

“您是想说去除了犹豫吧。”

“都一回事，先生，我只要说得能让别人理解就够了；我……可不是迂腐胆怯的鼠辈。您的话让我避免了令人不快的繁文缛节。直说吧：我决定和您决斗。”

巴扎罗夫瞪大双眼。

“和我？”

“不错，就是同您。”

“为什么？请让我问一句。”

“我当然可以向您解释缘由，”帕维尔·彼得罗维奇说，“可我更想保持缄默。您，照我的秉性，在这儿纯属多余；我无法忍受您，蔑视您，要是您还嫌不够……”

话说得帕维尔·彼得罗维奇自己的眼睛都亮了……巴扎罗夫也听得双目炯然。

“很好，先生，”他道，“不用往下说了。您想入非非，打算在我身上试试您的骑士精神。我本该拒绝给您这种愉快，不过就按您说的做吧！”

“多谢您，”帕维尔·彼得罗维奇答，“那么说我就可以期待您接受我的挑战，而无须采用过激方法啰。”

“就开门见山地说吧，用这根手杖吗？”巴扎罗夫冷静地说，“这很公平。您用不着侮辱我。它对您也并非万无一失。您可以像个‘尖头曼’①……我也像个绅士似的接受您的挑战。”

“好极了，”帕维尔·彼得罗维奇说着，把手杖放到了角落。“我们现在稍微谈谈决斗的条件；可我首先想知道，您是否觉得我们应该形式上小吵一架，作为我挑战的借口？”

“不，最好别用任何形式。”

“我也这么考虑。我还觉得我们不必去探寻这次摩擦的根由。我们彼此不能忍受，还不够吗？”

“还不够吗？”巴扎罗夫嘲讽地重复道。

“来谈谈决斗的条件，我们还是不要公证人吧——因为上哪儿找去呢？”.

“真的，是没地方找。”

“那么请让我荣幸地向您提出下面的办法：决斗明早六时举行，地点在小树林后，用手枪，界线为十步……”

---

① 英语：gentleman 的译音。——译注

“十步？就这样吧；我们在这个距离是会相互仇恨的。”

“也可以八步。”帕维尔·彼得罗维奇道。

“可以，为什么不行！”

“每人放两枪。为防万一，每人在口袋里放封短信，说是自寻短见。”

“这点我不太赞同，”巴扎罗夫道，“这和法国小说缠到一起了，有点不像真的了。”

“可能。不过您同意吧，杀人嫌疑也令人不快？”

“同意。不过也有办法避免这种糟糕的责难。我们不要公证人，不过可以有个见证人。”

“我想知道找谁呢？”

“彼得。”

“哪个彼得？”

“您弟弟的贴身男仆，他是个站在现代教育高峰的人，他会尽力‘科米利福’① 完成他在这种场合中的角色的。”

“我觉得您在开玩笑，亲爱的先生。”

“一点没有。分析完我的提议，您会相信这是合理、简单的。袋子里藏不住锥子，不过我负责把彼得培养出应有的形象，带他上战场。”

“您还是在开玩笑，”帕维尔·彼得罗维奇说着从椅子上站起来，“不过承蒙您慷慨许诺，我亦无权再提什么要求了……这么一切就定了……顺便问问，您有手枪吗？”

“我怎会有手枪呢，帕维尔·彼得罗维奇？我又不是军人。”

“那么我借支给您吧。您可以相信，我也有五年没摸过手枪了。”

“这消息倒是非常令人安慰。”

帕维尔·彼得罗维奇拿起手杖……

“那么，亲爱的先生，我现在只有对您表示谢意，别无他求，我

---

① 科米利福：法语 comme il faut：“适当地”，此处巴扎罗夫用俄国腔说出来。——译注

不再打搅您的工作了。请让我向您告辞吧。”

“那么再见吧，我亲爱的先生。”巴扎罗夫边说边送走客人。

帕维尔·彼得罗维奇走了，可巴扎罗夫还在门前站着，突然嚷道：“呸，见鬼！多漂亮又多愚蠢！我们演了出多好的喜剧！好像受过训的小狗用后腿立着跳舞。可要拒绝也不成，我想他会狠狠揍我的，那么……（巴扎罗夫想到这儿脸色发白，他的自傲腾的一下子蹿起老高）那么我就非掐死他不可，像掐死只小猫。”他回到显微镜前，可他的心骚动起来，观察所必需的平静心境被打碎了。“他今天看到了我们，”他想，“他是不是替他弟弟打抱不平呢？可这有什么大不了的——接个吻？看来还有别的原因。哎呀，该不是他自己爱上她了吧？一定，是他爱上她了；这是显而易见的。想想，多麻烦！……多可恶！”他最后决定，“不管从哪面来看，都够糟了。第一，要引颈送死，然后无论如何要走开；可还有阿尔卡季……还有那个好好先生尼古拉·彼得罗维奇。真糟，真糟。”

这天过得特别静，特别消沉。就像世上没费涅奇卡这个人似的，她像洞里小耗子一样，整日待在自己的小房间里。尼古拉·彼得罗维奇一副忧心忡忡的样子。他刚得知，他寄予很大希望的麦子得了黑穗病。帕维尔·彼得罗维奇冷冰冰的礼貌使全家人包括普罗科菲伊奇都感到压抑。巴扎罗夫动笔给父亲写信，可又把信撕了，扔在桌子底下。“我要是死了，”他想，“他们会知道的。不过我不会死。不，我还要在世上好好地活着呢。”他吩咐彼得第二天黎明就到他这儿来，有件重要的事要办；彼得还以为要带他去彼得堡。巴扎罗夫睡得很晚，乱七八糟的梦困扰了他一夜……梦里奥金佐娃在他面前旋转，她又成了他的母亲，后面跟着长着黑黑胡须的小猫，那小猫又成了费涅奇卡；而帕维尔·彼得罗维奇又变成了一座大树林，他还是得和他决斗。彼得四点就来叫醒他，他匆匆穿好衣服和他一起出门了。

清晨可爱又清新，明净浅蓝的天空飘着朵朵小浪花般的五彩云，小小的露珠洒满了树叶和草地，蛛网上的露珠银样地闪亮，潮湿的黑土地仿佛还留着玫瑰色晨曦的痕迹，到处充满了百灵的歌声。巴扎罗夫来到小树林，在林边阴处坐下来，这时才对彼得说明，到底要他来干什么。这个有教养的听差吓得要死；可巴扎罗夫安慰道，并不要他干什么，只要站在远处看着就行，不承担任何责任。“而且，”他道，“你想想，你将扮演多么重要的角色！”彼得摊开两手，垂着头，靠在一棵白桦树上，脸都吓青了。

从玛丽伊诺过来的路要绕过树林，路上落着层薄薄的尘土，从昨天起还没车轮或脚步踏过。巴扎罗夫不知不觉顺着这条路望去，扯了根草嚼着，心里一直想着：“真愚蠢！”清晨的凉气使他打了两三个寒颤……彼得沮丧地望着他，可巴扎罗夫只是冷冷一笑：他才不害怕呢。

路上响起马蹄声……树丛后出现了一个农民。他把两匹马拴在一起赶着，经过巴扎罗夫时，有点奇怪地望着他，并没有卑躬屈膝地向他问好，这显然又叫彼得不安了，他觉得不是个吉兆。“这人也起得这么早，”巴扎罗夫想，“可他至少是去干活，我们呢？”

“好像大老爷来了，先生。”彼得突然喃喃道。

巴扎罗夫抬头看见了帕维尔·彼得罗维奇。他身着一件薄薄的格子上装，下着一条雪白的裤子，他疾步过来，腋下夹着个用绿呢布包着的盒子。

“对不起，让你们久等了，”他说，先向巴扎罗夫鞠了个躬，由于觉得彼得此时有几分公证人的味道，所以也向他鞠了个躬，“我不想弄醒我的仆人。”

“不要紧，先生。”巴扎罗夫道，“我们也才到。”

“噢，那更好了！”帕维尔·彼得罗维奇往四周望了望，“这儿见不到一个人，也没人来打搅……我们可以开始了吧？”

“开始吧。”

“我想您不要什么新的解释吧？”

“不需要。”

“您愿意上子弹吗？”帕维尔·彼得罗维奇问，从盒子里取出手枪来。

“不，您来上吧，我来量步数。我的腿长些，”巴扎罗夫笑着说，“一、二、三……”

“叶夫根尼·瓦西里伊奇，”彼得吃力地结结巴巴道（他像打摆子似的浑身颤抖），“不管您怎样，我可是要走了。”

“四……五……走吧，老弟，走吧；你还可以躲在树后，塞住耳朵，只是别闭上眼睛；而如果谁倒下了，你赶快跑过来扶起他。六……七……八……”巴扎罗夫停下脚步，“够了吧？”他转向帕维尔·彼得罗维奇问，“还是再加两步？”

“随便。”帕维尔·彼得罗维奇答，把第二颗子弹上膛了。

“那么就再加两步。”巴扎罗夫用靴尖在地上画了条线。“这就是界线。顺便问一句：我们每人从界线后退多少步呢？这也是个重要问题。昨天没讨论这一点。”

“我想，十步吧，”帕维尔·彼得罗维奇答，把两支手枪都递给巴扎罗夫，“敬请您挑一支吧。”

“好吧。您同意吗，帕维尔·彼得罗维奇？我们的决斗不寻常到滑稽的地步了。您只消瞧瞧我们公证人的脸色。”

“您还是爱开玩笑，”帕维尔·彼得罗维奇答，“我不否认我们这次决斗古怪，可我认为有义务警告您，我是准备认真地决斗的。A bon entendeur，salut①！”

“噢，我并不怀疑，我们彼此都想消灭对方，可为什么不笑笑，把 utile dulci② 结合到一起呢？您对我说法语，那我就跟您说拉丁文。”

“我要和您认真地决斗。”帕维尔·彼得罗维奇重复了一遍，走到自己的位置上。巴扎罗夫也在距界线十步的地方停下脚步。

“您准备好了吗？”帕维尔·彼得罗维奇问。

“一切准备就绪。”

“我们可以相互走近了。”

---

① 法语：凡有耳朵的人都会听到的！——原注

② 拉丁语：有用和愉快。——原注

巴扎罗夫缓缓向前走，帕维尔·彼得罗维奇也向他走来，左手插在口袋里，渐渐举起枪口……“他瞄准我的鼻子，”巴扎罗夫想，“还多么认真地眯起眼睛，这个土匪！不过这种感觉可不好受。我来瞧着他的表链吧……”什么东西刺耳地尖叫着飞过巴扎罗夫的耳朵，同时响起了射击声。“我听见了，就没事了。”他脑子里掠过这个念头。他又走了一步，不瞄准便扣响了扳机。

帕维尔·彼得罗维奇微微一抖，用手抓住大腿。一股血顺着白裤子流了出来。

巴扎罗夫把手枪一扔，走到对手身边。

“您受伤了？”他问。

“您有权叫我回到界线，”帕维尔·彼得罗维奇道，“伤是小事。根据条件，我们每人还可以再放一枪。”

“好了，对不起，还是下次吧，”巴扎罗夫说着抱住帕维尔·彼得罗维奇，帕维尔的脸色已开始发白。“现在我不是决斗人，是医生，首先要看看您的伤。彼得，过来，彼得！你躲哪儿去了？”

“都是胡诌……我不需要任何人帮忙，”帕维尔·彼得罗维奇断断续续地说道，“而且……我们应该……再……”他想捋捋自己的胡子，可手无力抬起，翻着白眼，昏迷过去。

“真是个新闻！他昏过去了！怎么办呢？”巴扎罗夫不由得嚷道，把帕维尔·彼得罗维奇放到草地上。“来看看伤口怎么样了？”他掏出手帕，擦去血迹，按了按伤口的四周……“骨头是完整的，”他从牙缝里喃喃道，“子弹射进不深，碰伤了一根筋。Vastus externus①擦伤了。过三周都能跳舞了！……可他却失去知觉！哎呀，这些人神经真脆弱！你瞧，多嫩的皮肤。”

“先生，他被打死了吗？”背后传来彼得发抖的声音。

巴扎罗夫回头望去。

“老弟，快去拿水来，他会比你我活得还长。”

---

① 拉丁文：股外巨筋。——译注

可这个有教养的仆人好像没听懂他的话，纹丝不动。帕维尔·彼得罗维奇慢慢张开双眼。“他要死了！”彼得低语着，画起十字。

“您是对的……多傻的一副面孔！”这个受伤的“尖头曼”强笑道。

“快去拿水去，见鬼！”巴扎罗夫嚷着。

“不需要……这是一时的 vertige①……请扶我坐起来……就这样……只需用点什么把伤口包扎上，我就可以走回家了，或者给我叫辆马车来，要是您同意，我们的决斗也无须再进行了。您的行为很高尚……今天，今天——请注意，我指的是今天。”

“往事就别再提了，”巴扎罗夫道，“至于将来，也用不着绞尽脑汁去想，因为我打算马上离开此地。现在让我把您的伤口包扎好，您伤得并不重，不过还是最好把血止住。首先得弄醒这小子。”

巴扎罗夫抓住彼得的衣领吩咐他叫马车来。

“小心别吓着我弟弟，”帕维尔·彼得罗维奇对他说，“对他什么也别说。”

彼得飞奔而去，他去叫马车时，这两个冤家坐在地上，默默无语。帕维尔·彼得罗维奇尽量不看巴扎罗夫，不管怎样他也不想同他和解，他羞于自己的傲慢和失败，也为自己想出来的这件事而难为情，虽然觉得，没有比这样的结局更好的了。“至少他不会讨人厌再待在这儿了，”他自我安慰道，“这倒是值得庆幸的。”他们继续沉默着，这种沉默令人痛苦，也叫人难堪。两人都心里不舒服。每个人都感到对方看透了自己。这种感觉在朋友间是愉快的，在敌人之间就恰恰相反——完全不痛快了，尤其当既不能解释，又无法各自走开之时。

“您的腿包扎得不太紧吧？”巴扎罗夫终于开了口。

“不，一点不紧，很合适，”帕维尔·彼得罗维奇答，过了一会

① 法语：头昏。——原注

巴扎罗夫缓缓向前走，帕维尔·彼得罗维奇也向他走来，左手插在口袋里，渐渐举起枪口……

儿又说，“这事瞒不过我老弟，我们就跟他说我们因为政见不同而争吵起来了。”

“很好，”巴扎罗夫道，“您可以说我骂遍了所有的亲英派。”

“太好了。您觉得这人现在怎么看待我们？”帕维尔·彼得罗维奇指着边上一个农夫接着说，那人正是决斗前几分钟赶着马从巴扎罗夫面前过去的，此刻正原路返回，他见到“先生”们便脱帽致意，旋即又走开了。

“鬼才知道！”巴扎罗夫答，“倒不如说他什么也没想。俄国农夫——是最大的谜。拉特克丽弗①夫人对此已谈论过许多。谁搞得清楚他？就连他自己都不明白。”

“啊！您怎么这样说！”帕维尔·彼得罗维奇说，突然他叫了起来，“瞧瞧，您那笨蛋彼得干的好事！我弟弟他坐车来了！”

巴扎罗夫扭头望见坐在车上的尼古拉·彼得罗维奇脸色惨白，不等车停稳就跳了下来，扑向哥哥。

“这是怎么了？”他激动地说，“叶夫根尼·瓦西里伊奇，请问这是怎么回事？”

“没事了，”帕维尔·彼得罗维奇答道，“让你白白担心一场。我和巴扎罗夫先生之间出现了一点争吵，我也为此付出了小小的代价。”

“上帝呀，究竟是为什么？”

“怎么说呢？巴扎罗夫先生提起罗伯特·皮尔先生时很不恭敬。我先得说明一下，一切错都在我身上，巴扎罗夫先生的行为很好。是我向他提出挑战的。”

“哎呀，你流血了！”

“难道你以为我血管还流水不成？流点血对我来说倒也好。对吧，大夫？扶我上车吧，别光顾着发愁了。明天我就没事了。就这样很好。上路吧，车夫。”

---

① 拉特克丽弗（1764—1823）：英国女作家，长于恐怖小说创作。其作品曾在俄罗斯风靡一时。——译注

尼古拉·彼得罗维奇走在马车后，巴扎罗夫正想待在后面……

“我得麻烦您照顾我哥，”尼古拉·彼得罗维奇对他说，“直到我们从城里请来大夫为止。”

巴扎罗夫点了点头，一声不吭。

一小时后，帕维尔·彼得罗维奇已在床上躺下了，他的腿伤包扎得很合适。宅子里上上下下都被惊动了；费涅奇卡十分难过。尼古拉·彼得罗维奇扭着自己的手，也不吱声。帕维尔·彼得罗维奇却在笑，还开开玩笑，尤其是和巴扎罗夫。他穿了件细亚麻布衬衫，外面套一件讲究的短晨衣，戴着尖顶帽。他不让人落下窗帘，还很滑稽地抱怨让他禁食。

到晚上他就发起烧来，头也痛。城里的医生也来了。（尼古拉·彼得罗维奇没听哥哥的话，而且巴扎罗夫也希望他别听；巴扎罗夫整天坐在自己的房间里，脸色发黄，很凶的样子，去看病人他也只待一会儿；他碰到费涅奇卡两三次，可她害怕地躲开了）新来的医生建议喝点清凉饮料，不过他也同意巴扎罗夫的意见，说没什么危险。尼古拉·彼得罗维奇对医生说，哥哥是不小心打伤了自己，医生只是以“哼”字作答，可当他拿到手二十五个银卢布时，他说：“是这样啊！这是经常发生的，确实。”

这晚全家没一个人脱衣上床睡觉。尼古拉·彼得罗维奇时时踮起脚尖到他哥哥的房里，又踮着脚尖走出来；他哥哥昏睡着，轻轻呻吟着，对他用法语道：“Couchez-vous①。”他还要水喝。尼古拉·彼得罗维奇有次让费涅奇卡端来杯柠檬水，帕维尔·彼得罗维奇目不转睛地盯着她，把一杯水喝了个底朝天。第二天早上热度又稍高了点，还说了些胡话。起初帕维尔·彼得罗维奇说得断断续续，后来他突然睁开眼，看到床边的弟弟正关切地俯下身子望着他，便说：

“尼古拉，你是不是觉得费涅奇卡和内莉有点相同之处？”

“哪个内莉，巴沙？”

---

① 法语：您去睡吧。——原注

“你怎么问这个？就是P公爵夫人……尤其是脸的上半部分。C’ est de la même fanille①。”

尼古拉·彼得罗维奇没搭腔。可他暗暗惊奇一个人如此旧情难忘。

“这下子往事都浮上心头。”他想道。

“啊，我多爱这个没有头脑的东西！”帕维尔·彼得罗维奇呻吟着，忧郁地把双手放在脑后，“我不能忍受，随便一个厚颜无耻的人去碰……”停了停他又嘟囔道。

尼古拉·彼得罗维奇只是叹气，他一点也没猜到这些话指的是谁。

第二天早晨八点左右巴扎罗夫来见尼古拉·彼得罗维奇，他已收拾好行装，把那些青蛙、昆虫、鸟也都放走了。

“您是来和我道别吗？”尼古拉·彼得罗维奇起身迎向他。

“正是这样，先生。”

“我理解并完全赞同您。当然是我那可怜的哥哥的错：为此他也受到了惩罚。他自己跟我说，是他逼的，您别无选择。我相信，您也没法避免这场决斗，这……这场决斗多半是因为你们彼此见解总是冲突。（尼古拉·彼得罗维奇话说得颠三倒四的）我哥哥是个旧派的人，脾气暴躁，又固执……谢天谢地，事情就这么结束了。我已布置好，不让这件事张扬出去……”

“我把我的地址留给您，万一发生什么问题。”巴扎罗夫随口说道。

“但愿不会有什么事，叶夫根尼·瓦西里伊奇……我深感遗憾，您在我家会有……这么个结局。更使我痛苦的是阿尔卡季……”

“我想，我会见到他的，”巴扎罗夫答，他一向听到“解释”“遗憾”之类的话就觉得不耐烦，“要是我见不到他，请您代我问候他，向他表示我的歉意。”

---

① 法语：也是那种气质。——原注

“我也求您……”尼古拉·彼得罗维奇一边鞠躬一边说，可巴扎罗夫不等他说完就走了。

得知巴扎罗夫要走了，帕维尔·彼得罗维奇想见他一面，跟他握手作别。可巴扎罗夫依然是冷冰冰的，他知道帕维尔·彼得罗维奇想表示自己的大度。他没能和费涅奇卡道别：只是和她隔窗对视了一眼。他觉得她的脸色很愁闷，“说不定她就没出路了。”他暗自对自己说……“哎，她总会熬过去的!”彼得伤感得趴在巴扎罗夫的肩头哭了，直到巴扎罗夫问他：“你的眼睛是不是在水里浸着?”他才止住；而杜尼亚莎为了掩饰自己的伤心，只得跑到小树林里。那个一切悲伤的制造者坐上了一辆大车，抽起雪茄，当车跑完了三里到了转弯处时，基尔萨诺夫的庄园和新宅子像一条线似的最后一次展现在他的眼前，他只吐了口唾沫。嘟囔道：“可恶的少爷们!”便用外衣把身体裹得更紧了。

帕维尔·彼得罗维奇不久就好多了，可他还是被迫在床上躺了近一周。他非常耐心地忍受着他所谓的囚居生活，只是花了很多精力在化妆上，并且总叫人洒花露水。尼古拉·彼得罗维奇给他读杂志，费涅奇卡还是像以前那样伺候他，给他端肉汤，柠檬水，煎溏心蛋，送茶；可每次进他房里都怀着一种暗暗的畏惧。帕维尔·彼得罗维奇出乎意料的举动把家里所有人都吓坏了，费涅奇卡尤甚；只有普罗科菲伊奇不觉得奇怪并且说，在他年轻时老爷们常决斗的，“只是都是贵族老爷们之间才动手，而像那样的滑头，由于粗鲁无礼只消叫人把他拉到马厩里抽顿鞭子。”

费涅奇卡并未觉得良心上有什么过不去，可当有时想起这次吵架的真正缘由时，内心就不免痛苦；而且帕维尔·彼得罗维奇那么古怪地望着她……甚至当她转身背对他时，也感到那种眼神。这种不断的内心折磨使她消瘦了，而且照例使她变得更可爱了。

有次——这事是在早晨发生的——帕维尔·彼得罗维奇自我感觉很好，便从床上躺到沙发上，而尼古拉·彼得罗维奇见哥哥伤势大为好转，便去打谷场了。费涅奇卡端来一杯茶，放到小桌上便想出去。帕维尔·彼得罗维奇留住了她。

“您这么忙着去哪儿，费多西娅·尼古拉耶夫娜?”他开口道，“您还有事吗?”

“没有，老爷……啊有，老爷……我得去倒茶。”

“没您杜尼亚莎会去干的，请和我这个病人坐一会儿吧。啊，我想和您说几句话。”

费涅奇卡坐在扶手椅的角上，不吱声。

“听我说，”帕维尔·彼得罗维奇捻捻自己的胡子道，“我早就想问问您：您似乎怕我?”

“我，老爷?……”

“是，您。您从不瞧我，好像您的良心有些不清白。”

红云袭上了费涅奇卡的脸颊，不过她正视着帕维尔·彼得罗维奇。她觉得他有些古怪，她的心渐渐颤抖了。

“您的良心清白吗?”他问。

“它为什么不清白?”她细语问。

“这种事的原因还少吗?不过您会对不起谁呢?我?这是不可能的。宅子里其他人吗?也是不可能的。难道是我弟弟?可您不是很爱他吗?”

“我爱他。”

“全身心地，是吧?”

“我全身心地爱着尼古拉·彼得罗维奇。”

“真的吗?看着我，费涅奇卡。(他第一次这么称呼她……)您知道——撒谎是很大的罪过!”

“我没有撒谎，帕维尔·彼得罗维奇。如果我不爱尼古拉·彼得罗维奇——那我就不该活下去!”

“您不会抛下他爱别人吧?”

“我抛下他去爱谁呢?”

“爱谁呢!那么刚离开这儿的那位先生如何?”

费涅奇卡站起身来。

“啊，我的上帝，帕维尔·彼得罗维奇，您干吗要折磨我?我对您做什么了?您怎么能这么说?……”

“费涅奇卡，”帕维尔·彼得罗维奇伤感地说，“要知道我看见了……”

“看见什么了，老爷？”

“就是那儿……在凉亭。”

费涅奇卡的脸一直红到了耳根和头发根。

“可我有什么错？”她好不容易迸出这句话。

帕维尔·彼得罗维奇坐了起来。

“您没过错？没有？一点也没有？”

“在这世上我只爱尼古拉·彼得罗维奇一人，并且永不变心！”费涅奇卡不知哪来的一股劲，声音响亮地迸发出这句话，同时她有些抽泣，喉咙哽住了，“至于您见到的，就是在最后审判时我也要说，我没有一点错，要是有人怀疑我背叛了我的恩人尼古拉·彼得罗维奇，我现在就死……”

可这时她的声音已不听使唤，同时她感到帕维尔·彼得罗维奇抓起并紧紧攥住了她的手……她瞧着他，怔住了。他的脸色益发惨白，双眼闪着亮晶晶的泪光，最叫人惊奇的是，一大滴眼泪顺着他的脸颊滚落下来。

“费涅奇卡！”他以一种奇妙的声音耳语道，“去爱吧，爱我的弟弟吧！他是个多善良、多好的人啊！不要离他而去爱世上其他一个人，不要盲从别人的话！想想吧，还有什么比爱一个人而得不到被爱更可怕的事！永远不要抛弃我那可怜的尼古拉！”

费涅奇卡大吃一惊，她的泪水干了，恐惧也消失了。可当帕维尔·彼得罗维奇把她的手贴在唇边，头俯向她的手，可并没去吻它，只是边颤栗边叹息时，她更不知自己心中有什么滋味……

“上帝啊，”她想，“是不是他的病又犯了？……”

可此时他整个已逝的生命重又在他内心激荡。

楼梯在急促的脚步声中嘎吱嘎吱响起来……他推开她，一头扎在枕头上。门开了，尼古拉·彼得罗维奇出现了，他很高兴，朝气蓬勃地，脸色红润。米佳和他一样脸色红润，活活泼泼，穿着件小衬衫，在父亲怀里蹦蹦跳跳，还用光着的小脚去抓父亲家常外套上大大的纽扣。

费涅奇卡马上扑向他，双手搂住他和儿子，把头靠在他的肩上。尼古拉·彼得罗维奇很惊讶：害羞、朴实的费涅奇卡从没在第三者面前跟他亲热过。

“你怎么了?”他瞅了哥哥一眼说道，把米佳递给她。“你是不是感觉不大好?”他走近帕维尔·彼得罗维奇问道。

帕维尔·彼得罗维奇把脸埋在细亚麻布手帕里。

“不……这……没关系……恰恰相反，我觉得好多了。”

“你太急着搬到沙发上了。你去哪儿?”尼古拉·彼得罗维奇转向费涅奇卡，加了一句，可她已关上门走了。“我抱了我的大力士来给你瞧，他想见伯伯。她干吗把他抱走了?不过你怎么了?你们之间发生了什么事吗?”

“弟弟!”帕维尔·彼得罗维奇郑重地说。

尼古拉·彼得罗维奇一抖。他觉得有点可怕，可自己也不明白是什么原因。

“弟弟，”帕维尔·彼得罗维奇重复道，“答应我完成我的一桩请求。”

“什么请求?说吧。”

“这个请求非常重要，依我所见，它维系着你一生的幸福。关于这事我这些天已想了很多了……弟弟，尽你的责任，一个诚实、高尚的人的责任，别再错下去，不要让你这个不好的榜样流传下去，你原本是个出类拔萃的人!”

“你到底想说什么，帕维尔?”

“娶费涅奇卡……她爱你，她是你儿子的母亲。”

尼古拉·彼得罗维奇后退一步，惊讶地拍了下手。

“你说这个，帕维尔?我一直以为你是最不赞成这种婚姻的!你这么说!可你知道吗，正因为尊重你，我才没有尽你刚才公道指出的那个责任!”

“这件事上你尊重我就错了，”帕维尔·彼得罗维奇伤感地微笑道，“我渐渐觉得巴扎罗夫指责我的贵族气派是对的。不，亲爱的弟弟，我们该破除观念，别再过多考虑世人的看法了：我们已年老，人也温顺了，该把一切富贵名利抛在一边。如你所说，我们来尽自己的责任吧。瞧吧，我们还是会额外得到幸福的。”

尼古拉·彼得罗维奇扑上去拥抱哥哥。

“你真是让我大开眼界！”他喊道，“我总在说你是世上最善良、最聪明的人，的确如此；现在我看出来，你既明智又宽宏大度。”

“轻点儿，轻点儿，”帕维尔·彼得罗维奇打断他，“别把你明智的哥哥的腿弄痛了，他年近50岁，还像个准尉似的跟人决斗。那么，这件事就这么定了，费涅奇卡将是我的……belle-soeur①。”

“我亲爱的帕维尔！那阿尔卡季会怎么说？”

“阿尔卡季？相信我吧，他会高兴着呢！婚姻是不合他的原则，不过他的平等观念可以满足了。而且确实，社会等级在 au dixneuvième siècle② 还算什么呢？”

“啊，帕维尔，帕维尔！让我再吻你一次。别怕，我会小心的。”

弟兄俩又拥抱在一起。

“你觉得怎样，要不要现在就把你的意思告诉她？”帕维尔·彼得罗维奇问。

“干吗这么急？”尼古拉·彼得罗维奇道，“难道你们谈过这个了？”

“我们谈过了？Quelle idée③！”

“那就太好了。首先你要恢复健康，而这事我们是跑不掉的，要好好想想，考虑考虑……”

“我想你已决定了吧？”

“当然，我已决定了，还要衷心谢谢你。我现在走了，让你一个人待会儿，你得休息，任何激动都对你有害……我们以后再谈。睡吧，亲爱的，上帝保佑你健健康康地！”

---

① 法语：弟媳。——原注

② 法语：19世纪。——原注

③ 法语：怎么这么想！——原注

“他干吗这么感激我？”当只剩下帕维尔·彼得罗维奇一个人时，他暗自想，“好像这不取决于他似的！而我，他一结婚，我就走得远远的，到德累斯顿或佛罗伦萨度过余生。”

帕维尔·彼得罗维奇往额头上洒了些香水，闭上双眼。他那英俊清癯的头倚在雪白的枕头上，被明媚的日光照耀着，如同死人一般……的确，他的心已死去。

二十五

在尼科利斯科耶的花园里，高高的白蜡树投下一片绿荫，卡佳和阿尔卡季坐在宛若长凳的草土墩上，他们身旁躺着菲菲，它身子瘦长，线条优美地伏在那儿，是猎人们所谓的“兔伏式”。阿尔卡季和卡佳都缄默不语；阿尔卡季手里攥着本半开的书，而她从篮子里拾起些剩下的白面包屑，扔给一小群又胆小、又放肆的麻雀，它们在她的脚下蹦蹦跳跳，叽叽喳喳。和风吹拂着白蜡树的枝叶，静静摇曳着幽暗小径上和菲菲黄色的背脊上的淡金色光斑；一大片树荫遮住了卡佳和阿尔卡季；只是她的发间偶尔掠过一道霞光。两人都沉默着；正是这种沉默却又坐在一起的情形，更显示出二人彼此信任和亲近：两人好像谁也不理谁，却又为他在近旁而暗自喜悦。自从我们上次见他们之后，他们已有所改变：阿尔卡季似乎更静了，卡佳更活泼大胆些了。

“您没发现，”阿尔卡季开口道，“俄语中白蜡树这个词起得多好吗？没有一种树像它这般轻巧、鲜亮，而又不透光的。”

卡佳抬头仰望，说：“真是这样，”而阿尔卡季却想：“她倒不指责我堆砌华丽辞藻。”

“我不喜欢海涅，”卡佳瞥一眼阿尔卡季手中的书道，“不管是他笑还是哭时；只有当他冥思苦想和伤感的时候我才喜欢。”

“而我喜欢他的笑。”阿尔卡季道。

“在您身上还有爱戏谑的旧痕……（‘旧痕！’阿尔卡季想。‘要是巴扎罗夫听见了才好呢！’）等着瞧，我们会改造您的。”

“谁改造我？您？”

“谁？——我姐姐，波尔菲里·普拉托诺维奇，您已不和她辩论了；我姨母，您已三天都陪她去教堂了。”

“我无法拒绝呀！说到安娜·谢尔盖耶夫娜，您记得吧，在许多方面都同意叶夫根尼的观点。”

“那时我姐姐处于他的影响之下，和您一样。”

“和我一样！难道您发现我已摆脱了他的影响吗？”

卡佳沉默不语。

“我知道，”阿尔卡季继续说，“您从没喜欢过他。”

“我不能对他妄加评论。”

“您知道吗，卡捷琳娜·谢尔盖耶夫娜？每次听到这样的回答我都不相信……没有一个人是我们不能评价的！这只不过是一种借口罢了。”

“嗯，我跟您这么说吧，他……并不是我不喜欢他，而是我觉得，他和我不是一类人，我和他也不是一类……您和他也不是。”

“为啥？”

“怎么跟您说呢……他是猛兽，而我和您是驯熟的。”

“我也是驯熟的？”

卡佳点点头。

阿尔卡季挠挠耳后。

“您听着，卡捷琳娜·谢尔盖耶夫娜，要知道这实在叫我抱屈。”

“难道您想成为猛兽？”

“不是猛兽，而是强健、刚毅。”

“这不是想要就有的事情……瞧您的朋友未必想要，可在他身上有这种性格。”

“哼！那么您认为，他对安娜·谢尔盖耶夫娜有很大影响吗？”

“是，可谁都无法长期在她面前占上风。”卡佳轻声补充道。

“为啥您这么认为呢？”

“她非常高傲……我并不是这个意思……她非常珍视自己的独立。”

“谁又不珍视自己的独立呢？”阿尔卡季问，而自己心中却掠过一个念头："要独立干吗?""要独立干吗?"卡佳的心中也掠过这个念头。年轻人如果彼此默契，一定会有相同的念头。

阿尔卡季面含微笑，稍稍挪近卡佳，细语问：

"您得承认，有点怕她吧。"

"谁?"

"她。"阿尔卡季意味深长地说。

"那您呢?"卡佳反问道。

"我也是。请注意，我说的是，我也是。"

卡佳用手指威胁般地指了他一下。

"这倒令我吃惊，"她开口道，"我姐从没像现在这样对您有好感，比您初次来时好多了。"

"真是这样?"

"您还没发现吗？难道这并不使您感到高兴?"

阿尔卡季思忖了会儿。

"我凭什么承蒙安娜·谢尔盖耶夫娜的垂青呢？难道是因为我把您母亲的信带给她了?"

"有这方面的原因，还有别的，我不说。"

"为什么?"

"我不说。"

"啊！我知道，您很执拗。"

"是，我很执拗。"

"并且有敏锐的洞察力。"

卡佳瞄了一眼阿尔卡季。

"可能，这让您气恼吗？您在想什么?"

"我在想，您身上这么敏锐的洞察力，是从哪儿学来的。您那么羞涩，不相信人，您躲开所有的人……"

"我多半是独处，不由得叫人多思索。可我真的是躲开所有的人吗?"

阿尔卡季向卡佳投去感激的眼神。

"这一切都非常好，"他接着说，"可处在您这种地位的人们，我是想说，有您这样家产的人，很少有这种天赋。他们就像君主一般，很难明辨真理。”

“可要知道，我并不富有。”

阿尔卡季觉得十分惊异，一下子没明白卡佳的话。“确实，那家产都是她姐姐的！”他想起了这点，这个想法并未令他不悦。

“您说得多好！”他道。

“什么？”

“您说得挺好。朴实，并不羞于承认这点，也不粉饰。顺便提一句：我想，一个人如果知道并说出他是个穷人，他一定有一种特别的感觉，一种自傲感。”

“由于姐姐的宠爱，我倒没体验到这种感觉，我提到家产的那些话，只是随口说说。”

“是这样，不过您得承认，您也有点我所提到的自傲感。”

“比如？”

“比如，就说您吧——请原谅我提这个问题——您不愿嫁给个富有的人吧？”

“如果我非常爱他呢……不，即便如此，我也不会嫁。”

“啊，您瞧！”阿尔卡季大声叫道，过了会儿又说：“那您为什么不嫁给他呢？”

“因为民歌中都唱过这种不般配的婚姻了。”

“您可能想控制别人，或者……”

“啊，不！怎么会这样？正相反，我准备顺从，只是不平等令人难受。而自尊又顺从别人，这我理解，这便是幸福；可要是依赖别人——不，这我过够了。”

“过够了，”阿尔卡季重复了一遍卡佳的话。“是，是，”他接着说，“您不愧和安娜·谢尔盖耶夫娜同一血统。您和她一样独立，可在您身上这一点更隐蔽。我确信，无论您的感情多么强烈，多么神圣，您都不肯先表达出来……”

“那还能怎么样呢？”卡佳问。

“您和您姐姐一样聪慧，您的性格至少和她一样……”

“请别把我和姐姐比较，”卡佳急急打断他的话头，“这对我太不利了。您好像忘了，姐姐是个美人，又聪明，而且……阿尔卡季·尼古拉伊奇，您尤其不该说这种话，还这么一脸庄重。”

“这是什么意思？您尤其——您凭什么下这么个结论，认为我在说着玩儿呢？”

“当然，您是在开玩笑。”

“您这么认为吗？那如果我深信我说的呢？如果我认为，我还没充分表达我的意思呢？”

“我不明白您说的。”

“真的？嗯，现在我看出来了，我确实把您的洞察力高估了。”

“怎么？”

阿尔卡季不搭腔，转过头去，卡佳在篮子里又找到些面包屑，扔向麻雀；但她扔得劲儿太大，麻雀们没来得及啄呢，便飞走了。

“卡捷琳娜·谢尔盖耶夫娜！”阿尔卡季突然说，“您大概无所谓，可要知道，我喜欢您，不仅胜过喜欢您姐姐，甚至胜过喜欢世界上任何一个人。”

他起身匆匆离开了，好像脱口而出的话把自己都吓住了。

卡佳的双手及篮子滑落到膝盖上，她低下头，久久凝望着阿尔卡季的背影。两朵红云渐渐泛上她的双颊，可双唇并未笑，黑黑的眼眸里显出一种疑惑和莫名的感情。

“你一个人？”身边响起安娜·谢尔盖耶夫娜的声音，“好像你是和阿尔卡季一块来花园的。”

卡佳缓缓把目光移到姐姐身上（她衣着优雅，甚至可以说是精美，站在小径上，用撑开的伞尖挠挠菲菲的耳朵），不徐不疾地说：

“我一个人。”

“我都看见了，”姐姐笑着答道，“他，大概，回自己房间了？”

“是。”

“你们一起读书了？”

“是。”

安娜·谢尔盖耶夫娜托起卡佳的下巴，把她的脸微微抬起来。

“但愿你们没吵架吧？”

“没有。”卡佳道，轻轻推开了姐姐的手。

“你回答得怎么这么郑重！我以为在这儿能找到他，打算一起散散步呢。他自己这样请求过我。从城里给你捎来了皮鞋，去试试吧！我昨天就发现你的皮鞋太旧了。你总是不大注意这些，可你的小脚多漂亮迷人啊！手也漂亮……只是有点大；那么就该更注意打扮这双脚。可你又不好打扮。”

安娜·谢尔盖耶夫娜沿着小径往前走去，她那美丽的衣裙发出细微声音；卡佳拿起海涅的书，也从草土墩上立起身走了——只是没去试鞋。

“漂亮迷人的小脚，”她想，缓缓沿着被太阳晒烫的露台石级轻盈地拾级而上，“漂亮迷人的小脚，您是这么说的……嗯，他会拜倒在这双脚下的。”

她一下子又羞涩起来，急急跑上楼。

阿尔卡季沿着走廊回自己房间，这时管事追上来通报道，巴扎罗夫先生在他房里。

“叶夫根尼？”阿尔卡季几乎有点吃惊地问，“他到了很久吗？”

“刚刚到，他吩咐不必告知安娜·谢尔盖耶夫娜，而是直接领他到您屋里来。”

“莫非我家出了什么不幸的事？”阿尔卡季想着，匆匆沿着楼梯跑上去，一下子推开了门。巴扎罗夫的神色立刻使他放心了，虽然一双更老练些的眼睛，恐怕会在这张依旧刚健的面庞发现其内心的激动。这位不速之客消瘦了些，肩上披着满是灰尘的大衣，头上戴顶便帽，坐在窗台上；当阿尔卡季大叫着扑上来搂住他的脖子时，他也没立起身来。

“真是没想到！什么风儿把你吹来了？”他再三地说着，在房间乱转，就像一个人自己觉得高兴，同时也希望表现给别人看。“我家里一切都顺利，人人身体都好吗？”

“你家一切都顺利，但不是人人身体都好。”巴扎罗夫道，“你别炒爆豆地说个没完，叫人给我倒杯克瓦斯，坐下来听我说，我要说的不多，但希望，具有强烈震撼力。”

阿尔卡季安静下来，巴扎罗夫跟他说了和帕维尔·彼得罗维奇之间的决斗。阿尔卡季大惊失色，甚至有些伤感，可又认为不该表现出来。他只问了问，伯父的伤是否真的不严重。得到的回答是，伤的地方真是非常有趣——当然不是从医学角度说的，他不自然地笑笑，可心里又不痛快又有些惭愧。巴扎罗夫似乎明白了他的心思。

“是的，老弟，”他道，“这就是和封建人物生活在一起的结果。你自己也变成了这种人物，去参加什么骑士比武了。罢了，先生，我现在要回‘父辈们’那儿去了，”巴扎罗夫末了说，“顺便拐到这儿来了……想把这一切都告诉你，如果我认为无用的谎言很愚蠢，我就不说了。不，我拐到这儿来——鬼知道为什么。你看见了吧，人有时揪住自己的一绺头发，把自己拔出来，就像从畦里拔萝卜一般，这是好事。这几天我就是这么做的……可我还想再看一次我要分手的往昔，我待过的菜地。”

“我希望，这些话不是针对我说的，”阿尔卡季激动地说，“我希望，你并不是要和我分手。”

巴扎罗夫目光犀利地凝神望了他一眼。

“好像这使你很伤心？我觉得你早就和我分手了呢。你这么精神焕发，清新整洁……你和安娜·谢尔盖耶夫娜的事应该进行得很不错吧。”

“我和安娜·谢尔盖耶夫娜的什么事？”

“难道你不是为她才从城里来这儿的，小雏儿？哦，星期日业余学校怎么样？难道你不爱她？或者你已到了不好意思说这些的时候了？”

“叶夫根尼，你知道，我和你从来坦诚相见；我可以向你担保发誓，你搞错了。”

“嗯！新词儿，”巴扎罗夫低语道，“可你也没必要急躁，我反正无所谓。一个浪漫主义者会说，‘我觉得，我们快各奔东西了，’可我只简单地说，我们相互腻烦了。”

“叶夫根尼……”

"我的心肝儿，这并不是坏事；这世上叫人腻烦的还多着呢。现在我想，我们是否该互道珍重了？我一到这儿，就觉得自己污秽不堪，就像读果戈理致卡卢加省省长夫人的信一般。噢，我并没吩咐他们解马卸套。"

"怎么这样，这可不成！"

"那为啥？"

"我并不是指自己。可这对安娜·谢尔盖耶夫娜太不礼貌了，她一定希望见到你。"

"是吗？可你错了。"

"恰恰相反，我确信我是对的，"阿尔卡季表示异议，"你干吗装假？既然话已至此，你难道不是为了她才来这儿的吗？"

"可能是这么回事，但你还是错了。"

可阿尔卡季是对的。安娜·谢尔盖耶夫娜希望见见巴扎罗夫，差管事来邀请他。巴扎罗夫去之前还换了衣服，原来他把新衣服都收拾好了，放在顺手的地方。

奥金佐娃在客厅接待了他，而不是在那间他突然倾吐对她的爱情的那间屋子。她客气地向他伸出指尖，可脸上不知不觉流露出一种紧张的神态。

"安娜·谢尔盖耶夫娜，"巴扎罗夫急急说道，"首先我要请您放心，在您面前的这个人早就醒悟过来，希望别人也忘掉他干的傻事。我要离开的时间会很久，我想您会同意，虽然我不是个软弱的人，但如果您想起我时仍很厌恶，我也不会高兴的。"

安娜·谢尔盖耶夫娜深深地舒了口气，如同刚刚爬上高峰的攀登者，一个微笑使她的面容更加活泼。她再次把手伸给巴扎罗夫，并且回握了一下他的手。

"往事别提了，"她道，"况且老实说，那时我也有错，即使不是献殷勤，也是别的什么了。总之，我们依然像以前那样做朋友吧。那只是一场梦，是吧？谁还记得梦境呢？"

"谁还记得梦境呢？而且爱情……要知道这不过是一种故作出来的感情。"

“真的？听您这么说我很愉快。”

安娜·谢尔盖耶夫娜这么说，巴扎罗夫也这么说，两人都认为自己说的是真话。可他们的话里有真的，有完完全全的真话吗？他们自己不明白这个，作者更是如此。他们交谈着，仿佛彼此都信以为真。

安娜·谢尔盖耶夫娜问起巴扎罗夫在基尔萨诺夫家干了些什么？他几乎把同帕维尔·彼得罗维奇决斗之事和盘托出，可转念又想，她会不会以为他是要炫耀自己，便打住了，说他这段时间一直在工作。

“而我，”安娜·谢尔盖耶夫娜说，“起先觉得心绪不佳，天知道为什么。我甚至打算去国外了，您想想！……尔后这一切都过去了；您的朋友阿尔卡季·尼古拉伊奇来了，我便又回到自己的轨道，扮演起属于自己的真正角色。”

“请问，什么角色？”

“阿姨、女教师，母亲之类的，随便您怎么称呼。随便说一句，您知道吗？我以前并不太明了您和阿尔卡季·尼古拉伊奇之间密切的友谊，我觉得他相当普通。而我现在对他的了解更多一些，他确实是个聪明人……主要是，他年轻，年轻……不像我和您，叶夫根尼·瓦西里伊奇。”

“他在您面前还是那么怯生生的？”巴扎罗夫问。

“难道……”安娜·谢尔盖耶夫娜刚开口，想想又道，“他现在和我说话坦率多了。以前他总躲着我。不过，我也没去找他聊天，他和卡佳是非常要好的朋友。”

巴扎罗夫很恼火。“没一个女人不滑头的！”他想。

“您说他躲着您，”他冷笑道，“不过，他爱上您了，这对您大概不是什么秘密吗？”

“怎么？他也？”安娜·谢尔盖耶夫娜脱口道。

“他也是，”巴扎罗夫谦恭地点头致意道，“莫非您不知道？我告诉您的是新闻？”

安娜·谢尔盖耶夫娜垂下眼帘。

“您错了，叶夫根尼·瓦西里伊奇。”

“我不这么认为。可能我不该提。”他说。“而你以后别耍滑头了。”他暗自在心中又加上这么句话。

“为什么不该提？不过我以为，您过于看重那瞬间的印象了。我疑心您喜欢夸大其词。”

“我们还是别谈这个吧，安娜·谢尔盖耶夫娜。”

“为什么？”她反驳道，不过自己把话题转到另一个了。和巴扎罗夫一起她依然觉得有点难堪，尽管她对他说，并且说服自己也相信，往事已忘却。和他聊着最平常的话题，甚至只开个玩笑，她也依然感到隐隐的恐惧和微微的局促不安。就像在海上旅行的人，在轮船上谈笑自如，跟在坚实的土地上毫无区别；可只要出现哪怕一丁点故障和意外的征兆，人人都显得惊慌失措，表明个个都时刻意识到随时可能发生的危险。

安娜·谢尔盖耶夫娜和巴扎罗夫没聊多久。她开始陷入遐思，漫不经心地搭着腔，末了建议一起去大厅，老公爵小姐和卡佳在那儿。“阿尔卡季·尼古拉伊奇在哪儿？”女主人问，得知他一个多小时没露面了，便派人请他去。人们并没一下子寻到他：他钻到花园草木丛生处，两手交叉支着下颏，坐在那儿陷入沉思。那思索既深沉又严谨，却并不是悒郁。他知道，安娜·谢尔盖耶夫娜和巴扎罗夫在独处，可他并没像以前那样觉得忌妒，恰恰相反，他的脸上慢慢现出神采，仿佛既诧异又高兴，而且做出了一个什么决定。

二十六

过世的奥金佐夫并不喜欢什么新事物，不过也允许“某种有高尚情趣的玩艺”，因此在花园里，暖房和水塘之间，用俄国砖砌起了类似希腊式的柱廊。在这个柱廊或说是画廊的后墙上，奥金佐夫开凿了六个壁龛，用来安放他打算从国外订购的雕像。这些雕像是：孤独女神，沉默女神，沉思女神，悒郁女神，羞耻女神和敏感女神。其中之一的沉默女神，就是把手指按在唇上的那个，已运来并安放好了。可就在那天被几个家仆的孩子砸掉了鼻子，尽管邻里泥瓦匠给她做了个“比原先好上一倍”的新鼻子，奥金佐夫还是吩咐把她搬走，多年来她一直被搁在打麦棚的一隅，引起村妇们迷信的恐惧。柱廊前侧早就长满了茂密的灌木：一片浓荫上只看得见圆柱的顶端。柱廊里，甚至正午时分都很阴凉。自打在这儿见到一条蛇后，安娜·谢尔盖耶夫娜便不喜欢来此地了；可卡佳还常来，坐在壁龛下宽大的石凳上。在清新的浓荫的笼罩下，她读书，干活儿，或完全沉湎于那一片静谧之中，这种感觉想必每个人都熟悉，它的妙处就在于：在朦朦胧胧之中，聆听身外和体内生命洪流连绵的流淌。

巴扎罗夫来后的第二天，卡佳坐在那最喜欢的石凳上，旁边又是阿尔卡季。他央她带着来“柱廊”的。

离吃早饭还有约一个钟头，带露的晨曦已融入炎热的白昼。阿尔卡季神情如昨，卡佳则显得有些忧虑担心。早茶后，姐姐把她叫到书房，先对她抚慰了一番——这总让卡佳觉得有点担心，姐姐又劝她对待阿尔卡季当心点，尤其要避免单独和他谈话，好像姨妈和全宅的人都已有所觉察。除此之外，从昨晚起安娜·谢尔盖耶夫娜便心绪不佳；卡佳自己也觉得有点难为情，好像意识到自己真做了什么错事似的。她答应了阿尔卡季的一再请求，自己心里说，这是最后一次了。

“卡捷琳娜·谢尔盖耶夫娜，”阿尔卡季既腼腆，又装作随便地说，“打我幸运地和您同在一个屋檐下以后，和您聊过许多，不过还有一个对我来说很重要的……问题，我至今尚未提及。您昨天说我在此地得到了改变，”他说着，一面捕捉着卡佳投来的问询的目光，一面又马上避开，“真的，我在许多方面都变了，这一点您比任何一位都了解得更明白——实际上，我的改变要归功于您。”

“我？……归功于我？……”卡佳说。

“我现在已不是刚来此地时的那个傲慢、自以为是的少年了，”阿尔卡季继续说，“我并未虚度这二十三年；我依然如从前一样希望自己成为有用的人，希望把自己的全部身心都奉献给真理；可我已不在从前寻觅过的地方找寻理想了，它们就出现在……我身边。至今我还不理解自己，我给自己下达的任务，是我无力完成的……依靠某种感觉，我的双眸不久前才打开了……我的表达并不是很清晰，可我希望您能明了我……”

卡佳一语不发，可再也不瞅阿尔卡季了。

“我认为，”他的声音更加激动，头顶上一只苍头燕雀在白桦丛中自在地歌唱着，“我认为，任何一个诚实的人都应跟那些……那些……总之，跟那些亲近的人完全地赤诚以待，因此我……我想……”

可话到这儿，阿尔卡季那美丽的字眼不听使唤了。他乱了套，踌躇起来，不得不沉默了一会儿；卡佳依然低垂着眼帘，看来，她没明白他究竟要说什么，便等待着。

“我估计到我的话会叫您诧异，”阿尔卡季重又鼓起勇气道，“尤其这种感情在某种程度上……某种程度上，请您注意——跟您有关系。记得吧，您昨天批评我不够严肃认真，”阿尔卡季接着往下说，那情形宛如一个踏进沼泽的人，已感到每走一步就陷得更深，可还拼命向前挣扎，以期早日渡过这难关，“这种批评常常指向……落在……年轻人头上，哪怕他们已不该受如此责备；倘若我的自信心强一点的话……（‘帮帮我，帮帮我吧！’阿尔卡季绝望地想着，可卡佳依然没转过头来）倘若我能期盼……”

“倘若我能确信您所说的。”这一瞬响起安娜·谢尔盖耶夫娜清晰的嗓音。

阿尔卡季马上噤声，卡佳的脸上失去了红润。遮住柱廊的灌木丛旁有一条小径。巴扎罗夫正陪着安娜·谢尔盖耶夫娜沿小径走来。卡佳和阿尔卡季看不见他俩，可听得清每一个词、每一声呼吸和衣服的窸窣声，他们又向前跨了几步，仿佛有意似的，在柱廊前停下了脚步。

“您瞅见了吧，”安娜·谢尔盖耶夫娜接着说，“我们俩都错了。我们都不算很年轻，特别是我。我们经历了许多，疲惫了。我们两人——何必谦虚呢？——都聪明：开始时我们彼此很有好感，好奇心被挑起……尔后……”

“尔后我变得枯燥乏味。”巴扎罗夫接过话头。

“您知道这并非我们产生争执的缘故。可不管怎么说，我们相互不需要，这是最主要的。我们之间……怎么说呢……有着太多共同点，我们并未马上明了这个。相反，阿尔卡季……”

“您需要他?”巴扎罗夫问。

“够了，叶夫根尼·瓦西里伊奇。您说，他对我有意，我自己也一直觉得他喜欢我。我明白，年龄上我可以当他姨妈了，可我不想瞒您，我常想起他。在那青春纯真的感情中蕴含着迷人的诱惑。”

“此处用‘魅力’更合适，”巴扎罗夫打断了她的话。他的声音很平静，可闷声闷气地，流露出一种恼怒。“昨天阿尔卡季有什么事对我保守秘密呢，他没提起您，也没提您妹妹……这是个重要的征兆。”

“他完全像哥哥似的待卡佳，”安娜·谢尔盖耶夫娜说，“这也是我所喜欢的，虽然，我大概不该让他们走得这么近乎。”

“这是您……做姐姐说的?”巴扎罗夫拖着长腔说。

“当然……我们干吗老站着?走吧。我们的谈话多古怪，是不是?我以后还能这么和您聊天吗?您知道，我怕您……同时又信任您，因为您确实心地非常善良。”

“第一，我根本不善良；第二，对您而言我失去了任何意义，您说我善良……这都无关紧要，就像给死者头上戴个花环。”

“叶夫根尼·瓦西里伊奇，我们无权……”安娜·谢尔盖耶夫娜开口道。可一阵风拂面而来，吹得树叶沙沙作响，把她余下的话也刮走了。

“可您是自由的。”过了会儿，巴扎罗夫道。

后面的交谈已听不清，脚步声渐渐远去……一切都静下来。

阿尔卡季转向卡佳。她依然那么坐着，只有头垂得更低了。

“卡捷琳娜·谢尔盖耶夫娜，”他声音颤抖，两手绞在一起，“我永世爱您，永不变心，除了您，我谁也不爱。我对您说这话，想了解您的看法，向您求婚，因为我并不富有，因为我准备为您牺牲一切……您怎么不开口?您不相信我?您以为我是轻率说出此话的?可请您想想近来这些日子吧！莫非您早就不相信，其余的一切——

请理解我的话——其余的一切早就消失得无影无踪了吗？看着我，哪怕跟我说一个字……我爱……我爱您……请相信我！”

卡佳瞧着阿尔卡季，目光既郑重又清澈，她思索了好一阵儿，才微微一笑说：

“是。”

阿尔卡季从长凳上蹦起来。

“是！您说：是！卡捷琳娜·谢尔盖耶夫娜！这个字是什么意思呀？是指我爱您，您相信我……还是……还是……我不敢说下去了……”

“是。”卡佳重复了一遍，这次他明白她的意思了。他抓起她那虽大但很好看的玉手，欣喜得快喘不上气来，把那双手紧贴在自己的心窝。他几乎都立不住了，只是再三说：“卡佳……卡佳……”可她却无缘无故地哭了，又轻轻笑着自己干吗掉泪。谁如果没见过自己的意中人眼中这样的泪珠，他就还未体验到世上一个沉醉于感激和羞涩的人会是多么幸福。

第二天一大早，安娜·谢尔盖耶夫娜叫人把巴扎罗夫请到自己的书房，不自在地笑笑，递给他一张折好的信笺。这是阿尔卡季写的信：信中他向她妹妹求婚。

巴扎罗夫很快扫了一遍，强忍着，竭力掩饰住了心中突然爆发的幸灾乐祸。

“哦，是这样，”他说，“昨天好像您还以为，他对卡捷琳娜·谢尔盖耶夫娜是兄妹之爱呢。您如今准备怎么办？”

“您如何建议我呢？”安娜·谢尔盖耶夫娜依然笑着问。

“我认为，”巴扎罗夫面带笑意答道，虽然他和她一样，一点也不高兴，压根儿不想笑，“我以为，应当为这对年轻人祝福。这是非常般配的一对。基尔萨诺夫的家境相当不错，他是独子，他父亲也是个好人，对此不会表示异议的。”

奥金佐娃在屋里走来走去。她的脸红一阵儿，白一阵儿。

“您这么想吗？”她说，“嗯？我也没见到有什么阻碍……我为卡佳高兴……也为阿尔卡季·尼古拉伊奇高兴。当然，我要等他父亲的回复。我要差他自己去见父亲。可从此事也可得出一个结论，我昨天说对了：你我两人都老了……我怎么就没觉出来呢？真是怪事儿！”

安娜·谢尔盖耶夫娜又面带笑容，马上就把脸扭到一边了。

“如今的年轻人滑头多了，”巴扎罗夫说着也笑出声来。“再会，”他沉默了一会儿，又说，“祝您把这桩事办得圆圆满满，我在远方也会高兴的。”

奥金佐娃迅速向他扭过头来。

“莫非您要走？为何您如今却不留下来？住下吧……和您交谈很惬意……如同在悬崖边走着。开始胆怯，然后不知怎的，胆子便大起来。请留下来吧。”

“谢谢您的提议，安娜·谢尔盖耶夫娜，谢谢您对我聊天本事的夸奖。可我觉得，我在并不属于我的环境中周旋得太久了。飞鱼可以在空中支撑一阵儿，可很快就得跌入水中，请允许我回到属于自己的环境吧。”

奥金佐娃看着巴扎罗夫。他苍白的脸上蒙了一丝苦涩笑容。“他爱过我的！”她想着——心底涌起一股怜惜之情，同情地向他伸出手。

可他明白了她的心思。

“不！”他说着后退了一步，“我虽一介寒士，可至今也没接受过施舍。再会吧，夫人，祝您身体康健。”

“这不是我们最末一次相见，我对此深信不疑。”安娜·谢尔盖耶夫娜情不自禁地说道。

“世上什么事没有啊！”巴扎罗夫说着，鞠了个躬走了。

“那么您想给自己垒个窝了？”同日他蹲在箱子旁，边整理边对阿尔卡季说，“哎呀，这可是件好事。只是你不必要滑头。我原以为你另有打算呢。或许，这事让你自己也吃惊不小吧？”

“和你分别时我真没料到会这样，”阿尔卡季搭腔道，“可你为何也要滑头，说‘这可是件好事’呢，仿佛我不了解你对婚姻的态度似的。”

“唉，我亲爱的朋友!”巴扎罗夫道，“你怎么这么说呢！瞧，我在干啥：箱子里有块空地儿，我便填些干草在那儿；我们人生的箱子亦如此，最好把它填满，也别让它空着。请别生气：大概你还记得我平日对卡捷琳娜·谢尔盖耶夫娜的看法吧。有的贵族小姐以聪慧著称，只是因为她叹气叹得聪明；而你那位却很会保护自己，保护得那么好，会把你抓在手心的——嗯，这也是应该的。”他砰的一声合上箱盖，从地板上立起身来。“现在我再跟你重复一遍临别赠言……因为没什么好欺骗的：我们此番别后不会再相见了，你自己也感到了这个……你的做法很聪明；你生来不是过我们这种苦涩、艰辛、孤苦伶仃的日子的。你身上没有那种果敢勇猛和那种刻骨的愤恨，你有的只是年轻人的大胆和激情；对于我们的事业来说，这是不相宜的。你们这些贵族们只会做些贵族式的顺从或贵族式的愤慨，这完全于事无补。比如，你们不去战斗——可自以为自己是好样的——而我们要去搏击。好了！我们的灰尘会把你眼睛呛得难受，我们身上的脏东西会把你也玷污，你还没有成熟到我们的高度，你不由自主地孤芳自赏，自我责骂给你快乐；而对于我们，这些都很乏味——我们要来些别的！我们要去改变别人！你是个非常好的人，但依然是个柔弱的自由派少爷——如我父亲说的‘埃沃拉图’①。”

“你是和我永远告别吗，叶夫根尼?”阿尔卡季伤感地说，“你就没别的话和我说了?”

巴扎罗夫挠挠后脑勺。

“有，阿尔卡季，我还有其他的话要说，可我只是不想说而已，因为都是些浪漫的东西——也就是说多愁善感的东西。你快点成家吧，建好自己的小窝，生一大群孩子。他们一定很聪明，因为生得逢时，不像你我。嘿嘿！瞧马已备好。该出发了！我和所有的人都已道别……怎么？拥抱一下吗?”

阿尔卡季扑上来搂住这位曾是他良师益友的人的脖子，泪水

① 用俄语腔念的法语 et voilà tout，意思为“仅此而已”。——原注

涟涟。

“这便是青春!”巴扎罗夫沉静地说，“我寄希望于卡捷琳娜·谢尔盖耶夫娜。看吧，她会使你很快宽下心来!”

“再会，老弟!”他爬上马车，指着并排蹲在马厩顶上的一对寒鸦，对阿尔卡季补充道，“这是你的榜样，照着学吧!”

“此话怎讲?”阿尔卡季问。

“怎么?你博物学这么差?还是忘了寒鸦是最可敬、最顾家的鸟儿?这是你的好榜样!……再会，先生!”

车轮滚动，马车辘辘地走了。

巴扎罗夫没说错。晚上和卡佳聊天时，阿尔卡季便忘了他的导师了。他已开始对卡佳俯首听命，她觉出来了，并不诧异。他第二天得回玛丽伊诺见尼古拉·彼得罗维奇。安娜·谢尔盖耶夫娜并不想限制约束这对年轻人，只是出于礼俗才不让他俩独处得太久。她还豁达地支开老公爵小姐，那老太太得知他们要结婚，甚至气得大怒流泪。安娜·谢尔盖耶夫娜起先还怕他们那幸福的情景会令她难堪，可结果倒是:这情景不仅未使她难堪，反而吸引了她，最终使她深深地被打动。安娜·谢尔盖耶夫娜为此既高兴，又伤感。“看来，巴扎罗夫是对的，”她想，“那只是好奇心，只是好奇，贪图安宁，自私……”

“孩子们!”她大声道，“怎么，爱情是不是故作出来的感情?”

可卡佳和阿尔卡季都没理解她的意思。他们见着她就躲，他们还记得那无意中偷听来的谈话。不过，安娜·谢尔盖耶夫娜很快便使他们放了心。这对她而言并不难:她自己也安心了。

二十七

巴扎罗夫老两口没想到儿子会突然返家，因此欣喜万分。阿林娜·弗拉西耶夫娜忙乱地在宅子里跑来跑去，以致瓦西里·伊万诺维奇把她比作“母鹌鹑”，她那短衫短秃秃的下摆，确实使她像只短尾巴鸟。而他自己只是含混不清地说着什么，从侧面咬着那长烟斗的琥珀嘴儿，用手指抓住脖子来回晃头，仿佛要试试脑袋是不是装得牢靠，突然又咧开大嘴，无声地大笑。

“我回来要住整整六周，老爷子，”巴扎罗夫对他说，“我想工作，所以请你别打搅我。”

“我绝不在你面前晃来晃去！”瓦西里·伊万诺维奇答道。

他信守着自己的诺言。依旧把儿子安置在书房后，尽量躲着儿子，并且阻止妻子对儿子表达任何多余的柔情。“我们，好妈妈，”他对她说，“我们上次就使得叶纽什卡有点烦了，现在可得知趣点。”阿林娜·弗拉西耶夫娜同意丈夫说的，不过这话对她也没什么用，因为她只有在餐桌上才见到儿子，最终还是不敢和他说话。“叶纽申卡！”有时她叫着——可当儿子还没来得及转头呢，她便拽弄着手袋的穗子，嘟囔道：“没啥，没啥，我只是叫叫。”——然后去找瓦西里·伊万诺维奇，托腮问道：“亲爱的，你去问问，叶纽沙午饭想吃什么，白菜汤还是红菜汤？”“你自己怎么不去问？”“怕他烦呢！”不过，巴扎罗夫自己也很快不紧锁房门了：对工作的狂热消逝了，他变得苦闷寂寞，不安烦躁。他的一举一动都显出一种古怪的疲惫，甚至那坚定麻利的步履都有所改变。他不再独自漫步，开始寻觅与人交谈的机会。他在客厅喝茶，和瓦西里·伊万诺维奇在菜园里溜达，和他一起默默抽烟，有一次还探问起阿列克谢神父。瓦西里·伊万诺维奇起初对这种变化感到宽慰，可他的兴奋并未持续多久。“叶纽沙真让我伤心，”他暗地里对妻子抱怨道，“如果是不满意或生气，倒还罢了。他伤心，愁眉苦脸——这才可怕呢。他总是闷声不响，哪怕骂我们一顿呢。他一天比一天瘦，脸色也难看。”“天哪！天哪！”老太太低语着，“我倒想给他脖子上挂个护身香囊，可他哪会答应呢。”瓦西里·伊万诺维奇几次试探着，小心翼翼地向儿子探问起工作、身体情况，打听起阿尔卡季……可巴扎罗夫回答起来并不乐意且漫不经心，一次他发现父亲又悄悄揣度试着探问出什么，便恼怒地说：“你干吗像是蹑手蹑脚巴结奉承似的？这比以前更糟。”“哦，哦，我没啥事。”可怜的瓦西里·伊万诺维奇急忙答道。他想谈谈政治，也一无所获。一次在谈起即将到来的农奴解放时，他说起这是进步，希望唤起儿子的共识，可儿子只冷漠地说：“昨日我经过篱笆时，几个本地农夫小孩不唱老歌，而是大声唱着‘正确的时代来临了，心中感受到了爱……’这便是你的进步。”

有时巴扎罗夫到村里去，找个农民，和素日一样开着玩笑，然后交谈起来。“喂，”他说，“老兄，把你对生活的看法说来听听。因为据说，你们肩负着俄国的全部力量和未来，历史的新纪元打你们开始——由你们给大家制定真正的语言和法律。”农夫要么不搭腔，要么说出诸如下面的话：“我们也能……因为……就是说……比如，也得看看给我们教堂建了个什么样的侧祭坛。”“你给我说说，你们的世界是啥样的？”巴扎罗夫打断了他的话，“是不是就是那个站在三条鱼背上的？”

“这个，少爷，大地是立在三条鱼背上的，”那农夫古道热肠地解释着，声音和气动听，“而管这个世界的，大伙儿都知道，是老爷的意志；因为你们是我们的父辈。老爷处罚得越严，农夫越听话。”

一次又听到这些话，巴扎罗夫鄙视地耸耸肩，扭头走了。那农夫也蹒跚地走回家。

“他说啥了？”另一个愁眉苦脸的中年农夫问，他远远地站在自家的茅草屋门口，瞅见了这人和巴扎罗夫的交谈，“是谈欠租的事吗？”

“什么欠租呀！我的老弟！”头一个农夫回答，声音里那古道热肠已消失了踪影，相反流露出一种不经意的粗暴，“胡扯一气，舌头发痒呗！少爷嘛，他还能知道个啥？”

“他能知道个啥！”另一个农夫答，两人抖抖帽子，整整宽腰带，便去聊起自己的事和急需的东西了。唉！鄙视地耸耸肩、自诩擅长和农民谈天的巴扎罗夫（他和帕维尔·彼得罗维奇的争辩中曾这么自夸过），这个十分自信的巴扎罗夫，他绝没有想到，在农民眼中他只不过像个插科打诨的小丑……

不过他终于给自己找到事情了。一次当他在场时，瓦西里·伊万诺维奇给一个农夫包扎伤腿，但老头儿手发抖，扎不好绷带；儿子给他帮了忙，自此便参与父亲的行医生涯，同时又不停地嘲讽他自己提出的治疗方法，也嘲笑立刻就采取这些疗法的父亲，对巴扎罗夫的嘲笑，瓦西里·伊万诺维奇毫不在乎，甚至以为是种慰藉。他用两根手指捏住长衫遮着肚皮的那一块儿——长衫油渍渍的，抽着烟斗，乐呵呵地听巴扎罗夫讲话，儿子越是恶作剧，这幸福的父亲越是善意地大笑，露出满口黑牙。他甚至常常重复儿子那乏味或者毫无意义的调侃，比如，有那么几天，他常平白无故地来上一句："区区小事！"起因是儿子得知他去参加晨祷，这么说他。"谢天谢地！他不再苦闷忧郁了！"他和老妻窃窃私语，"今天还挖苦了我一顿，真好！"而且一想起有这么个帮手，他便心花怒放，充满了骄傲。"是，是，"他边和那个身着粗呢男上衣、头戴表示已婚的双角帽子的村妇说着，边递给她一小瓶古拉药水或一罐莨菪油膏，"你，亲爱的，应该每分每秒都感谢上帝，因为我儿子在家，现在可用最科学、最新的方法给你治疗，你明白吧？法国皇帝拿破仑也没这么出色的医生。"那来求治"全身刺痛"（可这话的含义她自己也没弄清楚）的村妇只是鞠了一躬，从怀里摸索出包在毛巾里的四个鸡蛋。

巴扎罗夫甚至还给一个卖布的过路货郎拔了一颗牙，虽然不过是只普通的牙，可瓦西里·伊万诺维奇仍当作稀罕物保存了下来，拿给阿列克谢神父看时，嘴里不停地唠叨：

"看，这牙根多长！叶夫根尼的力气真大！那卖布的当时几乎没跳到半空去……我觉得，就是棵橡树，他也拔得起的……"

"可嘉可嘉！"阿列克谢神父最后如是说道，他不知如何回答，如何摆脱这已心醉神迷的老头儿。

一次，邻村一个农夫带了他患伤寒的兄弟来找瓦西里·伊万诺维奇看病。那个不幸的人伏在一捆麦草上，已濒临死亡；全身都是黑斑，早就昏迷不醒。瓦西里·伊万诺维奇遗憾地说，怎么早没想到来看病，现在已没治了。的确，那农夫还没把兄弟送到家呢，病人便死在马车上。

约三天后，巴扎罗夫来到父亲的房间，问他有没有硝酸银。

"有，干吗？"

"要……烧一下伤口。"

"给谁？"

“自己。”

“怎么，给自己！怎么会这样？什么伤口？伤在哪儿？”

“喏，手指上。我今天去了村里，就是送伤寒病人来的那个。不知为啥，他们打算解剖他的尸体，而我老早没动过这种手术了。”

“后来？”

“后来我征得县医的许可，动了手术；把手割伤了。”

瓦西里·伊万诺维奇的脸色刷的一下煞白，二话不说，奔向书房，马上拿了块硝酸银来。巴扎罗夫本想拿过便走。

“看在上帝的面上，”瓦西里·伊万诺维奇说，“让我亲自来吧。”

巴扎罗夫微微一笑。

“你真喜欢实践！”

“别逗笑了。把手指给我瞧瞧。创面不大。疼吗？”

“用劲挤，别怕。”

瓦西里·伊万诺维奇住了手。

“你觉得怎样，叶夫根尼，是不是用铁烧一下更好？”

“那是早该烧的，现在其实连硝酸银也无济于事了。如果我已感染的话，现在已经晚了。”

“怎么……晚了……”瓦西里·伊万诺维奇张口结舌。

“当然！已隔了四个多小时了。”

瓦西里·伊万诺维奇又把创面烧了烧。

“难道县医没有硝酸银？”

“没有。”

“天哪，怎么这样！医生连这么件必不可缺的东西都没有！”

“你还没见识他的柳叶刀呢。”巴扎罗夫说罢走了。

这天直到晚上，加上第二天一整天，瓦西里·伊万诺维奇借各种借口进儿子的房间，尽管他提都不提伤口，甚至竭力谈些风马牛不相及的话题，其实他死死地盯着儿子的双眼，忐忑不安地观察着他，使得巴扎罗夫失去忍耐，威胁说他要走。瓦西里·伊万诺维奇发誓再不打搅他，他原是瞒着老伴的，可阿林娜·弗拉西耶夫娜已开始缠着他问，为什么睡不着觉，发生什么事了？他忍了整整两天，虽然他偷偷看了又看儿子，总觉得他的神色很不好……第三天吃午饭时他再也憋不住了。巴扎罗夫垂头坐着，什么菜也不碰。

“你怎么不吃啊，叶夫根尼？”他问，脸上装出一副无忧无虑的模样。“我觉得菜不错呀！”

“我不想，所以就不吃。”

“你没食欲，头怎么样？”他怯怯地问，“头疼吗？”

“疼。怎么不疼？”

阿林娜·弗拉西耶夫娜挺直腰板，留神起来。

“别生气，叶夫根尼，”瓦西里·伊万诺维奇接着说，“能不能让我摸摸你的脉？”

巴扎罗夫稍欠起身。

“我不摸也可告诉你，我在发烧。”

“打没打冷战？”

“打过。我去躺会儿，给我送杯椴树花茶来。我想是着凉了。”

“难怪昨夜听见你咳嗽。”阿林娜·弗拉西耶夫娜道。

“着凉了。”巴扎罗夫重复了一遍，离开了。

阿林娜·弗拉西耶夫娜去准备椴树花茶了，而瓦西里·伊万诺维奇走进邻屋，默不作声地扯着自己的头发。

这天巴扎罗夫再也没从床上起身，他整夜都处于一种严重的半昏迷状态。凌晨一点他费力睁开双眼，看见父亲那惨白的脸，在长明灯的映照下，正俯向他，他便让父亲出去。他父亲顺从地出去了，可立刻又踮着脚尖回来，用柜门遮住半个身子，目不转睛地盯着儿子。阿林娜·弗拉西耶夫娜也没就寝，把书房门开了一条缝儿，不时过来听听“叶纽沙呼吸怎样”，并且瞧瞧瓦西里·伊万诺维奇。她只能看见他那纹丝不动弓着的背，可这也叫她心里安稳点。早上巴扎罗夫试图起床，可一阵头晕，鼻子也流了血，只得又躺下。瓦西里·伊万诺维奇沉默不言，在一旁伺候；阿林娜·弗拉西耶夫娜进来问儿子，自我感觉如何。他说：“好些了。”便翻身面壁而卧。瓦西里·伊万诺维奇两只手向妻子摆着，她紧咬双唇，不让自己失声痛哭，马上走了出去。宅子里的一切都似乎立刻变得暗淡。人人都耷拉着脸，一片出奇的寂静，一只大嗓门公鸡从院子被送到村里去了，它很久都摸不着头脑，为何受此礼遇。巴扎罗夫依然脸冲墙躺着。瓦西里·伊万诺维奇试探着问他各种问题，使巴扎罗夫又倦又烦，老人便坐在椅子上发愣，只是手指关节偶尔弄得轧轧作响。他到花园去了几分钟，呆若木鸡地站着，仿佛被说不出的惊慌压垮了（那惊慌的表情一直挂在他脸上），他又回到儿子身边，极力避开妻子的盘问。她最终抓住他的手，威胁般地颤声说："他到底得了什么病？"他醒过神来，想勉强挤出个笑容作答：可他自己也吓坏了，他没发出微笑，而是没来由的大笑。一大早他便派人去请医生了。他盘算着该早把这事告知儿子，免得他动怒。

巴扎罗夫突然在沙发上翻了个身，双目呆呆地盯着父亲，要水喝。

瓦西里·伊万诺维奇给他端了水来，顺便摸了摸他的额头。烧得厉害。

"老爸，"巴扎罗夫嘶哑着嗓门，缓缓说，"我的情况糟透了。我被感染了，过几天你就得埋葬我。"

瓦西里·伊万诺维奇像两脚挨揍了一般，摇摇晃晃，站立不稳。

"叶夫根尼！"他含糊嘟囔道，"你怎么这么说……上帝保佑！你只是着凉……"

"够了，"巴扎罗夫从容地打断他，"作为医生不该这么说。所有传染的征兆，你自己也知道是哪些。"

"什么传染……的征兆，叶夫根尼？……哪能呢！"

"这是什么？"巴扎罗夫说着卷起衬衫袖子，给父亲看那些已出现的不祥的红斑。

瓦西里·伊万诺维奇吓得打了个冷战，一股凉意袭遍全身。

"假设，"他最终开口道，"我们假设……如果……如果……即使有点像……感染上……"

"脓血症。"儿子提醒他。

"是……类似……流行性传染病……"

“脓血症，”巴扎罗夫冷峻清晰地重复了一遍，“你已忘了医书吗？”

“是，是，随你怎么说……可不管怎样，我们也要把你医好！”

“唉，这是休想。但问题并不在这儿。我没料到这么快就会死去；说实在的，这是一桩非常糟糕的偶然事件。你和母亲得凭借坚强的宗教信仰了，你们就用它来试试吧。”他又喝了口水。“我还想求你办件事……趁我的脑子还听使唤。明后天，你知道，我的脑子便要退休了。就说现在吧，我表达得是否清楚，自己也不是十分有信心。我躺着时，总觉得四周有红狗在转圈跑，你像要捕黑琴鸡似的，虎视眈眈地望着我。我像喝醉了似的。你完全明白我说的吗？”

“哪能不明白，叶夫根尼！你说得完全像个正常人。”

“那更好了，你说你已派人请医生了……你不过是宽慰自己罢了……你也宽慰宽慰我吧：你派个送信人……”

“去阿尔卡季·尼古拉伊奇那儿？”老人插了一句。

“谁是阿尔卡季·尼古拉伊奇？”巴扎罗夫仿佛深思着说出这句话，“啊，是了！那只小雏！不，不必惊动他：他现在已成寒鸦了。别吃惊，这还不是呓语胡话呢！你派个人去奥金佐娃那儿，安娜·谢尔盖耶夫娜，是位女地主……明白吗？（瓦西里·伊万诺维奇点点头）就说叶夫根尼·巴扎罗夫向她问候致意，告诉她他快死了。你能办到吧？”

“这就去办……只是你说要死了，这可能吗？叶夫根尼……你自己想想！那还有什么公道可言？”

“我倒不知这个，你还是快派人去一趟吧。”

“马上派人去，我亲自写封信。”

“不，何必呢？就说派人来问候，别的什么也不需要。现在我又得回到我那群狗中间了。真奇怪！我想凝神想想死的事儿，可总不成。我看到一个什么斑点……没别的了。”

他又艰难地转向墙壁。瓦西里·伊万诺维奇出了书房，好不容易支撑到妻子的卧室，扑通一声跪倒在圣像前。

“祈祷吧，阿林娜，祈祷吧！”他呜咽着说，“我们的儿子快死了。”

医生，就是那个连硝酸银也没有的县医，来过，他瞧了瞧病人，提议仍作临床观察，还说了几句有可能痊愈的话。

“您见到像我这样的病人还不到极乐世界去的吗？”巴扎罗夫问，倏地抓住沙发边一张笨重桌子的腿晃了晃，把桌子挪动了地方。

“力气还是有的，力气还是有的，”他说，“力气还在，可我却得撒手而去！……老人至少还活过一场，渐渐走近死亡，而我……是的，你想去否定死亡。它就来否定你了，够了！谁在那儿哭？”他隔了会儿又说，“是母亲吧？可怜的妈妈！以后她那美味的红菜汤给谁吃呢？你，瓦西里·伊万诺维奇，好像也在痛哭流涕？唉，倘若基督教帮不上忙的话，你就当个哲学家，做个斯多葛派①吧！你不是自诩为哲学家吗？”

“我算什么哲学家！”瓦西里·伊万诺维奇叫着，两行热泪顺着脸颊淌下来。

巴扎罗夫的状况一小时比一小时坏，病情急剧恶化，外科感染一般都这样。他还未昏厥过去，能明白别人说的话。他还在挣扎。“我不想说胡话，”他紧握拳头，嘟囔道，“那多荒唐！”他又说：“嗯，八减十等于多少？”瓦西里·伊万诺维奇神经错乱似的在屋里徘徊，一会儿建议用这种疗法，一会儿又建议换成另一种，可他能做的只是不断给儿子盖好脚。“得用冷布敷……得用催吐剂……得往肚子上贴芥末膏……得用放血疗法。”他紧张地念叨着。经他恳求留下的那位医生，在一旁随声附和着，叫给病人喂些柠檬水，给自己不是要袋烟，便是“暖暖身子的东西”，也就是伏特加。阿林娜·弗拉西耶夫娜坐在门边的矮凳上，不时出去祈祷祈祷；前几天，一面小梳妆镜从她手中滑落打碎了，她总觉得这是个不祥之兆；就连安菲苏什卡也不知如何劝她。季莫费伊奇被派往奥金佐娃那儿去了。

这一夜对巴扎罗夫来说很难熬……高烧折磨着他。拂晓时分他

---

① 斯多葛派：古希腊和罗马的一种哲学流派，又称淡泊学派。——译注

的病情稍有缓解。他请阿林娜·弗拉西耶夫娜给他梳梳头，还吻了她的手，咽了两三口茶。瓦西里·伊万诺维奇这才活跃了点。

“谢天谢地！”他再三说，“危机降临……总算又过去了。”

“唉，你这么以为呀！”巴扎罗夫说，“一个词意味着什么呀！你找到这个词‘危机过去’——便得到了安慰。真奇怪，人怎么居然相信说的话。打个比方，说他是傻瓜，即使不打他，他也不好受；叫他是聪明人，即使不给他一个子儿——他也觉得快活。”

巴扎罗夫这小小的一段话很像他早日的调侃，使瓦西里·伊万诺维奇大为感动。

“好极！说得真好，妙极了！”他大声叫着，做出鼓掌的样子。

巴扎罗夫伤感地笑笑。

“那么照你看来，”他说，“危机是过去了，还是来了？”

“我瞧得出你好多了，真让我高兴。”瓦西里·伊万诺维奇答。

“嗯，那很好，高兴总不是件坏事儿。你记得吧，派人去她那儿了吗？”

“派了，怎会不派？”

病情并未好转多久，便又发作起来。瓦西里·伊万诺维奇守在儿子身旁。异常的苦痛撕扯着老人的心。他几次张张嘴，却说不出话来。

“叶夫根尼！”他终于说道，“我的儿子，我亲爱的儿子，我的宝贝！”

这非同寻常的呼唤对巴扎罗夫奏效了……他微微扭过头，显然竭力想挣脱昏迷状态，吐出一句：

“什么，父亲？”

“叶夫根尼，”瓦西里·伊万诺维奇又是一声呼唤，跪倒在巴扎罗夫面前，虽然儿子已紧闭双眼，不可能看见。“叶夫根尼，你现在好多了；上帝保佑，你会康复的；不过你还是利用这段时间，让你母亲和我宽宽心吧，履行一下基督徒的义务吧！我跟你说这个，是挺痛苦的；可如果……永远……那更痛苦了……叶夫根尼……你想想，如何……”

老人哽咽了，儿子虽仍紧闭双眼躺着，脸上却掠过一丝古怪的神情。

“我不拒绝，如果这事能给你们些许安慰的话，”他末了说，“不过我觉得，也不必忙着办。你自己都说我好多了。”

“好多了，叶夫根尼，是好多了。可谁知道呢，要知道这一切都由上帝的意志决定，而尽完义务后……”

“不，我要等等，”巴扎罗夫截过话头，“我同意你说的，病情有所好转。要是我们都错了，那也没事儿！反正昏迷不醒的人也可以领圣餐的。”

“叶夫根尼，可……”

“我要等等。现在我想睡了。别打搅我。”

他把头放回原位。

老人站起来，坐到椅子上，捏着下巴啃起指头来……

带弹簧座的马车驶来的辘辘声，在僻静的乡间听来格外清晰，老人一下子被惊动了。近了，近了，轻快的车轮越驶越近，奔马的呼哧声已依稀可闻……瓦西里·伊万诺维奇一跃而起，奔向窗棂。套着四匹马的双座马车正驶进他那小宅院。还没弄明白是怎么回事呢，他只觉得一股莫名的兴奋涌上心头，赶紧跑到台阶……身着制服的仆人打开了车门，一位戴黑面纱、披短黑斗篷的太太从车上下来……

“我是奥金佐娃，”她说，“叶夫根尼·瓦西里伊奇还健在吧？您是他父亲吧？我带了医生来。”

“您真是恩人哪！”瓦西里·伊万诺维奇叫着抓住了她的手，颤抖着贴在了唇边。这时和安娜·谢尔盖耶夫娜一起来的那个大夫，一个德国人相貌、戴眼镜的矮个子慢条斯理地钻出了马车。“还活着，我的叶夫根尼还活着，如今他可有救了！老婆子！老婆子！老婆子！天使降临人间了……”

“上帝啊，真会这样！”老太太嘟囔着，从客厅跑过来，还对什么都摸不着头脑呢，她便在前厅跪倒在安娜·谢尔盖耶夫娜的脚下，疯狂地吻起她的裙角。

“您可别这样！别这样！”安娜·谢尔盖耶夫娜连连说。可阿林娜·弗拉西耶夫娜并不管这些，瓦西里·伊万诺维奇只是再三说：“天使！安琪儿！”

“Wo ist der kvanke?① 患者在哪儿？”医生终于有点气恼地问。

瓦西里·伊万诺维奇这才醒过神来。

“在这儿，在这儿，请跟我来，韦尔捷斯捷尔，海尔，科列加②，”他想起以前学的，便补了一句。

“唉！”那德国人酸溜溜地咧嘴一笑。

瓦西里·伊万诺维奇把他带进了书房。

“安娜·谢尔盖耶夫娜·奥金佐娃请的医生来了，”他弯腰凑到儿子的耳边说，“她本人也在这儿。”

巴扎罗夫一下子睁开双眼。

“你说什么？”

“我说，安娜·谢尔盖耶夫娜·奥金佐娃在这儿，还请来了这位大夫先生。”

巴扎罗夫四下里张望着。

“她在这儿……我想见见她。”

“你会见到她的，叶夫根尼，可先得和这位大夫先生谈谈。因为西多尔·西多雷奇（那县医）走了，我得把你的病史给他原原本本讲讲，我们来做个小小的会诊。”

巴扎罗夫扫了德国人一眼。

“好吧，你们快些讨论，只是别说拉丁文，因为我也明白 jam moritur③ 的意思。”

“Der Herr scheint des Deutschen më chtig zu sein④，”这位阿斯克

---

① 德语：病人在哪儿？——原注

② 德语：“最尊敬的同行”的俄语腔读法。——原注

③ 拉丁语：已快死了。——原注

④ 德语：显然这位先生精通德语。——原注

勒庇奥斯[1]的新弟子转向瓦西里·伊万诺维奇，启口道。

“伊赫……加别……[2]——我们还是讲俄文吧。”老头儿道。

“啊，啊！原来车（这）佯（样）……好吧……”

会诊开始了。

半个钟头后安娜·谢尔盖耶夫娜在瓦西里·伊万诺维奇的陪同下，走进了书房。医生已悄悄告诉她，病人没治了。

她瞥了巴扎罗夫一眼……便在门口止步了，那张红肿、毫无生气的脸，那双混沌茫然盯着她的眼睛使她花容失色。一股冷冷的寒气，一种难熬的恐惧袭遍全身，一个念头掠过脑海——如果她真爱过他的话，就不会有这种感觉了。

“谢谢，”他吃力地说，“我没料到。这是善举，是好事。如您所言，我们又见面了。”

“安娜·谢尔盖耶夫娜太善良了……”瓦西里·伊万诺维奇开口道。

“父亲，请让我们待一会儿，安娜·谢尔盖耶夫娜，您许可吗？好像，如今……”

他用头示意了一下自己那瘫倒无力的身躯。

瓦西里·伊万诺维奇出去了。

“嗯，谢谢，”巴扎罗夫又道，“这是沙皇的规矩。听说，沙皇也去看望濒死的人。”

“叶夫根尼·瓦西里伊奇，我希望……”

“唉，安娜·谢尔盖耶夫娜，我们还是说实话吧。我一切都完了。我栽到车轮下了。这么着，未来是想都不用想了。死亡是个古老的笑话，可对每个人来说又都是新的。至今我也没畏惧……可接踵而至的便是不省人事，完蛋了！（他无力地摆摆手）嗯，我跟您说点什么呢……我曾爱过您！这话以前没什么意义，现在就更甭提了。爱——是有形的，可我的形体已经在腐烂。我不如说，您是多么娇

---

① 希腊神话中的医神。——译注

② 俄语腔的德语：我……曾经。——原注

媚可爱！您现在站在这儿，多么漂亮……”

安娜·谢尔盖耶夫娜不觉一颤。

“没关系，别惊慌……请坐在那儿……别靠近我，因为我得的是传染病。”

安娜·谢尔盖耶夫娜迅疾穿过屋子，坐到巴扎罗夫躺的沙发边的一把圈椅上。

“您多么仁厚慷慨！”他喃喃地说，“啊，这么近，这么年轻，这么朝气勃勃，这么纯洁……在这么间陋室里！……好了，永别了！祝您长命百岁，这是最重要的，趁有时间，好好享受。您看，这是多丑陋的景象：一条蠕虫，被碾得半死，可还在拼命挣扎。要知道我也想过，要办妥许多事，我不会死，怎么会呢！我重任在肩，我是巨人！而如今这巨人的全部使命——便是如何死得体面些，虽然这和旁人无涉……不管怎样，我不会摇尾乞怜的。”

巴扎罗夫不说话了，伸手摸索杯子。安娜·谢尔盖耶夫娜递给他，没摘手套，畏惧地屏住呼吸。

“您会忘记我的，”他又启口道，“死者和生者不是朋友。我父亲会对您说，俄国失去了一个多好的人……那是胡说八道，可请您别打破老人家的幻想。孩子玩什么都高兴……您知道。请您宽宽我母亲的心。要知道，像他们这样的人，在你们上流社会白日打着灯笼也难寻……俄国需要我……不，显然，不需要。那需要什么样的人？需要鞋匠，需要成衣匠，需要卖肉的……来卖肉……卖肉的……我颠三倒四的……这儿有一片林子……”

巴扎罗夫把手放到前额。

安娜·谢尔盖耶夫娜俯向他。

“叶夫根尼·瓦西里伊奇，我在这儿……”

他一下子移开手，欠起身。

“永别了，”他突然集中力量说，眼中闪出最后一丝光芒。“别了……听我说……那时我没吻您……现在长明灯油已耗尽，请您吹吹吧，让它熄灭……”

安娜·谢尔盖耶夫娜轻吻他的额头。

“够了！”他说着，颓然倒到枕上，“现在……黑漆漆的……”

安娜·谢尔盖耶夫娜轻轻出了房门。

“怎么样了？”瓦西里·伊万诺维奇轻问。

“他睡了。”她说，声音几乎听不见。

巴扎罗夫注定再未醒来。黄昏时分完全不省人事了，第二天便撒手人寰。阿列克谢神父为他举行了临终前宗教仪式。给他涂圣油礼时，当圣油触到他的胸口，他单目圆睁，看见穿法衣的神父、烟雾袅袅的香炉、神像前的香烛，他那死灰的脸有些抽搐，掠过一种恐怖，他呼出了最后一丝气息。全家一片痛哭声，瓦西里·伊万诺维奇突然愤怒如狂。“我说过，我要申冤，”他嘶哑地喊着，扭曲的脸涨得通红，向空中挥舞着拳头，仿佛在威胁谁，“我要抗议！我要诉冤！”阿林娜·弗拉西耶夫娜泪痕满面，搂住他脖子，两人一起俯首在地。“那样，”后来安菲苏什卡在下房如是说，“两人并排耷拉着脑袋，就像正午的羔羊……”

可正午的炎热消退了，日暮和夜晚将降临，回到那静谧的安身之处，经过了大恸大悲，已疲惫不堪的人们沉沉地睡去……

二十八

六个月过去了。又到了白茫茫的酷寒冬日，四处静悄悄的，天空是浅绿色的，没有一丝云彩，厚厚的积雪一踩上去便嘎嘎作响，树上蒙满了一层粉色的霜花，炊烟袅袅，缭绕不绝，猛一开门，从房里冲出腾腾热气，行人脸蛋被严寒冻得红扑扑的，冻得哆嗦的马儿疾驰着。一月里的一天白昼将尽，日暮的寒冷使静止的空气更加凝重，红彤彤的晚霞很快就消逝了。玛丽伊诺庄园的窗里透出通明的灯火，普罗科菲伊奇身着黑燕尾服，戴了双白手套，郑重其事地在餐桌上摆了七份餐具。一周前在本教区小教堂静悄悄地举行了两对新人的婚礼：阿尔卡季和卡佳、尼古拉·彼得罗维奇和费涅奇卡，几乎没有观礼的人。今天尼古拉·彼得罗维奇为哥哥设宴饯行，哥哥要到莫斯科办事。安娜·谢尔盖耶夫娜送了这对年轻人一份不菲的彩礼，参加完婚礼后，便马上前往莫斯科了。

整三点全家人聚到餐桌旁。米佳也上了席，旁边坐着他的保姆，头上戴着织金锦缎的盾形头饰。帕维尔·彼得罗维奇端坐在卡佳和费涅奇卡之间；两位“新郎”各坐在自己妻子身旁。咱们的熟人们近来都有些变化：所有的人都好像长得更帅，更壮实了，只有帕维尔·彼得罗维奇清癯了些，不过，这给他表情丰富的面孔平添了一种潇洒，增加了几分大贵族气派……而费涅奇卡的变化也很大。她身着鲜艳的丝绸连衫裙，系了根宽宽的天鹅绒发带，戴了条金项链，她脸上挂着微笑，谦恭地静坐一旁，对自己，对周围的一切都很尊敬，仿佛想说：“请您原谅我，我并没犯什么错。”不只是她一个——其余的人也面带微笑，仿佛也在请求原谅似的；所有的人都有点尴尬，有点伤感，实际上都感觉很好。每个人都以滑稽的殷勤应酬着别人，似乎都约定来上演一出天真无邪的喜剧。卡佳比谁都安详：她坦率地环顾四周，显然，尼古拉·彼得罗维奇对儿媳已非常满意和关爱。午饭结束前，他站起身，手举酒杯，转向帕维尔·彼得罗维奇。

“你要离我们而去……你要和我们分离了，亲爱的哥哥，”他开口道，“当然，离别的日子不长，但我还是不能不向你表示，我……我们……多么……唉，真糟，我们不善祝辞！阿尔卡季，还是你说吧。”

“不，爸，我根本没准备。”

“我就准备得那么好？简单地说吧，哥哥，让我拥抱你，祝你万事如意，早日归来！”

帕维尔·彼得罗维奇和所有人都互吻过了，包括米佳在内。他还特别吻了费涅奇卡的手，她还不会如何伸手让人吻呢。干过第二杯酒，帕维尔长叹一口气，说：“祝大家幸福，我的朋友们！Farewell！①”这末了的一句英文谁也没在意，不过大家都很感动。

“为了纪念巴扎罗夫，”卡佳对丈夫耳语道，并和他碰了一下杯。

---

① 英语：（分别较长时间时）别了！再见！——原注

阿尔卡季紧握她的手作答，可没拿定主意，大声说出这杯是祝谁的酒。

似乎已该结束了吧？不过或许，我们有的读者还想了解，书中人物如今从事什么。我们就来满足他吧。

安娜·谢尔盖耶夫娜不久前又结婚了，不是出于爱情，而是由于别人的劝说，嫁给了一个俄国未来的活动家，一个非常睿智、通晓法律的人，他处世练达，有钢铁般的意志，很有辩才——他人还年轻，又善良，又冷冰冰。他们夫妻相敬如宾，会达到幸福的那一天……会产生爱情吧。老公爵小姐X已去世，她一死，便被人遗忘了。基尔萨诺夫父子住在玛丽伊诺。他们的事业已有所好转。阿尔卡季成了勤勤恳恳、热衷管理的当家人，“农场”已带来相当丰厚的收益。尼古拉·彼得罗维奇成了调停官，竭尽全力工作着。他不断地奔走于自己的辖区，进行长篇演说（他坚持这种意见：“开导农夫，就得把一句话反复说上千百遍，听得他们筋疲力尽为止。”）。可老实说，总之不但那些有教养的贵族对他不满意——他们谈起эmahЦИПaЦИЯ（解放）时（把aH发成鼻音），时而感叹它好极了，时而又很伤感；而那些没多少教养的贵族则肆无忌惮地咒骂起“这个解放”。两边的人都认为他太软弱。卡捷琳娜·谢尔盖耶夫娜生了个儿子，取名科利亚，米佳已会到处乱跑，也能说会道的了。费涅奇卡——费多西娅·尼古拉耶夫娜除了丈夫和米佳之外，最崇拜和最爱的便是儿媳了，儿媳弹钢琴时，她能在一旁高兴地坐着听上一天。再顺便说说彼得。他更呆更傲慢自大了，把“耶”全发成“尤”：如把“现在”（“捷别尔”）发成“久别尔”，把“保障”（阿别斯别琴）发成“阿比尤斯比尤琴”，他也娶了媳妇，得到了一份相当不错的嫁妆，夫人是城里菜园主的女儿，曾拒绝过两个不错的求婚者，只因他们没手表；而彼得不但有表——还有一双漆皮短腰靴。

在德累斯顿布留尔台地广场上，下午两点到四点是上流社会人们时尚的散步时间，这时您可见到一位50开外的人，他一头华发，好像还患足痛风症，但衣着雅致，依然英俊潇洒，带着长期跻身上流社会所留下的特别的烙印。这便是帕维尔·彼得罗维奇。他从莫斯科来到国外疗养，便长住在德累斯顿，他多和英国人和俄国旅客交往。他待英国人朴实，几乎是风度谦恭，但不无庄重尊严；他们觉得他有点寂寞枯燥，但又欣赏他的绅士风度，“a perfect gentleman①”。和俄国人交往他举止随便些，随意发发脾气，拿自己或者别人戏谑几句；但他这一切都很可爱，既随意洒脱，又彬彬有礼。他持斯拉夫派观点：无人不晓，这在上流社会被认为是 très distingué②。他什么俄文书报都不读，可在他的书桌上有一个像俄国农民穿的树皮鞋形状的银质烟灰缸。我们的旅游者喜欢造访他。马特维·伊里奇·科利亚津因处于一时的反对派地位，前往波希米亚泉路过时，曾架子十足地拜访过他；他和当地人很少打交道，但他们都很敬仰他。如果要弄宫廷乐队或剧院等等的票，没谁比 der Herr Baron von Kirsanoff③ 更方便、更快捷的了。他尽其所能地做善事，他依然有些名气：当年没白当社交界的风云人物啊。可他生活得很痛苦……比他预料的还痛苦……看看他在俄式教堂里吧，他倚在墙边，冥思苦想，长时间一动不动，苦涩地紧咬双唇，尔后又忽然醒过神来，悄悄画着十字……

库克申娜也到了国外。她如今在海德堡，已不研究自然科学，而搞建筑学了，照她的话说，她已发现了几条新的规律。她依然喜欢和大学生，尤其是那些年轻的研究物理、化学的俄国学生交朋友，这些学生在海德堡有许多，起初他们对事物清醒冷静的观点令天真的德国教授吃惊，尔后又以彻底的消极无为和极端懒散令这些教授大跌眼镜。和两三个此类连氧气和氮气也分不出的化学家一起，西特尼科夫在彼得堡乱窜，这些化学家还满脑子否定和自尊，伟大的叶利谢耶维奇也和西特尼科夫在一起，使得西特尼科夫也打算当个伟人，照他的表白，他是在继续巴扎罗夫的“事业”。听说，不久前

---

① 英语：十足的绅士。——译注

② 法语：十足可敬的。——原注

③ 德语：冯·基尔萨诺夫男爵阁下。——原注

他挨了顿打，可他也报复了：在一本默默无闻的小杂志上发表了一篇没人睬的豆腐块，他在文中暗示说，打他的人是懦夫。他管这叫讥刺。他父亲依然任意支使他，他妻子认为他是个傻瓜……和作家。

在俄国偏远的一隅，有一座不大的乡村墓地。几乎和我们其他墓地一样景致凄凉：四周的沟里早已青草萋萋，灰灰的木制十字架耷拉着，在一度油漆过的顶盖下渐渐霉烂；石板全挪过了，仿佛谁从下面把它们推过一般；两三株光秃秃的小树投下一点阴凉；羊群在坟墓之间自在地闲逛……但其中有一座坟还未被人动过，也未被动物践踏过，只有鸟儿在上停歇，对着晨曦歌唱。铁栅栏把坟围了起来；两旁还种了两棵小枞树：这便是叶夫根尼·巴扎罗夫的墓。一对老态龙钟的夫妇从不远的小村庄里，常来这座坟。他们步履蹒跚，彼此支撑着来到铁栅栏前，两人一下子跪在地上，悲痛地哭上好长时间，长久地凝望着那沉默的石头，那下面便躺着他们的儿子。他们交换几句简短的话语，拂去石上的浮尘，整整枞树枝，又祈祷起来，他们离不开这片土地，仿佛在这儿离爱子更近，离关于他的回忆更近……难道他们的祈祷，他们的泪水都是枉然吗？难道那爱、那神圣、忠贞的爱并非万能？啊不！不管那颗静卧于墓中的心曾多么充满激情，多么罪过，多么躁动，那坟茔上的花儿睁着纯真无邪的眼睛，那么安然地望着我们：它们不只是向我们述说那永远的安宁，那“冷静”的大自然的伟大的安宁；它们还述说着永久的和解和无限的生活……